grafit

Die niederländische Originalausgabe »Het diepe water« erschien 2006 bei
Uitgeverij Luitingh-Sijthoff B. V., Amsterdam


Deutsche Erstausgabe

Chemnitzer Str. 31, D-44139 Dortmund
Internet: http://www.grafit.de
E-Mail: info@grafit.de

Umschlaggestaltung: Peter Bucker
Druck und Bindearbeiten: CPI books, Leck
ISBN 978-3-89425-557-2
1. 2. 3. 4. 5. / 2009 2008 2007

Felix Thijssen

# Finstere Wasser

Kriminalroman

Aus dem Niederländischen von
Stefanie Schäfer

grafit

## Der Autor

Felix Thijssen, geboren 1933 in Rijswijk/Niederlande, lebt mit seiner Frau seit 1985 in den französischen Cevennen in einem alten Templerschloss, wo er sechs Stunden täglich schreibt. Er ist Autor von zahlreichen Büchern, darunter Krimis, Western, Science-Fiction, und von Drehbüchern für Film und Fernsehen.

Ebenfalls bei Grafit erschienen sind die Max-Winter-Romane *Cleopatra* (1999 ausgezeichnet mit dem ›Gouden Strop‹ für den besten niederländischen Kriminalroman), *Isabelle, Tiffany, Ingrid, Caroline, Charlotte, Rosa* und *Rebecca.*

*Für Fe Mylene – mehr als eine Rose im Dezember*
*Für meine Brüder und Schwestern*
*an diesem und jenem Ufer*
*und zur Erinnerung an Pieter Heimans*

*Nenne dich nicht arm, weil deine Träume nicht*
*in Erfüllung gegangen sind,*
*wirklich arm ist nur der, der nie geträumt hat.*
Marie von Ebner-Eschenbach

*Jedes Mal dachte sie: Das kann nicht sein. Zu unwahrscheinlich erschien es ihr, lächerlich, deshalb hatte sie noch nie mit irgendjemandem darüber geredet. Babys bewahrten keine Erinnerungen, nicht mal an so konkrete Dinge wie den Duft von Milch und Haut, an Augen und Spieluhrgeklingel oder an einen wunden Po. Und andere Eindrücke konnten sie noch gar nicht verarbeiten. Babys konnten noch nicht in Gesichtern lesen, sie wussten nicht, was Hysterie war oder wie sie sich auf einem Gesicht widerspiegelte, und inwiefern sich diese Grimasse von einer anderen unterschied, etwa einem Lachen. Deshalb dachte sie manchmal, es müsse sich um einen Traum handeln oder um eine Szene aus dem Fernsehen oder aus einem gruseligen Kinderbuch oder aus einem früheren Leben.*

*Dennoch besaß sie diese Erinnerung. Manchmal, wenn sie traurig war, stieg sie aus ihrem Unterbewusstsein auf. Immer dieselbe, nie mehr, nie weniger. Ihre Mutter hielt sie an sich gedrückt. Dieser Teil war plausibel, denn die Mutter war Duft, war Milch. Es war dieser andere Teil, der ihr zu schaffen machte, die Treppe und das Glas und die Straße, die Bewegung und der Lärm oder wie ein Mann angerannt kam und die Mutter packte und dass die weiche Brust auf einmal weg war, als sie über dem kalten Abgrund schwebte, durch eine Windbö, die den vertrauten Duft wegblies, dass sie eingeklemmt wurde und ihre Rippen schmerzten in den harten Armen des Mannes, der säuerlich und fremd roch und der herumschrie, wütend, verzweifelt, woher sollte sie den Unterschied kennen, jedenfalls klangen die Schreie dicht über ihrem Kopf, und dann hörte sie andere schreien und dann einen kreischenden Lärm, der zu schrecklich war für ein Baby, und sie wusste nicht, was die anschließende absolute Stille bedeutete, in der sie nichts mehr hörte außer dem Geschrei aus ihren eigenen kleinen Lungen.*

*Damit hörte die Erinnerung auf.*

# 1

Es war ein schöner Abend. Der Stadtlärm ebbte allmählich ab und die Straßen rochen nach dem Regen, der nachmittags gefallen war. Trotz Ozonloch und Treibhauseffekt machte der April noch immer, was er wollte. Die drei Männer, die die Kneipe verließen, achteten jedoch nicht auf solche Kleinigkeiten, sondern rochen höchstens ihre eigenen Bierfahnen. Sie hatten eine Menge getrunken, vor allem der korpulente Olli, der immer fünf, sechs Gläser brauchte, bis er zu der tröstlichen Erkenntnis kam, dass nicht er an seinem verkorksten Leben schuld war, sondern die ganze Welt sich gegen ihn verschworen hatte. Da die Alkoholkontrollen immer strenger wurden, schlug Gijs den sicheren Umweg entlang der Bahngleise und durch den Park ein. Sie hatten das Wildgehege noch nicht erreicht, als Olli schon brüllte, dass er pissen musste. Gijs wollte vor Mitternacht zu Hause sein, aber auf einen nass gepinkelten Olli in seinem penibel gepflegten Renault 25 konnte er gut und gern verzichten. Er fuhr über einen Radweg bis an den Park heran, hielt und schaltete die Scheinwerfer aus.

Olli rannte in den Park hinein und klammerte sich an den nächstbesten Baum. Bram pinkelte gegen einen Torpfosten. Gijs schlenderte den Weg entlang und hatte gerade den Lichtkreis einer Laterne verlassen, als jemand angerannt kam und blindlings gegen ihn prallte.

Gijs rief: »Hallo!« und hielt die Person in einem Reflex mit beiden Armen fest.

»Lass mich los!« Es war eine Frau. Sie versuchte, sich zu befreien, hatte aber gegen Gijs keine Chance, weil sie nur eine Hand frei hatte. In der anderen hielt sie eine Henkeltasche. Ihr Kopftuch war runtergerutscht und hing ihr um den Hals. Sie trug eine dunkle Jacke und eine schwarze Trainingshose. Obwohl sie einen Kopf kleiner war als er, erwies sie sich als ein unerwartet zäher Gegner. In dem Moment, als Bram vor ihnen auftauchte, rammte sie Gijs mit voller Wucht das Knie in den Schritt, sodass dieser sich vor Schmerz krümmte und sie loslassen musste.

Die Frau wich zurück, ließ dabei aber die beiden Männer nicht aus den Augen. In dem schwachen Licht sah sie nicht älter aus als zwanzig, eine Ratte mit verängstigten Augen und seltsam dicken Wangen. Olli hatte gerade den Reißverschluss seiner Hose hochgezogen, als er hinter ihr auf den Weg trat. Er brauchte nur die Arme auszubreiten. Die Frau schrie vor Schreck auf, als sie rückwärts gegen ihn stieß, und fing sofort an, nach hinten zu treten, mit weichen Turnschuhen, die Olli kaum spürte. »Pfoten weg!«, zischte sie. »Seid ihr verrückt geworden?«

»Jetzt mal langsam, Kleine.« Olli hielt sie fest an den Armen gepackt und zog sie rückwärts aus dem Lichtschein heraus. »Lass dich erst mal näher ansehen.«

Gijs rieb sich über den Schritt. Die Schmerzen ließen allmählich nach, seine Wut ebenfalls. »Was machst du kleine Ratte eigentlich im Park, statt wie alle anderen Mädchen brav im Bett zu liegen?«

Sie umringten sie dicht. Die Frau hielt still, als hoffe sie, dass es bei einem dummen Besoffenenscherz bleiben und die Männer sie gleich wieder gehen lassen würden. Sie stanken nach Schweiß und Bier und ihre Stimmen klangen immer erregter und aufgekratzter.

»Mal gucken, was die da drunter anhat.« Bram packte die Frau an der Jacke und riss sie auf. Dann zerrte er ihr die Tasche aus der Hand und warf sie an den Wegesrand.

Olli, der hinter der Frau stand, legte wieder die Arme um sie und packte sie an den Brüsten. »Stegmann würde ganz geil werden bei so saftigen Hamburgern auf der Theke«, wieherte er.

»Halt's Maul«, befahl ihm Gijs, der am wenigsten getrunken hatte.

»Ach, der könnte doch gar nichts damit anfangen«, entgegnete Bram. »Hast du dir seine Frau mal angeguckt? Geh mal weg, Olli.«

Olli ließ die Frau los. Bram zerrte sie am Hosenbund zu sich hin und griff ihr blitzschnell mit einer Hand zwischen die Beine.

Die Frau streckte den Po nach hinten. »Pfoten weg, Dreckschwein!«

Bram knüllte das Kopftuch zusammen und presste es ihr wie einen Knebel auf den Mund. »Wenn du nicht still bist, stopfen wir dir das ins Maul, verstanden?«

Beklommen nickte sie. Gijs sagte: »Ganz ruhig, Baby, wir wollen doch nur ein bisschen Spaß haben.«

Bram ließ das Kopftuch los, griff nach ihrem Pulloverausschnitt und zog ihn herunter, damit er mit der anderen Hand hineingreifen konnte. »Warte«, sagte die Frau plötzlich. »Nicht kaputt machen.«

Es klang so, als füge sie sich in das Unvermeidliche, und erstaunt ließen sie sie los. Die Frau zog ihre Jacke aus, wobei sie einen raschen Blick auf die Tasche warf und tief Luft holte.

Dann geschah alles blitzschnell. Sie verpasste Bram, der unmittelbar vor ihr stand, einen kräftigen Kinnhaken, trat sofort einen Schritt nach vorn, um Platz zu gewinnen, und schwang in einer fließenden Bewegung das Bein rückwärts. Sie wollte Olli gegen den Oberschenkel treten, doch sie erwischte ihn an der Kniescheibe. Olli fiel seitlich um. Die Frau stürzte sich mit einem Hechtsprung auf die Tasche und rollte sich damit weg.

Gijs war völlig überrumpelt und Bram rieb sich verdattert das Kinn, aber Olli sprang auf und warf sich auf die Frau, die gerade, Hände und Füße aufgestützt, zum Sprint ansetzte. Die Tasche flog ihr aus der Hand und sie schlug mit dem Kopf hart auf den Betonbordstein. Der schwere Olli quetschte ihr die Luft ab. Er zog ihren Kopf an den Haaren hoch, drehte ihn halb um und schlug ihr mit der Faust ins Gesicht.

»Blöde Kuh!«

Sie blutete und röchelte halb erstickt. Olli hob seinen dicken Hintern ein Stück an, rutschte weiter auf ihr hinunter und kriegte einen Steifen auf ihrem weichen Po. Er überlegte, dass er seinen Hosenschlitz besser erst gar nicht zugemacht hätte. Dann hätte sein kleiner Freund gleich rausgekonnt, um sie tüchtig ranzunehmen. Er grinste blöde. »Die kriegt zur Strafe eine Abreibung!«

»Warte mal«, bremste ihn Gijs. Bram näherte sich jetzt ebenfalls. Gijs hockte sich neben die Frau hin und wünschte, er hätte eine Taschenlampe. Trotz des Kopftuchs sah sie nicht aus wie eine Türkin oder Marokkanerin. Ihre Nase blutete, und sie arbeitete mit Mund und Zunge, als wäre ihr etwas im Weg. Kurz darauf spuckte sie erst einen, dann einen zweiten Pfropfen aus. Gijs hob einen davon mit Daumen und Zeigefinger auf und hielt ihn in das schwache Laternenlicht. Er schien aus dünnem Schaumstoff zu bestehen, wie Frauen ihn benutzten, um Schultern oder BHs auszupolstern. Das Ding war verklebt mit Blut und Speichel, und Gijs warf es angeekelt weg. Komisch. Er untersuchte ihre Jackentaschen, doch die waren leer.

»Hübsches Ding.« Olli kniff ihr in die Pobacken. »Die macht mich richtig an.«

»Geh mal ein bisschen hoch«, sagte Gijs.

Olli kicherte, als Gijs mit einer Hand unter seinem Körper hindurch in ihre Gesäßtasche griff. Er fand nur einen Ring mit zwei Schlüsseln, von einem Auto wahrscheinlich. Er steckte sie wieder zurück. »Wo steht dein Wagen?«

Sie röchelte und wischte mit einer Hand über das Gras. Es schien, als sei sie halb bewusstlos.

Bram hockte am Wegesrand. Plötzlich stieß er einen Schrei aus und flüsterte: »Herrgott, Gijs! Guck dir das mal an!«

Gijs richtete sich auf und ging zu ihm.

Olli blieb auf der Frau sitzen und streifte ihre Trainingshose weiter hinunter.

Bram griff in die Tasche und hielt sie auf, sodass Gijs hineinschauen konnte.

Ungläubig starrten sie den Inhalt an. Noch nie zuvor hatten sie so viel Geld auf einem Haufen gesehen. »Mein Gott!«, ächzte Gijs. Das Herz schlug ihm bis zum Hals.

»Vielleicht ist sie eine Botin. Drogengeld«, flüsterte Bram.

Gijs' Gedanken überschlugen sich. Das marokkanische Kopftuch, ausgestopfte Wangen – sie hatte sich verkleidet, also was konnte ihnen schon passieren? Hundert Monatsgehälter, mindestens. »Und wenn es gekennzeichnet ist?«, fragte er leise.

»Drogengeld? Nie im Leben«, erwiderte Bram.

»Was ist denn?«, rief Olli gedämpft. »Wird's bald?« Da fiel plötzlich das Licht von Autoscheinwerfern auf sie. »Scheiße!«

»Halt's Maul!«, fauchte Gijs.

Sie duckten sich. Olli legte sich flach auf die Frau, die keinen Mucks von sich gab. Die Scheinwerferkegel wanderten die Bäume entlang. Der Wagen wurde langsamer. Vielleicht war der Fahrer auf Gijs Auto aufmerksam geworden, dessen Innenbeleuchtung brannte, weil Bram die Beifahrertür offen gelassen hatte. »Scheiße!«, zischte Olli.

Das Licht kroch über sie hinweg. Sie hörten, wie der Autofahrer Gas gab und weiterfuhr. Erleichtert atmeten sie auf.

»Los, hauen wir ab«, sagte Gijs.

»Und die da?« Bram wies mit einem Nicken auf die Frau.

»Was soll mit der sein?« Gijs Nerven waren zum Zerreißen gespannt. »Los, Olli, steh auf.« Ihm fiel ein, dass sie Ollis Namen jetzt schon mindestens zehnmal genannt hatten, aber das war nicht mehr zu ändern. Im Film wurden Zeugen beseitigt, aber vielleicht hatte die Frau in ihrer Panik gar nichts gehört und gesehen haben konnte sie auch nicht viel. Sie sah völlig k. o. aus. Gijs griff nach der Tasche, lief damit zu Olli und hielt sie ihm unter die Nase. »Kapierst du's jetzt?«

»Heilige Scheiße!«, sagte Olli.

Bram war nervös. »Die ist garantiert nicht allein oder sie ruft gleich jemanden an. Ihr Auto steht bestimmt hier in der Nähe.«

Olli gab einen verächtlichen Laut von sich. »Die ruft niemanden an. Geht schon mal los, ich komme gleich.«

Gijs warf ihm einen warnenden Blick zu. »Beherrsch dich.«

Olli nickte. Die beiden anderen gingen zum Auto. Olli stand vor der Frau, die bäuchlings zu seinen Füßen lag. Er warf noch einen bedauernden Blick auf ihre weißen Pobacken, die halb aus der schwarzen Hose herausguckten. Als er einen Fuß hob und dadurch das andere Bein voll belastete, fuhr ihm ein schmerzhafter Stich durchs Knie. Dann trat er der Frau mit voller Wucht auf den Unterschenkel. Er hörte Knochen knacken. Die Frau stieß einen merkwürdigen Schrei aus und blieb dann still liegen.

Olli verließ hinkend den Park. Gijs wartete mit laufendem Motor. Olli ließ sich auf den Rücksitz fallen.

»Fahr los«, sagte er.

Irgendjemand hob sie hoch und sie schrie vor Schmerzen. Dann fiel sie wieder zurück in die Nacht.

Sie lag am Bug der *Whispering*, dicht über der Meeresoberfläche, roch das Wasser, das unter ihr wogte. Die Sonne brannte, sie hörte Stimmen, sie wurde von etwas gestochen, einer Wespe, der Stich ließ sie schwindeln; was machte eine Wespe mitten auf dem Meer? In ihrem Gehirn blitzten Funken, ein Kurzschluss, und sie ließ sich wieder gehen, das Meer wurde schwarz, eine Befreiung.

Sie wusste nicht, wo sie war. Schräge Sonnenstrahlen fielen grell in ein helles Zimmer hinein. Sie trug ein weißes Baumwollhemd und lag in einem Bett am Fenster. Außer ihr befanden sich noch zwei weitere Frauen im Raum, aber sie war die Einzige mit einem Gipsbein auf der Bettdecke. Ein Fernseher an der Wand zeigte stumme Bilder von Autos in einer grünen Allee, von Leuten an einem Zauntor, einer blonden Frau, die mit einem Polizisten in Uniform redete.

Sie befühlte ihr Gesicht. Die Nase war noch heil. Sie hatte Kopfschmerzen. Ihre Lippen fühlten sich kribbelig und geschwollen an, wie nach einer Betäubung beim Zahnarzt.

Allmählich kehrte ihre Erinnerung zurück, erst nach und nach, dann alles gleichzeitig, wie eine Flutwelle. Sie kniff die Augen fest zusammen.

*Ruhig bleiben.*

Sie warf der grauhaarigen Dame im Bett neben ihr einen scheuen Blick zu. »Wie spät ist es denn?«, fragte sie.

Die Dame zog den Kopfhörer von einem Ohr weg. Sie trug eine schwarze Armbanduhr. »Zehn nach elf«, antwortete sie und fragte dann: »Wie heißen Sie?«

»Francine.«

»Hatten Sie einen Unfall?«

»Ja.« *Mein Gott.* »Bin wohl gestürzt. In welchem Krankenhaus sind wir hier?«

»Sie haben Glück, Sie liegen im CWZ, dem Canisius-Wilhelmina Krankenhaus.«

Ein Mann mit blonden Haaren legte einer weinenden Frau den Arm um die Schultern. Sie standen in der Sonne vor einer Villa. Jemand hielt der Frau ein Mikrofon hin.

»Schrecklich.« Die Dame im Nebenbett hielt den Kopfhörer ans Ohr. »Ein kleiner Junge ist entführt worden, als er mit seinem Kindermädchen im Park spazieren ging. Die arme Mutter! Er heißt Boris, er ist erst vier Jahre alt und er ist zuckerkrank …«

*Boris.*

Francine griff nach dem Kopfhörer, der über ihr hing. Sie hörte nichts. Die Frau im Fernsehen verbarg das verweinte Gesicht an der Schulter des blonden Mannes.

Die Bettnachbarin zeigte Francine, auf welchen Knopf sie drücken musste.

Daraufhin hörte Francine den blonden Mann sagen: »... das dieser Person gleich gesagt.«

»Am Telefon?«

»Ja, natürlich.«

»Und Sie glauben, es könnte auch eine Frau gewesen sein?«

»Na ja, die Stimme klang irgendwie seltsam, wie künstlich verzerrt.« Dann fügte der Mann mit einer ungeduldigen Handbewegung hinzu: »Ich habe das Lösegeld bezahlt und die Polizei nicht eingeschaltet. Boris sollte uns vor Mitternacht zurückgebracht werden. Wenn sie ihn wie verabredet vor unserem Haus abgesetzt hätten, hätte ich die Behörden nicht informiert. Ich hoffe, das ist den Entführern klar. Und ich hoffe, sie wissen, was sie tun. Er braucht unbedingt Insulin! Bitte, sagt uns, wo Boris ist!« Der Mann redete jetzt sehr schnell, als befürchte er, man könne ihn unterbrechen. »Die Polizei hört unsere Telefone ab, aber Sie können das Krankenhaus anrufen, alle Telefonistinnen wissen Bescheid, sie leiten sämtliche Informationen sofort weiter ...«

Der Mann schwieg und die Kamera schwenkte zu dem Journalisten. »Boris Stanhof wurde gestern Nachmittag in einem Park in der Nähe seines Elternhauses entführt. Sein polnisches Au-pair-Mädchen wird zurzeit von der Polizei vernommen. Die Eltern, ein Neurochirurg und eine Psychiaterin, arbeiten beide im Radboud-Krankenhaus ...«

Eine Krankenschwester surinamischer Herkunft betrat das Zimmer und lief rasch an den Betten entlang. »Sie ist wach«, sagte Francines Nachbarin.

Die Schwester nickte und griff nach der Karte am Fußende von Francines Bett. »Haben Sie Schmerzen?«

Francine schüttelte den Kopf. »Wo sind meine Sachen?«

»In der Wäsche. Ihre Schlüssel liegen hier drin.« Die Schwester klopfte auf das Nachtschränkchen neben dem Bett. Sie nahm Francine den Kopfhörer aus der Hand und hängte ihn zurück an seinen Platz.

»Wann kann ich hier raus?«, fragte Francine.

»Immer mit der Ruhe. Ihr rechtes Wadenbein ist gebrochen. Das heilt von selbst, aber Sie haben auch eine Gehirnerschütterung, deshalb müssen wir Sie noch eine Weile zur Beobachtung hierbehalten.«

»Ich muss unbedingt telefonieren, mein Vater weiß nicht, wo ich bin!«

Die Krankenschwester setzte sich auf einen Stuhl neben Francines Bett, zog einen Kugelschreiber aus der Brusttasche und schaute sich die Karte an. »Wir besorgen Ihnen nachher ein Telefon, aber ich kann ihn gleich für Sie anrufen, nachdem wir Ihre Daten aufgenommen haben.«

»Francine Kallas.« Sie nannte ihren Namen und ihre Adresse. Es ging nicht anders, wenn sie wollte, dass Gerard zu ihr kam. Die Schwester fragte auch nach ihrer Krankenkasse und fügte hinzu, dass die Polizei schon da gewesen sei.

Francine erschrak. »Die Polizei? Warum denn?«

»Die Sanitäter haben sie informiert, dazu sind sie verpflichtet. Schließlich wurden Sie bewusstlos aufgefunden, Sie haben geblutet und Ihr Wadenbein war gebrochen. Sie hatten weder Papiere noch Geld bei sich. Die Polizei will wissen, was passiert ist und ob Sie überfallen oder ausgeraubt wurden.«

»Nein, ich bin nicht überfallen worden. Ich hatte nichts bei mir, weil ich joggen war. Unterwegs bin ich mit einem Fahrradfahrer zusammengestoßen, der hat auch bestimmt den Krankenwagen gerufen.«

Die Surinamerin sah sie mit sanften Augen an. »Sind Sie ganz sicher?«

»Natürlich bin ich mir sicher.« Francine zwang sich zu einem bedauernden Lächeln. »Ich habe einfach Pech gehabt.«

»Der Arzt hat angeordnet, dass Sie heute noch Ruhe brauchen, aber wir haben dem Polizisten versprochen, ihn anzurufen. Ich sage ihm Bescheid, dass es ein Unfall war und er nicht vor morgen früh zu kommen braucht. In Ordnung?«

Francine nickte. »Aber bitte rufen Sie zuerst meinen Vater an. Er macht sich bestimmt schon große Sorgen!«

Sie brauchte nicht hinzuzufügen, dass er sofort kommen solle. Gerard würde sich unverzüglich auf den Weg machen.

In weniger als einer Stunde war er dann bei ihr, das Gesicht kreidebleich, die Wangen unrasiert, das Haar in dünnen aschblonden Strähnen quer über den Schädel gekämmt. Entsetzt starrte er das Gipsbein und ihr geschwollenes Gesicht an, zog sich einen Stuhl heran und nahm ihre Hände. »Fransje«, sagte er leise. »Wer hat dir das angetan?«

»Das erzähl ich dir später.« Mit einer angedeuteten Kopfbewegung wies sie auf die anderen Patientinnen. Die alte Dame trug ihren Kopfhörer, aber die andere Frau schaute zu ihnen hinüber.

»War es Jimmy?«

Sie versuchte, ihren Schrecken zu verbergen. »Nein, ein Radfahrer hat mich umgefahren. Wie kommst du auf Jimmy?«

»Ich musste ihn heute Morgen praktisch mit Gewalt vom Boot werfen«, flüsterte Gerard. »Er wollte mir nicht glauben, dass ich nicht wusste, wo du bist.« Erneut nahm er ihre Hand, die er kurz zuvor losgelassen hatte. »Was will er von dir?«

»Ich sollte ein Auto für ihn wegbringen.« Diese Aufträge waren immer eilig und ihr fiel so schnell nichts Besseres ein. Beim Anblick seiner gerunzelten Stirn merkte sie, dass sie einen Fehler gemacht hatte.

»Das kann nicht sein. Da läuft im Moment nichts, es sei denn, er arbeitet jetzt mit anderen Leuten zusammen. Heute Nacht um drei bin ich aus Haarlem zurückgekommen und du warst nicht da. Ich habe mich schon gefragt, ob du vielleicht einfach ausgezogen bist, ohne mir etwas zu sagen.«

»Gerard ...«

»Und du solltest doch morgen Jackies Stand übernehmen. Sie kann noch nicht weg aus Haarlem, wegen ihrer Mutter. Wenn sie niemand anderen findet, muss ich einspringen, aber ich sollte eigentlich bei einem Umzug helfen ...«

Francine packte ihren Vater am Sakko und zog ihn zu sich hin. »Erst musst du etwas anderes erledigen«, flüsterte sie. »Und zwar jetzt gleich.«

Er kannte sie. Sie meinte es bitterernst. »Okay.«

»Kannst du dich noch an das Wrack am Ooysedijk erinnern?«

Er nickte. »Der alte Botter.«

Sie flüsterte ihm ins Ohr, eine Hand um seinen Nacken gelegt. »Da ist ein kleiner Junge drin, vier Jahre alt, er hätte heute Nacht zu seinen Eltern zurückgebracht werden sollen.«

Gerard starrte sie an. »Wie bitte?«

Er hatte noch nichts von der Sache gehört. Tagsüber sah er nie fern, außer, wenn Regatten wie der *America Cup* oder die *Vendée Globe* ausgetragen wurden. Francine sah, wie entsetzt und außer sich er war. Er begann, fast zu hyperventilieren, und sie konnte ihn kaum verstehen. »Du hast ein *Kind* entführt?«

Sie ließ ihre Hand in seinem Nacken liegen. »Nein. Ich weiß nur, dass er da drin ist und so schnell wie möglich wieder nach Hause muss«, flüsterte sie. »Ich kann's dir jetzt nicht erklären, du musst mir vertrauen!«

Gerard drückte ihre andere Hand, dass ihre Finger knackten. Er hätte alles Mögliche sagen können. Dass sie verrückt geworden sei und er nichts damit zu tun haben wolle. Aber er hatte ihr immer vertraut und etwas anderes kam ihm gar nicht in den Sinn. »Was soll ich tun?«

Die Polizei war alarmiert, sie gingen ein großes Risiko ein. Francine dachte an den Fernsehbericht. Es gab nur einen sicheren Ort. »Setze ihn vor dem Radboud-Krankenhaus ab, vor dem Haupteingang«, sagte sie. »Sag ihm, er soll reingehen, seine Mutter wartet dort auf ihn. Er heißt Boris. Lass ihn aus dem Auto raus und fahr sofort weiter, es gibt eine Ausfahrt auf der anderen Seite.«

Gerard schaute sie an. »Okay«, sagte er wieder.

»Verkleide dich ein bisschen«, riet Francine. »Damit er dich später nicht wiedererkennt. Sonnenbrille, Mütze und Handschuhe findest du auf dem Boot.«

»Wird schon schiefgehen.«

Er war clever, ihm würde nichts geschehen. Er lächelte, als er ihr über den Kopf strich, doch fröhlich sah er nicht gerade aus. Sein Gesicht war in letzter Zeit abgemagert. »Ich muss danach noch zu Jackie, die Katze versorgen, aber heute Nachmittag komme ich wieder.«

Anschließend machte er sich sofort auf den Weg.

Francine zitterte vor Erleichterung. Er war ihr Vater, er würde sich ab jetzt um alles kümmern.

## 2

Gerard hatte für sie gesorgt, seitdem sie ein Baby war und ihre Mutter tödlich verunglückt war. Er war ihr Vater und Mutter zugleich gewesen, und als sie noch zu klein war für den Kindergarten, bezahlte er eine Nachbarin dafür, dass sie sie tagsüber beaufsichtigte. Dennoch verlor er nach einiger Zeit seine Anstellung. Immer wieder hatte er Hals über Kopf seinen Arbeitsplatz verlassen müssen, um der überforderten Nachbarin beizustehen, wenn Francine einen ihrer heftigen Asthmaanfälle erlitt, die sie bis zu ihrem zwölften Lebensjahr quälten. Gerard brachte ihr das Laufen bei und saß mit der Hand auf ihrer Stirn an ihrem Bett, wenn sie Fieber hatte oder keine Luft bekam oder beim ersten Zahnen vor Schmerzen schrie.

Erst in der Grundschule wurde Francine klar, dass ihr Vater anders war als andere Väter, die um sechs Uhr von der Arbeit kamen und eine Frau hatten, die sich um die Kinder kümmerte, das Essen zubereitete und für saubere Kleidung sorgte. Außerdem entdeckte sie, dass ihr Vater in ihrem Wohnviertel als Sonderling galt, den man hinter seinem Rücken den ›stillen‹ oder ›verrückten‹ Gerd nannte.

Als man sie zum ersten Mal wegen ihres Vaters hänselte, wurde Francine so wütend, dass sie beißend und kratzend auf den Nachbarsjungen losging, obwohl er vier Jahre älter war als sie. Eine halbe Stunde später schleppte sie sich mit Schrammen und Beulen und einer blutenden Nase die drei Etagen ihres Mietshauses hinauf, das keinen Aufzug besaß. Die Tür ging auf, als sie vor der Fußmatte kniete, um den Schlüssel darunter hervorzuholen. Gerard trug sie hinein, wusch ihr das Gesicht, stützte ihren Kopf mit der einen Hand im Nacken und der anderen unter dem Kinn, damit das Nasenbluten aufhörte, sprühte Desinfektionsmittel auf die Schrammen und klebte ein Pflaster über den Schnitt in ihrer Wange. Er trug sie aufs Sofa, kochte Tee und brachte ihr Plätzchen.

Diesen Nachmittag würde sie nie vergessen. Nicht so sehr wegen der tröstenden Worte ihres Vaters, sondern wegen seiner Hände. Sie waren hart und schwielig und narbig, aber die sanftesten auf der Welt. Sie rochen nach Öl und die Fingernägel hatten immer schwarze Ränder, wie die eines jeden Automechanikers. »Bitte tu das nie wieder«, sagte er. »Wenn die anderen Leute sagen, dein Vater sei verrückt, antworte einfach: ›Ja, stimmt, das liegt in der Familie, ich bin ja auch ein bisschen verrückt.‹ Okay? Es ist nicht schlimm, ein bisschen verrückt zu sein. Hier, iss noch ein Plätzchen.«

Doch ihr Vater war nicht verrückt. Er war nur anders als die anderen, weil er von einem Tag auf den anderen lebte, von einem Aushilfsjob zum nächsten. Und als sie älter wurde, erkannte sie nach und nach, dass sein Leben deshalb so chaotisch war, weil er für sie sorgen musste. Gerard beklagte sich nie darüber, aber ihr wurde immer deutlicher bewusst, was er alles für sie getan hatte – beziehungsweise, was er nicht getan hatte.

Er hätte sie zur Adoption freigeben oder dem Jugendamt überlassen können, das anfangs regelmäßig bei ihnen vorbeischaute und von ihren Lebensumständen nicht besonders angetan war. Er hätte sie misshandeln können, aus Unzufriedenheit darüber, dass er keine Frau fand, die es länger als eine Woche mit einem rebellischen Teenager aushielt. Er hätte sie traumatisieren können, weil sie ihm das Leben schwer machte, wie es schreiende Babys und unvernünftige Teenager einem eben schwer machen können. Manchmal stritten sie sich bis aufs Blut, über Francines Freunde oder das Chaos in ihrem Zimmer oder weil sie abends zu spät nach Hause kam, und dann schrie sie, dass sie ihn hasse und weglaufen würde, und Gerard drohte, er würde sie zu Tante Babette bringen, die Francine zwar nie kennengelernt hatte, bei solchen Auseinandersetzungen aber immer als Schreckgespenst herhalten musste. Ihr Vater konnte furchtbar heftig werden, vor allem, wenn er etwas getrunken hatte, aber Francine wusste zu jedem Zeitpunkt, dass er niemals auch nur auf die Idee gekommen wäre, ihr ein Haar zu krümmen. Francine vergötterte ihren Vater wie ein junges Mädchen seinen Lieblingspopstar.

Gerard ließ sich nie anmerken, wie unglücklich sein Leben war und wie entsetzlich einsam. Francine wurde sich dessen erst bewusst, als sie am letzten Tag ihres vierten Grundschuljahres nach Hause kam. Sie brachte ein hervorragendes Zeugnis mit, doch als sie keuchend und mit geröteten Wangen die Treppe hinauf zur Außengalerie kam, sah sie ihn am Wohnzimmerfenster sitzen, so still, als wäre er tot. Er bemerkte sie nicht. Eigentlich hätte er gar nicht zu Hause sein dürfen. Vielleicht war er wieder einmal entlassen worden, weil er mittags Whiskey getrunken hatte anstatt ein Butterbrot zu essen und weil er mit einem schicken BMW in die Schmiergrube hinein anstatt darüber gefahren war. Doch er war nicht betrunken. Er war nur in Gedanken versunken und starrte mit leerem Blick zum Fenster hinaus.

Erst als sie ihn berührte, schreckte er aus seiner Trance auf. Er zauberte seine Fröhlichkeit wieder hervor, goss Limonade ein und rannte zum Bäcker, um ihr Zeugnis mit Kuchen zu feiern. Alles schien wieder normal zu sein, doch von diesem Moment an wusste sie, dass ihr Vater sich Tag für Tag aufs Neue dazu zwingen musste, auf den Beinen zu bleiben, und dass er das nur aushielt, wenn er sich regelmäßig betrank. Jeder Mensch brauchte Gesellschaft, Freunde oder Verwandte, mit denen er seine Sorgen teilen und denen er mal sein Herz ausschütten konnte. Ihr Vater aber hatte niemanden. Sein einziger Bruder, ein Bauunternehmer aus Groningen, hatte den Kontakt zu ihm abgebrochen, nachdem er wegen eines missglückten Einbruchsversuchs ins Gefängnis gewandert war. Doch auch vorher hatte Francine Onkel Theo nur zweimal in Begleitung seiner stocksteifen Frau gesehen, die sich in ihrer Wohnung umgesehen hatte, als hätte sie Angst, sich mit Aids zu infizieren. Das Einzige, was Francines Vater besaß, war eine schwierige Tochter. Außer, dass sie manchmal widerwillig ein bisschen im Haushalt half oder gelegentlich einen Topf Spaghetti für ihn kochte, hatte sie noch nie etwas wirklich Sinnvolles für ihn getan. Bisher war sie nur ein Hindernis für ihn gewesen, ein Hindernis auf dem Weg zu seinem Traum.

Sein Traum war das Segeln. Sobald Gerard ein Boot betrat, wurde er ein anderer Mensch. Schon bevor Francine laufen konnte, ging er mit ihr Kanu oder Ruderboot fahren. So wie es sein Vater, ein Schiffsmaschinist, früher mit ihm getan hatte, bevor er bei einem Sturm am Kap über Bord gegangen war. Als Francine zehn Jahre alt war, brachte Gerard das Wohnmobil eines pensionierten Bäckers in Weurt wieder auf Vordermann. Der ehemalige Bäcker besaß eine alte BM-Jolle, die er nicht mehr benutzte und die sie sich ausleihen durften, sooft sie wollten. Sie flickten die halb verrotteten Segel, bis ihnen die Finger bluteten, und schon mit elf Jahren konnte Francine genauso gut segeln wie ihr Vater. Das Leben auf dem Wasser steckte ihr im Blut und es half ihr, von ihrem Asthma zu genesen. Als Gerard ihr zum ersten Mal von seinem Plan erzählte, einmal um die ganze Welt zu segeln, war sie derart begeistert gewesen, dass sie am liebsten sofort die Schule abgebrochen und sich auf die Reise begeben hätte.

Alles zurücklassen und in See stechen, auf einem richtigen Schiff, einer *Fisher,* wie sie bei *Fairways* in Port Hamble gebaut wurde, oder der *Catfisher 28,* von der ein Foto über ihrem Bett hing, das sie aus einer alten *Yachts & Yachting* ausgeschnitten hatte. Dieser Plan wurde für Francine zu einem selbstverständlichen Teil ihres Lebens. Als die Lehrerin dann am Ende der Grundschule, nach der sechsten Klasse, ihre Schülerinnen und Schüler fragte, was sie später einmal machen wollten, antwortete Francine daher: »Segeln«, und wunderte sich sehr, als die Lehrerin in ungläubiges Lachen ausbrach.

»Segeln? Aber das ist doch eine Freizeitbeschäftigung. Nein, ich meine, was du einmal werden willst.«

»Ich will Seglerin werden und zur See fahren, zusammen mit meinem Vater.«

Die Lehrerin war jetzt sichtlich gereizt. »Segeln ist ein Hobby und kein Beruf.«

»Nein, es ist kein Hobby«, antwortete Francine dickköpfig. »Wir wollen um die ganze Welt segeln.«

Die ganze Klasse lachte, als die Lehrerin erwiderte: »Und wovon wollt ihr leben? Vom Wind vielleicht?«

»Nein. Wir haben schon eine Liste mit Jobs aufgestellt, mit denen wir unterwegs Geld verdienen wollen.«

Mit einem verächtlichen Blick in die Klasse bemerkte die Lehrerin daraufhin: »Francine Kallas weiß also noch nicht, was sie einmal werden will. Wollen wir hoffen, dass ihr noch etwas einfällt, bevor sie mit der Schule fertig ist, sonst muss sie wohl Schuhverkäuferin werden oder sich einen reichen Mann suchen. Wer ist der Nächste? Klaas?«

Bevor sie aufs Gymnasium ging, legte Gerard ihr ans Herz, ihren Traum für sich zu behalten. Francine verstand nicht, warum sie nicht über das Thema reden sollte, das sie am allermeisten beschäftigte, doch schon sehr bald erkannte sie, dass sie besser auf ihren Vater gehört hätte. Anfangs hingen ihre Klassenkameraden noch mit leuchtenden Augen an ihren Lippen, doch sobald sie festgestellt hatten, dass sie nicht fantasierte, sondern von dieser Idee regelrecht besessen war, erklärten sie sie für verrückt und mieden sie als Außenseiterin, die mit ihren sonderbaren Interessen nicht in die Gemeinschaft hineinpasste. Von seinem Vater konnte man vielleicht ein Geschäft übernehmen oder eine Firma oder etwas erben, wenn man Glück hatte, aber länger als eine Woche mit ihm auf einem Segelboot zu verbringen, schien den meisten unvorstellbar. Francine wurde zum Gespött der ganzen Schule.

Wie hartnäckig Vorurteile sein konnten, hatte Francine

bisher nur am Beispiel ihres Vaters erlebt, den die Leute nach wie vor als Sonderling betrachteten. Aber diesmal hatten die Hänseleien weder etwas mit dem verrückten Gerd noch mit den Nachbarn zu tun. Dies hier war das Gymnasium, auf dem man als unbeschriebenes Blatt ohne die Bürde seiner Herkunft ganz neu anfing. Francine hatte geglaubt, ihr großartiger Plan würde sie interessant und beliebt machen. Sie wünschte sich eine schöne Schulzeit mit Freundinnen und Freunden und Partys, sie wollte dazugehören, und als Gerards Traum all das zu verderben drohte, versuchte sie, sich davon zu distanzieren, indem sie überall verkündete, dass es doch nur eine Fantasiegeschichte gewesen sei, ein Spaß, ob die anderen sie denn für verrückt hielten? Doch sie wurde den Ruf nicht mehr los, einen leichten Knall zu haben, wie sehr sie sich auch anstrengte. Die Klasse lachte über sie und ließ sie links liegen. Wenn ein Junge sie schon mal ins Kino oder in die Disco einlud, dann, weil er ihr in der letzten Reihe unter die Bluse oder unter den Rock fassen wollte. Später dachte Francine bei sich, dass sie die siebte Klasse vermutlich nicht überlebt hätte, wenn Sally nicht aufgetaucht wäre.

Sally ging schon in die achte Klasse und besaß alles, was Francine fehlte: Sie war groß und blond und atemberaubend schön, selbstsicher und völlig unabhängig. Als sie sich eines Tages während einer Schulvorstellung im Freilichttheater neben sie setzte und fragte, ob sie die berühmte Francine sei, die um die ganze Welt segeln wolle, dachte Francine zunächst, sie wolle sich wie die anderen nur über sie lustig machen, um noch beliebter zu werden, als sie ohnehin schon war. Sie hätte heulen können vor Erleichterung, als sie feststellte, dass Sally ihren Segelplan keineswegs verrückt fand. Vielleicht lag es daran, dass Sally selbst einen Plan nach dem anderen ausheckte, um gleich nach der Schule den Niederlanden und ihren streng protestantischen Eltern den Rücken zu kehren – die sie übrigens ursprünglich *Anselma* getauft hatten.

Francine hatte noch nie eine richtige Freundin gehabt, geschweige denn eine Seelenverwandte, die durch dick und dünn mit ihr ging und ihr sogar einen gewissen Status verlieh, schon allein, weil sie in eine höhere Klasse ging. Francine konnte kaum glauben, dass Sally ihre Freundin sein wollte, und anfangs hatte sie Angst, sie abzuschrecken, indem sie sich zu sehr an sie klammerte – die sicherste Art, Freunde schnell wieder loszuwerden. Doch Sally ließ sich nicht abschrecken, nicht mal von Francines armseligem Zuhause. Doch ohnehin zogen Gerard und Francine ein halbes Jahr später in ein Hausboot um. Sally sagte oft, sie beneide Francine um ihren Vater, der verrückt genug sei, um von einem Leben auf dem Meer zu träumen, und der lieber alte Rockmusik hörte statt süßliche Schlagerschnulzen. Sooft sie konnte, fuhr sie auf dem Segelboot mit hinaus. Gerard trank nie, wenn Sally in der Nähe war, so als wolle er diese Freundschaft nicht durch unrühmliche Szenen verderben.

»Seeleute sind abergläubisch«, erwiderte er, als Francine ihm erzählte, dass Sally nichts lieber wolle, als auf der *Fisher* anzuheuern. »Ein Mast bricht, ein Anker geht verloren, Mann über Bord, irgendetwas läuft schief und schon gibt man dem neuen Bootsmann die Schuld. Dann heißt es, er hätte den bösen Blick und bringe Unglück.«

»Sally bringt nur Glück«, entgegnete Francine.

Gerard lachte. »Auf alle Fälle bringt sie Fröhlichkeit. Sollen wir abstimmen? Aber ich mache nur Spaß. Ich hätte sie gern als Bootsmann dabei.«

Später wurde Francine klar, dass Sally genauso eine Außenseiterin war wie sie. Der Unterschied war nur, dass Sally schon als Kind beschlossen hatte, der Welt die Stirn zu bieten, und dass sie gelernt hatte, sich mit einer Aura der Selbstsicherheit zu umgeben. »Du kannst so sein, wie du willst«, pflegte sie zu sagen. »Du musst nur immer deine eigene Linie einhalten, das ist der Trick. Lass dich nur nicht von einem Haufen blöder Gänse von einem tollen Plan abbringen.«

Sally beschloss auch, dass sie beide ihr Englisch aufbessern müssten, weil sie mehr als nur das Schulenglisch bräuchten, wenn sie um die Welt segeln und unterwegs ihren Unterhalt verdienen wollten. Ganze Abende lang murmelte Francine mit Kopfhörern auf den Ohren englische Texte nach. Sie versuchte, Gerard zu überreden mitzumachen, aber der erwiderte mit seiner üblichen Bescheidenheit, sie hätte den Verstand ihrer Mutter geerbt und könne ja unterwegs das Reden übernehmen, während er das Deck schrubbte.

Francine wusste nur sehr wenig über ihre Mutter, weil Gerard sich meistens weigerte, über sie zu reden, und seine Tochter höchstens mit Allgemeinplätzen abspeiste. Etwa, dass sie ihr aufs Haar gliche – was Francine anhand der wenigen Bilder im Fotoalbum selbst feststellen konnte – oder dass Elly eine gute Mutter gewesen wäre, wenn sie eine Chance gehabt hätte. Doch er weigerte sich, über den Unfall mit dem Lkw mehr zu verraten, als dass es sich um ein tragisches Unglück gehandelt habe, das niemand hätte verhindern können.

Gerard hatte Francine von Kindheit an wie eine Erwachsene behandelt, und umso mehr ärgerte sie sich darüber, dass er ihr nicht offen von ihrer Mutter erzählte. Daraus musste sie zwangsläufig schließen, dass die Ehe ihrer Eltern zerrüttet gewesen war oder dass irgendetwas mit Elly nicht gestimmt habe. Doch sie mied das heikle Thema, nachdem sie festgestellt hatte, dass ihr Vater sich dann jedes Mal ein Glas Whiskey eingoss und eine alte Platte auflegte, meistens Pink Floyd, deren Musik ihn offenbar an glücklichere Zeiten erinnerte. Vermutlich war Gerard der letzte Mensch auf der Welt, der noch einen Plattenspieler besaß, einen Bang & Olufsen aus den Siebzigerjahren, und dazu tausendmal abgespielte Platten aus derselben Zeit: *Ummagumma, The Wall, Jesus Christ Superstar,* eine Philips-Serie *Prospectif pour le 21ième Siècle* in silbernen Hüllen, darunter eine wüste Rockmesse von Pierre Henri, *Messe pour le Temps Présent,* und ein Requiem von Ligeti sowie das unbeschreiblich sphärische *Lux aeterna.* Diese Musik gehörte zu jenen Dingen, die man Gerard niemals zugetraut hätte, so normal und absolut unauffällig wirkte er nach außen hin. Jeder x-Beliebige, bei dem er geklingelt hätte, hätte ihn für den Mann gehalten, der widerwillig die Waschmaschine reparieren kam, und Francine fragte sich gelegentlich, was die schöne junge Frau auf dem Foto einst in ihm gesehen hatte.

Gerard zahlte das Hausboot zu einem Viertel unter der Hand an und stotterte den Rest in Raten ab. Ihre neue Behausung bestand aus einem plumpen Rechteck auf einem Betonrumpf, mit grün gestrichenen Fensterrahmen, einer Diele, von der Dusche und Toilette abgingen, einem Wohnzimmer und zwei Schlafzimmern. Gerard musste sich krummlegen, um die Raten zahlen zu können, aber zumindest waren sie schon mal aus ihrer schrecklichen Wohnung raus und lebten auf dem Wasser.

Sie stellten einen Globus auf den Esstisch, studierten Seekarten, Strömungen und Passatwinde und vertrieben sich die Zeit damit, immer neue Überlebensstrategien für unterwegs zu entwickeln. Sie planten, Segelkurse, Inseltouren, Schnorchelausflüge und Hochseefischen für Touristen anzubieten. In den Häfen und an Land würden sie Jobs annehmen, in Restaurants, Hotels oder als Babysitter für Urlauber. Gerard könnte in Werkstätten arbeiten oder in karibischen Yachthäfen Surfbretter reparieren. Sally kam auf die Idee, unterwegs auf den Inseln traditionelle Kunsthandwerksgegenstände zu kaufen und sie in Florida weiterzuverkaufen. Francine hingegen schlug vor, Sally könne doch Geld verdienen, indem sie Miss Miami oder die Meereskönigin von Neuseeland würde.

Die Liste war nicht das Problem. Das Problem war das Geld für die *Fisher.* Sie besaßen ein Kästchen, in dem sie jeden Cent sparten, den Gerard übrig behielt, doch immer wieder mussten sie etwas herausnehmen: Geld für eine kaputte Waschmaschine, eine vom Wind zerstörte Satellitenschüssel, eine undichte Stelle im Dach, ein neues Getriebe für Gerards Auto, die Raten für das Hausboot. Und so blieb von ihrem Ersparten nie etwas übrig. Neidisch sahen sie sich im Fernsehen französische Berichte über die Segler der *Vendée Globe* an, die sich drei Monate lang mutterseelenallein durch Stürme und Flauten rund um die ganze Welt kämpften, ohne zwischendurch einen Hafen anzulaufen oder um Hilfe bitten zu dürfen, und sie erhoben das Glas auf die erste Frau, die Siegerin wurde.

Erst viel später fragte sich Francine, ob nicht alles gut gegangen wäre, wenn sie es geschafft hätten, als Sally mit ihrem unerschütterlichen Optimismus noch bei ihnen gewesen war. Als sie selbst noch nichts weiter war als das Kind ihres Vaters und nichts anderes im Kopf hatte, als mit ihm in See zu stechen, ohne sich je zu fragen, wie das Leben hinterher weitergehen sollte. Wenn sie damals durch irgendein Wunder das Geld hätten zusammenkratzen können, hätte sie keine Sekunde gezögert und wäre ebenso glücklich geworden wie Ellen McArthur, die mit Champagner herumspritzte und im Hafen von Les Sables d'Olonne wie ein ausgelassenes Kalb auf dem Deck ihrer Regattayacht herumsprang.

Für Francine brach eine Welt zusammen, als Sally in der zehnten Klasse verkündete, sie wolle am Ende des Schuljahres nach England gehen und dort eine Ausbildung zur Reisekauffrau absolvieren. Direkt anschließend würde sie nach Ägypten gehen und dort für die Reiseorganisation arbeiten, der ihr Onkel als Direktor vorstand. Sie versuchte, Francine dazu zu überreden, mit ihr zu kommen – zwei Jahre England und anschließend Ägypten, wo man dabei war, die halbe Wüstenküste am Roten Meer mit luxuriösen Badeorten zuzubauen. Sie habe schon mit ihrem Onkel geredet, er würde sie alle beide sofort einstellen.

»Und was ist mit unserer Segeltour?«, fragte Francine.

Sally schaute sie an. »Wie lange würden wir unterwegs sein, was meinst du? Ein Jahr vielleicht? Und dann? Du kannst nicht dein ganzes Leben auf einer *Fisher* verbringen. Es gibt auch noch ein Danach. Du wirst dich verlieben, du wirst dir ein anderes Leben wünschen, aber als was denn, als Regattagewinnerin? Das hier ist meine Chance. Ich werde sehr erfolgreich werden in meinem Beruf und eine Menge Geld verdienen und du solltest genau dasselbe tun.« Sie biss sich auf die Unterlippe. »Francine, ich habe keine andere Wahl, ich kann nicht hierbleiben.«

Sally bot ihr anstatt eines Traums konkrete Zukunftsaussichten an. Francine hätte nur zuzugreifen brauchen, vorausgesetzt, sie hätte das Geld für die teure Ausbildung aufgetrieben. Schließlich hatte sie im Gegensatz zu Sally keine wohlhabende Familie.

Gerard konnte nicht glauben, dass seine Tochter Sally begleiten, dass sie desertieren wollte. Er versuchte, sich zu beherrschen, aber seine Erschütterung war ihm anzusehen und schwer zu ertragen. »Mach wenigstens die Schule fertig«, verlangte er von Francine und fügte hinzu: »Aber in ein paar Jahren wollten wir doch zusammen zur See fahren, das wünschen wir uns doch am allermeisten, oder?«

Francine sagte Ja und Amen, doch in der Leere, die Sally hinterließ, glich ihr Plan mit jedem Tag mehr einer kindischen Utopie, die zu einem Albtraum auszuarten drohte, weil sie sie nie würden verwirklichen können. Sie würden nie genug Geld zusammenkriegen, nicht in hundert Jahren. Francine ertappte sich immer öfter bei verräterischen Gedanken: ob es denn nichts anderes gäbe, nichts Besseres, wie lange sie das noch aushalten würde und ob sie es überhaupt noch aushalten wollte.

Das erste Mal stritten sie sich darüber, als Francine nach einer Party heimkehrte und Gerard mit einer Flasche Genever vor dem Fernseher fand. Fasziniert sah er sich eine aktuelle Soloregatta an. Eine Teilnehmerin wurde gefragt, ob diese *Vendée* denn keine unmenschliche Prüfung sei, doch sie lachte in die kleine Kamera in ihrer Kajüte und erwiderte, sie habe dabei die absolute Freiheit gefunden und zugleich das Gefühl, endlich zu Hause angekommen zu sein. »So ist es!«, rief Gerard aufgeregt. »Genauso ist es! Aus dem Meer kommen wir und dorthin gehören wir!«

Francine hatte einen netten Abend verlebt, gemeinsam mit Freunden, die Taschengeld erhielten und ein normales Leben in gemütlichen Häusern führten, und ihr klang die Begeisterung ihres Vaters plötzlich derart abgedroschen und absurd in den Ohren, dass sie den Fernseher ausschaltete und rief: »Nein, das Meer ist nicht unser Zuhause! Es ist nur eine Illusion. Wir schaffen das nie. Wir müssen es vergessen, sonst werden wir noch verrückt!«

Gerard war so entsetzt, dass er eine halbe Minute lang kein Wort herausbrachte. »Keiner wird verrückt«, sagte er dann. »Jeder kann sein Leben ändern, und nichts und niemand kann einen daran hindern. Wenn das irgendeiner weiß, dann ich. Man muss es nur wirklich wollen.«

Genau daran hatte Francine lange geglaubt, aber jetzt hörte es sich in ihren Ohren wie das wirre Geschwätz eines Betrunkenen an – als könne man durch bloße Willensanstrengung reich werden. In dem Moment wünschte sie, ihr wären passendere Worte eingefallen, philosophische, therapeutische, sie wünschte, sie hätte erklären können, dass die Seglerin im Fernsehen sich nur in einer Art Rausch befand, der wieder vorübergehen würde. »Ich halte es für gesünder, ein normales Leben zu führen«, sagte sie stattdessen. »Ohne solche Schnapsideen.«

»Du weißt ja nicht, was du da redest«, erwiderte ihr Vater. »Eine Schnapsidee? Wer keine Träume hat, ist ein armes Würstchen, und das will ich nicht sein.« Wütend drückte er seine Zigarette aus. »Ich geh mal ein bisschen frische Luft schnappen.«

»Und ich gehe zu Sally nach England!«

Gerards Zigarette kokelte im Aschenbecher vor sich hin; das ganze Boot stank wie ein altes Raucherabteil. Unaufhörlich prasselte der Regen gegen die Fensterscheibe. In Ägypten schien die Sonne. Die Flurtür ging wieder auf. Gerard hielt seine Jacke und die Autoschlüssel in der Hand. Die Zeiten, als er seine Tochter fest an sich binden und ihr mit der bösen Tante drohen konnte, waren endgültig vorbei.

»Du willst mich also im Stich lassen?«, fragte er.

O Gott, dachte sie. Ihr Vater sah aus wie ein geprügelter Hund. Sie hätte heulen können vor Verzweiflung und Reue. »Natürlich lasse ich dich nicht im Stich«, stotterte sie. »Ich habe nur keine Lust mehr, jeden Tag über dasselbe zu reden.«

Wenn sie morgen im Lotto gewönnen, würde sie auf der Stelle mit ihm gehen, aber das Foto der *Catfisher* wurde allmählich zu einem so traurigen, fünfzigtausend englische Pfund schweren Symbol der Unerreichbarkeit, dass sie es von der Wand nahm und weglegte, ebenso wie Gerard seinen Traum in der geheimen Welt seiner Gedanken und Fantasien zu verstecken versuchte.

Doch wegwerfen konnte sie das Foto nicht. Es lag unter ihrem Bett, weil sie einfach nicht mehr mit einer fixen Idee leben konnte, die sie innerlich zerriss und wütend machte. Manchmal, wenn sie Sally besonders vermisste und dachte, sie hätte vielleicht besser eine Bank überfallen sollen, um sie begleiten zu können, holte sie das Bild hervor und betrachtete es. Eines Morgens, als Gerard in ihr Zimmer kam, hielt sie das Foto im Schlaf fest an die Brust gedrückt, zerknittert unter dem Gewicht ihrer Hand und der leer gebrannten Taschenlampe.

»Verdammt noch mal«, hörte sie ihn in ihrem Traum murmeln.

Alle anderen Schulabgänger wussten, was sie machen wollten: Sie würden Lehrerin, Schauspielerin oder Programmierer werden, Tiermedizin studieren oder eine Banklehre absolvieren. Einige Mädchen wollten heiraten und Kinder kriegen und ansonsten nur noch im Chor singen und sich irgendwie ehrenamtlich engagieren – sie kamen auf die verrücktesten Ideen. »Und du?«, fragten Francines Mitschüler. »Das war doch wohl damals nicht dein Ernst, oder? Dass du die Welt umsegeln wolltest? Zusammen mit deinem Vater?« Heftiges Gekicher. »Fahr doch wenigstens mit Nico Helman, in den warst du doch verliebt, oder?«

Manchmal fragte sich Francine, ob eine Mutter sie vielleicht an ein normales Leben hätte heranführen können: Studium, Karriere, Heirat, Kinder, schließlich verwirklichten sich Mütter in ihren Töchtern. Doch sie besaß nur einen Vater, der sich keinen schöneren Tod vorstellen konnte als am Bug einer Segelyacht, irgendwo bei Nowaja Semlja.

Francine wurde klar, dass sie sich selbst retten musste.

Sie nahm die erstbeste Stelle an, die ihr angeboten wurde, am Empfangsschalter einer Autowerkstatt. Dort konnte sie zwar wenig mit ihrem Englisch anfangen, aber sie kam sowohl mit den Kunden als auch mit den Computerprogrammen gut zurecht. Sie baute sich ein eigenes Leben auf, ging ins Fitnessstudio, traf sich mit Freunden. Sie machte den Führerschein und kaufte sich einen gebrauchten Peugeot, den Gerard für sie aufmöbelte. Außerdem gab sie – zunächst heimlich – Zeitungsanzeigen auf, in denen sie ein Zimmer oder eine Wohnung suchte. Dies fiel ihr umso leichter, da Gerard bald darauf eine nette fünfundvierzigjährige Witwe kennenlernte, mit der sich Francine sofort gut verstand – wenn vielleicht auch nur, weil sie sich die Träume ihres Vaters anhörte, ohne ihn gleich auszulachen. Nicht dass es Gerard viel ausmachte, von anderen ausgelacht zu werden. Er spielte dann den Sonderling und trug eine überlegene Miene zur Schau. Manchmal musste Francine in ohrenbetäubender Lautstärke Nirvana oder Soviet Kitsch hören, um sich gegen ihre merkwürdigen frühkindlichen Erinnerungen zu wehren und auch gegen die schreckliche Ahnung, dass Gerards Besessenheit ihre Mutter in den Tod getrieben hatte.

Trotz ihrer Zweifel opferte Francine jeden Monat einen Teil ihres Gehalts für das Segelkästchen. Auch Gerard erledigte seit einiger Zeit neben seinem Halbtagsjob in einer Möbelfabrik geheimnisvolle nächtliche Aufträge, die jedes Mal zweihundertfünfzig Euro einbrachten.

»Allmählich geht's aufwärts«, murmelte er an einem jener mittlerweile seltenen Abende, an denen sie beide zu Hause waren. Er rieb sich die Hände. »Wir haben schon achttausend auf der Bank.«

»Na ja, dann dauert's ja nur noch zwanzig Jahre«, antwortete Francine. »Es sei denn, vorher geschieht ein Wunder.«

»Warum nicht?« Gerard sah sie herausfordernd an. »Denk doch mal an den Mann im Fernsehen. Pensionierter Postbote. Kauft ein Päckchen Zigaretten, nimmt ein Los statt des Wechselgeldes und gewinnt zwei Millionen. So was gibt's.«

*Ground control for Major Tom,* dachte Francine. »Vielleicht sollten wir lieber eine Bank ausrauben.«

»Das ist nicht witzig!«

»Geht aber schneller, als auf einen Lottogewinn zu warten.«

»Mit so was endet man immer im Knast«, erwiderte Gerard gereizt. »Und darauf kann ich gut und gern verzichten. Nein, wir brauchen nur noch ein bisschen Geduld.«

Zehn Jahre zuvor hatte sich Gerard von ein paar Bauarbeitern dazu überreden lassen, als Fahrer des Fluchtfahrzeugs bei einem unbesonnenen Einbruch in ihr eigenes Bauunternehmen mitzumachen. Die Männer hatten behauptet, die Firma arbeite mit illegalen Subunternehmern und hätte immer Hunderttausende an Schwarzgeld im Tresor. Doch ein Nachtwächter im Nebengebäude schöpfte Verdacht und im Nu schnitt die Polizei Gerards Fluchtfahrzeug den Weg ab und nahm die Bauarbeiter fest, als sie gerade den Tresor im Direktionsbüro ausräumten. Gerard hatte das Glück, einen engagierten Pflichtanwalt und einen milden Richter zu erwischen, sonst hätte ihn die Sache neben den drei Wochen Gefängnis auch noch das Sorgerecht für seine Tochter gekostet.

»Geduld?«, fragte Francine. »Worauf sollen wir denn noch warten? Auf einen Lottogewinn?«

Er schüttelte den Kopf. »Nein, auf unsere Chance. Man weiß vorher nie, wie sie aussieht, worin sie besteht und wann sie kommt, aber irgendwann wird sie kommen und dann muss man sie erkennen und beim Schopfe ergreifen. Man muss sich einfach nur bereithalten.«

Er klang wie eine Figur von Dickens: *Es wird schon werden.* Francine stand von ihrem Deckstuhl auf und klopfte ihm auf die Schulter. »Schon gut«, sagte sie. »Ich geh dir ein Bier holen.«

Abwarten, dachte sie.

Es machte sie traurig. Sie dachte an den glücklosen Mister Micawber aus *Oliver Twist*, dessen sonniger Optimismus eines Tages einfach belohnt werden musste. Doch Gerards Glaube an die Zukunft glich eher einem Geschwür, das ihn von innen auffraß, was allmählich auch äußerlich sichtbar wurde. Sein Gesicht hatte eine aschfahle Farbe angenommen und seine Kleidung hing ihm sackartig um den Körper. Francine und Jacqueline hatten sich verbündet, um ihn vom Rauchen abzubringen und ihn zu einem Arzt zu schleifen, aber Gerard wollte nichts davon hören. Er behauptete hartnäckig, ihm fehle nichts weiter als die frische Brise auf offener See. Doch wenn er noch lange darauf warten musste, fielen ihm bis dahin auch die letzten Haare aus und er würde zu einem frustrierten alten Mann werden, der das Lachen verlernt hatte und den nicht mal die eigene Tochter retten konnte.

Francine hätte die Stelle in der Werkstatt niemals aufgeben dürfen. Doch sie ließ sich von einem attraktiven blonden Makler beschwatzen, der einen gebrauchten Jaguar bei ihnen kaufte und ihr praktisch das Doppelte von dem bot, was sie in der Werkstatt verdiente, falls sie sich entschließen würde, in seinem »kleinen, aber feinen« Büro zu arbeiten. Er stellte ihr sogar in Aussicht, eines Tages Teilhaberin zu werden, falls es mit der Zusammenarbeit gut klappe. Mit Immobilien ließe sich viel Geld verdienen, vor allem wenn man, wie er,

Herman Grifhorst, die Betriebskosten niedrig hielt und nur zu zweit arbeitete. Seine ehemalige Sekretärin sei leider schwanger geworden und habe einen Lebensmittelhändler geheiratet.

Bereits nach einer Woche entdeckte Francine, dass zu den Bedingungen für das höhere Gehalt und die Zukunftsaussichten Sex mit dem Chef gehörte. Bis dahin hatte sich Herman freundschaftlich, aber distanziert verhalten, ein wenig mit ihr geflirtet zwar, aber in einem für sie akzeptablen Rahmen. Doch eines Morgens verwandelte sich die normale Büroatmosphäre und plötzlich lag eine beklemmende Spannung in der Luft. Sie war gerade dabei, die Immobilienannoncen auszuwerten, als ihr Chef auf einmal schweigend und ziellos um ihren Schreibtisch herumscharwenzelte, als müsse er eine Entscheidung treffen oder Mut fassen. Schließlich blieb er hinter ihr stehen, stieß einen leidenschaftlichen Seufzer aus und fuhr ihr mit beiden Händen am Hals entlang unter die Bluse.

Francine war alt genug, um zu wissen, dass Büroaffären meist nur von kurzer Dauer waren und die betroffene Frau sich anschließend auf der Straße wiederfand, wie es wohl auch ihrer Vorgängerin ergangen sein musste. Doch wenn sie ihn abwies, war sie vielleicht morgen schon arbeitslos. Sie fragte sich, ob sie ihm den Brieföffner in die Hand rammen oder ihn hinhalten sollte, bis sie eine bessere Stelle gefunden hatte, aber noch bevor der Makler ihre Brüste richtig umfasst hatte, betätigte jemand jenseits der Glaswand die Klingel. Herman eilte zu seinem Schreibtisch. Zwei kleine Mädchen kamen hereingerannt, gefolgt von einer blonden Frau. Hermans Gattin Josefien wollte zweihundert Euro abholen, um den Fliesenleger für das Badezimmer zu bezahlen, und dabei vielleicht auch gleich Hermans neue Sekretärin in Augenschein nehmen.

Josefien war eine hübsche junge Frau mit Stupsnase und einem Feuermal am Hals, das sie unter einem Schal zu verbergen suchte. Ihre blonden Töchter, drei und fünf Jahre alt, kletterten sofort auf den Schoß ihres Vaters. In der Schreibtischschublade bewahrte er Lutscher auf. Josefien kam zu Francine hinüber und stellte sich vor. Francine wäre am liebsten im Erdboden versunken, aber irgendetwas an der Frau zwang sie dazu, ihr in die Augen zu schauen. Als sie sich endlich dazu überwand, sah sie keine Spur von Abneigung oder Feindseligkeit, eher Sympathie. Josefien hielt Francines Hand einen Augenblick fest und drückte sie, und Francine begriff plötzlich, was die Frau ihr sagen wollte: Ich habe das schon öfter erlebt, du brauchst mir gegenüber keine Gewissensbisse zu haben, es ist nicht deine Schuld. Und dabei schwang traurigerweise mit, dass sie dieses Opfer für ihre Kinder brachte, genau wie Francines Vater zugunsten seines Kindes jede Demütigung geschluckt hätte.

Es war derart deprimierend, dass Francine übel wurde und sie auf die Toilette flüchtete. Nachdem Josefien und die Mädchen gegangen waren, schlug sie Herman mitten in seine dämliche Maklerfratze, holte vor seinen Augen den Betrag von zwei Monatsgehältern aus dem noch offen stehenden Tresor und wandte sich auf der Stelle zum Gehen. Herman grinste blöde und rief ihr höhnisch nach: »Du hältst dich wohl für was Besseres, was? Hinter dir warten schon zehn andere!«

Die Werkstatt hatte bereits eine andere Empfangsdame eingestellt. Francine meldete sich bei einer Leiharbeitsfirma, die ihr Jobs in Büros, bei einer Reinigungsfirma sowie in Hotels und Gaststätten vermittelte.

Gerard beschloss, Francine zum zwanzigsten Geburtstag ihre erste Seereise zu schenken, in der Hoffnung, die alte Begeisterung für seine Weltumseglungspläne wieder anzufachen. Er hob Geld ab und lieh sich das Wohnmobil seines Freundes in Weurt. Anschließend fuhren sie nach Les Sables d'Olonne, wo er eine 36 Fuß lange Danegeld-Yacht namens *Whispering* gemietet hatte.

Francine war begeistert, als sie unter Motor aus dem Hafen ausliefen und draußen auf See die Segel hissten. Alles war anders und größer als auf der *BM*, doch es dauerte nicht lange, bis sie den komplizierten Umgang mit Genuasegeln, Karten und Messbesteck, Kompass und Echolot beherrschte. Sie konnte eine Hochseeyacht segeln. Ohne Unterbrechung umrundeten sie die Bretagne und überquerten den Kanal in Richtung Salcombe.

Als Francine bei ihrer ersten Hundewache stundenlang unter dem stillen Sternenhimmel allein am Ruder saß, bei ruhiger See, auf der sie nur dann und wann in der Ferne die Lichter eines anderen Schiffs erblickte, begann sie allmählich zu verstehen, was die Soloseglerin damit gemeint hatte, als sie das Meer als ihre »Mutter« bezeichnete, aus der sie kamen und zu der sie gehörten. Noch nie hatte sich Francine so zutiefst zufrieden und im Einklang mit der Welt gefühlt.

Doch mit dieser Romantik war es vorbei, als sie auf dem Rückweg von einem Sturm überrascht wurden. Gerard spielte die Gefahr herunter. »Das bisschen Wind! Keine Sorge, wir haben doch Seebeine«, rief er, als er in gelbem Ölzeug und einer roten Schwimmweste aus der Kajüte kam. Dennoch fügte er hinzu: »Weste an und keinen Schritt ohne Sicherheitsleine!«

Es gelang ihnen, das flatternde Großsegel einzuholen und am Giekbaum festzubinden, und Gerard setzte eine Sturmfock, während Francine die *Whispering* durch peitschenden Sprühregen und über haushohe Wellenberge steuerte. Als Gerard das Ruder übernahm, hechtete sie in die Kajüte, um ihren Sturmanzug überzuziehen, doch als sie gerade ein Bein in der gelben Hose hatte, bäumte sich die Yacht wild auf und sie wurde quer über den Navigationstisch geschleudert.

Ihre Rippen krachten. Sie fiel vom Tisch und landete mit voller Wucht auf dem Boden der feuchten Kajüte, betäubt und desorientiert von dem Toben und Brüllen einer toll gewordenen Muttersee jenseits der hauchdünnen Schiffswand. Sie hatte noch nie vor irgendetwas Angst gehabt, doch in diesem Augenblick wurde ihr klar, dass sie keine

Helen McArthur war und nicht dafür geschaffen, ihr Leben lang den Launen des Meeres ausgeliefert zu sein und auf derart klammem, beengtem Raum zu existieren. Das Meer war zu extrem, zu übermächtig. Nichts war schöner als die See und nichts war feindlicher, wenn sie vor Wut raste, Küsten unter Wasser setzte, Tod und Verderben säte, Menschen und Schiffe wie Spielzeuge umherwirbelte. Ihre Lehrerin hatte recht gehabt: Segeln war nett, für ein paar Wochen. Francine sehnte sich nach festem Boden unter den Füßen, der sich auch bei Windstärke zwölf nicht bewegte, nach grünen Poldern und unverrückbaren Bergen am Horizont, ja, sogar nach einem ganz gewöhnlichen Stau.

Sie überlebten den Sturm und erreichten ohne Havarie die Île de Quessant. Von dort aus unternahmen sie bei herrlichem Wetter und Windstärke zwei Tagesausflüge entlang der französischen Küste und jeden Abend gingen sie in einem anderen Hafen vor Anker. Am schönsten war immer das Einlaufen: Segel einholen, einen Ankerplatz finden, auf dem Kai stehen, der sich noch eine Zeit lang bewegte, weil einem der Seegang in den Beinen steckte, Meeresfrüchte in einem Fischrestaurant essen.

Jeannot, der französische Yachteigner, war tief beeindruckt von dem Zustand, in dem sie die *Whispering* zurückbrachten, die Decks sauber geschrubbt, alles ordentlich verstaut und an seinem Platz.

»Sie sind wirklich mit dem Herzen bei der Sache«, sagte er in seinem holprigen Englisch. »Da sind wir anderes gewöhnt.«

»Es ist eine gute Yacht«, sagte Gerard.

»Sie können sie kaufen, vierzigtausend Euro.«

Francine sah den Schatten, der sich auf das Gesicht ihres Vaters legte. *»Next year, maybe«*, antwortete er und murmelte: »Erst noch ein bisschen Geld verdienen.«

Schweigend ging er ihr voraus. Erst als sie das Wohnmobil erreicht hatten, verjagte er mit einem Achselzucken die dunkle Wolke, die ihn umgab, und schaute seine Tochter erwartungsvoll an: »Und?«

Francine konnte es ihm nicht sagen. Sie fand einfach nicht die richtigen Worte, um ihm zu erklären, dass sie zwischen zwei Lebensentwürfen hin- und hergerissen war, zwischen seinem und ihrem, und dass beide keine Zukunft hatten. Und dass sie inzwischen erkannt hatte, wie unterschiedlich, ja sogar gegensätzlich sie waren. Stattdessen lächelte sie und wiederholte, was sie auch in jedem Restaurant gesagt hatte: »Es war fantastisch.«

Er strahlte. »Ich bin froh, dass du nicht so bist wie die anderen.«

»Wie meinst du das?«

Gerard zuckte mit den Schultern. »Die meisten Leute können nur mit kurzfristigen Zielen etwas anfangen«, antwortete er. »Langfristige sind nichts für sie.«

Francine allerdings sah immer deutlicher, wie unglücklich so ein Traum machen konnte, der immer nur vor einem her flüchtete. Sie sah, wie ihr Vater tiefer und tiefer in einem unwirklichen Nebel des ewig Vorläufigen verschwand. Seine Kollegen vergaßen ihn, sobald er wieder mal den Job wechselte, und ansonsten hatte er nur Nachbar Koos, mit dem er hin und wieder angeln ging, und Gott sei Dank Jacqueline. Francine brauchte nur die Augen zu schließen und sie sah ihn vor sich, als Mechaniker in einer Werkstatt, inmitten von Autos auf Hebebühnen, Werkzeugen und dem Gestank von Öl und alten Autoreifen oder wie jetzt im Lärm der Fabrik, in der er Maschinen wartete. Was sie sah, war ein Roboter, der, dieses eine Bild von einem Schiff auf dem Meer einprogrammiert, versehentlich auf einen Wüstenplaneten geschickt worden war, sodass seine Schaltkreise irgendwann durchbrannten und verrückt spielten.

Sie war seine Tochter, sie wusste alles, sie verstand ihn sogar, aber sie konnte nicht mit ihm reden und sie konnte ihn nicht heilen. Ihr Verstand sagte ihr, dass er auch schon vor zwanzig Jahren seinen Traum nicht hätte verwirklichen können, weil er es einfach nicht draufhatte. Aber sie war nicht immer in der Lage, objektiv zu denken und das Wissen zu unterdrücken, dass er sich zwanzig Jahre lang für sie aufgeopfert hatte. Und dass sie diese Schuld abtragen musste.

Jimmy war ein selbstsicherer Abenteurer mit Ohrring und den ruchlosen Romeo-Gangsteraugen eines John Cusack. Eines Abends erschien er auf ihrem Hausboot, in Verbindung mit den nächtlichen Aufträgen, die Gerard offenbar für ihn ausführte. Er trug eine schwarze Lederjacke und eine schwarze Lederhose, ein Goldkettchen mit Kruzifix sowie einen schwarzen Lederhut, der ihm ein spanisches Aussehen verlieh. Er war von einer Aura des Geheimnisvollen und einem düsteren, aufregenden Hauch von Gefahr umgeben.

Gerard schien wenig begeistert von seinem unerwarteten Besuch und noch weniger von der Art, wie seine Tochter und Jimmy aufeinander reagierten. Schon nach zehn Minuten zog er mit Jimmy in eine Kneipe um, um dort weiter über ihre Geschäfte zu reden. Als er eine Stunde später zurückkehrte, versuchte Francine, ihn auszuhorchen, doch ihr Vater wollte nicht mit ihr über Jimmy Halewijn sprechen. »Ich bastle für ihn an Autos herum und mehr will ich nicht mit ihm zu tun haben«, erklärte er. »Wenn ich du wäre, würde ich mich von ihm fernhalten.«

Zwei Tage später rief Jimmy Francine an und fragte, ob er vorbeikommen dürfe. Er wusste, dass Gerard nicht da war, weil dieser gerade einen Auftrag für ihn erledigte. Offenbar hatte er vom Auto aus angerufen, denn schon fünf Minuten später war er bei ihr. »Du hast so ein hübsches Grübchen in der Nase«, sagte er. »Und noch so ein paar andere Dinge, an die ich die ganze Zeit denken muss.«

Er hatte ihr nichts mitgebracht. Jimmy war nicht der Typ für Blumen oder CDs, aber keine halbe Stunde später wälzten sie sich auf dem Wohnzimmerboden herum. Nachdem er kurz nach Mitternacht gegangen war, versuchte Francine mithilfe eines Glases von Gerards Whiskey, darüber nachzudenken, was eigentlich passiert war. Warum sie trotz aller angenehmen Erregung dieses seltsame Gefühl von Leere zurückbehielt, ganz anders als wenn man zum Beispiel nach einem Abschied am Bahnhof alleine zurückblieb. Vielleicht brauchte sie nur ein wenig Geduld. Vielleicht glich Jimmy einem Geschenk, das man langsam auspacken musste.

Eine Woche später lud er sie zu einer Fahrradtour rund um das IJsselmeer ein, inklusive mehrerer romantischer Hotelübernachtungen. Er besaß ein exklusives Tourenrad mit unzähligen Gängen und lieh für sie ein ähnliches. Dass Jimmy Fahrrad fuhr, erstaunte sie einigermaßen; sie hätte ihm eher eine Schwäche für schnelle Sportwagen zugetraut. Doch es stellte sich heraus, dass er früher sogar Wattlauf als Ausdauersport betrieben hatte. Er erzählte ihr, dass er einmal jemanden im Wattenmeer gerettet hatte, der danach sein bester Freund geworden war. Er und dieser Freund hätten sich dann auf gemeinsame Fahrradtouren verlegt und sich derart dafür begeistert, dass sie noch immer jedes Jahr ein- bis zweimal große Touren unternähmen.

Francine genoss eine aufregende Woche; danach traf sie Jimmy noch gelegentlich. Es war immer spannend mit ihm, obwohl sie zu der Erkenntnis kam, dass sie auspacken konnte, soviel sie wollte – ein schönes Geschenk steckte nicht unter der äußeren Hülle. Dabei merkte es im Grunde jede Frau sofort, wenn ein Mann nur das eigene Vergnügen im Sinn hatte. Sie spürte es deutlich an seinen Händen, auch wenn er sich anfangs noch alle Mühe gab, es vor ihr zu verbergen, um den Erfolg nicht zu gefährden.

Gerard konnte ihr nichts mehr verbieten, reagierte aber ungewohnt heftig, als sie ihm erzählte, dass sie Kurierdienste für Jimmy erledigte. »Verdammt noch mal!«, fuhr er sie an. »Was Besseres fällt dir wohl nicht ein?«

Es war schon nach Mitternacht. Er war bei Jacqueline gewesen und Francine hatte den Fernseher ausgeschaltet, als er, begleitet von einem kalten Luftzug, zur Tür hereinkam. Nasser Februarschnee rieselte an die Fensterscheibe, dahinter funkelten die Lichter der Frachtschiffe am Kai gegenüber. Im Winter war es auf einem Hausboot nie besonders gemütlich: Ölofen, Wäsche, die nicht trocknete, beschlagene Fenster, klamme Betten, Matsch im Flur und Eis auf der Laufplanke.

»Wenigstens verdiene ich Geld«, sagte sie. »Wenn ich ein paarmal im Monat für ihn arbeiten kann und du auch deinen Teil dazu beiträgst, haben wir in ein paar Jahren genügend beisammen.«

Gerard griff nach einem Küchenhandtuch, um sich den Kopf trockenzureiben, hängte es wieder weg und wärmte sich die Hände über dem Ofen. Francine sah, wie sie zitterten, und reichte ihm ein Glas Cognac. »Genügend Geld wofür?«

Um mir eine eigene Wohnung zu mieten, dachte sie. Doch ihr Vater wollte ja nur hören, dass sich nichts geändert hatte. »Für die *Catfisher.*«

»Die wird doch schon lange nicht mehr gebaut.«

Er klang mitleiderregend. Er versuchte, Zeit zu gewinnen, um über den Schock hinwegzukommen. »Komm, hör schon auf«, bat sie.

Gerard setzte sich in den niedrigen Sessel am Ofen und starrte in seinen Cognac. Er hatte Whiskeyphasen und Cognacphasen, und manchmal trank er Genever, wenn Cognac ihm zu teuer wurde, doch er trank viel weniger als früher, als sei er endlich zu der Erkenntnis gekommen, dass Alkohol nicht viel mehr als depressive Katerstimmungen einbrachte. Außerdem hatte Jacqueline gedroht, mit ihm Schluss zu machen, wenn er sich nicht auf das gemütliche Gläschen beschränkte, das auch sie selbst nicht verachtete. Sie verspürte keine Lust, jedes Mal dieses verdammte Zuviel an saurem Whiskeyschweiß aus seinem Pyjamakragen zu waschen. »Ich will das eben nicht«, sagte er.

»Was?«

Er schwenkte den Cognac im Glas herum. »Na, das da eben. Ich will nicht, dass du auf diese Schiene gerätst. Du kannst meinetwegen jeden Unsinn mitmachen, aber da hört der Spaß auf.«

Die Reste seiner aschblonden Haare standen ihm in feuchten Clownssträhnen rechts und links vom Kopf ab und Francine nahm eine Bürste und stellte sich neben ihn, um sie zu glätten. Gerard wehrte sie ab, aber sie schob seine Hand weg. Es schien, als würde auch sein Kopf schmaler und magerer, dünne Haut über harten Knochen.

»Aber du machst das doch auch?«

»Das ist was anderes.«

Sie küsste die kahle Stelle auf seinem Oberkopf. »Ich bringe hin und wieder ein Auto nach Bischofswerda«, erklärte sie. »Wenn ich es nicht tue, verdient jemand anderes das Geld.«

»Das wäre mir lieber.«

»Ich bin alt genug …«

Wieder wurde er heftig. »Weiß ich!«

Sie verletzte ihn. Sein Traum fraß noch immer an seiner Seele. Seine Tochter schlug sich mit Gelegenheitsjobs durch, statt Medizin zu studieren. Sie verdiente nicht mal genug, um sich eine eigene kleine Wohnung leisten zu können, geschweige denn eine Utopie. Dennoch sagte sie: »Wenn es nur nach dir ginge, würde das Kästchen noch in zwanzig Jahren da stehen.«

Sie sah seinen Gesichtsausdruck und zog seinen Kopf an sich. »Tut mir leid«, flüsterte sie. »War nicht so gemeint. Ich wollte damit nur sagen …«

»Was?«

»Es hat keinen Sinn, wenn wir von unserem Wechselgeld ein Los kaufen und hoffen, dass wir den Jackpot knacken. So funktioniert das nicht. Du tust schon alles, was du kannst, und ich will dir helfen.«

Sie schaute hinaus in den Schnee. Sie wünschte, dass sie einen Bruder gehabt hätte oder Gerard einen echten Freund oder besser noch eine abenteuerlustige Ehefrau, die ihr begeisterte Ansichtskarten aus Papua-Neuguinea schickte.

Jacqueline war ein richtiger Schatz, aber sie betrachtete Gerards Traum mehr als amüsanten Auswuchs einer Midlife-Krise. Francine konnte sie sich keinesfalls bei Windstärke sieben vorstellen – Jackie wurde schon seekrank, wenn sie sie an einem windstillen Sonntag auf der *BM* mitnahmen. Überdies war sie absolut zufrieden mit ihrem Leben und würde es niemals aufgeben. Ihr Marktstand brachte ihr genug ein, um bequem davon leben zu können. Sie besaß eine hübsche Wohnung im Nijmegener Stadtteil Dukenburg, hatte keine Kinder und nicht besonders viel Lust, mit einem Partner zusammenzuwohnen. Von Anfang an hatte sie Gerard klargemacht, dass sie sich nichts weiter als einen netten Freund wünschte, zum gemeinsamen Ausgehen und um nicht jeden Morgen allein aufwachen zu müssen.

Francine schaute ihren Vater an. Es gab Tage, an denen sie ihn vergessen konnte, und diese fühlten sich wie freie Tage an. An anderen Tagen machte er sie schier verrückt und sie wünschte sich nichts sehnlicher, als endlich diese verdammten Schuldgefühle ihm gegenüber abschütteln zu können. Kinder werden flügge, dachte sie manchmal. Warum nicht auch ich?

»Und dann ausgerechnet mit Jimmy«, murmelte Gerard.

»Was hast du denn gegen Jimmy?«

Er trank einen kleinen Schluck. »Er macht einen auf freundlich, solange ich ihm nützlich bin. Danach bin ich für ihn gestorben. Genauso wird er es auch mit dir machen, so ist er nun mal. Jimmy denkt ausschließlich an sich. Er benutzt dich.«

»Er ist immer ehrlich zu mir.«

Gerard lachte abfällig. »Ehrlich? Ehrlichkeit ist das Markenzeichen aller Betrüger. Sie schwitzen die Ehrlichkeit aus jeder Pore, während sie dich in die Pfanne hauen. Jimmy hat von Anfang an die ideale Kurierin in dir gesehen, vor allem, weil du ihn nicht verraten kannst, ohne auch mich hinter Gitter zu bringen.«

»Ich kann Jimmy ganz gut einschätzen.«

Er blickte auf. »Du bist aber doch hoffentlich nicht in ihn verliebt, oder?«

Sie besaß noch genügend Schamgefühl, um zu erröten. Gelegentlich fragte sie sich, welche Voraussetzungen eigentlich vorhanden sein mussten, um eine Beziehung länger als ein paar aufregende Wochen aufrechtzuerhalten. Sinn für Humor war ihr sehr wichtig, guter Sex und Treue natürlich. Spaß und guten Sex konnte man mit Jimmy wirklich haben, trotz seines Egoismus, und für kurze Zeit schien das zu genügen, bis sie entdeckte, dass bei Jimmy alles chaotisch war und Treue nichts weiter als ein abstrakter Begriff. Schon als er sie zum ersten Mal im Sportstudio abholte, verführte er ihre Trainingspartnerin quasi in ihrem Beisein. *Tja, Liebchen, so bin ich nun mal.*

Francine gab die Hoffnung nicht auf, dass sie irgendwann einmal eines der beiden chemischen Elemente sein würde, die zu Gold wurden, wenn man sie zusammen in einen Topf warf und durchrührte. Doch bisher hatte sie vergeblich gewartet. Jimmy war die soundsovielte Enttäuschung. Übrig geblieben war die paradoxe Situation, dass sie aus reinem Selbstschutz auf Distanz gegangen war, doch zugleich voller Optimismus hoffte, dass kein Mensch ausschließlich schlechte Seiten besaß. »Mit Jimmy habe ich von Zeit zu Zeit meinen Spaß«, antwortete sie. »Genau wie du mit Jacqueline.«

»Nur dass ich Jackie hundertprozentig vertrauen kann. Die beiden kann man wirklich nicht miteinander vergleichen! Sie möchte dich sogar an ihrem Stand beteiligen. Jackie ist durch und durch gutherzig, und es ist das reinste Wunder, dass sie sich überhaupt mit mir abgibt.«

»Nein, das ist kein Wunder«, erwiderte Francine. »Du kannst zwar manchmal nerven, aber einen besseren Freund findet sie nie wieder.«

Doch ihr Vater ließ sich nicht erweichen. »Sei bitte vorsichtig, Francine. Meinetwegen hab deinen Spaß mit ihm, wie, will ich gar nicht wissen, aber denk immer daran, dass er dich fallen lassen wird wie eine heiße Kartoffel, wenn es darum geht, seine eigene Haut zu retten. Du kannst bloß hoffen, dass er nie vor die Wahl gestellt wird, ob er in den Knast wandert oder du, denn in dem Fall würde es dich erwischen.«

»Ja, Papi«, neckte sie ihn. »Aber du gehst doch das gleiche Risiko ein, oder?«

Gerard nickte. »Ich will dich ja bloß warnen. Du glaubst vielleicht, dass du Jimmy kennst, aber du weißt gar nichts von ihm. Lohnt es sich denn wenigstens?«

»Ich kriege vierhundert Euro pro Fahrt.«

»Das ist mehr, als ich verdiene.«

»Ich muss ja auch quer durch ganz Deutschland fahren. Du brauchst doch nur eine Stunde, dadurch riskierst du auch nicht so viel, oder?«

Gerard brauchte nie länger als eine Stunde, um ein neues Zündsystem in ein Auto einzubauen, nicht mal, wenn es mit einer Codekarte anstatt mit einem Schlüssel funktionierte.

»Jimmy erzählt mir ja nichts«, sagte Francine.

»Das ist seine Masche. Er hält seine Leute getrennt. Je weniger sie voneinander wissen, desto sicherer ist es für ihn.«

»Wer sind eigentlich diese Deutschen?«

»Einc Organisation. Die Autos kriegen drüben eine andere Fahrgestellnummer und werden in den Osten geschleust. Sie werden hier aus Parkhäusern oder von Parkplätzen gestohlen, wo sie nicht sofort vermisst werden. Dann kommen sie in die Werkstatt und anschließend bringt der Kurier sie über die Grenze. Wichtig ist, dass das alles sehr schnell geht.«

»Du meinst, ich soll rasen?«

»Nein, das wäre wirklich unklug. Ich meine, dass der Diebstahl nur selten sofort gemeldet wird, und bis Polizei und Versicherung dann endlich Bescheid wissen und die Fahndung läuft, bist du längst in Ostdeutschland. Nicht, dass ich begeistert darüber wäre. Es braucht nur einmal schiefzugehen!«

Francine konnte sich an zehn Fingern ausrechnen, dass mindestens sechs Leute an einer Transaktion beteiligt waren, aber außer Jimmy bekam sie nie jemanden zu Gesicht, nicht mal die Person, die die Autos an der Autobahn nach Goch abstellte. Sie parkte ihren Peugeot jedes Mal in der Nähe von Jimmys Wohnung und Jimmy brachte sie zu der Übernahmestelle. Anschließend beobachtete er von einem sicheren Ort aus, ob sie gut wegkam. Er selbst vermied es sorgfältig, sich einem gestohlenen Wagen zu nähern, und niemals hätte man seine Fingerabdrücke an einem gefunden.

Francine hatte nie zuvor etwas Ungesetzliches getan. Anfangs hatte sie ständig Angst, angehalten zu werden, weil man ihr ansah, dass sie in einem gestohlenen Fahrzeug saß, aber schon bald erkannte sie, dass das Unsinn war. Mal fuhr sie in einem Lexus, drei Wochen später in einem BMW durch Deutschland, inmitten tausend anderer Fahrzeuge, auf die auch kein Mensch achtete. Das einzige Risiko bestand darin, während der Fahrt einzuschlafen. Sie legte jeweils zwei Pausen ein, um Kaffee zu trinken und etwas zu essen. Auf der E 40 bog sie bei Burkau ab und fuhr zu einem großen Gebrauchtwagenhändler außerhalb von Bischofswerda. Die Leute dort boten ihr Kaffee an, begutachteten das Auto und telefonierten mit Jimmy. Eine Frau brachte sie zum Bahnhof, und obwohl sie immer ein Buch für unterwegs mitnahm, verschlief sie meist die halbe Fahrt.

Zurück in Nimwegen rief Francine dann Gerard an, teilte ihm mit, dass sie heil wieder zurück sei, und fuhr mit dem Taxi zu Jimmy, um ihre vierhundert Euro abzuholen. Francine hatte keine Ahnung, wie Jimmy an sein Geld kam oder wie viel er pro Fahrzeug übrig behielt, nachdem er all seine Leute bezahlt hatte. Als sie nach dem dritten Mal andeutete, sie würde das durchaus gern öfter machen als einmal pro Monat, schaute er sie mit jener gespielt unschuldigen Miene an, mit der er alle täuschte, und antwortete, es wäre doch sehr dumm, seine anderen Kuriere für die erstbeste attraktive Freundin auszubooten.

»Vielen Dank«, antwortete sie steif. »Wie nett von dir, vor allem das mit der ›erstbesten Freundin‹.«

»Die geilste erstbeste«, erwiderte Jimmy grinsend. »Was ist, willst du weiter schmollen oder bei mir übernachten?«

Francine fuhr durch den nassen Schnee nach Hause. Liebe war eine chemische Reaktion, vielleicht auch eine Ersatztherapie oder auch dieses besondere, kristallklare Licht, das die ganze Welt wie in einem neuen Glanz erstrahlen ließ. Vielleicht war sie zu anspruchsvoll. Oder einfach zu neurotisch. Sie dachte an ihre früheren Freunde zurück. Die Jungs in der Schule. An Carlo, den Diskjockey, ein attraktiver Halbspanier, aber eben leider auch ein Drogendealer, der versucht hatte, ihr Kokain zur Entspannung und einen lukrativen Nebenjob anzudrehen. Oder Jack Tann, der strubbelige Psychologiestudent. Sobald er festgestellt hatte, dass Gerard sie großgezogen hatte und sie noch immer bei ihm wohnte, diagnostizierte er einen Vaterkomplex und versuchte, sie mithilfe einer Freud'schen Hypnotherapie von ihrer verdrängten Hysterie zu kurieren. Und dann Jimmy.

Gerard hatte recht, sie musste sich vorsehen.

# 3

Im Krankenhaus dachte Francine darüber nach, dass das alles nie passiert wäre, wenn Jimmy sie mehr Autos nach Ostdeutschland hätte bringen lassen. Dann hätte sie eine Art Fünfjahresplan aufstellen können mit dem großen Ziel, Gerard hinaus auf See zu schicken.

Oder wenn sie diesen Dreckskerl von Johan nie getroffen hätte und danach Peter mit seiner polnischen Schlampe und dann wieder Jimmy. Ein Schritt nach dem anderen, Zusammenhänge, die ihr Leben bestimmten.

Die Kette der Ereignisse.

Beim ersten Mal hatte Johan nur einen Joint gebaut, in einer Diskothek, in der man auch ohne Partypillen schon vom Einatmen der Luft stoned wurde. Francine hatte nichts gegen einen Joint, sagte aber gleich, dass sie Drogen hasste und mit der Junkieszene nichts zu tun haben wollte. Johan hatte ihr vollmundig zugestimmt: Nein, Drogen seien auch nichts für ihn.

Johan besaß zwar nicht Jimmys Sinn für Humor, aber er war eine angenehme Abwechslung zu den Idioten, die mehr Schweiß als Wörter absonderten und einen nur ins Bett kriegen wollten. Johan ließ es ruhiger angehen. Er arbeitete als Matrose in der Binnenschifffahrt und fuhr regelmäßig von Rotterdam in die Schweiz und wieder zurück. Das klang wenig spektakulär, aber er plante, später ein eigenes Frachtschiff zu kaufen, sobald sich eine Bank fand, die ihm das nötige Darlehen gewährte.

Johan wirkte durch und durch normal. Weder jagte er einem unerreichbaren Ideal nach, noch hegte er wilde Pläne, er wollte weder den Himalaja erklimmen noch auf seinem Rheinfrachter die Magellanstraße durchqueren. Er wollte einfach nur hart arbeiten und auf ein eigenes Frachtschiff sparen, so wie andere sich ein Auto, ein Haus, einen festen Job und zwei Urlaube pro Jahr wünschten. Ein geradliniges Leben, von der Wiege über die Rente bis zur Bahre, so aufregend wie ein Bungalow in Valkenburg mit gelegentlichem Ausflug zum Dreiländereck, wonach Francine sich manchmal unglaublich sehnte, weil sie endlich dem Chaos und den Luftschlössern entfliehen wollte.

Als sie ihn wiedersah, glaubte sie, sich durchaus in ihn verlieben zu können, in dieses Normale an ihm. Im Kino hielt er nur ihre Hand. Anschließend, in der Kneipe, fing er wieder von dem Frachtschiff an, schaute ihr tief in die Augen und erklärte, er würde leichter ein Darlehen bekommen, wenn er verheiratet wäre.

Niemand hatte ihr je einen Heiratsantrag gemacht, und jetzt, als es plötzlich geschah, brachte es Francine völlig durcheinander, weil die verlockende Vorstellung von einer Flucht auf einmal von beklemmenden Bildern erstickender Geborgenheit überlagert wurde. Sie sagte sich, dass sie wohl infiziert sein musste von Träumen, die weit über das Häuschen mit Garten beziehungsweise die immer gleiche Kajüte auf immer demselben Fluss hinausgingen. Sie zweifelte zwar an dem Wunsch, mit Gerard zur See zu fahren, aber ihr wurde mit einem Mal klar, dass sie Träume brauchte und nicht bereit war, diese Träume aufzugeben.

Johan drückte ihre Hand. »Ich wollte dich nicht überfallen«, sagte er. »Nur, weißt du … Ich muss einfach die ganze Zeit an dich denken. – Was hast du denn?«

Francine hatte vor lauter Nervosität angefangen zu kichern. Sie stellte sich vor, wie Johan wohl reagieren würde, wenn er wüsste, dass ihr Leben bis jetzt ein einziges großes Pläneschmieden gewesen war. Er würde sie für verrückt halten und weglaufen, wenn er erfuhr, dass sie auf eine Yacht sparte, indem sie gestohlene Autos überführte. »Nichts«, sagte sie. »Du bist wirklich lieb. Ich lache dich nicht aus, ich bin nur ein bisschen überdreht.« Sie konnte ihn nicht mal Gerard vorstellen.

Johan wusste, dass sie eine eigene Wohnung suchte, und schlug ihr vor, ihr ein spottbilliges Zimmer in dem Haus zu besorgen, in dem er auch wohnte. Er musste am nächsten Tag wieder nach Rotterdam, um sich auf die nächste Reise in die Schweiz zu begeben, und weil er ihr leidtat und sie wohl auch ein wenig neugierig darauf war, wie es mit Johan sein würde, ließ sie sich dazu überreden, ihn nach Hause zu bringen.

Sie fuhren in ihrem Auto zu seiner, wie er sie nannte, »Übergangsbude«. Francine hatte ein gepflegtes Herrenhaus erwartet, mit Sansevierien und Läufern auf der Treppe, inklusive einer misstrauischen Vermieterin, doch stattdessen lotste Johan sie durch eine trostlose, verfallene Gegend zu einer Backsteinkaserne. Dort wurden sie von einer Mischung aus New Age und Technobeat empfangen, und in den kahlen Gängen, die nach Homegrown-Marihuana und Pisse stanken, lungerten bleiche Hausbesetzertypen herum. Johans Zimmer war ein einziges Chaos, aber wenigstens war das Bett frisch bezogen.

Francine fragte sich, wie Johan auf die Idee kam, ihr hier ein Zimmer zu besorgen. Nicht mal als Bild an der Wand wollte sie hier hausen. Und warum machte er sich die Mühe, ihr eine Cola mit Rum zu mixen, wenn er ihr kaum Zeit zum Austrinken ließ? Es war ekelhaft, dass sie ihn an ein Kondom erinnern musste, und noch trauriger, dass er keine Ahnung von Frauen hatte, sondern nur schnell auf seine Kosten kommen wollte. Er machte alles kaputt, was blieb, war eine abgrundtiefe Leere. Wieder mal, dachte sie.

Um drei Uhr nachts drehte sich plötzlich alles in ihrem Kopf und sie schwankte zum Waschbecken und übergab sich. Johan gestand voller Naivität, er habe sie mit einem *blue cheer* in ihrer Cola ein wenig lockermachen wollen. Kleiner Scherz, er habe gedacht, sie vertrüge das. Bevor sie bewusstlos wurde, stand Francine glasklar vor Augen, wie sich dieser Mann, der anständig und so standhaft wie der Fels von Gibraltar gewirkt hatte, mir nichts, dir nichts in einen Scheißtypen verwandelt hatte, der sein Heiratsgeschwätz jeder x-Beliebigen ins Ohr säuselte. Wie man sich doch irren konnte!

Es war halb elf am nächsten Vormittag, als sie, nach einer Nacht des Wellenreitens und Karussellfahrens, mit einem Kopf voller kreischender Vögel erwachte. Sie hätte um neun Uhr bei der Zeitarbeitsfirma sein sollen, wo man eventuell einen Job auf einem Rundfahrtschiff für sie gehabt hätte. Johan war weg. Er hatte einen Zettel mit seinem Zimmerschlüssel darauf hinterlassen. Er hoffe, sie sei nicht böse, denn er sei sehr verliebt in sie. Sie solle gut abschließen und den Schlüssel aufbewahren, bis er wiederkam. Bis in zwei Wochen im Club?

Francine war heilfroh, dass ihr Auto noch unversehrt in dieser schrecklichen Straße stand. Dass Gerard zu Hause war. Dass sie eine halbe Stunde lang unter der Dusche stehen konnte.

Francine hatte schon seit Wochen nichts mehr von Jimmy gehört und sie konnte ihn nicht erreichen. Er war nicht da oder er ging nicht ans Telefon. Seine Handynummer stimmte nicht mehr. Sie fuhr ein paarmal zu seiner Wohnung, aber niemand öffnete und die Gardinen waren zugezogen. Gerard meinte, sie solle sich keine Sorgen machen. Jimmy verschwinde öfter einmal, und wenn irgendetwas schiefgelaufen wäre, hätten sie es längst erfahren.

Der Einzige, der sie mit seinen Anrufen von seinem Rheinfrachter – oder von weiß Gott wo – aus belästigte, war Johan. Er erinnerte sie an ihre Verabredung und flehte sie an, zu kommen, damit er alles wiedergutmachen könne. Francine erwiderte, er solle sie in Ruhe lassen, und legte beim zweiten Mal sofort auf, aber er rief immer wieder an. Gerard war genervt, weil er ihn jedes Mal abwimmeln musste.

An jenem Samstag war Gerard nicht zu Hause, und Francine versuchte, die Verabredung zu vergessen, indem sie sich einen Film anschaute und eine Mail an Sally schrieb. Um neun Uhr rief Johan an, er sei jetzt im Club und wo sie denn bliebe. Um elf Uhr beschloss sie, doch noch hinzugehen, um den Telefonterror zu beenden. Johan stand im Gedränge an der Bar. Es war offensichtlich, dass er nicht mehr mit ihr gerechnet hatte, er war angetrunken und bekifft, aber er fing sofort an, sie zu umarmen und zu küssen, so als sei nichts geschehen. Francine hatte sich vorgenommen, keinen Streit mit diesem Mann anzufangen, den sie danach nie mehr wiedersehen würde. Sobald ein etwas leiseres Stück einsetzte, gab sie ihm seinen Schlüssel zurück und erklärte, dass sie nichts mit Leuten zu tun haben wollte, die Drogen nahmen.

Sie drehte sich um und ging, doch Johan stolperte hinter ihr her und packte sie. Er behauptete, er sei kein Junkie, er habe nicht mal gewusst, wie diese Pillen wirkten, er habe sie von einem Mitbewohner bekommen, sie solle ihn doch verstehen und ihm verzeihen. Er war wirklich kein geschickter Lügner, und wütend erwiderte sie, dass sie ihre Zeit nicht mit einem Typen verschwenden wollte, der behauptete, die Finger davon zu lassen, längst davon weg zu sein oder sich zu bessern, wenn nur ein Engel käme, der ihm helfen würde. Sie bräuchte sich nur in seiner Wohnbaracke umzuschauen, schon wisse sie, was mit den Engeln passiere, die es wider besseren Wissens dennoch versuchten.

Johan beschimpfte sie als Snobistin, Zicke und blöde Kuh, schlug ihr ins Gesicht und geriet derart außer sich vor Wut, dass die Musik abbrach und zwei Rausschmeißer ihn überwältigen mussten, damit Francine ungeschoren aus dem Club flüchten konnte.

Sie hatte ihr Auto auf dem Parkplatz der großen Kneipe neben der Diskothek abgestellt. Als sie durch die Reihen der geparkten Wagen darauf zu rannte, wurde plötzlich direkt vor ihrer Nase eine Autotür geöffnet, und sie knallte mit voller Wucht dagegen. Vor Schmerz und Schreck schrie sie auf und brach zusammen.

Ein Mann trat ihr auf den Fuß. »Ach du Scheiße …« Er bückte sich und fasste sie am Arm. »Entschuldige bitte, das war mein Fehler, ich habe nicht aufgepasst.« Und dann erstaunt: »Francine?«

Sie zog sich an der helfenden Hand hoch und rieb sich über den Kopf. Jetzt erkannte sie den Lieferwagen mit den zugezogenen Gardinen vor den Fenstern wieder. Auch das noch, dachte sie. »Hallo, Peter«, sagte sie.

»Tut's weh? Willst du dich mal kurz hinlegen?«

Francine holte tief Luft. Sie fragte sich, ob er immer noch die Matratze hinten drin liegen hatte. »Nein danke, es geht schon.« Ihre Hand blutete, ihre Wange glühte noch von Johans Ohrfeige und bestimmt wuchs ihr eine dicke Beule am Kopf. »Lange nicht gesehen«, sagte sie. »Arbeitest du immer noch bei der alten Firma?«

Eine Frau kam von der Beifahrerseite um das Auto herum. »Das ist Ulla«, stellte Peter sie vor.

Eine mollige Achtzehnjährige. »Hallo«, sagte sie. »Ich ben Ulriga.«

»Sie kommt aus Polen«, erklärte Peter grinsend. »Sie spricht nicht gut Holländisch, versteht aber gerade genug.«

Francine nickte. »Hat einer von euch Aspirin dabei?«

Ulla öffnete ihre selbst gestrickte Tasche, aber Peter fasste Francine an der Schulter. »Komm, lass uns auf den Schrecken einen trinken. Hast du dir verdient. Ich bin gleich mit jemandem verabredet, danach haben wir einen Moment Zeit. Ulla muss um ein Uhr zu Hause sein.« Er schloss das Auto ab und fasste die Polin um die Hüfte.

Francine ließ sich überreden und begleitete die beiden. Um ein Uhr zu Hause? Wo denn, in einem Internat, einem Asylbewerberheim? Der Name Ulla erinnerte sie an die vulgären Sexwerbespots in den Privatfernsehsendern: *Heiße Frauen warten auf dich! Worauf wartest du? Ruf mich an!*

Ich bin snobistisch, dachte sie.

»Francine ist eine ehemalige Kollegin«, erklärte Peter der Polin.

»Na ja, wie man's nimmt«, bremste ihn Francine. Die Zeitarbeitsfirma hatte ihr einen Job in dem Reinigungsbetrieb vermittelt, in dem Peter arbeitete, und sie hatte in seiner Abendschicht Büroflure geputzt und Papierkörbe geleert. Peter war kein schlechter Kerl, aber als er gleich nach dem ersten Kinobesuch versuchte, sie auf die Matratze in seinem Auto zu kriegen, hatte sie sich aus der Affäre gezogen, indem sie vorgab, einen festen Freund zu haben, der Pilot bei der KLM war.

In der Kneipe war es voll, aber immerhin konnte man sich trotz der Countrymusik unterhalten. Peter machte sich auf die Suche nach der Person, mit der er verabredet war, und Francine folgte der Polin zu den Toiletten, wo die Frauen vor den Spiegeln standen und schwatzend ihr Make-up auffrischten. Die Musik kam hier aus kleinen Lautsprechern. Sie fanden ein freies Waschbecken und die Polin drückte für Francine zwei Aspirin aus der Verpackung. »Ich hab immer Schmerz die erste Tag«, sagte sie.

Francine pumpte Schaum aus dem Seifenspender, wusch sich das Blut von den Händen und ließ Wasser über ihre Wangen laufen. »Bist du schon lange mit Peter zusammen?«, fragte sie.

»Zwei … Monate?« Die Polin kämpfte mit ihrem Niederländisch. »An einem Samstag haben wir uns getroffen. Bei einem Tanz, draußen. An mein freie Nachmittag.«

Francine hielt die Hände unter den heißen Luftstrom aus dem Trockner, wischte sie an ihrer Jeans ab und tupfte sich das Gesicht mit ihrem Taschentuch ab. Ihr Wange fühlte sich immer noch heiß an. Die Polin bürstete ihre Locken und beugte sich näher zum Spiegel, um ihren tiefroten Lippenstift und den bläulichen Lidschatten nachzuziehen; sie benutzte von allem zu viel. Sie trug einen schwarzen Minirock und darunter Netzstrümpfe, ein enges Oberteil über dem schweren Busen, rote Ohrringe.

»Wo wohnst du denn, dass du um ein Uhr zu Hause sein musst?«, fragte Francine.

Die Polin begutachtete ihr Spiegelbild. »Ich bin hier als Au-Pair«, erklärte sie. »Bei ein Arzt. Bei zwei Ärzte.« Vorsichtig wölbte sie die Lippen übereinander. »Sie arbeiten im Krankenhaus, haben drei Kinder, aber ich bin nur da fur jungste Sohn. So.« Sie steckte ihre Utensilien wieder ein. »Fertisch?«

»Fix und fertisch«, sagte Francine und ließ die Polin vor.

Vor der Bar drängten sich die Gäste in vier Reihen und studentische Aushilfen mit roten Gesichtern manövrierten voll beladene Tabletts zwischen den Tischen und durch den Lärm hindurch. Die Augen der Polin leuchteten auf und sie zeigte auf Peter, der an einem Stehtischchen an der hinteren Wand auf einem hohen Barhocker saß und sich mit jemandem unterhielt. Francine blieb stehen, als sie den anderen Mann an seiner schwarzen Lederkleidung erkannte, noch bevor er sich umwandte. Sie sah, wie Jimmys Gesicht abweisend wurde, als er sie erblickte.

Ulriga schleppte sie mit. Die Männer standen von ihren Barhockern auf. Jimmy schüttelte den Kopf und gab Peter mit den Augen ein Zeichen, während dieser Ulriga an sich zog. »Das ist Jimmy«, sagte er.

Francine nickte und fragte: »Hallo. Kommt Jimmy von James oder Jeremias?«

»Hallo.« Jimmy reichte ihr schlaff die Hand.

»Sie betreibt Kickboxen und ist mit einem KLM-Piloten verlobt«, erklärte Peter.

»Danke für die Warnung.« Jimmy reichte auch der Polin die Hand und murmelte: »Hallo.«

»Geht's dir wieder besser?«, fragte Peter Francine und fügte, an Jimmy gewandt, hinzu: »Sie ist gegen meine Autotür gerannt. Früher hat sie mal in meiner Schicht gearbeitet. Möchtest du einen Breezer?«

»Igitt.« Francine blieb stehen. »Nein, lieber eine Limo.«

Peter verschwand in Richtung Bar. Jimmy klopfte auf seinen Barhocker. »Setz dich«, sagte er. »Ich muss jetzt sowieso gehen.«

Francine hievte sich auf den noch warmen Hocker. »Meinetwegen brauchen Sie nicht zu gehen«, sagte sie. »Ich liebe unverhoffte Begegnungen.«

»Ich habe einen Termin«, erwiderte er. »Hat sich eben erst ergeben.« Er drehte sich von Ulla weg und zwinkerte Francine verstohlen zu. »War mir ein Vergnügen.«

»Kurz, aber herzlich«, sagte Francine, allerdings schon zu seinem Rücken. Sie sah, wie Jimmy an der Bar mit Peter sprach. Dieser schien über irgendetwas sauer zu sein, doch Jimmy ließ ihn einfach stehen und eilte zum Ausgang.

Peter brachte ein Glas Limonade für sie und ein orangefarbenes Getränk für Ulla. Die Sache mit Jimmy lag ihm sichtlich im Magen. Er rückte seinen Barhocker neben die Polin und lächelte Francine gezwungen an. »Prost. Und, wie geht's dir? Was machst du denn so?«

»Ich arbeite mal hier, mal da«, antwortete Francine. »Arbeitest du nicht mehr in der Nachtschicht?«

»Nicht an Ullas freiem Abend.«

»Na, dann werde ich euch jetzt mal alleine lassen.«

Peter starrte zur Tür. »Wir treffen uns ja auch tagsüber, im Park und so, Boris ist wirklich pflegeleicht.«

»Boris?«

»Ja, der kleine Junge, auf den sie aufpasst.« Peter zuckte mit den Achseln und wandte sich grinsend der Polin zu. »Sie kann ihn jederzeit ein Stündchen am Teich alleine spielen lassen, stimmt's, Schatzi?«

»Ja, er hat ein elektrisches Boot.« Das mollige Au-pair-Mädchen kicherte und öffnete bereitwillig die Beine, als Peter ihr mit einer Hand unter den Minirock fuhr. Sie wirkte einfältig und ihr Gesicht erinnerte an eine Kuh, aber Francine war durchaus klar, was Peter an ihr mochte. Und das war sicher nicht die holprige Konversation.

Sie trank von ihrer Limonade und schob den Barhocker zurück. »Danke für die Einladung.«

»Du hast ja noch gar nicht ausgetrunken.«

»Ich habe Kopfschmerzen.« Eine gute Ausrede. »Und schließlich bleibt dir nur noch eine Stunde mit Schatzi.«

Francine blickte sich um. Ein Pärchen rannte auf das Wummern zu, das aus der Disko neben der Kneipe über den schwach erleuchteten Parkplatz dröhnte. Jimmy hasste es zu warten. Wenn sie nicht gegen Peters Autotür gerannt wäre, hätte sie ihn vielleicht nie mehr wiedergesehen.

Auf halbem Wege zu ihrem Peugeot tauchte Jimmy plötzlich hinter einem Kleinbus auf und fasste sie an den Schultern.

»Halt, erst ein Kuss«, forderte er.

Sie ließ sich küssen, trotz ihrer Wut. »Was soll das?«, fragte sie. »Darf ich dich jetzt wieder kennen, oder was?«

Er nahm sie an der Hand. »Gehen wir.«

»So leicht kommst du mir aber nicht davon!«

»Ist ja schon gut.«

Jimmy zog sie mit sich, um die Kneipe herum zur Straße. Von wegen schon gut, dachte sie. Sein schwarzer BMW stand auf der anderen Straßenseite, mit zwei Rädern auf dem Bürgersteig geparkt. Jimmy drückte die automatische Türentriegelung erst, als sie direkt davorstanden, und riss die Beifahrertür auf. »Beeil dich!«, sagte er.

Hastig ließ Jimmy den Motor an, wohl, damit die Innenbeleuchtung rasch wieder ausging, und fuhr dann sofort los. Francine fühlte sich wie seine heimliche Geliebte. »Willst du etwa nicht, dass wir zusammen gesehen werden?«, fragte sie.

»Die beiden können jeden Moment rauskommen. Die Kleine muss in einer Stunde zu Hause sein, und dieser Blödmann lässt sie garantiert nicht gehen ohne einen letzten Quickie hinten in seinem Auto.«

Francine blickte ihn von der Seite an. »Warum musste ich so tun, als ob ich dich nicht kenne?«, fragte sie.

»Ich dachte, es wäre besser so.«

»Ich hab keine Lust auf solche Spielchen. Bring mich nach Hause.«

»Ja, gleich.« Sie hatten die Stadt verlassen. Das Licht der Straßenlaternen fiel in regelmäßigen Abständen in das Innere des Wagens und Francine sah Jimmy zufrieden lächeln. Sie schwieg. Sie hatte nicht darauf geachtet, wohin sie fuhren. Der Abstand zwischen den Laternen wurde größer und sie kamen an einem Park vorbei. Kurz darauf hielt Jimmy unter den Bäumen am Straßenrand an.

»Mir ist nicht nach einem Quickie im Auto«, bemerkte Francine.

Jimmy lachte und streichelte ihre Wange. »Du bist sauer, weil ich mich ein paar Tage nicht gemeldet habe, stimmt's?«

»Ein paar Tage ist gut! Wo warst du?«

»Ich war in Deutschland. Es gab da ein kleines Problem.«

Die nächsten Laternen waren weit entfernt; sie konnte sein Gesicht nicht erkennen. »Und deswegen musstest du einen ganzen Monat in Deutschland bleiben?«

»Ja, und noch aus einem anderen Grund.« Jimmy griff in die Innentasche seiner Jacke. »Jemand hat einen Fehler gemacht. Das Geschäft ruht für eine Weile, das ist alles.« Er zog seine Zigaretten hervor und ließ in der Dunkelheit das Feuerzeug aufleuchten. »Du brauchst dir aber keine Sorgen zu machen.«

Francine öffnete das Fenster auf ihrer Seite einen Spalt. »Ich mache mir lediglich Sorgen darüber, dass ich jetzt keinen roten Heller mehr verdiene.«

»Mir geht's genauso. Wenn das so weiterläuft, kann ich nicht mal mehr meine Miete bezahlen.« Er hielt das Feuerzeug an seine Zigarette. »Sag mal, liegt eigentlich dieser alte Botter noch am Ooysedijk?«

Erstaunt schaute sie ihn an. »Woher weißt du denn von dem Botter?«

Er gestikulierte mit der Zigarette. »Von Gerard. Er hat mir mal von seiner Schnapsidee erzählt, das Ding wieder fitzumachen.«

Das war damals gewesen, als Francine und Gerard unbedingt aus ihrer alten Wohnung rauswollten. Schon seit einer ganzen Weile hatten sie nach einem erschwinglichen Hausboot gesucht und erfolglos die ganze Gegend abgeklappert. Da entdeckten sie auf einem vergessenen Seitenarm den halb verrotteten Kahn. Die Türen waren mit Hängeschlössern versperrt, deshalb konnten sie sich das Innere nicht ansehen, aber Gerard meinte, er könne schon noch was daraus machen. Francine dagegen wusste gleich, dass er wieder mal einer Illusion aufsaß. Ein alter Mann in einem Ruderboot erzählte ihnen, er käme praktisch jeden Tag zum Angeln hierher, habe aber noch nie jemanden bei dem Botter gesehen. Soweit er wisse, sei das alte Ding irgendwann von einer Bank beschlagnahmt worden und die habe es hierher schleppen lassen, um es loszuwerden. Bestimmt seien die froh, wenn sich ein Käufer fände, vorausgesetzt, der habe einen offiziellen Liegeplatz, denn hier kriegten sie nie und nimmer eine Genehmigung. Francine war sehr erleichtert gewesen, als Gerard eine Woche später das bessere Boot fand, auf dem sie jetzt wohnten.

»Vergiss den Botter«, sagte sie. »Den bewohnbar zu machen, lohnt sich wirklich nicht.«

Jimmy schüttelte den Kopf. »Ich will ja gar nicht drin wohnen.«

»Was willst du denn sonst damit anstellen?«

»Ich hätte da vielleicht einen Job für dich.«

Sie hatte keine Ahnung, worauf er hinauswollte. »Ich brauche zwar unbedingt Geld«, erwiderte sie, »aber mit Drogen will ich nichts zu tun haben!«

»Ich auch nicht«, sagte Jimmy fromm.

Francines Wut verrauchte allmählich. Es hatte keinen Sinn, weiterhin sauer auf ihn zu sein. Jimmy hatte nichts von sich hören lassen, weil er sie nicht in seine Probleme und seine Geschäfte mit einbeziehen wollte, so war er nun mal und so kannte sie ihn. Francine ließ es zu, dass er sie in die Arme nahm. Sie roch den vertrauten Duft von Leder und rieb über sein schwarzes Hemd und das goldene Kruzifix um seinen Hals, das so gar nicht zu ihm passte. »Kommst du noch mit zu mir?«, fragte er.

Francine schüttelte den Kopf. »Nein, mir brummt der Schädel. Bitte bring mich zurück zu meinem Auto.«

»Soll ich den Scheißkerl verprügeln lassen?«

»Du hast es also bemerkt – wie aufmerksam von dir, bin ich ja gar nicht gewöhnt!«

»Ich sehe alles«, erwiderte Jimmy. »Wer ist es gewesen?«

»Irgendein Junkie«, behauptete sie. »Ich würde ihn nicht mal wiedererkennen.«

»Schade.« Er schnippte die Kippe aus dem Fenster. »Kommst du morgen mal vorbei?«

»Ich glaube, nicht.«

Jimmy ließ den Wagen an. »Jetzt stell dich doch nicht so an.« Er fuhr langsam zwischen den Bäumen hervor zurück auf die Straße.

»Was ist das für ein Job?« Es fiel wieder mehr Licht von draußen hinein. »Hat Peter etwas damit zu tun?«

»Peter?« Jimmy klang ehrlich überrascht. »Nein, natürlich nicht. Dieser Depp ist der Letzte, den ich ins Vertrauen ziehen würde.« Er spitzte die Lippen. »Na ja, vielleicht wird auch gar nichts daraus.«

»Wer stellt sich hier jetzt an?«

»Ach, ich hatte da eben so eine Idee, aber ich weiß noch nicht recht, wie ich sie in die Tat umsetzen soll.«

Francine dachte daran, wie neulich auf der Antiquitäten-Biennale im Louvre ein paar dreiste Kerle mitten im Gedränge eine Vitrine mit Diamanten im Wert von elf Millionen Euro einfach hochgehoben und weggetragen hatten. Die Vitrine war nicht durch eine Alarmanlage geschützt gewesen, die Händler hatten sich ganz auf das Sicherheitspersonal an den Treppen und Türen verlassen. Vermutlich hatten die Täter ein paar Stadtstreichern hundert Euro pro Nase bezahlt, damit sie die Vitrine dicht umringten und so einen unauffälligen Sichtschutz boten.

Jimmy hatte also eine Idee – vielleicht eine in dieser Richtung? Sie lachte leise.

»Du hast ja meine Telefonnummer«, sagte sie.

Gerard saß in seinem verschlissenen Rattanstuhl auf dem Achterdeck. Trotz der Dunkelheit erkannte Francine, dass er getrunken hatte und ein dünner Schweißfilm seine Stirn bedeckte. »Du wirst dich erkälten«, sagte sie. »Komm mit rein.«

Er winkte ab. »Ja, gleich.«

Francine ging durch den Flur ins Wohnzimmer, legte ihre Tasche weg und schaltete den Elektroofen ein, der sie an kühlen Abenden wärmte. Sie schluckte ein paar Paracetamol-Tabletten und kochte Kaffee für ihren Vater, schwarz mit viel Zucker. Zwar war wissenschaftlich längst erwiesen, dass schwarzer Kaffee die Nebenwirkungen des Alkohols nur verstärkte, aber sie konnte ihrem Vater schlecht ein Glas Wasser anbieten.

»Ist schon in Ordnung«, sagte er. »Achte gar nicht auf mich.«

Francine reichte ihm den Kaffee und hockte sich neben ihn. Die Nacht war hell und erfüllt von jener hinterhältigen Wasserkälte, die überall hineinkroch und einem in den Knochen steckenblieb.

»Ich habe hundert Euro für ein Essen mit Jackie aus dem Kästchen genommen«, beichtete Gerard.

»Gut, recht hast du.«

»Ich bin entlassen worden. Vielleicht kriege ich für eine Weile Arbeitslosengeld. Siebzig Prozent des Lohns für eine halbe Stelle, den Rest stockt das Sozialamt auf.« Er klopfte sich auf die Brusttasche. »Ich habe keine Zigaretten mehr.«

»Hat sich Jackie auch deswegen betrunken?«

»Nein. Ich habe sie um zehn Uhr zu Hause abgesetzt. Bitte lass sie aus dem Spiel.«

Francine kehrte ins Hausboot zurück, fand eine angebrochene Stange Zigaretten und öffnete ein Päckchen. Sie zündete eine Zigarette an und steckte sie ihrem Vater zwischen die Lippen. Gerard inhalierte den Rauch, schaute hinauf zum Himmel und blies eine Wolke zu den Sternen. Francine hatte ihren Vater noch nie weinen sehen, aber in dem schwachen Licht glitzerten seine Augen ebenfalls wie zwei Sterne, kleine braune Sterne voll irdischer Traurigkeit. Sie nahm ihm den Becher aus der Hand und trank selbst einen Schluck Kaffee.

»Der Stellenabbau ist erst der Anfang. Die ganze Fabrik ist doch nur noch ein Haufen rostiges Alteisen und holzwurmzerfressene Balken, und wenn es überhaupt mit der Produktion weitergehen soll, sind sie in Rumänien besser aufgehoben. Ich bin ja erst fünfzig, ich finde bestimmt schnell wieder was Neues.« Gerard lachte freudlos auf.

Francine zog sich einen Angelstuhl heran, der an der Reling lehnte, und klappte ihn auf. Eine Motoryacht mit Nachtbeleuchtung fuhr langsam vorbei. Das Wasser unter ihnen wurde unruhig und die Wellen schlugen gegen den Rumpf ihres Hausboots. Gerard sah schlecht aus; seine Hose schlackerte ihm viel zu weit um die Beine. Als er an diesem Morgen den Mülleimer unter der Anrichte hervorgezogen hatte, um ihn zu leeren, hatte Francine beobachtet, wie er sich an der Spüle festhielt, als sei ihm schwindelig.

»Du musst wirklich mal zum Arzt«, mahnte sie zum soundsovielten Mal.

Er nickte nur und schaute sie an. »Und was ist mit dir passiert?«

»Ach, nichts.«

»Verdammt noch mal, du hast dich mit diesem Telefontyrannen getroffen!«

»Ich will nicht darüber reden.«

Er tätschelte ihr den Arm. »Ich bin kein guter Vater. Ich hätte dir eine bessere Menschenkenntnis beibringen sollen. Aber ich bin früher auch oft an die Falschen geraten.«

»Ich kann schon auf mich selbst aufpassen.«

»Jackie glaubt, wenn ein Kind die Mutter verliert, kommt es nie über den Verlust hinweg. Die Lücke könnte nie wieder gefüllt werden.«

»Redest du mit Jackie über mich?«

»Ja. Stört dich das?«

Sie dachte nach. »Nein. Aber bei mir gibt es keine Lücke, ich habe es ja nie anders gekannt.«

»Das ist traurig genug«, sagte er. »Ich wünschte, mir fiele etwas ein, womit ich auf einen Schlag alles in Ordnung bringen könnte.«

»Vielleicht sollten wir segeln gehen«, schlug Francine vor.

»Die *BM* ist noch in der Winterbergung«, entgegnete er.

Sie dachte an den vergangenen Winter zurück, an den stinkenden Ölofen, Regen, kalte Hände. »Ich meine nicht die *BM*«, sagte sie.

Das Paracetamol half genauso wenig gegen ihre Kopfschmerzen wie das Aspirin der Polin. Sie wusste selbst nicht, wie sie jetzt auf diese Idee kam. Vielleicht lag es an Jimmy oder einfach an dem absoluten Tiefpunkt, an dem sie angelangt waren. Die Zeit musste einfach reif sein für Micawbers große Chance.

Gerard warf seine Kippe über die Reling. Mit den Augen folgte Francine dem roten Glutpünktchen, bis es im Wasser verlöschte. »Weißt du, wovor ich am meisten Angst habe?«, fragte er.

»Es gibt nichts, wovor du Angst haben müsstest«, erwiderte Francine.

»Doch. Das Eine. Irgendwann ist es so weit, es ist unvermeidlich.«

Jetzt begriff sie, worauf er hinauswollte. »Aber so weit ist es doch noch lange nicht!«, protestierte sie.

»Doch«, entgegnete er. »Ich hoffe, dass ich damit umgehen kann. Dass ich es schaffe, es dir nicht allzu schwer zu machen. Ich will dir nicht im Wege stehen. Ich will nicht, dass du dir über mich Sorgen machst oder dich von mir aufhalten lässt.«

Francine biss die Zähne zusammen. »Ich gehe nicht weg«, sagte sie. »Ich möchte nur gern eine eigene Wohnung, sonst nichts. Du verlierst mich nicht, nie im Leben.« Sie drückte seine Schulter. »Ich schwöre es dir. Es hat sich nichts verändert.«

# 4

Am Mittwoch rief Jaqueline an. Sie müsse dringend nach Haarlem, weil ihre Mutter im Krankenhaus liege, und ob Francine am Freitag ihren Marktstand übernehmen könne.

»Es tut mir so leid für dich«, sagte Francine. »Natürlich gehe ich am Freitag für dich auf den Markt.«

Francine hatte schon mehrmals ausgeholfen, wenn Jackie mal für eine Stunde wegmusste. Kurzwaren und Haushaltstextilien zu verkaufen machte Spaß, wenn es nicht gerade regnete.

»Mein Nachbar Willem fährt den Wagen rüber, bevor er zur Arbeit muss«, sagte Jaqueline. »Er baut den Stand für dich auf, ausladen musst du aber alleine. Weißt du, wo Gerard ist? Sein Handy funktioniert mal wieder nicht.«

»Er ist zu einem Autohändler, der vielleicht Arbeit für ihn hat. Soll er sich um die Pflanzen und die Katze kümmern?«

»Ja, das wäre nett. Einen Schlüssel hat er ja. Ich müsste sonst die Nachbarn bitten und die möchte ich nicht so gerne in meine Wohnung lassen.«

»Ich sag ihm Bescheid«, versprach Francine. »Fahr du ruhig, und mach dir mal keine Sorgen.«

Nachmittags unternahm Francine einen vergeblichen Ausflug in die Innenstadt, um sich ein Zimmer mit kleiner Küche und eigenem Eingang anzusehen, das jedoch eine halbe Stunde vor ihrer Ankunft schon an einen Medizinstudenten vermietet worden war.

Bei ihrer Rückkehr fand sie eine Nachricht von Gerard, dass er nach Haarlem gefahren sei, um Jacqueline zur Seite zu stehen. Die Sonne schien, sie briet sich einen strammen Max und las oben auf dem Deck *Norwegian Wood* von Murakami bis es dunkel und kalt wurde. Danach sah sie fern und surfte eine Stunde im Internet. Als das Telefon klingelte, dachte sie, es sei Gerard, der ihr sagen wollte, dass er in Haarlem blieb.

Aber es war nicht Gerard.

»Kannst du weg?«, fragte Jimmy.

»Warum?«

»Ich habe einen Job für dich. Du müsstest dich vielleicht ein bisschen verkleiden.«

»Um ein Auto wegzubringen?«

»Nein, es geht nicht um ein Auto. Zieh was Dunkles an und irgendwas über den Kopf, nur zur Sicherheit, niemand wird dich sehen. Ich warte um halb elf vor dem Wildpark an der Straße, die am Goffertpark entlangführt, in Richtung Stadion, genau vor dem Hirschgehege. Weißt du, wo ich meine?«

»Ja, klar.« In der Grundschule hatten sie Ausflüge zu dem Wildpark unternommen. »Was ist das denn für ein Job?«

»Du willst doch Geld verdienen, oder?«

»Schon, aber ich habe meine Prinzipien.«

»Keine Angst, du gehst überhaupt kein Risiko ein. Um halb elf. Sei pünktlich, sonst frage ich jemand anderen.«

Jimmy legte auf.

Ein Job mit Verkleidung, aber angeblich ohne Risiko. Es war schon fast zehn Uhr, ihr blieb nur wenig Zeit. Sie zog ihre schwarze Trainingshose an, einen Rollkragenpullover und ihre dunkle Windjacke, dazu schwarze Sneaker. Wenn es um einen Einbruch ging, würde sie nicht mitmachen. Aber wo wollte man rund um den Goffertpark einbrechen? Höchstens im Stadion, aber es wäre doch ein Wunder, wenn die Einnahmen von Sonntag noch drei Tage später dort lägen anstatt sicher auf der Bank.

Jimmy war kein Einbrecher. Er war ein geschickter Organisator, der alles haarklein regelte, sich selbst aber fein raushielt. Vielleicht hatte die deutsche Polizei Bischofswerda auffliegen lassen und war jetzt auf der Suche nach den Lieferanten. Vielleicht wollte Jimmy schnelles Geld verdienen, um sich anschließend aus dem Staub zu machen.

Sie stand vor dem Spiegel mit Gerards schwarzem Barett auf dem Kopf. Damit ähnelte sie einer Pariser Anarchistin vom Anfang des zwanzigsten Jahrhunderts oder der komischen Iranerin, die auf dem Markt Gemälde feilbot, die kein Mensch haben wollte. Vielleicht sollte sie auch noch ihre Gesichtsform verändern. Sie fand ein altes BH-Polster aus ihrer Außenseiterzeit auf der höheren Schule, als sie mehr haben wollte als eine durchschnittliche Dreizehnjährige, schnitt es durch und steckte sich die beiden Hälften in die Wangen. Dann band sie sich ein marokkanisches Kopftuch um, das Jackie ihr einmal geschenkt hatte.

Sie sah seltsam aus und hoffte, nicht sprechen zu müssen, denn das würde schwierig werden. Überhaupt war es schwer, sich zu verkleiden. Je weniger Aufwand, desto besser, hatte sie einmal irgendwo gelesen. Das nächste Mal würde sie einfach eine blonde Perücke aufsetzen.

Sie nahm die Polster aus den Wangen, steckte sie in die Jacke und zog das Kopftuch hinunter auf die Schultern. Wenn es doch um Drogen oder das Überbringen von Drogengeldern ging, würde es kein nächstes Mal geben – und auch kein erstes. Jimmy kannte ihre Überzeugung, aber Jimmy war anders als die anderen und glaubte felsenfest daran, dass jeder seine Prinzipien und sein Gewissen über Bord warf, sobald es Geld zu verdienen gab. Kein Risiko. Als ob es nur darauf ankam.

Sie musste sich beeilen. Sie schloss das Boot ab und versteckte den Schlüssel hinter der vertrockneten Geranie im Holzschuh neben der Tür. Es war eine helle Nacht, mondlos, aber sternenklar, und über der Stadt lag eine dunstige Lichtkuppel.

Jimmy schaltete das Standlicht aus, als sie ihren Peugeot hinter seinem BMW unter den Bäumen parkte. »Schließ dein Auto ab«, sagte er, als sie die Beifahrertür seines Wagens öffnete. Seine Innenbeleuchtung war ausgeschaltet. »Du lässt es hier stehen.«

Francine drückte auf die automatische Türverriegelung und stieg zu ihm ein.

»Kennst du dich im Park aus?«, fragte er.

»Ja, ein bisschen.«

»Ein Stück weiter hinten mündet ein Weg. Die genaue Strecke erkläre ich dir gleich noch, aber da kommst du raus. Du überquerst die Straße, steigst in dein Auto ein und fährst sofort zu meiner Wohnung. Gib mir mal deinen Autoschlüssel.«

Sie tat es. Er holte einen Haustürschlüssel aus der Brusttasche seiner Jacke und drehte ihn an ihren Schlüsselring. »Hier, von meiner Wohnung, falls ich noch nicht da sein sollte. Den Code für die Alarmanlage kennst du.«

Sie wunderte sich, dass er ihr so ohne Weiteres seinen Wohnungsschlüssel anvertraute. »Okay.«

»Kennst du das Freilichttheater im Park?«

»Klar.«

»Hier, ich habe eine Skizze gezeichnet.« Er reichte an ihr vorbei und das Licht in seinem Handschuhfach leuchtete auf, als er es öffnete. Er hielt das Blatt Papier in das Licht. »Das hier ist das Theater mit den umliegenden Wegen. Hast du Angst im Dunkeln?«

»Nein.«

»Wir brechen von der Steinweglaan aus auf. Sobald du die Tasche hast, läufst du auf direktem Wege zu deinem Auto zurück.« Jimmy deutete auf die Rückseite des Theaters und fuhr mit dem Finger quer durch den Park bis zu dem Ausgang gegenüber dem Lehrgarten. »Es sind insgesamt fünfhundert Meter, aber niemand rechnet damit, dass du diese Richtung einschlägst, deshalb ist dieser Rückweg sicherer. Meinst du, du findest dich im Dunkeln zurecht?«

Francine schaute sich die Skizze an und prägte sich die Strecke ein. »Was ist in der Tasche?«, fragte sie.

»Geld.«

»Keine Drogen?«

Jimmy schnaubte. »Hier geht's nicht um Drogen.«

»Worum denn?«

»Es ist ein Deal. Fünftausend sind für dich, weil du die Einzige bist, der ich in Geldangelegenheiten vertraue. Außerdem wüsste ich immer, wie und wo ich dich finden kann.« Er lachte und tätschelte ihr das Knie, als wolle er die Drohung dadurch abmildern.

*Fünftausend.* »Was ist das für ein Deal?«, fragte sie.

»Die Fünftausend sind unter anderem dafür, dass du nicht zu viele Fragen stellst. Es ist eine Art Lösegeld. Die Leute hängen manchmal mehr an ihrem Besitz als an den eigenen Kindern.«

Sie verstand nicht, was er damit sagen wollte. »Du hast doch nicht etwa ein Kind entführt?«

Jimmy legte die Skizze wieder ins Handschuhfach und schloss die Klappe. Sie saßen im Dunkeln. »Ist das denn so wichtig?«

»Ja, natürlich, bei so was würde ich niemals mitmachen!«

»Warum nicht?«

»Weil ich weiß, welche Ängste eine Mutter ausstehen muss.«

Er lachte spöttisch. »Woher willst du das denn wissen?«

Francine dachte an die betrogene Josefien mit dem Feuermal, den traurigen Augen und den zwei blonden Töchtern. »Das weiß man eben als Frau«, antwortete sie.

Jimmy kniff ihr ins Knie. »Sollte ja nur ein Witz sein.« Er ließ den BMW an. »Ich kann es dir ja ruhig erzählen. Ich habe da etwas Wertvolles von einem Mann, der gerade sein Ferienhaus in Italien verkauft und den Kaufpreis zur Hälfte schwarz kassiert hat. Er ist bereit, mir hunderttausend für diese wertvolle Sache zu zahlen, und so profitieren wir alle davon.«

Also doch Antiquitäten, fragte sich Francine. Oder ein Picasso oder ein belastendes Dokument, das den Mann ins Gefängnis bringen konnte? Jimmy fuhr los und bog dann rechts in die Steinweglaan ein. *Ich kann es dir ruhig erzählen.* Öfter mal was Neues. Fünftausend Euro. Einen Teil für die

Spardose, den Rest für ein halbes Jahr Wohnungsmiete. Warum war sie bloß so nervös?

»Ich möchte noch etwas wissen«, sagte sie.

»Was denn?«

»Ob Gerard und ich dadurch Ärger kriegen können.«

»Gerard hat doch gar nichts damit zu tun.«

»Ich meine nicht nur wegen heute Abend, sondern auch wegen der Autos, wegen der Schwierigkeiten in Deutschland. Du hast gesagt, jemand hätte einen Fehler gemacht. War es einer der anderen Kuriere?«

»Nein. Zerbrich dir mal nicht den Kopf. Es ist alles in bester Ordnung.«

»Aber warum läuft dein Geschäft dann nicht mehr?«, fragte sie hartnäckig.

Jimmy seufzte. »Okay. Die in Bischofswerda haben einen Tipp bekommen, dass sie von der deutschen Polizei beobachtet werden. Deswegen halten sie sich für eine Weile bedeckt, einfach zur Sicherheit. Es wird garantiert nichts passieren, und selbst wenn es zu einer Überprüfung käme, würden sie nichts finden, weder in Deutschland noch hier, dafür habe ich natürlich gesorgt.«

Jimmy fuhr an der Abzweigung zum Theater vorbei und nahm die scharfe Kurve zum Busserweg. Kurz vor der Abzweigung ging er vom Gas, schaute in den Rückspiegel, schaltete die Scheinwerfer aus, bog unvermittelt auf eine Wiese ab und fuhr in den Park hinein. Nach zwanzig Metern wendete er den BMW und parkte zwischen den Bäumen. Offenbar hatte er die Umgebung vorher genauestens erkundet.

»Hast du das bei dir, was der Mann von dir zurückbekommt?«, fragte Francine.

»Für wie blöd hältst du mich? Er bekommt es erst zurück, wenn ich das Geld habe, das ist der Deal.«

»Und warum übergibst du es ihm nicht sofort?«, fragte Francine.

»Schalte doch mal dein Gehirn ein, Schätzchen«, sagte

Jimmy. »In dem Fall brauchte er nur ein paar Freunde mitzubringen und wir hätten das Nachsehen.«

Sie stiegen aus. Jimmy schloss das Auto ab, blieb stehen und lauschte in die Dunkelheit. Francine wartete schweigend auf der anderen Seite des Autos. Allmählich gewöhnten sich ihre Augen an die Dunkelheit und sie sah den Schimmer auf dem Autodach und auf Jimmys Lederjacke, Bäume, den Himmel über den Zweigen, Sterne. Sie hörte Waldgeräusche, Mäuse, nichts Verdächtiges.

Francine hielt sich an Jimmys Jacke fest, als sie einem kaum erkennbaren, vielleicht von spielenden Kindern ausgetretenen Trampelpfad folgten. Sie überquerten einen Fußweg und kämpften sich dann noch fünfzig Meter weiter durch Wald und Gebüsch. Vor dem Weg, der rund um das Theater führte, blieb Jimmy stehen und drückte Francine an der Schulter hinunter. Sie hockten sich nebeneinander an den Waldrand auf der Südseite des Theaters. Außerhalb der Mauer und der angrenzenden Sträucher war die Dunkelheit weniger undurchdringlich. Francine konnte ein Stück der vorderen Theaterfassade erkennen, wenn auch nicht den Eingang. Sie hörte Jimmy atmen.

»Was ist denn?«, fragte sie.

Er flüsterte ihr ins Ohr: »In einer Viertelstunde kommt der Mann den Hauptweg entlang. Er stellt die Tasche auf den Mülleimer vor dem Eingang und kehrt sofort wieder um. Warte, bis du sicher bist, dass er weit genug entfernt ist, nimm die Tasche und mache dich wie vereinbart auf den Weg. Wir treffen uns in meiner Wohnung.«

»Warum erledigst du das eigentlich nicht selbst?«, fragte sie.

»So ist es sicherer. Du bist nicht verdächtig, einfach nur eine Joggerin. Ich halte am Hauptweg Wache, bis er kommt, und gebe dir Deckung. Sollte mir irgendetwas Verdächtiges auffallen, pfeife ich, und dann lässt du die Tasche stehen und joggst einfach weiter. Dein Name ist Hase.«

Eine Frau, die mitten in der Nacht allein durch den Park

joggte. Wie unauffällig! »Es kann also doch was schiefgehen?«, fragte sie.

»Nein, ist ja nur zur Sicherheit. Ich weiß von dem Schwarzgeld, deshalb wird er nicht auf dumme Gedanken kommen. Er kann sich gar nicht an die Polizei wenden. Der Mann ist zahm wie ein Lamm. Und jetzt lass dich mal anschauen.«

Francine zog sich das Kopftuch über und steckte den Schaumstoff in die Wangen. Im Halbdunkel musterte Jimmy sie aufmerksam. »Richtig unheimlich!«, sagte er.

»So jogge ich meistens nachts durchs Gebüsch.«

Jimmy lachte leise, stand auf und klopfte ihr auf die Schulter. »Ich drehe eine Runde und gehe dann neben dem Weg auf Position«, sagte er. »Bis nachher in meiner Wohnung, okay?«

Er wandte sich nach links, um das Theater zu umrunden. Francine sah nur noch seinen Rücken, den Schimmer von Leder, und dann war er weg.

Francine wartete.

Nach einer Weile taten ihr die Knie weh vom Hocken, und sie kroch zu einem Baum und setzte sich ins feuchte Gras. Sie massierte ihre Knie und beugte und streckte sie ein paarmal. Sie nahm die lästigen Füllungen aus den Wangen und hielt sie in der Hand, während sie den dunklen Wall rund um das Theater anstarrte. Sie dachte an die Schulaufführung zurück. Nachdem Sally sich neben sie gesetzt hatte, hatte sie dem Stück kaum mehr Beachtung geschenkt, aber sie erinnerte sich an eine Ziege auf der Bühne, die zwischendurch immer mal wieder den Schwanz hob und ein paar Köttel zwischen die Schauspieler fallen ließ.

Das Warten dauerte lange. Jimmy hatte dem Mann eingeschärft, er solle seinen Wagen an der Steinweglaan parken und dann dem Fußweg folgen, erst nach Norden, dann links ab zum Theater. Francine saß hundert Meter von der Stelle entfernt, wo der Mann sein Auto abstellen sollte, und lauschte auf das Geräusch eines Motors. Doch sie nahm nur weit entfernten Stadtlärm und das nächtliche Dröhnen der Autobahnen wahr. Womöglich würde sie nicht mal Jimmy wegfahren hören, der Motor des BMWs war sehr leise. Wer weiß, vielleicht war er längst weg, wartete in seiner sicheren Wohnung und ließ sie die Kastanien aus dem Feuer holen.

Sie wünschte, Sally säße neben ihr. Sally würde einen Witz reißen, ja, zu zweit wäre dieses ganze Unternehmen ein Witz. Aber Sally war nicht mehr da, und sie war auch nicht mehr in England, ja, nicht mal in Ägypten. Sally hatte sich Hals über Kopf in den portugiesischen Salesmanager der Hotelkette verliebt, bei der sie ihr Praktikum absolvierte, und war nach Lissabon gezogen. Ihr letzter Brief kam aus Mozambique.

Wenn keinerlei Risiko bestand und der Mann so zahm war wie ein Lamm, hätte Jimmy genauso gut selbst hier warten können. Von Sekunde zu Sekunde erschien es ihr unwahrscheinlicher, dass Jimmy fünftausend Euro zum Fenster rauswarf, weil er sie so nett fand. Das war nicht Jimmys Art. Klar, er fand sie nett, aber er verschenkte niemals etwas. Hunderttausend Euro. Oder ging es doch um Drogen? Sie hatte sich geschworen, niemals etwas mit Drogen zu tun zu haben.

Was sollte sie tun? Mit dem Geld zu Gerard flüchten. Und dann? Etwa zur Polizei gehen?

Die See hatte sie gelehrt, wie hell die Nacht sein konnte, selbst eine mondlose Nacht, selbst bei bewölktem Himmel. Der Wald bildete eine dunkle Wand, in der sich etwas heller die Birken abhoben, aber dennoch konnte sie das Theater deutlich erkennen. Sie versuchte auszurechnen, wie viele Geldscheine hunderttausend Euro ergaben. Tausend Hunderter. Zwei davon gingen auf eine Taschenbuchseite. Ein Taschenbuch von dreihundert Seiten, hundertfünfzig Blätter, zweimal hundertfünfzig Geldscheine. Dreißigtausend in Hundertern, das wären bei Hunderttausend gut drei Taschenbücher – dafür brauchte man keine große Tasche. Aber es konnte ja sein, dass ein Großteil aus kleineren Scheinen bestand, Fünfziger, Zwanziger, Zehner, Schwarzgeld in kleiner Stückelung.

Zehn Taschenbücher?

Francine hielt den Atem an, als sie Licht sah, irgendwo rechts zwischen den Bäumen. Sie hatte kein Auto gehört. Das Licht leuchtete zwei Sekunden lang auf und verlöschte dann. Francine kniff die Augen zusammen, und da sah sie es wieder, mehr in ihrer Nähe. Jemand kam den Waldweg entlang und verdarb sich seine Nachtsicht, indem er in regelmäßigen Abständen die Taschenlampe einschaltete.

Francine zog die Beine an, stützte sich mit einer Hand am Baumstamm ab und ging in die Knie. Sie hielt sich am Baum fest und presste die Kappen ihrer Turnschuhe tief in den Boden, startklar zum Sprint.

Eine Gestalt erschien am Ende des Weges und blieb vor dem offenen Stück stehen. Ein großer Mann in einem dunklen Mantel, eine Tasche in der linken Hand. Francine hielt das Gesicht halb abgewandt, bereit, schnell die Augen zuzukneifen, aber die Lampe blieb ausgeschaltet.

Der Mann schaute zum Theater hinüber. Er hob die Tasche hoch, als wolle er auf die Uhr schauen. Dann überquerte er rasch die offene Fläche und verschwand zur Eingangsseite des Theaters hin außer Sicht. Francine konnte den Mülleimer nicht erkennen, aber drei Sekunden später kehrte der Mann wieder zurück, ohne die Tasche. Kurz vor dem Waldrand blieb er noch einmal kurz stehen und blickte zum Theater zurück. Schließlich drehte er sich um und verschwand im Laufschritt zwischen den Bäumen. Francine sah seine Lampe aufleuchten und ein Stück weiter weg noch einmal.

Francine wartete. Sie hörte nichts. Es war niemand in der Nähe, weder im Theater noch im Wald. Jimmy hätte das hier leicht allein erledigen können. Das ganze Trara erschien ihr übertrieben paranoid. Der Mann hatte sich bewegt wie ein ängstliches Tier, er wollte die Sache nur hinter sich bringen.

Francine steckte sich die Füllungen in die Wangen, zog

das Kopftuch fest und richtete sich auf. Sie joggte um das Theater herum. Die Tasche stand auf dem Mülleimer. Es war eine dunkelblaue Sporttasche mit Reißverschluss und Henkeln aus Kunstleder. Sie lief zunächst daran vorbei, kehrte zurück, griff die Tasche, rannte ohne innezuhalten zum Rundweg und folgte von dort aus der vereinbarten Strecke. Die Tasche wog nicht viel.

Francine lief leicht und schnell, sie war in guter Verfassung. Sie folgte Jimmys Route, bog an der ersten Abzweigung rechts ab, kreuzte hundert Meter weiter die erste dreiarmige Weggabelung und kurz darauf die zweite.

Als das letzte Stück zur Hälfte hinter ihr lag, blieb sie stehen. Sie hörte ein Auto auf der Straße, die am Park entlangführte, dann noch eines, und dann wurde es wieder still. Sie hatte keine Angst vor der Nacht. Sie kannte den Unterschied zwischen normaler und bedrohlicher Stille. Sie atmete ein paarmal ein und aus, hockte sich auf den Weg und zog den Reißverschluss der Tasche auf.

Geld. Keine Drogen. Was das anging, hatte Jimmy also schon mal nicht gelogen. Francine nahm ein Banknotenbündel heraus, hielt es ins schwache Licht, legte es wieder zurück, wühlte in der Tasche herum und betrachtete andere Päckchen. Sie wurden von breiten Gummibändern zusammengehalten, wie die Post sie verwendete. Sie sah Hunderter, aber auch viele Fünfziger und Zwanziger. Dutzende Bündel, bestimmt waren es insgesamt mehr als hunderttausend Euro, mehr als zehn Taschenbücher. Genug für Jimmy, um für ein paar Jahre unterzutauchen.

Und mehr als genug für die *Fisher.*

Der Gedanke kam ganz plötzlich in ihr auf und schnürte ihr die Kehle zu. Selbst wenn sie die Tasche auf der Straße gefunden hätte, hätte sie der Sache misstraut, hätte die Nachrichten verfolgt und die Zeitungen studiert, um sicherzugehen, dass niemand das Geld beanspruchte oder durch seinen Verlust in Schwierigkeiten geriet. Ihr Gewissen hätte sie geplagt. Wenn es nun der russischen Mafia oder irgendeinem schrecklichen Mistkerl gehörte hätte – aber es gehörte Jimmy. Sie konnte höchstens einen höheren Anteil fordern. Zehntausend. *Verdammter Mist.*

Francine erstarrte, als sie plötzlich einen Luftzug hinter sich fühlte, gefolgt von einem Scharren und Schnauben. Die Taschenhenkel umklammernd, schaute sie sich um.

Ein Tier stand stocksteif auf dem Weg, noch erschrockener als sie. Ein Hirsch, nein, etwas Kleineres. Ein Rehbock auf schlanken Beinen und mit einem kurzen Geweih. Die Nacht glänzte in seinen feuchten Augen, der Atem stieg dampfend aus seinen geweiteten Nüstern. Francine atmete auf und streckte vorsichtig die Hand nach ihm aus. Der Bock riss sofort den Kopf hoch, sprang vom Weg und floh in den Wald.

Francine zog den Reißverschluss der Tasche wieder zu. Sie starrte die Stelle an, an der der Rehbock gestanden hatte. Sie sah und hörte nichts mehr. Ob das Tier aus dem Hirschgehege ausgerissen war und jetzt verängstigt durch den Wald irrte?

Irgendetwas stimmte nicht.

Bei dieser Erkenntnis stockte ihr der Atem. Jedes Tier hätte sie schon von Weitem gesehen oder gewittert und sie nicht beinahe umgerannt, es sei denn, es wäre durch irgendetwas anderes in Panik geraten und blindlings davongerannt.

Auf der Flucht vor irgendetwas oder vor irgendjemandem.

Der Bock war aus der Richtung des Theaters gekommen. Dort hinten hatte ihn irgendetwas erschreckt. Seine Panikreaktion war ein Warnzeichen, wie Elstern und Eichelhäher die anderen Waldbewohner vor Eindringlingen warnten. Francine dachte an Jimmys Befürchtung, der Mann könne seine Freunde mitbringen.

Ein ganz leichter Job, dachte sie.

Plötzlich wurde ihr angst und bange. Sie umklammerte die Henkel der Tasche und rannte los, ebenso panisch und blindlings wie der Rehbock.

# 5

Francine erwachte von den Unterhaltungen im Zimmer. Ihre Wade juckte unter dem Gips. Am Bett der alten Dame, ihrer Nachbarin, saß ein dicker Mann. Ihr Sohn? Er hatte seinen Regenmantel nicht ausgezogen, nur vorne aufgeknöpft. Bei der Patientin an der Tür saßen zwei jüngere Frauen. Besuchszeit. Gerard würde gleich kommen. Der dicke Mann sprach durch die Nase. »Nicht nur ich denke das«, sagte er. »Tilly meint auch, dass es dir dort besser ginge.«

»Ich will nicht in ein Altersheim«, widersprach die alte Dame.

»Sie kann sich nicht um dich kümmern, sie hat schon mit den Kindern genug um die Ohren.«

»Karel, sie hat es einfach auf mein Haus abgesehen. Es tut mir leid, das sagen zu müssen, aber sie spekuliert schon lange darauf.«

Die Dame wandte ihr Gesicht Francine zu. »Haben Sie gut geschlafen?«

Francine nickte. »Wissen Sie, wie spät es ist?«

Die Dame schaute auf ihre schwarze Armbanduhr. »Kurz vor halb fünf.«

»Danke. Bekomme ich kein Telefon?«

Die Dame schaute stirnrunzelnd zur Ablage über Francines Nachtschränkchen. »Bestimmt kommt gleich jemand und schließt Ihnen eines an.«

»Tilly könnte dir höchstens hin und wieder ein Stündchen helfen, aber du wirst jemanden brauchen, der ständig für dich da ist«, sagte der Mann in gedämpftem Ton. »Du schaffst das nicht mehr, das musst du doch zugeben und die Krankenkasse wird eine Vollzeitpflege nicht übernehmen.«

Die Dame schaute Francine an und verzog das Gesicht. »Da hast du wohl recht.« Sie drehte sich wieder dem Mann zu. »Aber du kannst das doch nicht einfach hinter meinem

Rücken arrangieren, während ich hier im Krankenhaus liege. Übrigens ist es mindestens zwanzig Jahre her, dass du mir zuletzt Blumen geschenkt hast, und wir haben nicht mal Muttertag. Bring sie lieber Tilly mit.«

»Aber du verstehst mich völlig falsch!«

Am anderen Bett wurde gelacht. Der Mann blickte sich pikiert um, als lachten die Frauen über ihn. Halb fünf, dachte Francine.

»Du kannst jetzt ruhig wieder gehen«, sagte die alte Dame. »Ich weiß deine guten Absichten zu schätzen, aber ich werde mit meinem Geld machen, was ich will. Ich kann es nicht mitnehmen, und ihr kommt schon allein zurecht.«

Ihr Sohn biss sich auf die Lippen, stand auf, küsste seine Mutter flüchtig auf die Wange, schlug das Revers seines Regenmantels übereinander und ging. Die Blumen ließ er auf dem Nachttisch stehen, blaue Traubenhyazinthen in der kleinsten Krankenhausvase.

Francine überlegte, ob Gerard vielleicht noch jemanden suchte, der am nächsten Tag für Francine auf den Markt ging.

»Ich bin ausgerutscht und habe mir einen Beckenbruch zugezogen«, erzählte die Dame. »Und jetzt will mich mein Sohn in ein Altersheim abschieben, wo im Winter die Treppenstufen nicht vereisen. Ach ja, wenn man mal so alt ist wie ich …«

Francine lächelte mitfühlend. »Wenn ich so eine liebe Mutter hätte, würde sie bei mir wohnen.«

»Haben Sie keine liebe Mutter?«

»Nein, meine Mutter ist gestorben, als ich noch ein Baby war.«

»Ach, Kind, wie schrecklich.« Mit ihrem freundlichen, faltigen Gesicht blickte die Dame sie an. »Hat Ihr Vater später wieder geheiratet?«

Francine schüttelte den Kopf. »Nein, aber er hat eine sehr nette Freundin.«

»Kommt er heute Nachmittag nicht?«

»Eigentlich hatte er es schon vor.«

»Bestimmt dürfen Sie morgen wieder nach Hause, Ihre Kleider hängen schon im Schrank. Ich wünschte, ich wäre noch so jung wie Sie und hätte mir das Wadenbein gebrochen anstatt dieses dumme Becken.«

»Es juckt unter dem Gips«, sagte Francine.

»Ein gutes Zeichen, wahrscheinlich können Sie schon wieder auftreten. Versuchen Sie's mal.«

Die anderen Besucher verließen das Zimmer und die alte Dame begann eine Unterhaltung mit der Patientin an der Tür.

Gerard kam wohl nicht mehr. Francine hob ihr Gipsbein vom Bett und setzte sich auf, um das Laken darunter hervorzuziehen und das andere Bein freizubekommen. Sie ließ sich vorsichtig von dem hohen Bett rutschen, erst mit dem gesunden Fuß, dann mit dem anderen. Prüfend belastete sie das Bein. Sie erwartete, dass der Unterschenkel schmerzen würde, aber er brannte nur ein bisschen und fühlte sich hauptsächlich steif an. Auf bloßen Füßen hinkte Francine zur Toilette.

»Sehen Sie?«, rief die alte Dame.

Francine lächelte ihr zu, ging in die Toilette und schaltete das Licht ein. Als sie sich setzte, hielt sie sich an den Chromstangen an der gekachelten Wand fest, dann wusch sie sich die Hände. Das Bein war halb so wild, aber ihr dröhnte dumpf der Schädel und sie hatte das Gefühl, als sei ihr Kopf mit Watte gefüllt. Im Spiegel betrachtete sie ihr bleiches Gesicht, die Augen dunkel und zu groß, die Lippen bläulich. Ein Krankenhausgesicht. Sie betastete die Beule knapp unterhalb des Haaransatzes. Sie war weich und schon deutlich abgeschwollen.

Als sie ins Zimmer zurückkehrte, stand ein Arzt am Bett der alten Dame und fühlte ihr den Puls. Begleitet wurde er von einer älteren Krankenschwester, nicht der Surinamerin.

Der Arzt blickte sich um. »Sieh da«, sagte er. »Schon wieder auf den Beinen. Ich komme gleich zu Ihnen.«

Die Schwester half Francine zurück ins Bett, hob ihr Gipsbein hoch und nahm ihre Karte zur Hand.

»Ist heute Abend auch Besuchszeit?«, fragte Francine.

»Nur in besonderen Fällen.«

Die Schwester drückte Francine ein Fieberthermometer ans Ohr. Sie war kein besonderer Fall. Sie würden Gerard nicht zu ihr lassen. Der Einzige, den sie zu ihr lassen würden, war der Polizist.

Der Arzt kam an ihr Bett, nahm den Fuß und hob ihr Bein an. Er beugte sich über ihren Unterschenkel und roch an dem Gips sowie der Haut über dem Rand. Er war ein magerer Mann mit ebenso hellen Haaren wie Gerard, aber er war schwerer gebaut und die Haut hing ihm faltig um das Gesicht. »Hat das Bein wehgetan, als Sie es belastet haben?«

»Nein, kein bisschen«, antwortete Francine.

»Gut so.« Der Arzt leuchtete ihr mit einem Lämpchen in die Augen und bat sie, mit dem Blick seinem Finger zu folgen. »Haben Sie Kopfschmerzen?«

Francine schüttelte den Kopf, nein, keine Schmerzen. »Nur ein etwas dumpfes Gefühl.«

»Das liegt an den Medikamenten.« Die Krankenschwester hielt Francines Karte bereit und der Arzt notierte etwas darauf. »Heute Abend nur noch die Antibiotika«, sagte er zu der Krankenschwester. »Die muss sie noch weiter nehmen, wir geben ihr ein Rezept mit. War die Polizei schon da?«

»Ria hat angerufen, sie kommen morgen früh.«

»Aber das ist wirklich nicht nötig«, wandte Francine ein. »Es war ein Unfall, das habe ich doch schon erklärt.«

»Ja, aber die Polizei muss einen Bericht schreiben«, erwiderte der Arzt freundlich. »Bestimmt können Sie nach der Morgenvisite nach Hause gehen, wenn die Polizei bis dahin hier war. Sie sollten sich dann erst einmal eine Weile ruhig verhalten, nicht zu viel herumlaufen, nichts erzwingen. In zehn Tagen kommen Sie dann noch einmal zu uns und wir schauen nach, ob der Gips runter kann. Schlafen Sie sich auch mal richtig aus.«

Doch Francine konnte nicht schlafen.

Eine Stunde später rollte der Tablettwagen den Flur entlang und die Schwesternschülerinnen brachten die Abendmahlzeit. »Sie dürfen alles essen«, sagte die junge Frau, die Francine den Klapptisch am Nachtschrank hindrehte und das Tablett daraufstellte. »Guten Appetit. Hatten Sie einen Skiunfall?«

»Ich wünschte, es wäre so«, antwortete Francine.

Auf dem Teller lagen in abgeteilten Fächern Kartoffeln, grüne Bohnen und ein Stück Rindfleisch, dazu gab es ein Schälchen Karamellpudding, einen Apfel und eine kleine Flasche Mineralwasser. Francine hatte Hunger und aß alles auf. Eine halbe Stunde später wurden die Tabletts abgeräumt und eine andere Krankenschwester kam und schloss ihr das Telefon an. Sobald sie gegangen war, wählte Francine die Nummer des Hausboots. Es wurde nicht abgenommen.

Die alte Dame hielt ein Nickerchen, die Patientin an der Tür las ein Buch. Francine schloss die Augen. Sie konnte niemand anderen anrufen. Jacqueline war in Haarlem und Gerard hatte erstens sein Handy selten bei sich und zweitens war es zu riskant, ihn anzurufen, wenn sie nicht wusste, wo er war. Irgendetwas war schiefgegangen, sonst wäre er längst hier gewesen.

Den kleinen Jungen aus dem Botter zu holen und ihn vor dem Krankenhaus abzusetzen dürfte kein Problem gewesen sein, es sei denn, Jimmy hätte dazwischengefunkt. Jimmy würde das Kind nicht gehen lassen, bevor er sein Geld hatte. Gerard wusste nicht, dass man sie beraubt hatte, aber Jimmy würde sowieso niemals glauben, dass sie das Geld durch einen so unglücklichen Zufall losgeworden war. Er musste annehmen, sie sei damit durchgebrannt, und er würde Gerard so lange in die Zange nehmen, bis sie wieder auftauchte. Im Krankenhaus war sie sicher. Dass die Sanitäter die Polizei benachrichtigt hatten, kam Gerard wahrscheinlich nicht mal in den Sinn.

Francine fragte sich, ob Peter vielleicht doch etwas mit

der Entführung zu tun hatte, obwohl Jimmy das gar nicht ähnlich gesehen hätte. Dazu war er zu paranoid und außerdem würde er das Lösegeld mit niemandem teilen wollen. Francine wusste nicht, woher Jimmy Peter kannte, aber Peter musste ihm von seinem polnischen Au-pair-Mädchen und ihrem braven Reicheleutesöhnchen erzählt habe, dessen Eltern gerade ihr Ferienhaus in Italien verkauft hatten. Jimmy war sicher nur in der Kneipe gewesen, um sich die Polin einmal näher anzusehen.

Eine Krankenschwester brachte die Medikamente und Francine schluckte eine Kapsel Antibiotikum. Der Fernseher wurde eingeschaltet. Francine wartete auf die Nachrichten, doch die anderen Damen wollten lieber ein Quiz sehen, das sie niemals verpassten.

Gerard meldete sich nicht. Wo war er bloß?

Francine stand auf. Das Bein bereitete ihr kaum Probleme. Sie humpelte in die Toilette und wusch sich das Gesicht. In Ermangelung eines Kamms fuhr sie sich mit den Fingern durch die Haare.

Ihre Kleider hingen im Schrank, ihre Unterwäsche und das sorgfältig gefaltete Kopftuch waren in einer Plastiktüte daran festgesteckt. Umständlich schlüpfte sie unter dem Krankenhausnachthemd in ihre Unterhose, zog dann das Hemd aus und hakte ihren BH um.

»Was machen Sie denn da?«, fragte die alte Dame erstaunt.

Francine lächelte beruhigend. »Ein bisschen Gehen üben«, sagte sie. »Im Innenhof. Ob die Cafeteria noch geöffnet ist?«

»Der war mit Nicole Kidman«, beantwortete die andere Patientin eine Quizfrage im Fernsehen. »Oder mit Renée Zellweger?«

»Sie können doch auch einen Krankenhausbademantel überziehen«, sagte die alte Dame.

»Renée Zellweger«, riet der Kandidat im Fernsehen. Frenetischer Applaus.

»Na also«, sagte die Patientin an der Tür.

Francine streifte den Rollkragenpullover über. Sie war

froh, dass sie die weite Jogginghose angehabt hatte; ihre Jeans hätte sie niemals über den Gips ziehen können, ohne ein Hosenbein aufzuschneiden. Sie nahm ihre Windjacke vom Haken, ging an das Nachtschränkchen neben ihrem Bett und öffnete die Schublade. Unauffällig steckte sie die Schlüssel ein. »O nein!«, sagte sie dann. »Ich hatte ja gar kein Geld bei mir!«

Die alte Dame schaute sie an, keine Spur von Misstrauen im Gesicht. »Ich kann Ihnen gerne etwas leihen«, sagte sie, und schon griff sie in ihr Nachtschränkchen.

»Es ist nur für eine Tasse Kaffee«, sagte Francine. »Und ich würde auch gern eine Schachtel Pralinen für die Krankenschwestern kaufen, falls noch ein Kiosk geöffnet hat.«

Die Dame schaute in ihr Portemonnaie. »Reichen zwanzig Euro?«

»Ein neuer Kandidat«, sagte der Quizmaster. »Meneer Hofwijk. Was sind Sie von Beruf?«

»Ich gebe Ihnen das Geld morgen zurück, wenn mein Vater mich abholen kommt.« Es war unangenehm, lügen zu müssen. Francine steckte den Geldschein in die Tasche zu den Schlüsseln.

»Einen Polizei-Inspecteur haben wir hier nicht alle Tage. Ich finde, das ist einen Applaus wert.«

»Es wird schon alles wieder gut«, sagte die alte Dame. »Bis gleich.«

Applaus aus dem Fernseher.

Francine humpelte zur Tür. Auf dem Flur kamen ihr zwei Krankenschwestern entgegen. *Ganz normal verhalten!* Es gab keinen Weg mehr zurück. Sie schloss die Tür und gab sich große Mühe, nicht zu hinken, während sie vor den Schwestern herging. Es war nicht das erste Mal, dass sie in diesem Krankenhaus war; die meisten Flure im Erdgeschoss mündeten im Innenhof, wie die Speichen eines Rades. Niemand hielt sie auf.

Der Innenhof war noch recht belebt. Patienten in Morgenmänteln schlenderten zwischen den Topfpalmen hindurch und an den geschlossenen Läden vorbei. Ein Kiosk war noch geöffnet. Hinter Francine überquerten die Krankenschwestern den Innenhof in Richtung der halb besetzten Terrasse vor der Cafeteria. Francine lief hinter anderen Patienten her an den Geschäften entlang. Im Kiosk kaufte sie eine Rolle Pfefferminz, um ihren Zwanzigeuroschein zu wechseln.

Eines der überdachten Telefone funktionierte noch mit Münzgeld. Unter der Bedienungsanleitung über dem Apparat klebten Reklameschilder, darunter eines von einem Taxiunternehmen. Vierundzwanzigstundenservice. Francine warf einen Euro ein und wählte die Nummer.

»Können Sie ein Taxi zum Canisius-Wilhelmina Krankenhaus schicken?«, fragte sie, als die Zentrale sich meldete.

Die Telefonistin wollte ihren Namen wissen, und Francine zögerte. Die Frau sagte: »Wir möchten nur verhindern, dass ein anderer in das Taxi steigt und Sie als Kundin das Nachsehen haben.«

»Ach so.« Francines Blick fiel auf die Anzeige eines Friseursalons. »Mevrouw Helman.«

»Brauchen Sie den Wagen sofort?«

»Ja, ich warte vor dem Eingang.«

Das Telefon gab klappernd das Wechselgeld heraus. Francine nahm es und folgte den beleuchteten Schildern, die den Weg zum Ausgang wiesen. Niemand hielt sie auf. In der großen Eingangshalle schaute ein älterer Hausmeister von dem kleinen Fernseher hinter seinem Schalter auf. »Fertig für heute?«

»Ja, Gott sei Dank«, antwortete Francine.

»Hatten Sie die Achtuhrschicht?«

Francine wurde nervös. »Ach, nur wieder eine Teambesprechung.«

Der Hausmeister grinste mitfühlend. Die Türen öffneten sich geräuschlos. Sie war draußen. Sie trat in das Licht unter dem Vorportal und stellte sich in die äußerste Ecke, außer Sichtweite des Portiers.

Laternen säumten die hufeisenförmige Auffahrt, und in ihrem Schein sah man den Nieselregen fallen. Ein Auto hielt, zwei Männer stiegen aus und eilten, ohne sie anzusehen, ins Krankenhaus. Das Auto fuhr weiter.

Kurz darauf näherte sich ein Taxi. Francine ging hinaus in den Regen und hob die Hand. Das Taxi hielt und sie öffnete die hintere Tür.

Der alte Mann am Steuer stellte das Funkgerät leiser und tippte auf das Taxameter.

»Mevrouw Helman?«

»Richtig.« Francine setzte sich auf den Rücksitz. »Ich muss in den Slotemaker de Bruineweg.«

»Das ist doch ganz in der Nähe.« Er klang missmutig. »Auf der Seite von St. Anna?«

»Nein, fahren Sie durch die Steinweglaan.«

»Das ist ja noch näher.« Endlich fuhr er los.

»Ja, aber für mich zu weit zu laufen«, sagte Francine.

Der Fahrer drehte an den Knöpfen des Funkgeräts herum und sagte etwas ins Mikrofon. Alle zwei Sekunden schwenkten die Scheibenwischer über die Windschutzscheibe. Sie überquerten die Damenlaan und bogen in den Busserweg. Francine biss die Zähne zusammen, als sie den Weg zum Theater passierten. Sally, vor acht Jahren – es kam ihr vor wie gestern. Das Leben schrumpfte zusammen, wenn so viel auf einmal geschah und sich mit einem Schlag alles änderte. Wenn sie doch nur auf demselben Weg zurückgekehrt wäre, wie sie gekommen war, anstatt sich an Jimmys Paranoiaroute zu halten!

*Wenn, wenn.*

»Hier links ab«, sagte sie, als sie die Straße erreichten, die am Park entlangführte. Nach hundert Metern bat sie den Fahrer anzuhalten.

Er fuhr an den Straßenrand und drehte sich mit ungläubigem Gesicht um. »Aber hier stehen ja gar keine Häuser.«

Francine nickte. »Stimmt. Ich arbeite auf dem Kinderbauernhof, das letzte Stück gehe ich zu Fuß. Was macht das?«

»Zwölf Euro.« Mit einem Blick auf ihre gerunzelte Stirn fügte er hinzu: »Nachttarif.«

Francine besaß noch einen Zehn- und einen Fünfeuroschein, dazu einige Münzen. Sie gab ihm die fünfzehn. »Der Rest ist für Sie«, sagte sie.

Der Fahrer taute auf. »Ich kann Sie auch gern auf die andere Seite bringen und direkt vor der Tür absetzen«, sagte er.

»Nein, schon gut.« Francine öffnete die Tür. »Vielen Dank.«

Sie wartete, bis das Taxi weggefahren war, bevor sie über die Straße hinkte. Ihr Unterschenkel hielt sich gut, aber trotzdem war sie vorsichtig. Wenn der Bruch jetzt wieder auseinanderging oder sich verschob oder was auch immer mit Brüchen geschehen konnte, saß sie erst recht in der Klemme. Sie überquerte den Fahrradweg und folgte dem befestigten Fußweg unter den Bäumen. Einige Autos fuhren vorbei und drei Mopeds knatterten über den Fahrradweg auf der anderen Straßenseite. Ihre Rücklichter ertranken in einem Strudel aus Dunst und Wasser.

Francine ging am Park entlang. Jimmy wusste, wo ihr Wagen stand. Es war zwar unwahrscheinlich, dass er nach vierundzwanzig Stunden immer noch persönlich auf sie wartete, aber schließlich hatte er seine Leute. Sie sah niemanden, auch keine geparkten Autos, nur ihres auf der anderen Seite. Der Regen durchweichte sie allmählich.

Als ein Auto vorbeifuhr, wandte sie sich ab und spähte in den Park hinein. Nichts. Sie zog den Schlüsselring aus ihrer Jacke und hinkte hastig über die Straße. Es wäre typisch für Jimmy gewesen, ihr die Reifen zu zerstechen, aber sie schienen in Ordnung zu sein. Mit beiden Händen führte sie den Schlüssel ins Schloss. Unter dem Scheibenwischer klemmte ein Stück Papier. Ein Strafzettel? Francine zog das Papier heraus, stieg ins Auto ein und schloss rasch die Tür, um die Innenbeleuchtung auszuschalten.

Gerard wartete ihr Auto regelmäßig und der Motor sprang sofort an. Sofort fuhr sie los, ziemlich schnell und ohne nachzudenken, bis sie an der ersten Kreuzung eine Vollbremsung machen musste, weil ein anderer Wagen von rechts kam. Ein Schmerzstich fuhr ihr durch die Wade. Danach fuhr sie vorsichtig im dritten Gang, durch die Hazenkamp- und die Sint Annastraat weiter. Dabei schaute sie wiederholt in den Rückspiegel, sah aber nichts Verdächtiges. Kurz vor dem Keizer Karelplein hielt sie unter einer Laterne an. Sie schaltete den Motor aus und blieb eine Minute lang mit den Händen auf dem Lenkrad sitzen, um Atem zu schöpfen und das Dröhnen in ihrem Kopf zum Schweigen zu bringen.

Sie nahm den Zettel vom Beifahrersitz und hielt ihn ins Licht. Er war nass und die Kulitinte war verlaufen und verblasst. Sie erkannte die schlampige Handschrift. Ein Literat war er nie gewesen.

*Du verarschst den Falschen! Ich warne dich, verdammt noch mal!*

Im Schritttempo fuhr Francine an den Hausbooten entlang. Gerards Volvo stand nicht auf seinem Parkplatz. Francine folgte der Sackgasse bis ans Ende, aber Jimmys BMW war nirgends zu sehen. In allen Booten brannte Licht, nur in ihrem nicht.

Sie parkte den Wagen gegenüber dem Boot von Shirine, schaltete den Motor aus, löschte die Scheinwerfer und ließ den Blick über die unbefestigte Straße und die Boote schweifen, die Hand am Autoschlüssel. Alles wirkte ruhig und unverdächtig. Die Windschutzscheibe beschlug, ihr Unterschenkel schmerzte und ihre Kleider waren nass. Sie sehnte sich nach einer warmen Dusche und nach ihrem Bett, nach einem Buch und nach einer heilen Welt.

Rechtzeitig dachte sie daran, die Innenbeleuchtung auszuschalten, bevor sie aus dem Auto stieg. Leise drückte sie die Tür zu, schloss aber nicht ab. An der Bootstür hing ein Zettel. Die nächste Warnung? Der Schlüssel lag nicht im Holzschuh. Sie berührte ihn, als sie nach dem Türknauf tastete. Er steckte im Schloss darunter. *Gerard?*

Wenn Gerard zwischendurch zu Hause gewesen wäre, hätte er abgeschlossen und den Schlüssel wieder im Holzschuh versteckt.

Der Zettel war mit Klebeband an der Tür befestigt. Francine schob die Finger darunter, zog ihn vorsichtig ab und nahm ihn mit in den Flur. Sie drückte die Tür zu und stand im Dunkeln. Instinktiv spürte sie, dass die Wohnzimmertür offen stand. Sie streckte die Arme aus und ging weiter, bis sie die Jacken an der Garderobe berührte. Sie fasste auf das Brett darüber. Die Taschenlampe lag noch an ihrem Platz.

Francine schaltete sie noch nicht ein, sondern ging im Dunkeln zur offenen Wohnzimmertür. Jemand hatte die Rollläden auf beiden Seiten heruntergelassen und es hing ein fremder Geruch im Raum, nach Staub und Schweiß und matschigen Schuhen. Francine schaltete die Taschenlampe ein und gleich wieder aus vor Schreck. Das Zimmer war ein Schlachtfeld. Sessel und Sofa waren umgekippt, alle Schränke und Kommoden standen offen, Pfannen und Küchengeräte, Bücher und aufgerissene Schachteln lagen überall verstreut.

Gerard war verschwunden. Jimmy war hier eingedrungen, hatte die Tasche gesucht und war ausgerastet.

Francine ging rückwärts bis zur Garderobe und richtete die Lampe auf den Zettel. Er stammte weder von Gerard noch von Jimmy. Gedruckte Buchstaben, *PRO JUSTITIA.* Ortspolizei Nijmegen. *Durchsuchungsbeschluss.*

Francine wurde schwindelig. Sie klammerte sich an Gerards Wintermantel, die Taschenlampe fiel ihr aus der Hand. Der Schmerz fuhr ihr durch die Wade, als sie in Knie ging, und es gab ein Geräusch, als bräche oder risse der Gips. Das Licht schien ihr genau in die Augen. Sie fuhr mit der Hand darüber, schaltete die Lampe aus und saß wie erstarrt in der Dunkelheit.

*Gerard.*

Sie musste etwas unternehmen.

Das Wasser schlug Wellen, ein leichtes Schaukeln, eine

Windbö. Oder betrat jemand die Laufplanke? Draußen war es windstill.

Francine starrte in der Dunkelheit in Richtung Eingangstür. Der Schlüssel steckte noch, von außen. Sie hätte die Tür abschließen sollen. Jetzt saß sie in der Falle.

Francine fing an zu zählen. Langsam einatmen, vier Sekunden Luft anhalten, vier Sekunden ausatmen. Sie musste die Panik überwinden und ihren Verstand einschalten, das war es, was Gerard von ihr erwartete. Aber er erwartete auch, dass sie wohlbehalten im Krankenhaus lag und sich im Fernsehen ein Quiz anschaute.

Francine hörte nichts. Vielleicht war draußen ein Boot vorbeigefahren, das den Wellenschlag verursacht hatte. *Einatmen.* Das Radboud-Krankenhaus wurde doch überwacht. Bestimmt hatte man Gerard dabei beobachtet, wie er den kleinen Jungen absetzte. Falls er entkommen war, hatten sie sein Kennzeichen und damit auch seinen Namen und seine Adresse.

Francine nahm wieder die Taschenlampe zur Hand und beleuchtete das Stück Papier. *H. Greveling, (Hoofd)-Inspecteur/Adjutant und stellvertretender Staatsanwalt der Ortspolizei Nijmegen.* Die Buchstaben tanzten ihr vor den Augen und sie schaltete das Licht wieder aus.

Gerard wurde gesucht.

Die Polizei hatte den Haustürschlüssel im Holzschuh gefunden. Das konnte nicht schwer gewesen sein, jeder legte den Schlüssel unter die Fußmatte, auf ein Fensterbrett, in einen Blumentopf. Sonst hätten sie die Tür aufgebrochen. Andererseits hätte die Polizei nicht derart gewütet. Das musste jemand gewesen sein, der eine Tasche voller Geld suchte und außer sich geraten war, weil er sie nicht fand. Jimmy musste später gekommen sein, nach Einbruch der Dunkelheit, als die Polizei schon weg war. Das Schreiben an der Tür musste ihn erschreckt haben, aber dass es dabei um Gerard ging, war ihm sicherlich nicht in den Sinn gekommen. Jimmy musste weiterhin glauben, dass Gerard nichts mit der Sache zu tun hatte, und vermutete sicher, dass die Polizei hinter ihr her war.

Sie musste hier weg.

Vorsichtig stand sie auf. Ihr Unterschenkel glühte, sie konnte kaum auftreten. Sie musste die Lampe einschalten, um nicht über das Chaos zu stolpern, als sie durch das Wohnzimmer hinkte. Die Geldkassette lag offen und leer auf Gerards Lehnstuhl. *Jimmy.* Auch ihr Zimmer war durchwühlt worden. Die Matratze hing halb auf dem Boden, zwischen Kleidern und Schuhen, ihre Reisetasche und ihr Koffer waren unter dem Bett hervorgezerrt worden. Ihr Computer schien unbeschädigt zu sein. Sicherlich hatte die Polizei darin herumgeschnüffelt, aber sie hätten nichts finden können, auch nichts über die Autos, denn sie hatte nie mit Jimmy gemailt, seine Adresse war nirgends gespeichert.

Francine hängte die Lampe an die Schranktür und stopfte Kleider und Nachtwäsche in die Reisetasche. Ihr Pass lag zu ihrer Überraschung noch unter Sallys Briefen in ihrer Schreibtischschublade.

Auch Gerards Schlafzimmer war ein einziges Durcheinander. Sie ließ alles so, wie es war. Sein Pass war weg und auch sein Adressbuch fand sie nicht, aber der Schlüssel, den sie suchte, lag zwischen dem Krimskrams in seiner Schublade. Francine trug die Reisetasche ins Bad und packte auch ihren Kulturbeutel und die Zahnbürste ein. Als sie das Boot schließlich abschloss, stützte sie sich auf Gerards alten Herrenschirm. Dann steckte sie den Schlüssel in den Holzschuh und hinkte im Dunkeln zu ihrem Auto.

Francine stellte ihren Wagen auf dem großen, beleuchteten Parkplatz vor den Häuserblocks ab, nahm ihre Tasche und humpelte auf den Regenschirm gestützt in den beleuchteten Flur. Sie begegnete niemandem. Mit dem Aufzug fuhr sie in die vierte Etage. Natürlich hätte Gerard ohne Schlüssel gar nicht hineinkommen können, doch als sie die Tür öffnete, überfiel sie die wilde Hoffnung, er könne hier sein.

Aber nur Winnie kam ihr entgegen, als sie das Licht einschaltete und die Tür verriegelte. Der dicke Kater rieb sich an ihrer Trainingshose, während sie Gerards Regenschirm gegen einen Spazierstock eintauschte, den sie in dem Ständer neben der Tür fand. Sie hinkte damit durch die Wohnung und schaltete überall das Licht ein. Die Gardinen waren offen. Jacqueline zog sie selten zu, weil ihre Wohnung zu einem dichten Wall von Bäumen und Sträuchern hin gelegen war. Francine schluckte zwei Aspirin aus einer Schachtel, die sie über der Anrichte fand, goss Milch in Winnies Schälchen und gab ihm eine Dose Katzenfutter. Der Kater machte sich heißhungrig darüber her. Auf dem Küchentisch stand eine Flasche Glen Talloch, und Francine schenkte sich ein wenig davon in ein Glas ein.

Sie ließ sich auf das Sofa im Wohnzimmer sinken und trank in kleinen Schlucken von dem Maltwhiskey. Sie konnte nichts tun. Es war zehn nach eins. Sie betrachtete Jackies heile Welt auf dieser Seite der Nacht, die runden und rechteckigen, geblümten und orientalisch gemusterten Kissen auf dem Kordsofa, die hellen Schränke, die fröhlichen Kunstdrucke und den pseudo-mittelalterlichen Wandteppich, die großen Ficus-Pflanzen und Zimmerlinden im Durchgangszimmer, in dem auch Jackies Holzschreibtisch stand, mit einem Foto von ihr und Gerard, lachend auf dem Pier von Scheveningen.

Schlafen. Ihr Unterschenkel brauchte Ruhe, der Knochen ausreichend Zeit, um wieder zusammenzuwachsen. Im Sitzen arbeitete sie sich aus ihrer Trainingshose heraus. Die Wade schmerzte, obwohl dem Gips äußerlich nichts anzusehen war. Im Badezimmer zog sie sich ganz aus und stellte sich unter die Dusche, einen Fuß auf dem Duschwannenrand, damit der Gips nicht nass wurde. Das Gästezimmer war ungeheizt, das Bett nicht bezogen. Francine humpelte im Nachthemd und mit der Reisetasche in der Hand in das große Schlafzimmer. Die Bettwäsche roch nach Jackie und nach Gerard.

Sie erwachte von den hellen Sonnenstrahlen, die ins Zimmer fielen. Sie hatte vergessen, die Gardinen zuzuziehen. Das Daunendeckbett lag fest um ihren Oberschenkel, heruntergedrückt durch das warme Gewicht des Katers. Winnie hatte eigentlich seinen festen Platz auf einem Kissen in der stets offen stehenden Büfettschublade im Wohnzimmer, aber vielleicht schlief er bei Jackie, wenn Gerard nicht da war. Oder auch, wenn er da war.

Der Unterschenkel fühlte sich steif an, schmerzte aber nicht. Francine bewegte ihre Zehen und die Muskeln unter dem Gips. Am Fenster standen zwei Grünpflanzen. Francine schaute hinauf in den blauen Himmel. Die Bäume konnte sie nicht sehen. An der Wand hing ein Bild von einem sonnigen Dorf an einem olivgrünen Berghang irgendwo in Italien. Der Digitalwecker auf dem Nachtschränkchen zeigte fünf nach zwölf an.

Gerard hatte nur wenige Anlaufstellen, wo er sich hätte verstecken können. Frühere Kollegen? Haarlem? Francine kannte die Telefonnummer von Jackies Mutter nicht, aber sicher würde sie sie irgendwo im Schreibtisch finden. Auf Jackies Kommode standen zahlreiche Töpfchen und Tiegelchen und Abschminktücher und Nippes, aufgereiht auf einem weißen Brett unter dem Spiegel. Jacqueline legte Wert darauf, stets gepflegt auszusehen. Wer stand heute für sie auf dem Markt? Francine hatte keine Ahnung, wer Willem war – irgendjemand, der in der Stadtmitte arbeitete und versprochen hatte, Jackies Lieferwagen zum Markt zu fahren. Vielleicht hatte Gerard jemanden gefunden, der für Jackie einsprang. *Vielleicht stand er selbst auf dem Markt.*

Winnie sprang vom Bett, als Francine die Decke zurückschlug und beide Füße auf den Wollteppich stellte. Sie griff nach dem Spazierstock, den sie an das Nachtschränkchen gelehnt hatte. Darauf gestützt hinkte sie durch die Wohnung und fütterte Winnie. Sie hielt den Wasserkocher unter den Hahn, um sich einen Tee zu kochen, und plötzlich fiel ihr ein, dass Gerard schon gestern Nachmittag die Pflanzen und die Katze hätte versorgen sollen. Aber Winnie war ausgehungert gewesen.

Francine fand Brot im Brotkasten und Zwieback im Küchenschrank, im Kühlschrank Käse und Orangensaft. Sie zappte durch die Fernsehprogramme, aber nirgendwo wurden Nachrichten gesendet, außer auf BBC und CNN. Irak, Iran, Terroristen. Schließlich schaltete sie das Gerät aus, und es wurde sehr still in der Wohnung.

*Ich warne dich, verdammt noch mal!*

Jimmy wusste von Jacquelines Existenz, aber nicht, wo sie wohnte. Er würde nicht mal auf die Idee kommen, dass sie sich bei Jackie aufhielt. Überhaupt hatte sich Jimmy nie besonders für Francines Privatleben interessiert. Wahrscheinlich dachte er, sie besäße genügend Freunde, bei denen sie untertauchen konnte. Die Einzige, die er kannte, war jedoch Emily aus dem Sportstudio, mit der er eine kurze Affäre gehabt hatte. Möglicherweise suchte er sie bei ihr, doch Emily wusste von nichts und war vermutlich auch zu sauer auf ihn, um ihm in irgendeiner Weise zu helfen.

In der Wohnung war sie sicher und es war eine verführerische Idee, einfach hierzubleiben. Am liebsten hätte sie sich wieder ins Bett gelegt und sich den Wecker für die Nachrichten gestellt. Vielleicht glaubte Jimmy ja auch, die Polizei habe die Tasche mitgenommen, und hatte daraufhin seine Suche aufgegeben?

Ja, auch diese Vorstellung war verführerisch. *Kopf in den Sand.* Francine warf einen Blick auf den Korb mit Zeitschriften und alten Zeitungen.

Sie hinkte ins Badezimmer, wusch sich das Gesicht und benutzte Jackies Haarbürste. Sie hatte einen Rock eingepackt, entschied sich aber für die dunkelbraune Hose mit den weiten Beinen und dem weichen Ledergürtel. Auf Jackies Bett sitzend wurstelte sie ihr Gipsbein hinein, hakte den BH um und zog den goldbraunen Pullover über. In Jackies Spiegel sah sie schon besser aus als gestern. Sie griff nach dem Spazierstock. Der Kater folgte ihr auf Schritt und

Tritt. Im Wohnzimmer zeigte sie auf das Büfett, wie Jackie es zu tun pflegte. »In die Schublade«, befahl sie.

Der Kater schaute sie vorwurfsvoll an und sprang dann mit einem Satz hinein. Francine verließ hinkend die Wohnung, zog die Tür hinter sich zu und ging über den Flur zum Aufzug. Die Türen der beiden anderen Wohnungen blieben geschlossen. Im Aufzug standen zwei Frauen. Sie trugen modische Übergangsmäntel und hatten rot karierte Einkaufswagen bei sich. Sie nickten Francine freundlich zu und warfen neugierige Blicke auf den Spazierstock.

»Wadenbein gebrochen«, erklärte Francine.

»Beim Skifahren?«, fragte die jüngere Frau.

»Nein, beim Joggen.«

»So was ist mir in Zermatt mal passiert«, sagte die andere Frau, aber Francine erkannte, dass die beiden sie bereits vergessen hatten. »Das muss vor zwölf Jahren gewesen sein, da war ich noch mit Frederik zusammen. Ich habe zehn Tage lang mit zwei verstauchten Knöcheln auf dem Balkon gesessen und Jodelmusik gehört, weil der Blödmann nicht nach Hause wollte. Schon damals haben wir uns nicht mehr verstanden.«

Die jüngere Frau kicherte. Der Aufzug öffnete sich und die Damen zogen ihre Wägelchen durch den Eingangsflur. Francine fand den Briefkasten mit Jackies Nummer und steckte den Schlüssel ins Schloss. Zwei Zeitungen und viel Post. Sie klemmte den ganzen Stapel unter den Arm und hinkte zurück zum Aufzug, der noch unten wartete. Sie drückte auf den Knopf von Jackies Stockwerk, doch kurz bevor die Türen zugingen, kam ein Mann angerannt und hielt die Hand dazwischen.

Francine ging einen Schritt zurück, als er keuchend den Lift betrat, einen Knopf drückte und Francine mit einem kurzen Nicken grüßte. Er zog ein missmutiges Gesicht und hatte glatte, schwarze, eng am Kopf anliegende Haare, die er seitlich gescheitelt trug und die ihm rechts in die Stirn hingen. Sein Blick fiel auf den Spazierstock, doch er sagte nichts. Es herrschte eine angespannte Atmosphäre, wie so oft, wenn sich eine Frau mit einem unbekannten Mann allein auf engem Raum befand, jene Stille, in der man nur auf eine falsche Bewegung wartete.

Der Aufzug hielt und der Mann stieg aus. Francine begriff zu spät, dass sie im Aufzug hätte warten sollen, als sie den Mann an Jackies Haustür klingeln sah. Hinter ihr schlossen sich die Türen. Der Mann schellte nochmals und blickte sich um. Sie stand mit der Post unter dem Arm da und konnte nur lächeln und Jackies Schlüssel hochhalten.

»Mevrouw Berends ist nicht da«, sagte sie.

»Das merke ich.« Sein Blick verfinsterte sich. »Bist du Francine?«

Sie erschrak. »Ja, ich passe auf Mevrouw Berends Wohnung auf, sie musste zu ihrer kranken Mutter.«

»Hättest du nicht heute Morgen für sie auf dem Markt stehen sollen?«

Francine atmete auf. *Willem.* »Ich konnte nicht, ich hatte einen Unfall.« Sie tippte mit dem Spazierstock gegen ihre Wade.

»Na toll. Ich musste heute früh um sieben Uhr aufstehen, um Jackies Auto hinzufahren und den Stand aufzubauen, und wer nicht kam, war Francine!«

»Es tut mir leid«, sagte Francine. »Ich habe mir das Wadenbein gebrochen. Ich hätte Sie gerne angerufen, aber ich hatte keine Telefonnummer von Ihnen.«

Ärgerlich schaute er ihren Unterschenkel an. »Du hättest Jackie Bescheid sagen können.«

»Ich konnte sie nicht erreichen«, erwiderte Francine. »Ich glaube, sie ist im Krankenhaus.«

Willem zuckte mit den Schultern und zog einen Schlüsselbund aus der Tasche seiner Armeejacke. »Ich konnte den Stand ja schlecht da stehen lassen, also habe ich ihn wieder abgebaut und das Auto hierher zurückgebracht. Es steht auf Jackies Parkplatz.« Er gab Francine den Schlüsselbund. »Du kannst ihr sagen …«

Eine der anderen Türen ging auf und eine ältere Frau streckte ihren mageren Kopf heraus. »Wollen Sie zu Mevrouw Berends?«

»Hat sich schon erledigt, vielen Dank«, sagte Willem, ignorierte die Nachbarin und nickte Francine zu. »Sag ihr, sie soll mich anrufen, wenn sie wieder da ist.«

Der Aufzug war noch da, die Türen öffneten sich sofort und Willem stieg ein. Francine steckte den Schlüssel ins Schloss. Sie hatte keine Lust auf Nachbarinnen, aber die Frau verließ ihre Wohnung und kam direkt auf sie zu.

»Einen Moment mal«, sagte sie. »Wer sind Sie überhaupt?«

»Ich kümmere mich um die Pflanzen und die Katze«, antwortete Francine.

»Und Sie wohnen hier auch, solange Mevrouw Berends nicht da ist?«

Francine schluckte ihren Ärger hinunter. »Ja, ich passe auf die Wohnung auf«, sagte sie. »Stört Sie das?«

»Glaubt die vielleicht, wir könnten das nicht?«

Francine öffnete die Tür. Bestimmt hatte Jackie diese Frau gemeint, als sie sagte, sie wolle ihre Nachbarinnen lieber nicht in ihrer Wohnung haben. »Meinen Sie Mevrouw Berends?«

Die Frau stand so dicht hinter Francine, dass sie ihren Atem im Nacken spürte. »Man weiß ja nie«, sagte sie. »Schlüssel kann man leicht nachmachen lassen. Eigentlich ist es bei uns üblich, dass wir gegenseitig auf unsere Wohnungen aufpassen.«

»Wie nett.«

»Sind Sie eine Verwandte von Mevrouw Berends? Ich habe Sie hier noch nie gesehen.«

»Dann haben Sie mich wohl verpasst«, erwiderte Francine. »Ich komme hier nämlich regelmäßig zu Besuch.« Sie betrat die Wohnung, drehte sich um und legte die Faust mit dem Spazierstock auf den Türknauf, um die Tür zuzudrücken. Sie spürte, wie ihr Winnie um die Beine strich.

»Wo ist denn Mevrouw Berends?«, fragte die Nachbarin.

»Bei ihrer Mutter, sie ist krank.«

»Was hat sie denn?«

»Das fragen Sie meine Tante am besten selbst, wenn sie wieder zu Hause ist.«

Die Frau ließ sich von Francines abweisender Art nicht irritieren. Ihre giftigen Augen huschten an Francine vorbei in die Wohnung und blieben dann an dem Stapel unter ihrem Arm haften. »Ist das die Post von Mevrouw Berends?«

»Warum?«, fragte Francine zurück.

»Ist sie damit einverstanden, dass Sie sie aus ihrem Briefkasten holen?«

Francine beherrschte sich. Am liebsten hätte sie der Nachbarin die Tür vor der Nase zugeschlagen, aber dieses Weib war imstande, die Polizei zu rufen und zu behaupten, in Jackies Wohnung sei eingebrochen worden. »Natürlich«, sagte sie daher. »Aber ich muss jetzt wirklich, meine Stangenbohnen verkochen sonst. Wenn Mevrouw Berends nachher anruft, werde ich sie von Ihnen grüßen. Einen schönen Tag noch.«

Sie schloss die Tür. Stangenbohnen. Sie hinkte durch die Wohnung, legte die Post auf Jackies Schreibtisch und ließ sich mit den Zeitungen auf das Sofa sinken. Als Winnie auf ihr krankes Bein sprang, verzog sie schmerzlich das Gesicht und schubste ihn wütend runter. »In deine Schublade«, blaffte sie ihn an.

Winnie verkrümelte sich.

Francine nahm die neueste Ausgabe des *Gelderlander* zur Hand. Die Schlagzeile auf der ersten Seite sprang ihr direkt ins Auge. *ENTFÜHRTER BORIS (4) TOT AUFGEFUNDEN. TATVERDÄCHTIGER VERHAFTET.*

## 6

Sie saß eingeklemmt zwischen Sofa und Tisch auf dem Boden, ohne zu wissen, wie sie dorthin geraten war. *Boris, tot!* Auf dem Papier tanzten dunkelgraue Flecken und die Buchstaben verschwammen vor ihren Augen. Sie hatte einen Schuh verloren und fühlte etwas Warmes, Feuchtes, das langsam kalt wurde. Sie erinnerte sich daran, dass sie vorgehabt hatte, zur Toilette zu gehen, und wusste, dass sie aufhören musste zu weinen. Gerard war verhaftet worden und eine heulende Tochter nutzte ihm überhaupt nichts. Die Zeitung hing zerknittert vom Sofa herunter, Fotos von dem kleinen Jungen und dem alten Kahn auf der Titelseite, Textspalten daneben. Es war egal, wo sie zu lesen anfing.

Der 69-jährige Leo Siebrands bemerkte am Donnerstag auf einem Seitenarm der Goysevaart ein kleines Spielzeugboot, das seine Runden auf dem Wasser drehte und immer wieder gegen die Seitenwand eines alten Botters stieß. Von seinem Ruderboot aus sah er durch ein zerbrochenes Fenster einen kleinen Jungen auf einer alten Matratze liegen. »Ich habe ihn gerufen, weil ich dachte, er würde schlafen«, sagte der Zeuge. »Dieser Botter liegt dort schon seit Jahren, es kommt nie jemand hin, und weil ich gehört hatte, dass ein kleiner Junge entführt worden war, bin ich misstrauisch geworden.« Siebrands ruderte sofort nach Hause und verständigte die Polizei.

Als die Einsatzkräfte eintrafen, verließ gerade ein Mann das Boot. Er versuchte, mit seinem Auto zu flüchten, ergab sich aber, als einer der Beamten einen Warnschuss abfeuerte. In dem Botter wurde der vierjährige Boris Stanhof tot aufgefunden. Seine Leiche wurde zur Autopsie nach Rijswijk gebracht, aber laut einer vorläufigen Diagnose des Gerichtsmediziners ist es wahrscheinlich, dass der kleine Junge, der an Diabetes litt, ins hypoglykämische Koma gefallen war, möglicherweise kurz nachdem es ihm gelun-

gen war, sein elektrisches Spielzeugboot aus dem Fenster fallen zu lassen. Boris hatte an dem Morgen vor seiner Entführung zum letzten Mal Insulin bekommen. Er war nur mit einer Flasche Wasser und einer Tüte Chips in dem Botter eingesperrt gewesen.
Der Verdächtige, G.K. aus Nijmegen, ist vorbestraft und wurde noch gestern Nachmittag dem Staatsanwalt vorgeführt. Er wird der Entführung mit Todesfolge angeklagt. Von Seiten der Polizei gibt es noch keine weiteren offiziellen Informationen, aber verlässlichen Quellen zufolge hat K. die Entführung bereits gestanden.
Boris Stanhof verschwand am Mittwochnachmittag aus dem Park in der Nähe seines Elternhauses. Das neunzehnjährige polnische Au-pair-Mädchen erklärte, Boris habe am Weiher mit seinem Boot gespielt, während sie auf einer höher gelegenen Bank saß und Niederländisch lernte. Anfangs dachte die junge Frau, Boris habe sich nur ein paar Meter entfernt, aber als sie ihn nirgends fand, rannte sie in panischer Angst zum Haus seiner Eltern.
Bisher haben sich keine Zeugen gemeldet, die die Entführung beobachtet haben. Zwei Mütter, die sich mit ihren Kindern auf dem nahe gelegenen Spielplatz aufhielten, haben nichts bemerkt. Der Entführer hat Boris möglicherweise unter einem Vorwand weggelockt und ihn das Spielzeugboot mitnehmen lassen, um ihn nicht zu beunruhigen. Für die Ermittler ungeklärt ist allerdings die Frage, warum der Junge nicht nach dem Au-pair-Mädchen gerufen hat und warum die junge Frau nichts von der Entführung bemerkte.
Als das Au-pair-Mädchen bei Boris zu Hause ankam, hatte der Entführer bereits Kontakt mit den Eltern aufgenommen. Das Ehepaar selbst war für einen Kommentar nicht erreichbar, aber nach Angaben der Polizei hat Dr. Stanhof die Entführer sofort darüber informiert, dass sein kleiner Sohn unter Diabetes litt und Medikamente brauchte. Das Lösegeld für Boris wurde noch am selben Abend an der verabredeten Stelle im Goffertpark hinterlegt. Die Höhe der Summe ist nicht bekannt. Die Eltern rechneten damit, dass ihnen ihr kleiner Sohn gegen Mitternacht gesund und unversehrt zurückgebracht würde, aber als sie gegen vier Uhr morgens noch immer nichts von den Entführern gehört hatten, beschlossen sie, die Polizei einzuschalten.

Dem Rechtsmediziner zufolge hätte Boris die Entführung aller Wahrscheinlichkeit nach überlebt, wenn er seinen Eltern Mittwochnacht zurückgebracht worden wäre. Offenbar hatte der Junge versucht, sich aus dem Botter zu befreien, aber die Kajüte war abgeschlossen und die Fenster für eine Flucht zu klein. Eine Fensterscheibe war zerbrochen und darunter stand eine Holzkiste. Die Polizei nimmt an, dass Boris sie dorthin gezogen hat, um sein Boot ins Wasser werfen zu können. Diese Anstrengungen in Verbindung mit seiner Angst haben zweifellos den Eintritt des Komas beschleunigt.

Jackies Telefon klingelte.

Francine hinkte zum Büfett. Die Nummer auf dem Display sagte ihr nichts. Das Gespräch kam nicht hier aus der Gegend – Vorwahl 048, das musste irgendwo in Limburg sein, jemand, der Jackie sprechen wollte. Als das Klingeln aufhörte, griff sie nach dem Hörer, um die Polizei anzurufen.

Gerard hatte gestanden, weil er glaubte, sie hätte das Kind entführt.

Francine ließ den Hörer wieder los.

Er musste glauben, sie hätte mit Jimmy unter einer Decke gesteckt, aber wie auch immer, ob er sie als Jimmys Komplizin betrachtete oder nicht, ihr Vater würde sie beschützen, sogar für sie ins Gefängnis gehen.

Sie konnte Jimmy verraten, aber die Polizei würde ihr nicht glauben, und man würde keine Spur von Jimmy in dem Botter finden, da war sie sich sicher. Sicher war nur, dass sie das Lösegeld abgeholt hatte und dass ihr Vater in der Nähe des Botters verhaftet worden war. Der Einzige, der Jimmy als Täter hätte identifizieren können, war Boris, und Boris war tot.

Francine schloss die Augen. Nicht jetzt. Sie zog umständlich die Hose aus und hinkte ins Badezimmer, wagte es kaum, in den Spiegel zu schauen.

Sie hatte ihr Misstrauen beiseitegewischt, für fünftausend

Euro. Dieses Wissen, dieses Gefühl würde sie nie mehr loslassen, ihre Schuld, ihre Dummheit, sich die Tasche von ein paar besoffenen Blödmännern klauen zu lassen, die nicht so hirnamputiert sein konnten, als dass sie nicht inzwischen wussten, woher das Geld stammte.

Waschen. Ausspülen.

Wut stieg in ihr auf. Jimmy, dieser gewissenlose Scheißkerl. Selbst wenn sie rechtzeitig in seiner Wohnung eingetroffen wäre, hätte er ihr wahrscheinlich weisgemacht, dass die Übergabe des ›wertvollen Gegenstands‹ keine Eile habe. Er hätte erst feiern wollen, das viele Geld zählen, sich betrinken, einen Joint rauchen, womöglich noch Sex. Und sie hätte sich an fünf- oder zehntausend Euro berauscht, während zur gleichen Zeit ein Kind starb.

Nicht jetzt.

Sie hatte keinen einzigen Beweis gegen ihn in der Hand. Jimmy, die verkörperte Unschuld, konnte sich jede x-beliebige Geschichte ausdenken, zum Beispiel, dass sie sich nur an ihm rächen wolle, weil er mit ihr Schluss gemacht habe, als er entdeckte, dass sie und ihr Vater von Autodiebstählen lebten. Er konnte behaupten, er wäre ihr und ihrem Vater eines Nachts zu einem verdächtigen Schuppen in Boxmeer gefolgt, wo die Polizei lediglich Gerards Fingerabdrücke und seine Werkzeugkiste finden würde, weil Jimmy seine eigenen Spuren, falls es je welche gegeben hatte, längst verwischt hätte, auch in seiner Wohnung. Francine kannte keinen seiner Helfershelfer und mit den Leuten in Bischofswerda brauchte sie nicht zu rechnen. Jimmy war unangreifbar, was immer sie auch behauptete.

Peter musste inzwischen klar geworden sein, dass er Jimmy auf die Idee mit der Entführung gebracht hatte, er, mit seinem Gerede über den braven Boris, der mit seinem Bötchen spielte, während er und Schatzi sich im Gebüsch oder hinten in seinem Lieferwagen vergnügten. Bestimmt fühlte Peter sich mies, aber wohl kaum schuldbewusst genug, um sich zu melden und eine Anklage wegen Mittäterschaft zu riskieren. Die Polin saß in der Klemme und würde ebenfalls den Mund halten.

Gerard saß in einer Zelle und fragte sich wahrscheinlich, ob er nicht lieber weitergelaufen wäre und sich hätte erschießen lassen, weil seine Tochter ihr gemeinsames Leben und alles, was ihnen etwas bedeutete, verraten hatte.

Francine steckte ihre Hose in den Trockner.

Was konnte ihr Vater eigentlich gestanden haben? Er wusste von nichts. Er wusste nicht, wie oder wo Boris entführt worden war, wo er wohnte, wie oder von wem das Lösegeld abgeholt worden war. In Krimis legten die Ermittler dem Verdächtigen alles Mögliche in den Mund und zermürbten ihn derart, dass er zu allem Ja und Amen sagte.

Alles Quatsch.

Vielleicht hatte er in seiner ersten Panik gestanden, weil er glaubte, sie sei es gewesen, und danach geschwiegen, weil er nicht wusste, wovon die Polizei redete und er sich sowieso nur verplappert hätte.

Er wartete auf sie.

Wie hieß sie noch gleich? Sie hatte Francine von der Schule abgeholt, ihr ein Eis spendiert und sie dann in ihrem roten Saab bei der Nachbarin abgeliefert. Vor langer Zeit.

Jessica.

Francine suchte im Branchenverzeichnis unter der entsprechenden Rubrik, bis sie auf einen Namen stieß, der ihr bekannt vorkam. Sie musste inzwischen ihren Doktor gemacht haben. Wenn sie es war. Francine schaute auf die Uhr.

»Gerlach, Bruning und Scheepmaker«, meldete sich eine Männerstimme.

»Ich suche Mevrouw Jessica Scheepmaker.«

»Wer ist am Apparat?«

»Mein Name ist Francine Kallas.«

»Einen Augenblick bitte.«

Eine Sekunde später sagte eine Frauenstimme: »Francine? Wo bist du?«

Francine fühlte sich ein bisschen überfahren. »Ich äh ... Wer ist denn da?«

»Jessica Scheepmaker. Meine Sekretärin hat überall versucht, dich zu erreichen. Ich bin froh, dass du anrufst.«

»Sie sind doch die Rechtsanwältin, die ...«

»Bitte sag doch Jessica zu mir. Ich bin schon bei deinem Vater gewesen.«

»Bei meinem Vater?« Francine hatte einen Kloß im Hals. Sie räusperte sich.

»Er dachte, du würdest im Krankenhaus liegen. Ich muss mit dir reden. Kannst du hierherkommen?«

Francine fühlte sich in die Enge getrieben. Sie hatte sich das Gespräch ganz anders vorgestellt.

»Dein Vater hat mich gebeten, ihn zu vertreten«, erklärte die Anwältin. »Aber bisher habe ich von der ganzen Sache nur so viel verstanden, dass er sich Sorgen um dich macht. Du kannst im Moment noch nicht zu ihm und außerdem möchte ich vorher gerne mit dir reden. Wenn du nicht zu mir kommen kannst, komme ich zu dir. Wo bist du?«

»Bei einer Freundin.«

Jessica schwieg einen Augenblick. »Dein Vater vertraut mir und es wäre schön, wenn du das auch tätest. Ich sehe deine Nummer hier vor mir auf dem Display und könnte ganz schnell herausfinden, von wo aus du anrufst. Aber das wäre ein schlechter Anfang.«

Francine biss sich auf die Lippen. Gerard glaubte, sie läge im Krankenhaus, sonst hätte er sicher Jackies Wohnung als möglichen Aufenthaltsort genannt. »Ich bin in der Wohnung von Jacqueline Berends, in Dukenburg, genauer gesagt im Lankforst«, sagte sie und nannte Jessica die Hausnummer.

»Danke«, sagte die Anwältin. »Ich bin schon unterwegs.«

Francine versteckte die Zeitung zwischen den alten Zeitschriften. Ihr eigenes Benehmen kam ihr lächerlich vor. Sie goss die Pflanzen und verkleckerte Wasser aus der Gießkanne. Sie drückte Katzennassfutter aus einem Tütchen

Whiskas in Winnies Futternapf, aber der Kater blieb in seiner Schublade sitzen und beobachtete sie von dort aus. Francine versuchte, sich schon im Voraus Antworten auf Fragen auszudenken, die Jessica ihr möglicherweise stellen würde. Als es klingelte, fuhr sie zusammen und hinkte in den Flur. Sie hatte den Türknauf bereits in der Hand, als ihr einfiel, dass es auch jemand anderes sein konnte, die Nachbarin oder die Polizei. Doch als Francine durch den Spion schaute, trat eine kleine Frau in einem herbstbraunen Mantel einen Schritt zurück, als wüsste sie, dass Francine sie anschauen wollte. Sie trug eine Tasche unter dem Arm und hatte noch dieselben langen braunen Haare wie früher. Francine öffnete ihr die Tür.

»Tag, Francine.«

Francine schloss die Tür wieder, bevor sie der Rechtsanwältin die Hand schüttelte. »Wie geht es Ihnen?«, fragte sie unsicher. »Darf ich Ihnen den Mantel abnehmen?«

Die Anwältin stellte ihre Tasche zwischen die Füße, um ihren Mantel auszuziehen. »Sag ruhig Jessica zu mir. Wie damals.« Sie trug einen moosgrünen Rock und einen Mohairpullover. Sie wirkte elegant und energisch, zehn Jahre älter. Sie hatte Fältchen um die Augen, die kühler blickten als in Francines Erinnerung, und trug einen Trauring an der linken Hand. »Wer ist Jacqueline Berends?«

Francine hängte den Mantel an die Garderobe. »Die Freundin meines Vaters. Sie ist in Haarlem bei ihrer kranken Mutter. Soll ich uns einen Tee kochen?«

»Weiß sie, dass du hier bist?«

»Nein, ich äh …«

»Gut.« Jessica folgte Francine in die Küche. »Du kannst mit dem Bein also auftreten?«

»Ja, es geht mir schon besser. Mit dem Gehgips kann man schon nach einem Tag wieder laufen.«

»Ja, das hat man mir im Krankenhaus erklärt.«

Francine ließ den Wasserkocher, den sie unter den Hahn hielt, überlaufen. »Im Krankenhaus?«

»Ich habe behauptet, ich sei deine Tante. Ich glaube nicht, dass irgendjemand dich mit den Initialen deines Vaters in der Zeitung in Verbindung bringt, aber die Leute im Krankenhaus waren nicht gerade begeistert über deinen eigenwilligen Entschluss, dich einfach davonzumachen.«

Francine lächelte unglücklich und schaltete den Wasserkocher ein.

Jessica schaute sie eindringlich an. »Warst du an der Entführung beteiligt?«

»Nein.« Francine griff nach der Teekanne, die weiter oben im Regal stand. Sie ließ sie nicht fallen.

»Na, dann koch mal den Tee.«

Die Rechtsanwältin hinterließ einen Hauch von Jasmin. Francine hörte, wie sie mit dem Kater sprach. Als sie den Tee ins Wohnzimmer brachte, saß Jessica auf dem Sofa, ihre Taschen neben sich, einen Schreibblock auf den Knien. Auf ihrer aristokratischen Nase saß eine Lesebrille mit halben Gläsern. »Ich habe nicht viel Zeit«, sagte sie.

»Möchtest du Zucker?«, fragte Francine, die Mühe hatte, sich an das »du« zu gewöhnen.

»Nein, danke. Wie hast du dir eigentlich den Unterschenkel gebrochen?«

»Hat Gerard das nicht erzählt?«

»Lässt du mich bitte die Fragen stellen?«

Francine biss sich auf die Lippen. »Es war ein Unfall. Beim Joggen hat mich ein Fahrradfahrer angefahren. Als ich wieder zu mir kam, lag ich im Krankenhaus.«

»Wo warst du joggen?«

*Nicht im Goffertpark.* »Bei uns in der Gegend.«

»Mitten in der Nacht?«

»Es war gerade so angenehm draußen. Wann kann ich zu meinem Vater?«

Jessica hielt den Stift auf den Schreibblock gedrückt und sagte: »Ich arbeite schon lange nicht mehr als Pflichtverteidigerin. Ich tue das hier nur, weil dein Vater ein früherer Mandant von mir ist. Er hat damals eine Dummheit gemacht und ist seitdem vorbestraft, was sich jetzt als großer Nachteil für ihn erweist. Kann sein, dass er in den vergangenen zehn Jahren noch mehr Dummheiten angestellt hat, aber eine Entführung wäre so ziemlich die größte Dummheit überhaupt. Menschen ändern sich. Damals warst du ein nettes Schulmädchen. Keine Ahnung, wer du jetzt bist.«

Francine nahm den Berg von Kissen aus dem Lehnstuhl gegenüber von Jessica. »Ich habe nach der Schule gleich angefangen zu arbeiten und wohne noch bei meinem Vater.« Sie bemühte sich, in die braunen Augen über der Halbbrille zu schauen, wobei die Brille eher als Mittel zur Einschüchterung denn als Sehhilfe zu dienen schien.

»Warum hast du nicht studiert?«

*Weil ich mit meinem Vater um die Welt segeln wollte.* »Ich wollte lieber Geld verdienen.«

Jessica zog eine Augenbraue hoch. »Und warum bist du aus dem Krankenhaus geflüchtet?«

»Ich musste unbedingt nach Hause.« Francine beugte sich über den Wohnzimmertisch und schenkte Tee ein. Jessica war nicht ihre Feindin, und es war unangenehm, lügen zu müssen, aber sie konnte nichts verraten, bevor sie nicht mit Gerard geredet hatte.

Doch schon mit dem letzten Satz hatte sie zu viel gesagt. »Ich habe mir Sorgen gemacht, weil mein Vater mich nicht besuchen kam, obwohl er es versprochen hatte. Er hat sich auch nicht bei mir gemeldet. Da habe ich mir ein Taxi genommen. An der Tür unseres Hausboots hing ein Schreiben der Polizei, dort konnte ich also nicht bleiben. Heute Morgen habe ich dann in der Zeitung gelesen, dass Gerard verhaftet wurde.«

»Aber sein Name wurde doch nicht veröffentlicht?«, erwiderte Jessica prompt.

»Nein, aber seine Initialen, und dazu kam, dass ich ihn nicht erreichen konnte. Ich habe mich aber nicht getraut, bei der Polizei anzurufen.«

»Hattest du Angst, auch verhaftet zu werden?«

»Ich wüsste nicht, warum. Ich weiß nur eines mit Sicherheit: Gerard hat den kleinen Jungen nicht entführt.«

»Aber was hatte er dann auf dem Botter zu suchen?«

Francine starrte in ihren Tee. »Vielleicht ist er daran vorbeigefahren und hat etwas gehört?«

Jessica gab einen verächtlichen Laut von sich. »Es gab nichts zu hören und warum hätte er dort vorbeifahren sollen? Jetzt erzähl mir nicht, dass er angeln gehen wollte, das glaubt doch kein Mensch!«

Francine wurde nervös, aber dann fiel ihr ein, dass sie den Grund für Gerards Anwesenheit gar nicht wissen musste. »Augenblick«, sagte sie. »Vielleicht war er zufällig in der Nähe und wollte nachsehen, ob das Boot noch da lag.«

»Warum?«

»Vor Jahren haben wir uns den Kahn einmal angeschaut, als wir nach einem Hausboot suchten. Gerard dachte damals, er könne den Botter wieder aufmöbeln.«

»Woher weißt du, dass es sich um denselben Botter handelte?«

»Weil ein Foto davon in der Zeitung war.«

Jessica schwieg einen Augenblick. »Na ja«, sagte sie. »Da sagst du ja wenigstens einmal die Wahrheit. Der alte Mann hat Gerard wiedererkannt, er hatte ihn schon einmal bei dem Botter gesehen. Er wusste nur nicht mehr, wann.«

»Vor fünf oder sechs Jahren«, sagte Francine.

»Hoffen wir mal, dass das stimmt.« Ungeduldig tippte Jessica mit dem Kuli auf das Papier. »Ich werde einfach nicht richtig schlau aus dir.«

»Tut mir leid«, sagte Francine.

»Mir auch. Meiner Meinung nach verschweigst du mir so einiges, aber ich verstehe nicht, warum. Und die Polizei wird das auch nicht verstehen.«

Francine verschüttete etwas von ihrem Tee. »Die Polizei?«

Jessica blickte sie ungläubig an. »Ja, was denkst du denn? Die Polizei sucht dich. Was meinst du wohl, was sie in eurem Boot wollte?«

»Ich …« Francine fehlten die Worte. Sie hatte keinen Moment darüber nachgedacht, dass die Polizei sie suchen könnte.

»Kann sein, dass sie dich bisher nicht als Mittäterin verdächtigen«, sagte Jessica. »Aber zumindest hofft man, du könntest beim Auffinden des Lösegeldes behilflich sein.«

»Ich weiß von nichts.« Sie druckste ein wenig herum. »Wann kann ich zu meinem Vater?«

Jessica setzte ihre Brille ab und legte sie auf den Tisch. Ihren Tee hatte sie bisher noch nicht angerührt. »Damit ihr eure Aussagen absprechen könnt?«

Francine schüttelte den Kopf. Ihre Nerven waren zum Zerreißen gespannt und sie sagte lauter unüberlegte Dinge. »Die Polizei weiß doch nicht, wo ich bin, oder?«

»Nein, so was ist nicht meine Art«, antwortete Jessica schroff.

»Entschuldigung.«

»Du hast dich verdächtig gemacht, weil du nicht da warst, als die Polizei heute Morgen ins Krankenhaus kam. Inzwischen weiß man, wer du bist, und wenn du dich weiterhin versteckst, werden die Nachbarn demnächst dein Gesicht in einer Fahndungssendung im Fernsehen sehen.«

Francine dröhnte der Schädel. »Darf ich bitte erst Gerard besuchen?«, fragte sie ängstlich.

»Dadurch mache ich mich der Behinderung polizeilicher Ermittlungen schuldig. Vielleicht solltest du dir einen eigenen Anwalt suchen, ich habe schon einen Mandanten.«

»Bitte, ich flehe dich an!« Francine schwieg und starrte zu Boden. Jessica war ihre einzige Hoffnung.

»Na schön, in Gottes Namen.« Gereizt klappte die Anwältin ihre Brille zusammen und steckte sie ins Etui. Stirnrunzelnd schaute sie Francine an, stieß einen Seufzer aus und murmelte: »Verflixt noch mal!« Sie steckte Brillenetui und Schreibblock in die Tasche, stand abrupt auf und ging zum Büfett. Sie nahm den Hörer von Jackies Telefon ab, legte ihn dann aber mit einem Knall wieder auf. »Ich bin wohl auch nicht richtig bei der Sache.«

Sie holte ihr Handy aus der Tasche und ging ins Durchgangszimmer, blieb zwischen den Ficusbäumen stehen und wählte eine Nummer. »Können Sie mich mit Hoofdagent Vink verbinden?«

Francine erstarrte vor Schreck. Jessica drehte sich um und schaute sie unverwandt an. »Jessica Scheepmaker am Apparat«, sagte sie. »Ich vertrete Gerard Kallas, ich …« Sie hörte zu. »Nein, kein Problem. Haben Sie die Nummer greifbar? Einen Augenblick, bitte.«

Die Rechtsanwältin kehrte rasch ins Wohnzimmer zurück und nahm einen Kuli und Jackies Notizbuch vom Büfett. »Ja, bitte«, sagte sie und schrieb etwas auf den Block. »Ja, natürlich, ich rufe ihn vorher an. Vielen Dank.«

Jessica klappte ihr Handy zu und sagte: »Ich komme dich morgen früh um zehn Uhr abholen.«

Francine stand auf. Jessica verließ bereits das Wohnzimmer, und sie humpelte mühsam hinter ihr her. Im Flur drehte die Anwältin sich um, drückte Francine die Tasche in die Hand und nahm ihren Mantel von der Garderobe.

Francine musste sie einfach noch einmal fragen. »Kann ich zu Gerard?«

»Ja. So gegen elf Uhr, das ist eine ganz übliche Zeit. Ich will möglichst keine Aufmerksamkeit erregen, am Samstag zu kommen ist schon ungewöhnlich genug.«

»Braucht er etwas zum Anziehen?«

»Nein. Die Polizei hat bei der Hausdurchsuchung alles Nötige für ihn eingepackt.« Jessica schlang den Gürtel um ihren Mantel. »Halte dich früh genug bereit, wenn ich unten klingele, kommst du runter.«

Die Rechtsanwältin öffnete die Tür und verließ die Wohnung. Francine war im ersten Augenblick zu verwirrt, um ihr zu danken. Jessica zog die Tür hinter sich zu und da war es zu spät.

# 7

Francine schleppte sich durch den Tag. Ihr war übel von dem Kloß in ihrem Hals. Sie hatte Boris nie gesehen, nicht mal auf einem Zeitungsfoto. Er war tot. *Liegt der alte Botter eigentlich noch da?*

Das schwarze Ding in ihrer Kehle wucherte nach innen und sie wurde es nicht los, auch wenn sie Gerard in Gedanken zehnmal sagen hörte, was sie selbst sich auch immer wieder einredete: Es ist nicht deine Schuld. Du konntest nichts dafür. Du wusstest von nichts, und wenn der kleine Junge nicht gestorben wäre, würdest du immer noch glauben, es ginge um ein Gemälde.

*Ich kann es dir ja ruhig sagen.*

Sie saß auf dem Sofa und schaute aus dem Fenster. Herrliches Wetter. Das Einzige, was ihr nicht wehtat, war ihr Unterschenkel. Die Sonne war tot. *Jimmy.* Am liebsten hätte sie sich an die vage Hoffnung geklammert, dass auch ihm etwas passiert war, so wie ihr die drei Mistkerle über den Weg gelaufen waren. Dass auch er überfallen worden war. Sich ein Bein gebrochen hatte. Dass ihm ein Reifen geplatzt war. So roh und herzlos konnte doch niemand sein! Boris brauchte seine Medikamente, deswegen war sein Vater auf alle Forderungen eingegangen, hatte das Lösegeld noch am selben Abend überbracht. Sein Sohn war ermordet worden und sie hatte sich mitschuldig gemacht. Jackies Telefon konnte sie nicht benutzen. Jimmy hätte ihre Nummer auf dem Display gesehen.

Francine zog ihre Jacke an, schaute durch den Spion und lauschte an der Tür, bevor sie hinausging. Keine Nachbarin, niemand im Aufzug. Jimmys Wohnung lag in einem exklusiveren Teil von Dukenburg. Sie war nur fünf Minuten davon entfernt, und sie hatte einen Schlüssel. Draußen blies ihr der Wind ins Gesicht, und ihr wurde plötzlich klar, dass es eine dumme und gefährliche Idee war. Sie durfte nichts riskieren, sie musste morgen bereitstehen, um zu Gerard zu fahren.

Sie sah Jackies Lieferwagen auf dem Parkplatz und eine Telefonzelle zwischen den beiden Wohnblocks. Sie kam an einer Frau vorbei, die einen Buggy schob. Das Kind darin war dick verpackt; die Augen tränten ihm vom Wind, und es hatte so viele lange blonde Haare, dass sie nicht erkennen konnte, ob es ein Junge oder ein Mädchen war. Die Frau nickte Francine zu, warf einen mitleidigen Blick auf ihren Spazierstock. Ein Mann stieg in ein Auto ein.

Francine steckte ihre Telefonkarte in den Schlitz und wählte Jimmys Nummer, die sie auswendig kannte. Niemand nahm ab. Sie wartete auf die Ansage des Anrufbeantworters: *Hier ist Jimmy und gleich kommt der Piep*, aber umsonst. Der Anrufbeantworter war ausgeschaltet.

Logisch. Jimmy hatte die Zeitung gelesen und war sofort abgetaucht. Er würde sich wundern, dass ihr Name nirgends auftauchte, würde aber vermuten, dass sie Gerard zu dem Botter geschickt hatte, und glauben, sie habe sich mit dem Lösegeld davongemacht, sobald sie von Gerards Verhaftung erfuhr. Dabei rechnete Jimmy garantiert damit, dass Gerard ihn sofort verraten hatte, um seine eigene Haut zu retten, denn genau das würde er an seiner Stelle tun.

Francine humpelte zurück zu Jackies Wohnung. Dort stand sie eine Weile am Fenster und schaute hinaus auf die Bäume.

Sie versuchte, sich vorzustellen, dass sie eine andere sei, Tierärztin, Schauspielerin, eine reiche Erbin in einem Haus, das von einem großen Grundstück umgeben war anstatt von Beton und Wasser, und wie das wohl wäre.

Sie gab Winnie zu fressen und begann, Jackies Zeitschriften duchzublättern, wie im Wartezimmer des Zahnarztes.

»Ich opfere mein freies Wochenende«, sagte Jessica. »Normalerweise gehe ich samstags mit meinem Mann und meiner Tochter einkaufen, wir trinken Kaffee in der Stadt, meine

Tochter bekommt *poffertjes*. Ich möchte, dass du dich heute noch bei der Polizei in Nijmegen meldest.«

»Okay«, flüsterte Francine.

Jessica lenkte ihren roten Saab durch den dichten Samstagsverkehr. »Ich habe nachgedacht«, sagte sie. »Ich kann dich nicht zwingen, offen zu mir zu sein, aber ich muss deinen Vater verteidigen und könnte deine Hilfe gebrauchen.«

Francine antwortete nicht.

»Ich versuche, die Welt nicht nur schwarz-weiß zu sehen«, fuhr die Anwältin fort. »Fast immer gibt es Zwischentöne.«

Francine schwieg. Sie war zu nervös zum Philosophieren.

Die Anwältin fuhr unter der Autobahn hindurch und folgte der N 324. »Grave«, sagte sie. »Du hast Glück.«

»Warum?«

»Weil die Polizei dich dort nicht sucht«, antwortete sie. »Ich hätte das nicht hingekriegt, wenn er noch im Präsidium in Nijmegen festgehalten würde. Was allerdings nicht bedeutet …«

Francine sagte: »Ich verspreche, dass ich hingehe.«

»Ich setze dich vor dem Kommissariat ab.«

»Ich dachte, du würdest mitkommen?«

»Wenn du weiterhin so tun willst, als wüsstest du von nichts, solltest du das besser ohne Anwältin tun. Du musst dich an Inspecteur Dumee bei der Kripo wenden, aber da du das nicht wissen kannst, meldest du dich erst mal bei der Wache. Ruf mich an, wenn du zurück bist. Hast du Geld für den Bus oder ein Taxi?«

»Ich komme schon zurecht.« Francine schuldete einer alten Dame zwanzig Euro und hatte vier Zehneuroscheine aus Jackies Büfett genommen.

Sie überquerten die Maasbrücke, passierten linker Hand das alte Stadttor von Grave und fuhren an einem Kanal und einem Park vorbei.

»Was muss ich tun?«, fragte Francine.

»Du tust genau das, was ich dir sage, und überlässt das

Reden mir. Hast du auch nichts Unerlaubtes bei dir? Wir werden kontrolliert.«

Sie fuhren an einem verschlossenen Lieferantentor vorbei zu einem Betonkomplex, den der Erbauer durch Blocks mit farbigen Strichcodes aufzulockern versucht hatte. Jessica parkte neben einem Kunstwerk aus aneinandergeschweißten Eisenteilen. Sie suchte in ihrer Handtasche und zog einen abgenutzten Führerschein heraus. »Steck den hier ein«, sagte sie. »Du bist meine Assistentin, du heißt Inge van Dam. Du trägst jetzt Kontaktlinsen.«

Francine betrachtete stirnrunzelnd das Foto. Es stammte aus einem Automaten und war ziemlich nichts sagend, aber sie fand nicht, dass ihr die dunkelhaarige junge Frau mit Brille besonders ähnlich sah. »Wer ist Inge van Dam?«

»Unser Mädchen für alles.« Jessica holte ihre Aktentasche vom Rücksitz. »Trag meine Tasche und komm mit.«

»Warte mal«, wandte Francine ein. »Das funktioniert nicht. Ich kann mich nicht als jemand anderes ausgeben.«

Jessica wurde ungeduldig. »Aber als Francine Kallas reinzugehen wäre zu riskant. Keine Angst, du bist meine Begleiterin, die achten gar nicht auf dich.«

»Kann schon sein, aber ich kann ja schlecht auch nächste Woche als Inge van Dam auftreten.«

Jessica fuhr sich mit den Fingern durchs Haar. »O Mist, daran habe ich gar nicht gedacht!«

Francine sah, dass Kameras auf dem Gebäude angebracht waren. Zwei Leute, die zu lange im Auto sitzen blieben, konnten Verdacht erregen. »Vielleicht wissen die hier gar nicht, dass mich die Polizei in Nijmegen sucht«, spekulierte sie.

»Wollen wir's hoffen.« Jessica legte den Führerschein wieder in das Handschuhfach und griff nach ihrer Tasche. »Kannst du dich ausweisen?«

»Ich habe meinen Führerschein dabei«, sagte Francine.

Jessica lächelte nicht. »Okay. Aber überlass das Reden mir.«

Francine folgte Jessica in die Eingangshalle, immer noch auf Jackies Spazierstock gestützt. Zwei Männer in Zivil saßen am Schalter. Der mit der Brille nahm sie in Empfang. Er war in Hemdsärmeln, seine Jacke hing über seiner Stuhllehne. Eine mollige Frau in einem grauen Kostüm, das wie eine Uniform aussah, kam hinter einer Wand hervor und blieb vor einer Detektorschleuse stehen.

Jessica legte eine Plastikkarte mit ihrem Foto auf den Schalter. »Jessica Scheepmaker«, sagte sie. »Ich möchte zu Gerard Kallas.«

Der Mann schaute auf einer Liste nach, schrieb Jessicas Namen auf ein Formular und schaute Francine stirnrunzelnd an. »Und diese junge Dame?«

»Das ist seine Tochter.«

»Es ist keine Besuchs…«

»Es geht um eine dringende Familienangelegenheit«, sagte Jessica rasch. »Ich habe das schon mit Meneer Franssen abgeklärt.«

»Auf der Liste steht aber nur Ihr Name.«

Francine zog ihr Portemonnaie heraus und schob ihren Führerschein über den Schalter. Der Mann schlug ihn auf und wechselte einen Blick mit seinem Kollegen, der mit den Schultern zuckte und zum Telefon griff. »Anwältin für Kallas. Sie sind zu zweit. Ja, warte mal einen Augenblick.« Er klemmte den Hörer unters Kinn, gab Jessica ihren Ausweis zurück und wühlte in einer Schachtel herum. »Dreizwölf und dreidreizehn«, sagte er in den Hörer und gab Francine und Jessica zwei Plastikausweise. »Bitte gut sichtbar tragen.«

Francine steckte ihren Führerschein ein und heftete mit zitternden Fingern den Ausweis an ihre Jacke. Jessica gab ihr ein Zeichen, ihr zur Detektorschleuse zu folgen, und legte ihre Tasche auf das Transportband.

»Keine Geschenke?«, fragte die Aufseherin.

»Nein. Nur meine Aktentasche.« Jessica ging durch die Schleuse und wartete auf der anderen Seite. Francine nahm ihr Portemonnaie und Jackies Haustürschlüssel aus der Jackentasche und legte sie auf das Band. Die Schleuse piepte, als sie hindurchging.

»Sie ist sehr empfindlich«, sagte die Aufseherin. »Man braucht bloß einen Bügel-BH zu tragen.«

»Trage ich aber nicht«, sagte Francine.

Die Aufseherin hielt Francines Jacke vorne auseinander. »Vielleicht ist es Ihre Gürtelschnalle. Bitte ziehen Sie den Gürtel aus, sonst muss ich Sie durchsuchen.«

Francine zog den Ledergürtel aus, legte ihn auf das Band und diesmal piepte die Schleuse nicht. Die Aufseherin durchsuchte Jessicas Tasche, während Francine den Gürtel wieder durch die Schlaufen zog.

»Den Spazierstock dürfen Sie eigentlich nicht mitnehmen«, sagte die Aufseherin. »Brauchen Sie ihn unbedingt?«

»Ist es denn weit zu laufen?«

»Nicht besonders. Haben Sie sich den Knöchel verstaucht?«

»Nein, das Wadenbein gebrochen.«

Die Frau nahm den Spazierstock in die Hand und versuchte, den Griff abzudrehen. Sie lächelte nachsichtig. »Ich gehe mal davon aus, dass kein Degen darin versteckt ist. Nehmen Sie ihn ruhig mit.«

»Vielen Dank.«

Die Aufseherin brachte sie zu einem großen Warteraum mit Bänken und zwei Türen, eine davon mit der Aufschrift *Toilette.* »Sie werden gleich abgeholt«, erklärte sie.

Sie warteten auf einer der Bänke. Das Fenster war auf einer Seite mit einem stabil aussehenden Flechtwerk aus Stahlstreifen versehen anstatt mit normalen Gittern.

»Hier wirst du noch öfter sitzen«, prophezeite Jessica. »Das ist auch das Wartezimmer für Besucher.«

»Bist du schon mal hier gewesen?«

»Natürlich. Es ist ein Untersuchungsgefängnis. Es werden öfter mal Gefangene von Nimegen aus hierher verlegt, vor allem, wenn man von vornherein weiß, dass ihr Prozess sich lange hinziehen wird. Einschließlich eines Berufungsverfahrens kann so was bis zu zwei Jahre dauern. Die Untersuchungshaft kann immer wieder um dreißig Tage verlängert werden, aber nach drei Monaten muss der Tatverdächtige dem Haftrichter vorgeführt werden. Bist du nervös?«

Francine nickte. »Ein bisschen.«

»Ich will dich nicht noch nervöser machen, aber auf Entführung mit Todesfolge steht dieselbe Strafe wie für Mord, egal, ob der Entführer den Tod seines Opfers absichtlich herbeigeführt hat oder nicht. Das bedeutet zehn bis zwölf Jahre Gefängnis.«

»Aber er hat es nicht getan.« Manchmal konnte ihr ihre eigene Dickköpfigkeit auf die Nerven gehen.

»Warum hat er dann gestanden?«

Francine schwieg.

Wieder seufzte Jessica. »Wir haben Glück, dass Wochenende ist«, sagte sie. »Wenn Franssen hier gewesen wäre, wären wir wahrscheinlich nicht reingekommen.«

»Wer ist Franssen?«

»Der Besuchskoordinator. Man muss jeden Besuch vorher mit ihm vereinbaren. Hier geht es sehr streng zu. Man bekommt eine Broschüre, in der steht, was man mitbringen darf und so weiter. Jeder Gefangene legt eine Liste von maximal fünfzehn Personen an, die ihn besuchen dürfen.«

Francine begriff kaum, was Jessica sagte. »Kann ich allein mit ihm reden?«, fragte sie bedrückt.

Die Anwältin runzelte verärgert die Stirn. »Ist das unbedingt nötig?«

»Es ist …« Francine fand nicht die richtigen Worte. Sie wusste, dass sie Jessica schon wieder verletzte und misstrauisch machte. »Ich möchte es gerne«, flüsterte sie.

Ein Vollzugsbeamter erschien in der Tür am anderen Ende des Raumes. »Für Kallas? Bitte kommen Sie mit.«

Francine hinkte hinter Jessica und dem Vollzugsbeamten her durch einen Flur, an Türen mit kleinen Fenstern vorbei. Die Räume dahinter waren alle leer, bis auf den letzten. Dort saß Gerard an einem Tisch.

Der Vollzugsbeamte ließ sie ein. »Klopfen Sie, wenn Sie fertig sind.« Er schloss die Tür.

»Hallo«, sagte Francine.

Sie sah, wie Gerard erschrak und gleichzeitig wütend wurde, noch während er aufstand. Er trug seine braune Kordjacke und die alte Hose, die er schon im Krankenhaus angehabt hatte. Er hatte sich rasiert, aber er sah elend aus. Sein Gesicht war aschgrau, das Schlimmste aber war das kränkliche Blauweiß seiner Augen. Er hielt sich am Tisch fest, als sie auf ihn zuhinkte, den Spazierstock fallen ließ und ihn in die Arme schloss. Er blieb stocksteif sehen, sagte nichts. Hinter ihm befand sich ein kleines Fenster, ebenfalls mit Flechtwerk aus undurchdringlichem Stahl vergittert.

»Geht es einigermaßen?«, fragte Jessica hinter Francines Rücken.

Gerard nickte. Francine fühlte seine Knochen. Sie ließ ihn los.

»Ich muss ein paar Telefonate führen«, behauptete Jessica. »In zehn Minuten bin ich wieder da.« Sie hängte ihren Mantel über einen Stuhl, nahm ihre Tasche und klopfte an die kleine Scheibe in der Tür. Der Vollzugsbeamte öffnete und sie ging an ihm vorbei hinaus auf den Flur.

Sobald die Tür wieder zu war, sank Gerard auf seinen Stuhl und sagte: »Wie konntest du bloß so etwas tun? Und dazu noch mit Jimmy zusammen?«

»Werden wir hier abgehört?«

»Nein, das ist verboten. Sie können uns höchstens beobachten. Es gibt eine Kamera.« In seinen Mundwinkeln bildeten sich kleine Speichelbläschen. »Und?«

»Du glaubst doch nicht im Ernst, dass ich bei so etwas mitmachen würde!«, sagte Francine.

»Ich weiß nicht, was ich denken soll.« Er schnaufte durch Mund und Nase. »Ich sitze hier und weiß nicht mehr, wer meine Tochter ist.«

»Okay.« Francines Wangen glühten. Sie zog sich einen Stuhl heran, hob den Spazierstock auf und hängte ihn an den

Tischrand. »Ich hatte die Chance, mir fünftausend Euro zu verdienen. Jimmy sagte, er habe etwas von einem reichen Mann gestohlen, der gerade sein Haus in Italien verkauft hätte. Dieser Mann sei bereit, das, was er von ihm habe, gegen hunderttausend Euro Schwarzgeld zurückzukaufen. Er tat so, als ginge es um Antiquitäten oder Ähnliches. Ich sollte nur eine Tasche voller Geld abholen. Ich hatte absolut keine Ahnung, dass es um eine Entführung ging! Er hat mich reingelegt!«

»Du wusstest also wirklich nichts davon?«

Sie schaute ihn an. Er war noch immer wütend, wurde aber weicher. Er wollte ihr gerne glauben. Sie redete weiter. »Ich hatte aber leider das Pech, drei besoffenen Idioten über den Weg zu laufen. Die haben mir den Unterschenkel gebrochen, als sie das Geld entdeckten. Erst im Krankenhaus bin ich wieder zu mir gekommen.«

»Du wusstest aber doch, dass der Junge Boris hieß und in dem Botter versteckt war!«

»Den Namen habe ich im Fernsehen gehört und Jimmy hatte mich ein paar Tage vorher über den alten Botter ausgehorcht.«

»Das glaubt dir doch kein Mensch, nicht mal ich so richtig.«

»Ich habe dich noch nie angelogen.« Sie erzählte ihm alles, einschließlich der Begegnung mit dem polnischen Au-pair-Mädchen. Gerard hörte ihr zu, ohne sie zu unterbrechen, aber sie sah, dass seine Stimmung umschlug. »Ich gehe gleich zur Polizei und erkläre ihnen alles«, sagte Francine.

»Bist du verrückt?« Gerard erschrak vor seiner eigenen Heftigkeit, blickte sich um und flüsterte: »Jetzt denk doch mal nach!«

»Aber was soll ich denn machen?«, fragte sie flüsternd zurück.

Gerard beruhigte sich, schüttelte den Kopf und dämpfte seine Stimme. »Alles, was du hast, ist eine Räuberpistole, die dir niemand glaubt. Du willst denen also weismachen, wir hätten nichts mit der Entführung zu tun, obwohl du das

Lösegeld abgeholt hast und man mich in unmittelbarer Nähe des toten kleinen Jungen verhaftet hat? Willst du alles Jimmy in die Schuhe schieben?« Er nahm ihre Hand und sie war froh, dass er es endlich tat. »Jimmy ist auf und davon, dem kannst du nichts anhängen. Du würdest nur erreichen, dass du ebenfalls für zehn Jahre in den Bau wanderst. Das kommt gar nicht in Frage. Halt dich da raus. Das ist das Einzige, was du für mich tun kannst.«

»Und was ist mit dir?«, flüsterte sie.

»Ich benehme mich vorbildlich und komme nach acht Jahren raus. Dann mieten wir die *Whispering* und gehen einen Monat segeln. Okay? Was macht eigentlich dein Bein?«

Francine versuchte, ihre Tränen runterzuschlucken. Sie dachte krampfhaft nach, aber wie sie es auch drehte und wendete, es kam immer dasselbe dabei heraus: Gerard hatte recht. Sie war sich bewusst, dass die Sekunden vorbeitickten. »Bekommst du hier auch vernünftig zu essen?«, fragte sie.

»Ja, das Essen ist sehr gut.«

»Du siehst aber schlecht aus.«

»Tja, war ja auch ein ziemlich harter Schlag.«

Sie vergeudeten ihre Zeit. »Du hast gestanden«, flüsterte sie.

»Was denn sonst? Das Problem war nur, dass ich nicht wusste, was ich sagen sollte.« Francine konnte sein Lächeln kaum ertragen. »Aber jetzt sage ich gar nichts mehr. Das hat mir meine Anwältin geraten. Sie sagt, mein Geständnis wäre nichts wert, die meisten Tatverdächtigen würden erst mal gestehen, weil sie vollkommen verwirrt sind, weil die Polizei sie bedrängt oder weil ihr Verstand zeitweise aussetzt. Jessica gibt sich wirklich Mühe.«

Francine wusste nicht, was sie sagen sollte. Sie hatte seinen Traum verraten und ihn im Stich gelassen, schon vor Jahren, doch für ihn hatte sich nichts verändert, seit er sie als Baby in den Armen getragen hatte. *Diese harten Arme auf der anderen Seite der Kälte und des Glases.* Er war ihr Vater und opferte sich für sie auf, wie er es seit jeher getan hatte, er dachte nicht an sich und er hielt ihre Hand, er war ihr nicht böse, es war schon in Ordnung, einfach so, was immer sie auch geglaubt hatte.

»Acht Jahre, vielleicht sogar weniger«, sagte er. »Das ist schon auszuhalten. Schließlich bist du meine Tochter.«

Sie wollte sagen, dass es doch auch um ihn ging, dass sie ihn liebte und nicht mehr ein noch aus wusste vor lauter Schuldgefühlen und Verzweiflung, aber es hätte ja doch nichts geändert, morgen vielleicht, sie wollte nichts lieber, als an Micawbers Chance glauben, aber jetzt war keine Zeit dazu. »Was soll ich Jessica sagen?«

»Nichts. Nicht ihr und auch nicht der Polizei, überhaupt niemandem. Du hattest einen kleinen Unfall. Du hast im Krankenhaus gelegen. Wohnst du auf dem Boot?«

»Nein, da herrscht ein heilloses Chaos, ich glaube, Jimmy hat das Geld gesucht. Ich habe den Schlüssel von Jackies Wohnung gefunden und bin jetzt dort.«

Beunruhigt blickte er auf. »Weiß Jackie davon?«

»Nein, sie ist noch nicht wieder zu Hause.«

Die Tür ging auf und der Vollzugsbeamte ließ Jessica herein.

»Sage ihr nichts«, flüsterte Gerard rasch. »Bleibe bei deiner Version.« Er lächelte der Rechtsanwältin zu. »Danke dir, Jessica«, sagte er. »Ich schulde dir eine gute Flasche Wein.«

Jessica nickte kühl und stellte ihre Tasche auf den Tisch.

»Bestimmt möchte sie dich besuchen kommen«, sagte Francine.

»Von wem redet ihr?«, fragte Jessica.

»Von meiner Freundin Jacqueline«, antwortete Gerard und nickte Francine zu. »Ich setze sie auf die Liste, wir müssen eine Liste anlegen.«

»Ich weiß.«

»Eine kurze Liste, es stehen nur Francine und Jackie drauf«, fuhr Gerard fort. »Anderen Besuch möchte ich gar nicht.«

»Auch nicht Onkel Theo?«, fragte Francine.

Gerard antwortete mit einem bitteren Lächeln. »Ach, ich will doch meinen lieben Bruder nicht in Verlegenheit bringen.«

Die Anwältin nahm ihren Mantel vom Stuhl und legte ihn über ihre Knie. »Hat man dir erklärt, wie hier alles funktioniert?«

Gerard verzog das Gesicht zu einem Grinsen. »Ich sitze in der Arbeitsabteilung ein. Man will sehen, wie ich mich in die Gruppe integriere, und wenn ich nicht rumrandaliere, kann ich wählen zwischen Hausmeisterarbeiten und Reinigungstrupp. Wenn man findet, ich sei genügend motiviert, kann ich durch die abwechslungsreiche und anspruchsvolle Tätigkeit in der Werkstatt ein Vermögen verdienen.«

»Ich bin froh, dass du es mit Humor und Fassung trägst«, sagte Jessica.

Francine griff quer über den Tisch nach der Hand ihres Vaters. Jessica sah zu und begann, ihren Mantel glattzustreichen. »Bisher wurde noch kein Datum für den Prozessbeginn festgelegt«, sagte sie sachlich. »Deshalb bleibst du vorläufig hier. Hier geht es dir besser als im Präsidium und die Untersuchungshaft wird hinterher grundsätzlich von der Gesamtstrafe abgezogen.«

Francine schaute auf. »Du meinst, falls er verurteilt wird.«

»Ja. Ich komme nächste Woche wieder und dann müssen wir gemeinsam überlegen, worauf wir plädieren.«

»Gibt es da irgendwelche Zweifel?«, fragte Francine.

Jessica ignorierte sie hartnäckig. »Okay?«

»Okay«, sagte Gerard.

»Ich bekomme Bescheid, wenn du zum Verhör abgeholt wirst, aber wir sehen uns auf jeden Fall noch vorher.« Jessica stand auf und zog ihren Mantel an. »Seid ihr fertig?«

»Ja«, sagte Gerard. »Danke, dass du deinen freien Samstag geopfert hast.«

Jessica lächelte gezwungen. »Ich werde dich an die Flasche Wein erinnern.«

Francine griff nach ihrem Spazierstock. »Ich komme so bald wie möglich wieder. Soll ich dir irgendetwas mitbringen?«

»Ja, eine Eisensäge.« Gerard lachte mit einem Galgenhumor, der herzzerreißend war. Er wies auf den Spazierstock. »Der gehört Jackie«, sagte er. »Ein Erbstück, von ihrem Vater.«

»Bestimmt hat sie nichts dagegen, dass ich ihn mir mal ausgeliehen habe«, meinte Francine.

Gerard nickte. »Halt die Ohren steif.«

Francine küsste ihn auf die Wange. Jessica klopfte an die kleine Scheibe und die Tür ging auf. Zunächst folgte Francine Jessica und dem Vollzugsbeamten den Flur entlang, doch dann blieb sie plötzlich stehen, kehrte zurück und guckte noch einmal durch die Scheibe. Ihr Vater stand ganz still da und starrte zum vergitterten Fenster, als versuche er, sich mit der Aussicht zu versöhnen. Francine sah sein Profil, den kahlen Schädel, seine Schultern in dem braunen Jackett. Er wirkte kleiner, krank und geschrumpft, und furchtbar einsam.

Francine meldete sich bei einem alten Polizisten. Eine jüngere Kollegin, ebenfalls in Uniform, war in ihre Arbeit am Computer vertieft.

»Ich bin Francine Kallas«, sagte Francine. »Ich habe gehört, dass Sie mich sprechen wollten.«

»Von wem haben Sie das gehört?«

»Von der Anwältin meines Vaters.«

»Kallas?« Es schien ihm zu dämmern. »Na, da kommen Sie ja zu einem idealen Zeitpunkt.« Er seufzte und warf einen Blick auf die Wanduhr, die über einem Stadtplan hing. »Bitte warten Sie, es kann einen Moment dauern«, sagte er. »Jenny? Bring die Dame bitte in Vernehmungszimmer eins, ich rufe Dumee an.«

Die Beamtin betätigte noch einige Tasten, bevor sie aufstand und durch eine Seitentür verschwand. Francine wartete. Hinter ihr saß ein alter Mann mit einem Becher Kaffee in der Hand neben einem etwa fünfzehnjährigen Mädchen. Das Mädchen schluchzte leise.

Eine Panzerglastür öffnete sich mit einem Klicken, und die Beamtin kam hinaus ins Foyer. Die Tür fiel automatisch hinter ihr zu.

»Bitte folgen Sie mir«, sagte sie. »Hendrik?«

Die Tür öffnete sich wieder. Dahinter befand sich ein langer Flur. Die Beamtin brachte Francine in einen Raum, der dem Sprechzimmer im Gefängnis ähnelte, nur hing hier ein Foto von der Königin und es gab kein vergittertes Fenster.

»Bitte setzen Sie sich«, sagte die Polizistin. »Den Stock können Sie mir geben. Haben Sie sich das Bein gebrochen?«

»Nur den Unterschenkel.«

Die Polizistin hängte den Stock an einen Haken neben der Tür. »Es kann eine Weile dauern«, prophezeite sie. »Inspecteur Dumee ist bestimmt gerade zu Tisch, er hat eigentlich am Wochenende frei. Möchten Sie eine Tasse Kaffee? Und vielleicht auch etwas zu essen?«

»Einen Kaffee gerne.«

»Zucker und Milch?«

»Nur Zucker.« Francine drehte sich auf ihrem Stuhl zu ihr um. »Wenn es heute nicht passt, kann ich auch gerne am Montag wiederkommen.«

Die Polizistin lachte leise. »Nein, wir sind ja froh, dass Sie aufgetaucht sind. Möchten Sie wirklich nichts essen? Bestimmt kann ich irgendwo ein Käse- oder Schinkenbrötchen für Sie auftreiben.«

»Gerne, vielen Dank«, sagte Francine.

Sie stützte die Ellenbogen auf dem Tisch ab und faltete die Hände unter dem Kinn. Wenn hier alle so freundlich waren, brauchte sie sich nicht länger so zu fühlen, als würde ihr gleich ein Weisheitszahn gezogen.

Die Polizistin kehrte mit einem Becher Kaffee und einem Brötchen auf einem weißen Pappteller zurück. »Ich muss Sie jetzt leider allein lassen«, sagte sie. »Samstags sind die meisten von uns unterwegs. Klingeln Sie, wenn Sie etwas brauchen. Ich heiße Jenny.« Sie zeigte auf einen Knopf neben der Tür. »In Ordnung?«

Francine nickte. »Vielen Dank.«

Sie aß das Brötchen und trank den Kaffee.

Acht Jahre.

Die zwanzig Minuten, die man sie warten ließ, kamen ihr vor wie eine Ewigkeit.

»Francine Kallas?«

Der Mann blieb in der offenen Tür stehen. Er trug ein kariertes Sakko und eine Flanellhose, war so groß wie Gerard und musste ebenfalls um die fünfzig sein, aber er wirkte um zehn Jahre gesünder, trotz seiner grauen Haare. Er hatte ein kantiges Gesicht, braune Augen, einen breiten Mund und eine Nase wie Napoleon. Seine Wangen waren rosig und frisch rasiert. Francine roch dasselbe Aftershave wie das von Gerard, der Macho-Werbespots hasste und nicht anderes in seinem Gesicht duldete als ganz gewöhnliches Fresh-up.

»Ich bin Inspecteur Dumee. Wir haben Sie schon früher erwartet.« Er betrat den Raum, gab ihr aber nicht die Hand und setzte sich auch nicht hin. Sein Aftershave roch plötzlich nicht mehr so beruhigend.

»Ich konnte nicht früher kommen.«

»Wieso?«

»Ich habe mir das Wadenbein gebrochen.«

»Komisch, vor zwei Tagen konnten Sie damit ohne Weiteres aus dem Krankenhaus hinausspazieren.«

Francine errötete. »Ich hatte Angst«, sagte sie. »Ich …«

»Vor der Polizei, deinem Freund und Helfer?«

»Nein …« Sie versuchte, einen kühlen Kopf zu bewahren. »Ich habe mir Sorgen um meinen Vater gemacht …«

»Weil er etwas Unrechtes getan hat?« Ständig unterbrach er sie.

»Nein, er wollte mich besuchen, kam aber nicht.«

»Ach.« Stirnrunzelnd betrachtete Dumee den vollgekrümelten Pappteller und den leeren Kaffeebecher. »Kommen Sie bitte mit.«

Francine griff nach ihrem Spazierstock und folgte dem Inspecteur über den Flur und eine Treppe hinauf, dann durch ein chaotisches Großraumbüro voller Schreibtische mit Computern und Archivschränken aus Metall. Eine Frau mit einem schwarzen Pagenschnitt und ein älterer Mann blickten hinter ihren Schreibtischen auf, und vor einem der Fenster stand ein weiterer Mann und redete mit einem aufgebrachten Marokkaner. An der Wand im Flur hingen zahlreiche Fotos und Zeitungsausschnitte, Stadtpläne und eine Karte von den Niederlanden. Das Einzige, was Francine an die Büros erinnerte, in denen sie sauber gemacht hatte, war ein Drehgestell mit Ansichtskarten von verschiedenen Urlaubsorten. Die Frau mit dem Pagenschnitt folgte ihr mit den Augen und Dumee drehte sich zu ihr und hielt drei Finger in die Luft, bevor er Francine in ein kleines, verglastes Büro im hinteren Teil des Raumes einließ. Er zeigte auf einen Armlehnenstuhl vor seinem Schreibtisch. »Setzen Sie sich«, sagte er. »Ich komme gleich zu Ihnen.«

Der Holzschreibtisch und der verschlissene Drehstuhl dahinter sahen mehr nach Privatbesitz aus als nach Behördenmobiliar. Das ganze Büro wirkte irgendwie beruhigend mit seinem braunen Aktenschrank, dem überfüllten Bücherregal und dem großen Schwarz-Weiß-Poster von Humphrey Bogart und Ingrid Bergman in einer Szene aus *Casablanca*, das an der Wand hinter dem Schreibtisch hing. Auf dem Schreibtisch stand ein Kupfernamensschild, ein typisches Weihnachtsgeschenk. *Thomas Dumee* war in zierlichen Kursivbuchstaben eingraviert. Auch zwei Fotos standen dort, eine blonde Frau, die aussah wie ein Filmstar, neben dem Porträt von einer ebenso hübschen Tochter im Teenageralter. Ein Vater, dachte Francine, der an alten Sachen und an Geschenken hängt und Filmklassiker liebt. Ein sympathischer Mann. Vielleicht war er nur schlecht gelaunt, weil er an seinem freien Samstag arbeiten musste.

Sie änderte ihre Meinung, als Dumee zurückkehrte, mit nur einer Tasse Kaffee für sich und keiner für sie. Er hatte ihr nicht mal eine angeboten. Sie spürte, dass das Absicht war. Sie sollte sich wohl lieber keine Illusionen machen, sie war einfach eine Verdächtige.

»Ihr Vater ist also nicht gekommen, obwohl er es versprochen hatte«, knüpfte Dumee unvermittelt an ihr Gespräch von eben an. »Und dann?«

Er setzte sich in seinen alten Drehstuhl, beobachtete, wie sie für einen Moment aus dem Konzept geriet, und trank von seinem Kaffee.

»Ich habe mir Sorgen gemacht und bin nach Hause gefahren.«

»Wie?«

»Mit einem Taxi.«

»Das einzige Taxi, das um diese Zeit am Krankenhaus jemanden abholte, hat eine gewisse Mevrouw Helman zum Kinderbauernhof am Slotemaker de Bruinweg gebracht.«

Francine unterdrückte die aufsteigende Panik. Sie durfte sich nicht ins Bockshorn jagen lassen, sie musste sich konzentrieren, es war wie in einem Examen, nein, wie eine Rolle in einem Theaterstück. Sie schaute Ingrid Bergmann an. »Ich hatte mein Auto in der Nähe geparkt«, sagte sie und versuchte, ganz natürlich zu klingen.

»Am Kinderbauernhof?«

»Ja. Ich war laufen gewesen.« Sie konnte ihm leider nicht dieselbe Geschichte erzählen wie Jessica. Die Sanitäter hatten sie im Park aufgelesen, das musste bekannt sein, schließlich wussten sie sogar von dem Taxi. »Ich bin nach Hause gefahren. Auf dem Hausboot herrschte ein einziges Chaos …« Fehler!

»Wer hat das getan?«, fragte Dumee prompt.

»Die Polizei, oder?« Francine ging rasch darüber hinweg. »Dann bin ich zu einer Freundin gefahren, habe dort übernachtet und am nächsten Morgen in der Zeitung gelesen, dass mein Vater verhaftet worden war. Ich wusste nicht, was ich tun sollte.«

Dumees Sakko öffnete sich, als er sich zurücklehnte.

Francine sah ein Schulterholster, aber es steckte keine Waffe darin. »Und was haben Sie dann getan?«

»Ich habe die Anwältin meines Vaters angerufen.«

»Wann war das?«

»Gestern. Sie sagte mir, dass die Polizei mich sprechen wollte, und deswegen bin ich hier.«

»Woher wussten Sie, wer Ihren Vater anwaltlich vertritt?«

»Ich habe es vermutet, weil wir Mevrouw Scheepmaker von früher kannten.«

»Von früher.«

Hinter ihr ging die Tür auf und die Frau mit dem schwarzen Pagenschnitt kam herein. »Und, geht es voran?«, fragte sie.

»Sie kannte die Anwältin von früher«, antwortete Dumee ironisch. »Das ist meine Kollegin Anja Faber.«

»Guten Tag, Mevrouw«, sagte Francine. Sie wusste, wo sie Anja Faber schon einmal gesehen hatte, nämlich im Fernsehen. Da hatte sie vor der Villa von Boris' Eltern gestanden und mit einem Polizisten in Uniform gesprochen.

Die Ermittlerin setzte sich auf den Stuhl neben Francine. Sie war wesentlich jünger als Dumee; eine kleine, drahtige Frau in Jeans und braunem Pullover, mit harten braunen Augen und einer kalten Stimme. »Wo waren Sie am Mittwoch?«

»Mittwoch? An welchem Mittwoch?«

»An dem Mittwoch, an dem der Papst gestorben ist …«

»Ja, das muss an einem Mittwoch gewesen sein«, sagte Dumee, zog eine Schublade auf und holte eine braune Mappe heraus.

Francine biss sich auf die Unterlippe. »Entschuldigung, aber Sie bringen mich ganz durcheinander. Am Mittwoch war ich zu Hause.«

»Den ganzen Tag?«

Francine dachte nach. »Ja, fast.«

»Waren Sie allein?«

Sie nickte. Dumee schlug die Mappe auf. Darin stand alles.

Francine wusste nicht, was genau Gerard erzählt hatte. Sie hätten ihre Aussagen absprechen sollen. Jessica hatte ja ohnehin vermutet, dass sie es tun würden.

»Mein Vater ist morgens zu einer Autowerkstatt gefahren«, sagte Francine, »weil er gehört hatte, dass man dort vielleicht Arbeit für ihn habe.«

»Haben Sie Besuch gehabt, mit jemandem telefoniert?«

»Ob jemand bezeugen kann, dass Sie zu Hause waren«, erklärte Dumee.

Es war ärgerlich, Jacqueline mit hineinziehen zu müssen, aber das hatte Gerard möglicherweise auch bereits getan oder er würde es noch tun. Schließlich war Haarlem sein Alibi. »Die Freundin meines Vaters rief mich an. Sie musste dringend nach Haarlem, ihre Mutter liegt im Krankenhaus. Sie fragte mich, ob ich am Freitag ihren Marktstand übernehmen könne. Sie verkauft ...«

Anja Faber unterbrach sie gereizt. »Wie heißt diese Freundin?«

»Jacqueline Berends, sie wohnt in Lankforst, das ist ...«

»Um welche Uhrzeit hat sie Sie angerufen?«

»Am späten Vormittag, so gegen elf.«

Dumee hielt einen Stift in der Hand, machte sich aber keine Notizen, als wüssten sie bereits alles und hätten schon längst mit Jacqueline geredet. »Und den ganzen übrigen Tag?«, fragte Dumee.

»Nachmittags bin ich in der Stadt gewesen, um mir ein Zimmer anzusehen.«

»Ein Zimmer?«

»Ja, ich möchte ausziehen.«

»Sie wollen unter den schützenden Fittichen Ihres Vaters hervorkriechen?«, fragte Anja Faber spöttisch.

»Lassen Sie meinen Vater aus dem Spiel!«

Francine wurde wütend und hätte der Frau am liebsten erwidert, dass sie sich glücklich schätzen könnte, wenn sie auch so einen Vater hätte, aber als sie das selbstzufriedene Glitzern in den Augen der Ermittlerin sah, hielt sie sich zurück. Die Faber wollte sie in die Falle locken, sie auf die Palme bringen.

»Wo genau waren Sie und um welche Uhrzeit?«, fragte Dumee.

Francine holte tief Luft. »Ich war in der Hessestraat 32, so gegen vierzehn Uhr. Das Zimmer war aber leider schon vermietet.«

Dumee und die Faber wechselten einen Blick. »Zeit genug«, murmelte die Frau.

Dumee notierte sich etwas.

»Woher wussten Sie von dem reichen Arzt und dem kleinen Jungen?«, fragte die Faber unvermittelt.

Francine geriet durcheinander. »Ich weiß nicht, was Sie meinen«, sagte sie verwirrt.

»Jetzt kommen Sie schon!«, sagte die Faber. »Von Ulriga Slubezek?«

Francine musste sich beruhigen, in die Rolle einer anderen schlüpfen. Sally würde das nicht schwerfallen. Francine schaute Ingrid Bergmann an. Sie musste sich hier durchbeißen und auf freiem Fuß bleiben. »Was für eine Ulriga?«, fragte sie.

Die Faber seufzte. Dumee schaute in seine Mappe und buchstabierte geduldig den Namen, Buchstabe für Buchstabe. »Szblzuszk.«

»Das wird Tschibulski ausgesprochen«, erklärte Francine. »Der Name kommt in Polen ziemlich häufig vor.«

»Sie kennen sich aber gut aus«, sagte die Faber.

Francine reagierte, wie Sally es getan hätte: Sie zuckte mit den Schultern. »Habe ich mal in einem Buch gelesen.«

»In welchem Buch?«

»*The Green King*, von wem es ist, weiß ich nicht mehr.«

»War es ein gutes Buch?«

Dumee gab sich freundlicher als die Faber, aber Francine hatte genügend Krimis gelesen. Sie spielten das Spiel guter Bulle, böser Bulle. »Na ja, ziemlich langatmig«, sagte sie.

»Aber Sie kennen doch ihren Freund?«, fragte die Faber.

Francine runzelte die Stirn, als hätte sie nicht richtig verstanden.

»Wir können zwar nicht gut Polnisch, aber wir kennen uns ein bisschen mit Ermittlungsarbeit aus«, erklärte Dumee.

»Die *Tschibulski* machte mit ihrem Freund in dessen Auto rum und in dieser Zeit wurde ihr Schützling entführt«, fügte die Faber hinzu. »Der Freund der Polin heißt Peter und der hat ein besseres Alibi als Sie.«

»Peter?« Francine spürte, wie ihre Wangen glühten, sie konnte es nicht ändern. Außerdem musste sie aufs Klo, hauptsächlich wohl aus Nervosität.

»Ja, Peter Kolman, der ja auch ein Freund von Ihnen ist.«

»Ich weiß, wer meine Freunde sind.«

»Wollen Sie etwa behaupten, dass Sie ihn nicht kennen?«, fragte die Faber.

Auf Francines Stirn bildete sich eine glaubwürdige Denkfalte. »Der einzige Peter, den ich kenne, hat bei einer Gebäudereinigungsfirma gearbeitet, bei der ich auch einige Zeit beschäftigt war.«

»Sieh an, sieh an. Ich bin froh, dass Sie das zugeben«, sagte die Faber. »Es ist nicht schön, jemanden beim Lügen zu ertappen, man verliert sein Vertrauen in die Menschheit.«

»Ich habe keinen Grund zu lügen«, sagte Francine. »Außerdem habe ich keine Ahnung, ob Sie überhaupt diesen Peter meinen. Ich weiß nicht mal, wie er mit Nachnamen heißt. Es ist Jahre her.«

»Jetzt reicht es aber!« Dumee schlug auf seine Mappe und beugte sich nach vorn. »Sie sind noch viel zu jung, als dass etwas *Jahre her* sein könnte. So lange sind Sie doch noch gar nicht mit der Schule fertig. Und wir wissen ganz genau, wo Sie seitdem überall beschäftigt waren, wir kennen jeden Ihrer Schritte! Dass Sie für diese Gebäudereinigungsfirma gearbeitet haben und dort Ihren Freund Peter kennen lernten, ist gerade mal dreizehn Monate her. Glauben Sie vielleicht, wir würden unsere Zeit mit Skatspielen verplempern?«

»Er ist kein Freund von mir!«, erwiderte Francine.

»Na schön.« Die Faber lächelte. Dabei ähnelte sie einem Raubfisch, der seine Beute nicht mehr loslässt, wenn sie einmal in seinem Maul zappelt. »Dann wollen wir mal über einen anderen Freund reden. Jimmy.«

Das traf Francine völlig unerwartet. »Jimmy?«

»Ja, Jimmy Halewijn.«

*Sally. Locker bleiben. Auf Distanz gehen.* »Ach, der.« Francine holte tief Luft und stieß sie mit einem Seufzer wieder aus. »Das ist doch schon lange vorbei.«

»Sie haben da eine Beziehung mit einem gerissenen Kerl, den wir schon seit Jahren auf dem Kieker haben. Jimmy Halewijn hat mit vierzehn eine Jugendstrafe wegen Autodiebstahls verbüßt und lebt seitdem von krummen Dingern. Erpressung, Betrug, Autodiebstahl, das volle Programm.«

*Autodiebstahl.*

»Was will ein nettes Mädchen wie Sie mit so einem Typen?«, fragte Dumee.

»Ich weiß nichts von den Sachen, die Sie gerade erwähnt haben«, sagte Francine. »So gut habe ich ihn auch nicht gekannt, und es ist schon …« Die spöttischen Augen Dumees warteten auf *Jahre her,* und sie reagierte schnell: »Es hat nicht lange gehalten und ist schon lange vorbei.«

»Warum haben Sie die Beziehung beendet?«

Francine schaute zu Boden. »Er war untreu.« Gerade noch rechtzeitig fiel ihr ein, dass sie Emily aus dem Spiel lassen musste. »Er war hinter jedem Rock her.« Das klang wie aus einem Arztroman, und Sally hätte bestimmt angefangen zu kichern.

»Kennen Jimmy und Peter sich?«, fragte die Faber.

»Das weiß ich wirklich nicht.«

Peter würde garantiert dichthalten, er war ja nicht verrückt. Er hatte es mit der Polin getrieben, aber ansonsten konnten sie ihm nichts anhaben. Und ihr auch nicht, wenn sie die Nerven behielt. Die einzige Überraschung war Jimmy gewesen, aber diese Hürde hatte sie überwunden. Sie schlug sich jetzt schon besser und durchschaute die Tricks der

Faber, die immer wieder das Thema wechselte, um sie aus dem Konzept zu bringen.

»Was haben Sie im Park gemacht?«

»Im Park?«

»Ja, am Mittwochabend. Jetzt versuchen Sie doch nicht, uns für dumm zu verkaufen!«

»Ich war laufen.« Die Ausrede, dass sie so spät unterwegs gewesen war, weil sie vorher noch im Sportstudio trainiert hatte, hatte sie verworfen. Niemand hatte sie im Studio oder sonstwo gesehen.

Dumee seufzte hörbar. »Am anderen Ende der Stadt, mitten in der Nacht, keinen Kilometer von der Stelle entfernt, an der das Lösegeld hinterlassen wurde? Klingt ziemlich absurd.«

Die Faber fügte hinzu: »Sie haben das Lösegeld doch abgeholt, oder?«

Darauf war Francine vorbereitet. »Ich weiß nichts von irgendwelchem Lösegeld«, sagte sie. »Ich war laufen. Ich war nicht mal im Park selbst, ich bin doch nicht verrückt, nachts als Frau ganz alleine. Ein Fahrradfahrer hat mich umgefahren, und ich glaube, dass er auch den Krankenwagen gerufen hat, aber das fragen Sie ihn am besten selbst.«

Die Ermittler schauten sie an. Wieder seufzte Dumee. »Der Fahrradfahrer hat sich aber anscheinend in Luft aufgelöst, falls er überhaupt existiert«, sagte er.

Die Vernehmung nahm kein Ende. Es war ein Wunder, dass Francine nicht in die Hosen machte. Sie wollte zwischendurch nicht auf ihre Armbanduhr sehen, und die beiden Filmstars auf Dumees Schreibtisch hatten ihren Vater beziehungsweise Mann zu Weihnachten nie mit einer Wanduhr überrascht. Francine hielt Dumees Blick empört stand. »Wenn ich das Geld gehabt hätte, hätten es die Sanitäter ja wohl gefunden.«

Anja Faber verlor die Beherrschung. »Wissen Sie, was ich glaube? Und was wir beweisen werden? Dass Jimmy Halewijn diese Entführung ausgeheckt hat, zusammen mit Ihnen und Ihrem Vater. Doch Halewijn wollte die Beute nicht teilen, hat am Ausgang des Parks auf Sie gewartet, Sie zusammengeschlagen und ist anschließend mit dem Geld geflüchtet. Ich verstehe nur nicht, warum Sie diesen Mann schützen!«

»Für Jimmy Halewijn kann ich nicht sprechen, aber ich würde niemals ein Kind entführen und mein Vater auch nicht!«, entgegnete Francine starrköpfig.

»Ihr Vater hat es aber nicht abgestritten«, antwortete die Faber prompt.

Francine schüttelte den Kopf. »Ich glaube Ihnen kein Wort.« *Nicht abgestritten.*

»Und was hatte er dann auf dem Boot zu suchen?«, blaffte die Faber. »Mit einer Sonnenbrille, um sein Gesicht zu verbergen, und Handschuhen, um keine Fingerabdrücke zu hinterlassen?«

»Vielleicht wollte Ihr Vater den kleinen Jungen nicht umbringen«, sagte Dumee in versöhnlichem Tonfall. »Das wollen wir gerne glauben, obwohl er schon einmal mit dem Gesetz in Konflikt geraten ist. Aber wie war es denn dann? Halewijn ist mit dem Geld durchgebrannt, und Ihr Vater denkt, o Gott, der Junge, und fährt zu dem Boot, um ihn zu retten?«

Francine biss sich auf die Unterlippe. »Das mit dem Jungen ist furchtbar«, sagte sie. »Ich weiß nicht, was mein Vater da gemacht hat, aber er kann ihn nicht entführt haben, denn er war in Haarlem. Als ich abends laufen gegangen bin, war er noch gar nicht zu Hause.«

»Alles eine Frage der Organisation«, entgegnete Dumee. »Danach sieht es jedenfalls aus. Und der Richter wird dasselbe denken.«

»Jimmy Halewijn schreckt vor nichts zurück«, sagte die Faber. »Er ist ein skrupelloser Krimineller.«

»Organisiertes Verbrechen.«

»Drogen.«

Sie warfen sich gegenseitig den Ball zu.

»Davon habe ich nie etwas gemerkt«, behauptete Francine. »Ich kann das kaum glauben!«

»Er wohnt in einem teuren Appartment und fährt einen dicken BMW. Man sollte doch meinen, dass er mit seinen üppigen Einkünften aus seinen krummen Geschäften wenigstens für seine alte Mutter sorgen könnte.«

»Seine Mutter ist tot«, sagte Francine.

Dumee nickte viel sagend. »Seine Mutter lebt auf Kosten der Allgemeinheit in einem Altersheim für Demenzkranke«, entgegnete er. »Da möchte man nicht abgemalt sein, nicht mal mit Alzheimer.«

Jimmy, der Charmeur. »Das wusste ich nicht«, sagte Francine. »Glauben Sie wirklich, dass er den kleinen Jungen entführt hat?«

»Wir suchen ihn nicht umsonst«, sagte die Faber. »Und ich glaube, Sie wissen verdammt gut, wo wir ihn finden können.«

»Nein, tut mir leid«, sagte Francine. »Ich weiß nur, dass er in Dukenburg wohnt.«

»Wie schade.« Dumee schaute sie unverwandt an. »Sie könnten Ihrem Vater damit helfen. Er würde eine geringere Strafe erhalten, wenn er nur der Helfershelfer war und ein anderer hinter der Entführung steckt. So macht man ihn allein dafür verantwortlich. Man wird ihm die Höchststrafe aufbrummen. Entführung mit Todesfolge, darauf steht dasselbe wie auf Mord. Bis er aus dem Gefängnis kommt, ist er ein alter Mann.«

Francine schwieg.

»Diese Freundin, bei der Sie wohnen, ist das Jacqueline Berends?«

Francine nickte. Dumee und die Faber wechselten einen Blick, und dann sagte Dumee plötzlich: »Sie können gehen. Aber Sie dürfen die Stadt nicht verlassen. Sie halten sich entweder auf Ihrem Hausboot oder bei Mevrouw Berends auf, ist das klar?«

»Ja, Meneer«, antwortete Francine beklommen.

Anja Faber brachte sie durch das Großraumbüro bis zur Treppe.

Sie reichte Francine zum Abschied nicht die Hand. »Sie sind uns noch nicht los«, sagte sie. »Wenn ich Sie wäre, würde ich nicht versuchen abzuhauen.«

Eilig kehrt Anja Faber zu Dumee zurück. Ihr Chef blätterte in einer Akte und murmelte: »Es ist mir ein Rätsel.«

Anja Faber blieb vor ihm stehen. »Die spielt die Unschuld vom Lande, aber sie kennt Peter Kolman, ist das Liebchen von Jimmy Halewijn und ihr Vater wurde in nächster Nähe des entführten Kindes verhaftet. Und was hatte sie in dem Park zu suchen?«

»Und ich glaube, sie besitzt dasselbe Talent wie du.«

»Ich verstehe nur Bahnhof.«

»Na, sie kann gut schauspielern.«

»Ach so.« Die Faber erwiderte sein Lächeln. »Aber du weißt doch, ich bin eher der mütterliche Typ, sanft und ausgeglichen.«

Dumee verzog das Gesicht zu einer Grimasse. »Wir müssen Halewijn finden!«

»Ja. Bisher haben wir nichts. Die Durchsuchung seiner Wohnung ist ergebnislos geblieben und sein Telefon haben wir auch umsonst abgehört. Aber sobald er sich in Dukenburg blicken lässt, kriegen wir ihn. Die Fahndung nach ihm läuft. Aber was ist dir denn so ein Rätsel?«

Dumee klopfte auf seine Mappe und sagte: »Das Einzige, was Francine Kallas uns verraten hat, war der Name Jacqueline Berends. Ihr Vater hat kein Wort über seine Freundin verloren und auch nicht gesagt, dass er sich in Haarlem aufgehalten hat. Das ist schon mal das erste Rätsel, denn die Berends ist schließlich sein Alibi für den Mittwoch.«

»Vielleicht ist es wahre Liebe. Wenn es überhaupt stimmt.«

»Das lässt sich nachprüfen. Rede mit ihr, sobald sie zurück ist, und überprüfe die Geschichte mit Haarlem. Setze

V-Leute auf Halewijn an. Dass der den Geschäftsaufkleber auf der Tüte Chips vergessen hat und die Kassiererin ihn auf dem Foto wiedererkannt hat, war reines Glück, aber es reicht bei Weitem nicht. Da klafft eine Riesenlücke, verstehst du?«

»Wir werden sie schon schließen«, antwortete Anja Faber ausweichend.

Dumee schüttelte den Kopf. »Uns fehlt die Verbindung. Es geht hier nicht um eine spontane Entführung. Die Täter besaßen Hintergrundinformationen, sie wussten von der Gewohnheit des Au-pair-Mädchens, das Kind während des Schäferstündchens mit ihrem Freund am Weiher alleine zu lassen. Aber ich erkenne nicht den geringsten Zusammenhang zwischen Gerard Kallas und der Arztfamilie. Oder zwischen Francine Kallas und dieser Dingsda.«

»Tschibulski.«

Dumee lachte.

»Aber Francine kennt Peter Kolman«, gab die Faber zu bedenken. »Und sie hat Kontakte zu Halewijn. Da hast du die Verbindung.«

»Okay.« Dumee schien noch immer nicht zufrieden zu sein. »Auch das war reines Glück. Wenn Kallas eine halbe Stunde früher am Boot gewesen wäre, hätten wir überhaupt keinen Anhaltspunkt, und wenn der Name Halewijn nicht im Zusammenhang mit der Tochter aufgetaucht wäre, wäre kein Mensch auf die Idee gekommen, der Kassiererin ein Foto von ihm zu zeigen oder die Tüte auf seine Fingerabdrücke zu untersuchen. Warte mal ...«

»Was ist denn?«

»Angenommen, Halewijn schlägt Francine Kallas krankenhausreif, brennt mit dem Lösegeld durch und lässt den Jungen im Stich. Am Donnerstagmorgen sieht Francine fern. Danach könnten wir ihre Zimmergenossinnen fragen. Angenommen, sie wusste nicht, dass der Junge Diabetes hatte. Sie kriegt es mit der Angst zu tun und schickt ihren Vater zu dem Botter, um den Jungen da rauszuholen. Das würde erklären, warum der Mann so vollkommen verwirrt war.«

»Du meinst, Halewijn und die Tochter haben es getan und Kallas ist unschuldig?«

»Ich meine noch gar nichts, aber Tatsache ist, dass die Tochter im Park war.«

»Halewijn könnte die Tüte Chips einem Handlanger gegeben haben, der geistesgegenwärtig genug war, Handschuhe anzuziehen, und der Mittwochnacht rechtzeitig aus Haarlem zurückkehrte, um den Jungen zu bewachen.«

»Das wird schwer zu beweisen sein.«

Stirnrunzelnd schaute Dumee die Fotos von seiner Familie an. »Dieses Mädchen ist ohne Mutter aufgewachsen. Ich kann mir nicht vorstellen, wie das ist, ob man davon melancholisch wird oder anders als die anderen, aber irgendwie erscheint sie mir verwirrt. Etwas fehlt ihr, ich weiß nur nicht, was.«

»Vorsicht, nicht zu viel Mitleid! Jeder Zwanzigjährigen fehlt irgendetwas.«

Dumee wies mit einem Nicken auf das Foto von seiner Tochter. »Meiner nicht.«

Die Faber schaute ihn amüsiert an. »Das glauben alle Väter, bis sie ihre Töchter in einer Amsterdamer Drogenbude aufgabeln. Wie dem auch sei, im Moment können wir verdammt froh sein, dass wir Kallas haben, und wenn auch nur als Blitzableiter für die Medien.«

»Du sollst nicht fluchen«, predigte Dumee. »Außerdem: Scheiß auf die Medien. Die Polizei ist schlimmer.«

Die Faber schaute ihn ungläubig an.

»Der Polizeipräsident hat mich ins Gebet genommen. Der Bürgermeister hat den Polizeipräsidenten ins Gebet genommen. Der ist der Chef und er verkehrt in denselben Kreisen wie der Vater des entführten Jungen. Stanhof ist Dozent für Neurochirurgie, sitzt in verschiedenen Aufsichtsräten, ist Ehrenmitglied wichtiger Institutionen. Seine ganzen Spezis sitzen mir im Nacken. Falls Halewijn in Kaledonien hockt, wird man uns unter Druck setzen, den Blitzableiter zum Sündenbock zu machen. Wir können es uns nicht erlauben, in diesem Fall monatelang zu ermitteln.«

»Alles klar«, sagte die Faber.

# 8

Francine machte Jackies Bett, fütterte den Kater, rief Jessica an, schloss die Wohnung ab und fuhr nach Hause. Unterwegs hielt sie an einem Bankautomaten und hob fünfhundert Euro von Gerards und ihrem gemeinsamen Konto ab. Als sie ihren Peugeot vor dem Boot parkte, kam Nachbar Koos Terpstra über die Laufplanke seines Schiffs. Er sagte, dass die Polizei da gewesen sei, und fragte, ob er ihr irgendwie helfen könne. Koos lebte allein auf seinem gepflegten Boot. Er war ein freundlicher alter Mann, der sich manchmal ein bisschen wie Francines Großvater aufspielte. Hatte er die Zeitung nicht gelesen? Oder brachte er die Initialen in dem Artikel nicht mit Gerard in Verbindung? Wie dem auch sei, die gemischte Gesellschaft der Hausbootbewohner pflegte sich sowieso nicht in die Angelegenheiten der Nachbarn einzumischen.

»Es war nur ein Missverständnis«, behauptete Francine. »Ich komme gelegentlich mal auf einen Kaffee rüber und erkläre es dir.«

»Was ist denn mit deinem Bein passiert?«

Francine tippte mit dem Spazierstock gegen den Gips. »Ich habe mir den Unterschenkel gebrochen, aber es tut schon gar nicht mehr weh. Der Gips kann in ein paar Tagen ab.«

»Ach so. Halt die Ohren steif. Du kannst jederzeit zu mir kommen, wenn du mich brauchst.«

Draußen schien die Sonne, als stehe der Sommer bereits vor der Tür, aber drinnen war es kalt und klamm und Francine öffnete Fenster und Türen, bevor sie sich an die Arbeit machte. Sie begann mit dem Wohnzimmer und der Kochnische und machte dann mit Gerards Schlafzimmer weiter. Sie räumte auf, warf alles, was kaputt war, in einen Müllsack, saugte Staub. Die Beschäftigung lenkte sie ab. Sie stellte den alten Baseballschläger aus Gerards Schrank in einen seiner Gummistiefel unter der Garderobe im Flur und drapierte seinen Regenmantel darüber.

Um halb sechs klingelte das Telefon.

*Jimmy.* Egal. Der Baseballschläger stand bereit und Jimmy war ein klitzekleines Problem verglichen mit all den anderen. Er würde es sowieso nicht wagen, sich hier blicken zu lassen.

»Francine Kallas.«

»Hi, ich bin's. Wo ist Gerard?«

»Bist du wieder zu Hause?«

»Ja, bin gerade eben reingekommen.«

»Es ist etwas passiert«, sagte Francine. *O Gott.* »Ich komme zu dir oder bist du beschäftigt?«

Jacqueline klang beunruhigt. »Gerard ist doch nicht etwa krank?«

»Nein, das nicht. Kann ich zu dir kommen?«

»Ja, natürlich.«

Francine klappte die Fenster wieder zu und schloss das Boot ab.

Jackie runzelte die Stirn, als sie den Spazierstock ihres Vaters erkannte.

»Ich habe mir das Wadenbein gebrochen. Ein Fahrradfahrer hat mich über den Haufen gefahren und der Unterschenkel musste in Gips.« Wenn sie die Geschichte noch öfter erzählte, würde sie bald selbst daran glauben. »Wie geht es deiner Mutter?«

»Sie wurde schon wieder nach Hause entlassen.« Jacqueline schloss die Haustür. Ihre Haare waren noch feucht vom Duschen und sie trug ihren braunen Nickimorgenmantel. »Es war ein leichter Herzinfarkt. Sie muss jetzt Medikamente nehmen und darf sich nicht überanstrengen.«

Francine stellte den Spazierstock in den Ständer und hinkte hinter Jacqueline her. Sie brauchte den Stock schon fast nicht mehr, solange sie nicht gerade einen Gewaltmarsch plante. »Kommt sie denn jetzt ohne dich zurecht?«

»Ja, ihre Nachbarin kümmert sich um sie, sie ist sehr nett.« Jacqueline blieb mitten im Wohnzimmer stehen und drehte sich um. »Meine reizende Nachbarin hat mir übrigens sofort brühwarm erzählt, dass meine Nichte in meiner Abwesenheit hier gewohnt hätte, und ob ich denn damit einverstanden gewesen sei.«

»Das stimmt, ich war für ein paar Tage hier, tut mir leid.« Sie hätte sich eine Ausrede einfallen lassen sollen, denn Jacqueline würde womöglich nicht begeistert sein, wenn sie erfuhr, dass sie mit Entführern befreundet war. »Ich hätte sonst nicht gewusst, wohin, ich hoffe, du bist mir nicht böse.«

Jackie hatte schöne Augen, kornblumenblau und hellwach. »Nein, das ist schon in Ordnung. Was war denn los?«

Sie wusste also von nichts. »Vielleicht solltest du dich lieber erst mal hinsetzen. Soll ich dir einen Whisky einschenken?« Gegen sechs Uhr abends, vor dem Essen, pflegte Jacqueline ein Glas Whisky mit Eis zu trinken, das wusste Francine von Gerard. Glen Talloch. Gerard war im Laufe der Zeit ebenfalls auf Maltwhisky umgestiegen.

»Das hört sich nicht gut an. Wo ist Gerard?«

»Im Gefängnis.«

Jacqueline verlor nicht leicht die Fassung oder geriet in Panik, aber jetzt wich die Farbe aus ihrem Gesicht.

»Das Ganze ist ein Missverständnis«, erklärte Francine. »Ich habe ihn heute Morgen besucht, zusammen mit seiner Rechtsanwältin.«

»Ein Missverständnis.« Jacqueline starrte sie an. »Okay, gib mir den Whisky.«

Francine zog die Zeitung von Freitag aus dem Stapel unter dem Wohnzimmertisch hervor. »Lies dir inzwischen schon mal den Artikel durch, viel mehr weiß ich auch nicht.«

Jacqueline griff nach der Zeitung. Francine schenkte Whisky in zwei Gläser und ging in die Küche, um Eis dazuzugeben. Jacqueline las mit dem Glas in der Hand weiter und trank geistesabwesend. Sie sah unglücklich aus.

»Ich weiß nicht, was er da gemacht hat«, sagte Francine. »Vielleicht wollte er sich das Boot nur mal ansehen. Es ist dieser alte Botter, den er vor Jahren mal kaufen wollte.«

»Hier steht, er hätte gestanden«, wandte Jacqueline ein.

»Das stimmt nicht. Ich bin bei der Polizei gewesen. Er ist einfach völlig durcheinander, mehr nicht. Sie halten ihn fest, weil sie keinen anderen haben.«

»Gerard würde niemals ein Kind entführen«, erklärte Jacqueline kategorisch. »Er ist ein Träumer, ein sanfter Mann, der keiner Fliege etwas zuleide tun könnte.«

»Ich bin froh, dass du zu ihm hältst.«

»Willst du mich etwa beleidigen?« Jacqueline schaute sie herausfordernd an.

Francine lächelte erleichtert. Noch war nicht alles verloren. Sie konnte auf Jackie zählen, sie war eine Verbündete. Desto schlimmer war es, ihr nicht die Wahrheit sagen zu können. »Die Polizei wird dich auch vernehmen«, warnte sie sie.

Erstaunt fragte Jackie: »Mich?« Dann zuckte sie mit den Schultern. »Ich weiß von nichts. Gerard ist mein Freund und dabei bleibt's.«

»Sie haben mich im Präsidium ziemlich ausgehorcht wegen …«, setzte Francine an.

»Sag lieber nichts«, meinte Jackie. »Wenn ich nichts weiß, können sie mich auch nicht aufs Glatteis führen. Gerard und ich leben zwar jeder unser eigenes Leben, aber ich habe zu viel Menschenkenntnis, um mich dermaßen in jemandem zu irren.«

Sie klopfte auf die Zeitung. »Okay?«

Francine trank einen kleinen Schluck. Der Whisky war stark und wärmte von innen. Winnie schlief in seiner Schublade.

»Hat er eine gute Anwältin?«, fragte Jacqueline.

»Ja, sie heißt Jessica Scheepmaker.«

»Der Name kommt mir irgendwie bekannt vor.«

»Sie hat ihn auch damals verteidigt, als …«

»Ach ja. Diese Dummheit mit den Bauarbeitern, er hat mir davon erzählt. Wer bezahlt die Anwaltskosten?«

»Ich glaube, sie ist seine Pflichtverteidigerin.«

»Pflichtverteidiger werden vom Gericht zugewiesen.«

»Gerard hat nach ihr verlangt.«

»Gib mir mal ihre Telefonnummer.«

»Vielleicht solltest du auch mal bei Willem anrufen«, meinte Francine. »Ich konnte leider nicht für dich auf den Markt und er war ein bisschen sauer.«

Jackie nickte. »Hältst du es allein auf dem Boot aus? Sonst kannst du bei mir im Gästezimmer wohnen.«

»Danke, das ist wirklich nicht nötig.«

»Unsinn. Du siehst schlecht aus. Komm, deine Tante brät dir jetzt mal ein Steak.« Jackie wischte Francines Einwände mit einer Handbewegung vom Tisch. »Wir müssen unsere Anstrengungen jetzt darauf konzentrieren, dass Gerard aus dem Gefängnis rauskommt. Ich möchte ihn so bald wie möglich besuchen.«

»Ich habe eine Broschüre mit den Telefonnummern und den Vorschriften«, sagte Francine.

»Hat er seine Tabletten dabei?«

»Seine Tabletten?« Verwirrt hob Francine den Blick.

»Du weißt doch, dass er krank ist?«

»Nein …« Er hatte furchtbar ausgesehen, aber er gefiel ihr schon seit einer ganzen Weile nicht. »Er weigert sich, mit dem Rauchen aufzuhören, und er ist zu dünn. Meinst du das?«

»Nein.« Jackie schwieg betreten. »Er möchte nicht, dass ich zu viel erzähle und du dir Sorgen machst.«

Doch jetzt machte Francine sich erst recht Sorgen. War irgendeine Veränderung in seinem Zustand eingetreten, die ihr nicht aufgefallen war, weil sie ihn jeden Tag sah, so wie man nicht merkt, dass ein Lebenspartner täglich mehr Haare verliert? »War er denn beim Arzt?«

»Ja, natürlich. Ich hoffe, dass er seine Medikamente dabeihat und dass die im Gefängnis über seinen Zustand

Bescheid wissen. Da gibt es doch wohl hoffentlich einen Arzt?«

»Medikamente? Aber wofür denn?«

»So genau weiß man es nicht. Er war jedenfalls zwei Tage zur Beobachtung im Radboud-Krankenhaus«, sagte Jacqueline. »Er hat fünf Kilo abgenommen. Kann sein, dass es eine Infektion ist, man hat ihm Antibiotika und ein Aufbaupräparat verschrieben.«

Zwei Tage im Krankenhaus? Francine umklammerte hilflos ihr Glas. Wann war er dort gewesen? Und warum hatte sie nichts davon gewusst? War es in dieser unglückseligen Nacht mit Johan gewesen? Nein, es musste danach gewesen sein. Aber es spielte keine Rolle, manchmal begegneten sie einander tagelang nicht. Sie hatte durchaus bemerkt, dass ihr Vater müde und langsam geworden war. Er wirkte immer mehr wie ein alter Mann, aber sie hatte geglaubt, es läge an seiner inneren Einstellung, daran, dass er diese alte Besessenheit mit sich herumschleppte, und an der Angst, seine Tochter zu verlieren. Doch im Grunde hatte sie viel zu selten über seinen Zustand nachgedacht. Sie hatten sich auseinandergelebt, ohne dass Francine sich dessen bewusst gewesen war.

*Ich brauche nur die frische Luft auf See.*

Doktor Huizinga war ein fanatischer Rallyefahrer. Sein Wartezimmer war mit zahlreichen Pokalen und Tellern dekoriert, und zu lesen gab es hauptsächlich Auto- und Rennfahrerzeitschriften. Francine war kein Notfall und musste warten, bis der letzte Patient behandelt worden war. Sie las über die kleinen Modelle von BMW und Mercedes und über DAF-Lkws bei der Rallye Paris–Dakar quer durch die Sahara.

»Francine Kallas«, begrüßte sie Huizinga, als sie endlich zu ihm hereingerufen wurde. »Dich bekomme ich ja nicht mehr oft zu Gesicht, seit du dein Asthma los bist.« Er hatte ein Gedächtnis wie ein Computer.

»Ja, das muss jetzt acht Jahre her sein. Ich bin eben eine gesunde junge Frau.«

»Abgesehen von deinem Bein, was?«

Sein Bürstenschnitt war grauer als in ihrer Erinnerung und sein Gesicht blasser, aber das mochte auch an dem Sonnenlicht liegen, das hinter ihm zum Fenster hineinfiel. Jedenfalls sah es so aus, als verbringe er zu viel Zeit mit kranken Patienten im Sprechzimmer anstatt mit offenen Fenstern in seinem aufgemotzten Citroën. »Ich habe mir das Wadenbein gebrochen«, erklärte Francine. »Im Moment trage ich noch einen Gehgips, aber der kann bald ab.«

»Dann bist du bei mir aber an der falschen Adresse.«

»Im Krankenhaus hat man mir gesagt, das könne auch der Hausarzt erledigen.«

Huizinga zog eine Augenbraue hoch. »Wann hast du dir den Knochen denn gebrochen?«

»Letzte Woche Mittwoch.«

»Das wäre dann aber noch ein bisschen früh, um den Gips abzunehmen. Lass mal sehen.«

Die hüfthohe Untersuchungsliege stand zwischen einer altmodischen Waage mit Holzgestell und einem Schrank, der mit einem Sammelsurium von Büchern und Instrumenten gefüllt war. Huizinga stützte Francine mit einer Hand im Rücken und hob mit der anderen ihr Bein auf das braune Leder. Francine trug ihre weite Hose und brauchte nur das Hosenbein über das Knie zu ziehen. Huizinga schnüffelte an dem Gips, nahm Fuß und Knie in die Hand und drehte das Bein ein wenig hin und her. »Tut das weh?«

»Nein.«

»Gut. Melde dich Ende der Woche im CWZ zur Nachsorge, wie es sicher auch geplant war.«

»Es juckt aber so unter dem Gips«, wandte sie ein.

»Du wirst es überleben.«

»Was ist eigentlich mit meinem Vater los?«

Huizinga schaute sie ein paar Sekunden lang an. »Komm erst mal da runter«, sagte er und ging an seinen Schreibtisch.

Francine schwang die Beine von der Liege.

Das Hosenbein fiel von selbst herunter, als sie vor dem Arzt stand.

»Du bist also nicht wegen deines Beins gekommen.«

Francine wurde nervös, als er sie so unverwandt ansah. »Wissen Sie, er tut so, als sei alles in bester Ordnung, aber er ist krank, das weiß ich ganz genau.«

Huizinga nickte. »Am Freitag erhielt ich einen Anruf von dem Arzt des Untersuchungsgefängnisses in Grave.«

Francine fühlte sich erleichtert. Sie brauchte ihm nichts zu erklären. »Das Ganze ist ein Irrtum. Mein Vater hat nichts mit der Entführung zu tun.«

Huizinga hob die Hände. »Umso besser, aber das geht mich sowieso nichts an«, sagte er. »Dein Vater hatte offenbar sein Rezept nicht dabei und ohne können sie ihm nichts geben. Ich habe dem Arzt seine Krankenakte und das Rezept per E-Mail zugeschickt. Dein Vater bekommt also seine Medikamente.«

»Aber wofür denn? Was hat er?«

»Tja.« Huizinga legte die Fingerspitzen aneinander, spreizte die Hände. »Es fing mit Appetitlosigkeit an. Ich dachte zuerst, es sei psychosomatisch, aber es hätte auch ein Virus sein können, deshalb habe ich ihn ins Radboud eingewiesen. Die Laborergebnisse sind noch nicht da, einige Untersuchungen sind relativ zeitaufwendig, aber wahrscheinlich muss er noch mal hin, weil Folgeuntersuchungen notwendig sind und er eventuell stationär behandelt werden muss. Vorher muss er aber erst wieder zu Kräften kommen.«

Etwas Dunkles griff nach ihrer Kehle. Francine hörte ihre Stimme wie die einer Fremden, tief im Inneren ihres Kopfs. »Stationär?«

»Ja, aber mach dir nicht schon vorher unnötige Sorgen. Die meisten Krebserkrankungen sind heutzutage gut behandelbar, manchmal schon rein medikamentös.«

Francine starrte den Arzt an. *Krebs?*

Francine kehrte zum Hausboot zurück. Sie konnte schließlich nicht ewig bei Jacqueline wohnen, obwohl sie dort herzlich willkommen war. Jessica hatte prophezeit, dass sich der Prozess monatelang hinziehen könne, vor allem, wenn es zu einem Berufungsverfahren käme. Also musste Francine allein zurechtkommen. Sie durfte gar nicht daran denken. Früher hatte sich das Alleinsein nie leer oder beklemmend angefühlt, weil sie stets wusste, dass ihr Vater bald wiederkommen würde, am nächsten Tag oder nachts, wenn sie im Bett lag und das Boot schaukeln fühlte, wenn er über die Laufplanke lief und in sein Schlafzimmer ging. Doch jetzt war sie wirklich einsam.

Sie schloss die Haustür ab und verriegelte die Hintertür. Sie ließ die Jalousien an der Uferseite hinunter, zog sie aber wieder hoch, weil das blinde Rechteck sie nervös machte und sie nicht erkennen konnte, wer sich dem Boot näherte, falls jemand kommen sollte. Sie schuf eine Atmosphäre falscher Behaglichkeit, indem sie Tee aufbrühte und den Fernseher einschaltete. Sie dachte daran, sich einen eigenwilligen Kater anzuschaffen oder einen Goldfisch. Montag war Sportstudiotag und man würde sich fragen, wo sie blieb. Wer weiß, vielleicht kursierten bereits die wildesten Gerüchte. Post lag auf dem Boden, Reklame von einer Sterbeversicherung, eine Telefonrechnung, die automatisch vom Konto abgebucht wurde, und eine Karte von Sally. Sie sei zurück in Lissabon, wann sie sie denn mal besuchen käme.

Francine saß vor dem Globus an dem großen Tisch, die Broschüre neben dem Telefon.

»Francine Kallas«, meldete sie sich. »Ich möchte gern mit dem Besuchskoordinator sprechen.«

»Ist am Apparat. John Franssen.« Eine tiefe Stimme.

»Mein Vater ...« Plötzlich wusste sie nicht, wie sie den Satz beenden sollte. *Sitzt bei Ihnen im Knast?*

»Kallas?« Vermutlich war Franssen an diese Art von Verwirrung gewöhnt. »Einen Augenblick, bitte.« Und kurz darauf: »Gerard Kallas?«

»Ja, Meneer. Ich bin seine Tochter und würde ihn gerne so bald wie möglich besuchen.«

»Verstehe. Ihr Name steht auf seiner Liste. Haben Sie schon eine Broschüre erhalten?«

Francine schaute das Heftchen an. »Eine Broschüre?«

»Ja, über die Besuchsregelung und so weiter. Sie erhalten sie hier bei uns. Sie können Ihren Vater einmal pro Woche für maximal eine Stunde besuchen. Moment, ich schaue mal kurz nach.«

Francine wartete.

»Morgen könnte ich Sie noch mit reinnehmen, nachmittags um halb drei, ansonsten müssten Sie bis Freitag warten.«

»Morgen wäre schön«, sagte Francine. »Wenn das geht?«

»Ja, aber höchstens drei Erwachsene gleichzeitig.«

»Ich komme allein«, sagte Francine. Jacqueline würde sauer sein, wenn sie erfuhr, dass sie erst am Freitag zu Gerard konnte. Bestimmt würde sie sie gerne begleiten.

»Seien Sie eine halbe Stunde vorher in der Besucherhalle und bringen Sie einen Ausweis mit.«

»Vielen Dank«, sagte Francine.

Sie verbrachte den Abend vor dem Fernseher und trank zu viel von Gerards Whiskey.

Sie dachte, sie wäre zu früh dran, aber es standen bereits sechs, sieben Autos rund um das Kunstwerk geparkt, überwiegend heruntergekommene Mittelklassewagen, aber auch ein glänzender Jaguar. Eine Türkin mit Kopftuch watschelte vor Francine her, von drei Kindern umringt und mit einer schweren Einkaufstasche bepackt. Vor dem anderen Eingang auf der linken Seite wurde Baumaterial von einem kleinen Lkw auf eine Karre geladen. Auch Lieferwagen von einer Malerfirma und von einem Elektroinstallateur standen dort.

In der Eingangshalle warteten weitere Türkinnen, Marokkanerinnen, einige dunkelhäutige Halbwüchsige sowie kleine Kinder. Sie schienen sich alle untereinander zu kennen. Jessica hatte erzählt, dass von den dreihundertfünfzig Gefängnisinsassen in Grave stets mindestens fünfundsiebzig Prozent Ausländer waren. Francine zeigte ihren Führerschein vor und erhielt einen Plastikausweis, diesmal von einem anderen Mitarbeiter als am Samstag. Sie war die Vorletzte; nach ihr kam nur noch eine distanziert wirkende alte Dame, die gelassen wartete, bis sie an der Reihe war. Die übrigen Frauen standen dicht gedrängt mit ihren Kindern an der Schleuse, sprachen Arabisch und Türkisch miteinander und schauten hin und wieder verstohlen zu Francine hinüber. Ihre dunklen Augen blickten sie nicht unfreundlich an, dennoch fühlte sie sich wie eine Außenseiterin und genierte sich irgendwie. Die Einzige, die sie fröhlich anlächelte, war eine kaffeebraune junge Frau in einem schicken Kostüm, die eine goldene Halskette und goldene Ohrringe trug und nach einem exklusiven Parfüm duftete. Über den einen Arm hatte sie einen grünen Mantel gelegt, in der anderen Hand hielt sie einen Käfig mit einem unruhig flatternden blauen Wellensittich. Sie war groß und exotisch genug, um ein Mannequin oder ein Luxuscallgirl zu sein. Vielleicht gehörte ihr der dicke Jaguar.

Die Detektorschleuse piepste wiederholt und auf dem Laufband daneben standen zahlreiche offene Taschen, die von Vollzugsbeamtinnen kontrolliert wurden. Die Besucherinnen mussten ihre Kopftücher abnehmen, um zu zeigen, dass sie nichts darunter versteckt hatten. Gameboys, ein in Leder gebundener Koran, Puzzleschachteln und Bastelmaterialien wurden mit Namensaufklebern darauf zur weiteren Kontrolle in Wandschränke jenseits der Schleuse gestellt. Jessica hatte Francine erklärt, dass Radios und andere Elektrogeräte anderswo hingeschickt und auseinandergenommen wurden und dass es Wochen dauern konnte, bis der Häftling sie endlich erhielt. Francine hatte nichts mitgebracht.

Das Mannequin hatte ihren Mantel in der Eingangshalle gelassen und saß allein auf einer Bank ganz hinten im Warteraum, dicht neben der Tür, die zum Gang mit den Sprechkabinen führte, ganz so als meide sie absichtlich die Gesellschaft der anderen. Francine setzte sich zu ihr. Ihr Unterschenkel schmerzte ein wenig von dem langen Stehen in der Eingangshalle. Mütter brachten ihre Kinder auf die Toilette. Die Kinder sahen sauber und ordentlich aus, gewaschen und gekämmt, und sie benahmen sich auffallend diszipliniert. Dann und wann öffnete sich eine Luke in der Wand und ein Name wurde aufgerufen. Dann ging eine der Frauen oder einer der Jugendlichen hin und nahm einen kontrollierten Artikel in Empfang.

»Willst du zu deinem Freund?«

Francine blickte zur Seite und schüttelte den Kopf. »Nein, zu meinem Vater.«

»Hallo, ich bin Sumi.« Die Frau reichte Francine die Hand. Sie trug keinen Ehering, nur einen goldenen Schmuckring mit einem grünen Stein.

»Ich heiße Francine. Kommst du aus Surinam?«

»Nein, aus Aruba, aber ich lebe schon lange hier. Bist du zum ersten Mal hier?«

»Ja, das ist alles ziemlich neu für mich.«

»Der beste Platz ist ganz hinten, mit dem Rücken zum Fernseher. Man muss durch eine Art Zickzackschleuse gehen, halte dich einfach dicht hinter mir.« Sumi redete gedämpft und sachlich, ohne den geringsten Akzent. »Meistens lässt man mich als Erste rein ...«

Jemand rief: »Wijsman!«, und Sumi aus Aruba ging hinüber zur Luke in der Wand, kehrte mit dem Vogelkäfig zurück und stellte ihn auf den Schoß. »Der ist für meinen Chef.«

»Mag er Vögel?«

»Das hoffe ich für den Sittich. Er ist ein Geschenk von seinem Chef.« Sie lachte leise. »Vielleicht steckt eine Bedeutung dahinter. Ich habe Futter für ihn in der Tasche.«

Ein kleines Mädchen wollte sich den Wellensittich ansehen, wurde aber von der Mutter zurückgerufen. Die Arubanerin schaute dem Mädchen bedauernd hinterher.

»Bist du Sekretärin?«, fragte Francine.

»So ähnlich.« Sumi lächelte. »Ich führe in Abwesenheit meines Chefs die Geschäfte weiter und erstatte ihm jede Woche Bericht. Und das wird noch eine ganze Weile so weitergehen.«

Francine nickte nur. Das hier war wohl nicht der richtige Ort, um zu fragen, um welche Geschäfte es sich handelte und weshalb der Chef hier einsaß. Sie schaute die anderen Besucherinnen an, in ihren langen Röcken, mit den Taschen auf dem Schoß und umgeben von ihrer Kinderschar, ein Clan von Schicksalsgenossinnen. Vielleicht wussten sie alles voneinander, vielleicht spiegelten sie einander aber auch nur alles Mögliche vor: unschuldig, ein Missverständnis, die falschen Freunde, Pech, eine Verwechslung, arbeitslos, chancenlos.

»Vor etwa einem Jahr habe ich mal einen Bericht über das Gefängnis in Bijlmermeer im Fernsehen gesehen«, erzählte Sumi. »Da ging es zu wie im Hotel, aber das hat sich grundlegend geändert. Die Vorschriften sind mittlerweile viel strenger geworden und aufgrund des Personalmangels hocken die Häftlinge die meiste Zeit in ihrer Zelle, vor allem, wenn sie noch keinen Job haben.«

»Aber sie gehen doch in den Speisesaal und zum Hofgang?«

Sumi schüttelte den Kopf. »Essen müssen sie in der Zelle, sie bekommen die Mahlzeiten gebracht. Hofgang gibt es eine Stunde am Tag, Sport zwei Stunden die Woche und einmal pro Woche dürfen sie für eine halbe Stunde in die Bibliothek. Am meisten nervt es meinen Chef, dass er um alles bitten muss. Das ist er nicht gewöhnt.« Die Arubanerin kicherte. »Du hast doch hoffentlich nichts dabei?«

»Wie meinst du das?«

»Na, Drogen oder so?«

»Mein Vater nimmt keine Drogen.«

Sumi zog ironisch eine Augenbraue hoch. »Versuch es auch lieber gar nicht«, sagte sie. »Die Häftlinge müssen nach jedem Besuch zur Leibesvisitation zum sogenannten Bademeister. Der filzt sie dann von Kopf bis Fuß. Sie müssen ihre Haare ausschütteln und sich vornüberbeugen. Für den Fall, dass sie etwas im Hintern versteckt haben.«

Gerard und sich nackt vornüberbeugen. Er gehörte hier nicht hin. Die paar Wochen damals waren die Hölle für ihn gewesen, aber diesmal konnte es Monate dauern, bevor überhaupt der Prozess begann. Und dann? Acht Jahre?

Sie spürte die Hand der Arubanerin auf ihrem Knie. »Nicht traurig sein«, sagte sie. »Das nützt doch niemandem etwas.«

»Er hat gar nichts getan!«, sagte Francine verzweifelt. »Er …« Sie sah in Sumis spöttische Augen und dachte an die Liste: Pech, Irrtum, falsche Freunde, und alles traf auf Gerard zu.

»Mein Chef ist auch unschuldig«, sagte Sumi ironisch. »Sie nehmen ihn als Sündenbock, weil sie die bulgarischen Zuhälter nicht erwischen. Dabei setzt er sich doch so sehr für die Mädchen ein …« Sumi schwieg und stand sofort auf, als die Tür für sie geöffnet wurde.

Sie folgten als Erste dem Vollzugsbeamten zu den Sprechkabinen am Ende des Flures. Der Besuchersaal war leer. Sumi ging entschlossen an einer Art Zickzackaufstellung von Tischen mit niedrigen Trennwänden darauf vorbei, die den Saal in zwei Hälften teilte. Auf beiden Seiten standen Stühle. Weiter hinten gab es eine Kinderecke mit Legosteinen, Bilderbüchern und einem Fernseher, in dem Trickfilme liefen. Sumi passierte die Spielecke und setzte sich auf den einzigen Platz an einem kurzen Tisch ganz am Ende. Sie zeigte auf den Stuhl an einem längeren, querstehenden Tisch daneben und sagte: »Nimm den, dann stören dich die Kinder auch nicht so.«

Die Besucher strömten hinein. Bei Weitem nicht alle Plätze wurden besetzt. Die alte Dame kam an Francines Tisch, nickte ihr zu und stellte demonstrativ ihre Tasche auf dem Stuhl zwischen ihnen ab. Ein Stück Privatsphäre. Die Flurtür schloss sich und der Vollzugsbeamte nahm auf einem Stuhl daneben Platz. Francine sah Kameras und kühles Mailicht auf einer Wand hinter den Gitterfenstern auf der Seite der Häftlinge. Die Türkin, die zusammen mit ihr eingetroffen war, brachte zwei ihrer Kinder in die Fernsehecke. Andere Kinder gesellten sich zu ihnen und der Ton wurde lauter gedreht. Alle warteten. Im Hintergrund quakten die Stimmen der Disneyfiguren. Sumi zog einige Papiere aus ihrer Tasche und legte sie neben den Käfig mit dem Wellensittich.

Nach einer Weile öffnete sich die Tür auf der anderen Seite. Ein Vollzugsbeamter schaute in den Saal hinein, bevor er die Gefangenen einließ. Sie waren zu neunt. Sie trugen keine gestreiften Häftlingspyjamas, sondern ihre ganz normale Alltagskleidung. Der Erste war ein untersetzter blonder Mann, der sofort auf Sumi zuging und einen missmutigen Blick auf den Wellensittich warf, bevor er sich ihr gegenüber setzte. Türken und Marokkaner verteilten sich an den Tischen, frisch rasiert und ordentlich angezogen. Ein dunkelhaariger junger Mann mit unruhigen Augen und Ringen in beiden Ohren kam auf die Dame neben Francine zu. Ob sie seine Großmutter war? Gerard blieb einen Augenblick in der Tür stehen und blinzelte mit den Augen, als käme er aus der Dunkelheit. Francine winkte ihm zu. Er schlurfte an den Fenstern entlang zu ihr hinüber. Francine spürte einen Kloß im Hals. Am liebsten wäre sie über die Trennwand geklettert, aber sie legte nur eine Hand darauf, die Handfläche nach oben. Berührungen waren natürlich verboten, damit die Besucher den Häftlingen nichts übergeben konnten, doch der Bewacher, der die Tür hinter Gerard geschlossen hatte und zu ihnen hinsah, protestierte nicht, als Gerard seine Hand auf ihre legte und sie dort liegen ließ, während er sich setzte. Seine Kleider waren ihm zu groß, seine Gesichtsfarbe aschfahl, die Augen lagen tief in den Höhlen. Jetzt, wo sie wusste, dass er krank war, war alles noch schwerer zu ertragen. Sie wusste nicht, was sie sagen sollte. *Sei nicht traurig, das nützt niemandem etwas.*

»Wie geht's dir?«, fragte Francine.

»Ist wie im Urlaub.« Aschgraues Lächeln über ihre dumme Frage.

Sie erwiderte sein Lächeln. »Isst du auch genug?«

»Keine Angst, mir fehlt es an nichts.« Sie hatte ihn bereits am Samstag danach gefragt. Gerard weigerte sich, über seinen Gesundheitszustand zu reden. »Nur die Zigaretten gehen mir allmählich aus.«

»Ich habe Geld dabei. Es gibt hier doch ein Geschäft, oder?«

»Einmal pro Woche können wir etwas kaufen, wir müssen vorher auf einem Formular ankreuzen, was wir wollen.« Wieder lächelte er. »Mach dir keine Sorgen, die Vollzugsbeamten hier sind ganz nett.«

Francine zog die fünf Fünfzigeuroscheine hervor, die sie in die Brusttasche ihrer Jacke gesteckt hatte, und legte sie zusammengefaltet auf ihren Schoß. Gerard warf einen Blick hinüber zu dem Vollzugsbeamten, der jetzt auf einem Stuhl an der Tür saß. Er hielt das Bündel hoch, bevor er es einsteckte. Der Wachmann nickte gleichgültig, und Francine bedachte, dass es ohnehin keine Rolle spielte, und wenn sie Plutonium darin hineingeschmuggelt hatte. Gerard würde ohnehin gefilzt.

»Ist Jackie wieder zurück?«

»Ja. Sie kommt dich so bald wie möglich besuchen.«

»Du hast ihr doch nichts erzählt, oder?«

»Nur das, was wir besprochen haben. Sie hat gefragt, was es mit dem alten Botter auf sich hatte. Wann kommt Jessica das nächste Mal?«

»Morgen früh.«

»Und was hast du vor?«

»Ich möchte als Erstes Jackie anrufen. Man darf siebenmal pro Woche telefonieren, jeweils zehn Minuten lang. Man muss die Gespräche vorher anmelden und bekommt eine Zeit zugewiesen. Ich will versuchen, dich immer abends anzurufen, so gegen acht Uhr, in Ordnung?«

»Das habe ich nicht gemeint.«

Gerard schwieg einen Augenblick. »Es bleibt dabei«, sagte er. »Ich weiß von nichts. Ich wollte mir nur den Botter anschauen.«

Francine schaute zu einer jungen Frau hinüber, die ein paar Meter weiter in der Schleuse saß, die Hand gegen genau so ein marokkanisches Kopftuch gedrückt, wie Francine es von Jackie bekommen hatte. Unterdrückt schluchzend saß sie einem jungen Marokkaner gegenüber, dem das sichtlich peinlich war.

Rechts von Francine redete der blonde Mann eindringlich auf Sumi ein, die ein Foto von einer Frau auf dem Schoß liegen hatte. Bulgarische Zuhälter. Wahrscheinlich betrieben die beiden einen Escortservice oder ein Bordell.

»Ich bin bei der Polizei gewesen«, sagte Francine. »Aber ich habe ihnen nicht viel erzählt.«

»Gut. Halt dich da raus.«

»Aber stell dir mal vor, es geht schief?«

Gerard schüttelte den Kopf. »Es kann nur eines schiefgehen, nämlich dass die drei Kerle mit dem Lösegeld um sich schmeißen und sich erwischen lassen.«

Sie konnte es ihm nicht verschweigen. »Die Polizei sucht Jimmy.«

»*Jimmy?*«

»Kann sein, dass sie ihn nur verdächtigen, weil ich etwas mit ihm hatte, aber so viel haben sie jedenfalls rausgefunden. Einen anderen Zusammenhang sehe ich nicht.«

Das musste Gerard erst einmal verarbeiten. »Ich kann nur hoffen, dass der Kerl für immer in Richtung Nordpol verschwunden ist«, sagte er.

Wut kochte in Francine hoch. Wie immer in einer solchen Situation wurden ihre Sätze geschwollen. »Ich habe Probleme mit der Vorstellung, dass Jimmy diesmal ungeschoren davonkommt.«

Gerard reagierte spöttisch. »Was willst du denn? Gerechtigkeit?« Er schüttelte den Kopf. »Wenn die Jimmy kriegen, sind wir beide garantiert dran, du und ich. Was immer wir auch behaupten. Wir haben keinerlei Beweise für unsere Aussagen und Jimmy können sie so oder so nichts anhaben.« Er schaute sie an. »Es sei denn, Jimmy würde gestehen, aber das würde er niemals. Die haben gar nichts gegen ihn in der Hand, nicht mal ein Band mit seiner Stimme, und bei seinen Anrufen bei den Eltern hat er seine Stimme derart verstellt, dass die nicht mal wussten, ob ein Mann oder eine Frau am Telefon war. Genauso gut könntest du es gewesen sein. Das weißt du ganz genau und ich bin es leid, das ständig zu wiederholen. Hör auf damit.«

Er fing an zu husten und suchte nach einem Taschentuch. Dann wischte er sich den Mund ab und schnäuzte sich die Nase.

»Ich könnte ihn umbringen!«, murmelte Francine.

*Hatte er deswegen seinen Anrufbeantworter ausgeschaltet? Möglicherweise sogar die Kassette rausgenommen?*

Gerard antwortete mit einer ungeduldigen Geste, das Taschentuch noch in der Hand. »Solange Jimmy nicht aufkreuzt, bleiben zumindest Zweifel«, sagte er. »Jessica meint, sie könnten auf keinen Fall mehr daraus machen als Mittäterschaft. Was die mir dafür aufbrummen, kann ich schon ertragen, jedenfalls, wenn ich es schaffe, dich da rauszuhalten und ich mir nicht die ganze Zeit das Gejammer anhören muss, wie schrecklich das alles ist und wie viel Pech wir haben. Ich brauche mir keine Arbeit zu suchen, ich kann nachts ruhig schlafen. Ich werde Englisch lernen, das hast du dir doch immer gewünscht? Es gibt Pläne, die Zellen umzubauen und zukünftig mit zwei Mann zu belegen. Mit ein bisschen Glück bekomme ich einen netten Zellengenossen, mit dem ich Poker spielen kann.«

Alle Blicke waren jetzt auf die junge Marokkanerin gerichtet, die schluchzend zur Tür rannte und hinausgelassen wurde. Der Vollzugsbeamte auf der anderen Seite hielt die Tür für ihren Freund oder Ehemann auf, der in seine Zelle zurückkehrte.

»Vielleicht kannst du ausbrechen«, schlug Francine vor.

Ihr Vater lachte. »Du liest wohl die falschen Bücher. Das hier ist nicht Mexiko und ich heiße nicht Charles Bronson.«

Die türkische Mutter rief ihre Kinder von dem Fernseher weg und sie gingen brav an der Schleuse entlang, um sich ihrem Vater zu präsentieren. Es war alles sehr traurig.

»Nimmst du deine Medikamente?«, fragte Francine.

Gerard kniff die Augen zusammen. »Was soll denn die Frage?«

»Du bist krank.«

»Quatsch!« Er senkte den Kopf, als könne er sein Taschentuch nicht ohne hinzusehen wegstecken.

»Bitte«, bat Francine. »Jetzt versuch doch nicht, mich für dumm zu verkaufen. Du bist zur Beobachtung im Krankenhaus gewesen. Warum redest du nicht mit mir darüber?«

»Woher weißt du das, hat Jackie es dir verraten?«

»Nein, ich bin bei Huizinga gewesen.«

Gerard blickte sie an. »Das hättest du nicht tun sollen.« Er lachte gezwungen. »Ich bin nicht krank. Ich habe einen lästigen kleinen Infekt, der geht schon von selbst wieder weg. Schließlich kann ich mir hier Ruhe gönnen.«

Ein kleiner Infekt. *Hundert verschiedene Arten von Krebs.* »Nimmst du deine Medikamente?«, fragte sie noch einmal.

»Natürlich«, antwortete er spöttisch. »Alle zwei Tage kann ich sie mir in der Krankenstation abholen. Sie geben mir immer nur kleine Mengen, aus Angst, ich könne eine Überdosis nehmen. Es sind auch Aufputschmittel dabei.«

»Sind die gefährlich?«

Gerard lächelte. »Man kann sogar von Aspirin sterben, wenn man zu viel davon nimmt, aber so weit bin ich noch nicht.« Er schwieg einen Augenblick. Francine sah, dass ein dünner Schweißfilm seine Kopfhaut bedeckte. »Ich hatte leichtes Fieber, aber die Antibiotika und die Aufbaupräparate schlagen sehr gut an. Mir geht es schon viel besser, keine Sorge.«

»Na gut.« Sie brauchte ihn nur anzusehen, um zu wissen, dass es nicht gut war.

»Wohnst du noch bei Jackie?«, fragte Gerard.

»Nein, ich bin wieder auf dem Boot.« Francine schaute hinüber zu dem kleinen Durchgang am Ende der Schleuse, rechts neben Sumi. Der Charles Bronson aus der Jugendzeit ihres Vaters wäre einfach hindurchgestürmt, bewaffnet mit einer Maschinenpistole. Der Charles Bronson, an den sie sich erinnerte, war ein melancholischer alter Mann, der sich so steif durch seine letzten Krimis bewegte, als trüge er ein Korsett.

»Du bist jetzt auf dich selbst angewiesen«, sagte Gerard. »Aber so allein auf dem Boot zu wohnen ist nicht gut für dich. Hör mir mal gut zu, Frans.«

Sie schaute ihn an. »Ja?«

»Du musst da weg, du musst woanders hinziehen. Ich stelle dir eine Vollmacht aus, Jessica hilft mir dabei, ich schicke sie dir noch diese Woche zu. Geh zu einem Makler und lass das Boot schätzen. Verkaufe es und verlasse die Stadt. Du könntest doch bei diesem Restaurant in Plasmolen anfangen, wo wir gegessen haben. Das junge Ehepaar war sehr nett und herzlich.«

»Aber Plasmolen liegt zu weit weg von Nimwegen.«

»Die Situation hat sich geändert. Es ist jetzt an der Zeit, das Ruder herumzureißen. Da draußen auf dem Dorf findest du bestimmt eine schöne Wohnung, viel leichter als in der Stadt.«

»Ich verspreche dir, darüber nachzudenken«, sagte sie.

## 9

Sie war im Supermarkt einkaufen gewesen. In den städtischen Grünanlagen blühten die Narzissen, in den Alleen die japanischen Kirschbäume. Francine kochte Kaffee, schnitt ein halbes Baguette auf, bestrich es mit Butter, legte Schinkenscheiben zwischen die Hälften und trug alles auf einem Tablett nach draußen. Sie hatte ihre Lieblings-CD eingelegt und Nora Jones folgte ihr auf das Achterdeck. Einerseits machte die Musik sie nervös, als übertöne sie Gedanken, denen sie eigentlich Gehör schenken sollte, aber die Stille war noch schwerer zu ertragen. Francine schob Gerards Rattanstuhl an das Eisentischchen heran. Ein Nachbar fuhr vorbei, auf dem Weg zur Nachmittagsschicht, sein Nissan glänzte in der Frühjahrssonne. Er winkte ihr aus dem offenen Fenster heraus zu. Sie winkte zurück.

Das Boot verkaufen und umziehen.

Eine Vollmacht, um das Boot verkaufen zu können. Akzeptieren, abwarten, weiterleben.

*Come Away with Me.*

Es war ihr so rausgeschlüpft, ganz unbewusst.

Gerard war krank.

Ein Besucher könnte ihm seinen Ausweis rüberschmuggeln und durch die Lücke neben Sumis Tisch den Platz mit ihm tauschen, falls man andere Besucher dazu überreden konnte, die Wächter mit einem inszenierten Krawall abzulenken. Ein blitzschneller Austausch und der ›Besucher‹ war weg, ehe es irgendjemand bemerkte. Ein Ausbruch aus dem Gefängnis war nicht strafbar, das hatte sie recherchiert und eine andere Person konnte nicht an seiner Stelle festgehalten werden. Man würde dem Ersatzmann die Hölle heißmachen, aber ruck, zuck wäre er wieder draußen.

Sie musste jemanden finden, der Gerard ähnelte, und dann den Beamten bestechen, der irgendwo im Gebäude an den

Überwachungsmonitoren saß. Er brauchte sich ja nur für eine Weile auf seinen *Playboy* zu konzentrieren anstatt auf die Bildschirme. Und dann müsste man noch fünf türkische Frauen dazu überreden, gegen Geld einen Streit anzuzetteln.

Lächerlich.

*Prioritäten setzen.*

Francine biss in das Baguette. Gerard hatte sie an etwas erinnert, was sie am liebsten verdrängt hätte.

Natürlich würden diese versoffenen Idioten nicht zur Polizei gehen und von sich aus eine versuchte Vergewaltigung gestehen, doch auch ohne Gerards Warnung war ihr klar, was sie stattdessen tun würden, nämlich das Übliche: Zunächst würde ihnen angst und bange werden, wenn sie die Nachrichten sahen und die Zeitung lasen. Doch wenn sich nach ein paar Wochen die Polizei immer noch nicht bei ihnen gemeldet hätte, würden sie sich in Sicherheit wiegen und das Geld untereinander aufteilen. Der Klügste würde vielleicht dazu raten, die Anteile ein Jahr lang im Garten zu vergraben oder das Geld zumindest in unauffälligen kleinen Beträgen auszugeben. Aber die drei waren nun mal Idioten und es reichte schon, wenn einen von ihnen der Hafer stach und er mit fünfzigtausend in bar und einer blöden Ausrede zum nächsten Mercedeshändler marschierte.

Sie kannte nur von zweien die Vornamen. Gijs. Olli.

Im Krankenhaus hatte sie überlegt, dass Boris' Vater sicher Leute in und um den Park postiert hatte, nicht zuletzt wegen des aufgescheuchten Rehbocks. Was hatten die Kerle sonst da zu suchen gehabt?

Doch diesen Gedanken hatte sie verworfen, nachdem sie bei Jacqueline die Zeitung gelesen hatte. Der Chirurg hatte wahnsinnige Angst um seinen Sohn gehabt, der seine Injektionen brauchte. Er wollte einfach nur bezahlen und keinerlei Risiko eingehen. Wer setzte schon das Leben seines Kindes aufs Spiel? Die Eltern hatten sich nicht an die Polizei gewandt und garantiert hatten sie nicht irgendwelche zwielichtigen Typen eingeschaltet.

Es war einfach unglaubliches Pech gewesen, dass sie den Kerlen begegnet war.

Francine legte den Rest ihres Baguettes auf den kleinen Tisch, lehnte sich zurück, schloss die Augen und konzentrierte sich. Im Schein der Laterne am Wegesrand hatte sie ein klein wenig erkennen können. Zwar hatten zwei von ihnen mit dem Rücken zum Licht gestanden, sodass ihre Gesichter nicht mehr als helle Flecken gewesen waren, aber auf jeden Fall war der Mann, den sie am Kinn getroffen hatte, dunkelhaarig gewesen, und der andere hellblond und größer als sein Kumpel. Für einen kleinen Augenblick hatte sie das Gesicht des dritten Mannes erkennen können, bevor er zu Boden ging und sie zu der Tasche gehechtet war. *Olli.* Ein rundes Babyface mit blondem oder besser dunkelblondem Haar, aber vielleicht hatte es nur dunkler ausgesehen, weil er so stark geschwitzt hatte. Keine Ahnung, ob sie ihn wiedererkennen würde. Den langen Blonden hatte sie ebenfalls in dem schwachen Licht gesehen, als er sich neben sie kniete. Er war eher schlank gewesen und hatte älter gewirkt als die anderen beiden. *Gijs.*

Olli hatte sich auf sie geworfen und sie ins Gesicht geschlagen, obwohl sie schon so gut wie bewusstlos war, nachdem sie mit dem Kopf auf etwas Hartem aufgeschlagen war. Sie hatte Olli gefühlt und seinen Schweißgeruch gerochen. Er war fett, aber beweglicher, als sie erwartet hatte. Er hatte Metzgerhände. Wurstfinger.

*Stegman.* Olli hatte ihre Brüste gepackt und etwas über einen Stegman gesagt und sein Kumpel hatte geantwortet: »Hast du dir seine Frau mal angeguckt?«

Sie hätten sie vergewaltigt, wenn der dritte Mann nicht die Tasche geöffnet hätte. Nur deshalb war sie mit einem gebrochenen Wadenbein davongekommen.

Augenblick mal. Alle drei kannten Stegmann. Er war kein Freund von ihnen, eher im Gegenteil, aber sie hatten irgendetwas mit ihm zu tun …

Als das Telefon klingelte, verschüttete sie Kaffee über ihre Hose. Gerard. Die Polizei. Während sie ins Boot hinkte, rieb sie über den nassen Fleck. Nein, es war nicht Gerard, der wollte gegen acht Uhr abends anrufen. Vielleicht sollte sie gar nicht drangehen.

»Hallo?«

»Francine?«

»Ja.«

»Warum warst du am Montag nicht da?« Emily flüsterte, als rufe sie heimlich an. Sie war Telefonistin bei der Stadt. »Die im Sportstudio wissen über deinen Vater Bescheid.«

»Woher denn?«

»Die Polizei ist da gewesen.«

Alles klar.

»Ich wusste erst nicht, was ich machen soll«, sagte Emily. »Aber es muss schrecklich für dich sein und ich wollte dich einfach nur anrufen, um dir zu sagen, dass ich an dich denke.«

»Danke dir. Bist du im Rathaus?«

»Nein.« Emily flüsterte immer noch. »Ich arbeite im Moment in einem Callcenter. Wenn ich irgendetwas für dich tun kann, brauchst du es nur zu sagen.«

»Hast du Jimmy in letzter Zeit noch mal gesehen?«

»Nein. Ach, Francine, es ist wirklich nur ein einziges Mal passiert, und wenn ich gewusst hätte, dass … Es tut mir wirklich leid.«

Na ja, eher zwei-, dreimal, dachte Francine. »Schon gut«, sagte sie. »Das sind eben die Hormone, dagegen kann man nichts machen.«

»Hm. Jedenfalls habe ich ihn seit damals nicht mehr gesehen.«

»Na dann.«

»Wenn ich dir irgendwie helfen kann …«

»Ich rufe dich an. Vielen Dank.«

Francine legte auf. Sie blieb am Tisch sitzen und dachte weiter über Stegman nach.

Sie hatten über ihn geredet wie Arbeitnehmer über einen Kollegen, den sie nicht leiden konnten, oder besser wie über einen Chef, den sie nicht mochten. Sie hatten seine Ehefrau verspottet, die keine saftigen Hamburger hatte.

Francine umfasste ihre Brüste. *Hamburger auf der Theke?*

Wo mochten sie arbeiten? Für Beamte erschienen sie ihr zu simpel, außer vielleicht Gijs, der älteste und vernünftigste, der seinen Kumpeln zugerufen hatte, sie sollten den Mund halten. Leider hatte er nicht damit gerechnet, dass auch sie nicht ganz dumm war und seiner Bemerkung entnommen hatte, dass die beiden irgendetwas Wichtiges verraten hatten.

Francine schlug das Telefonbuch auf.

Es gab zwei Stegmans in Nijmegen und dazu einen mit zwei N am Ende, Stegmann.

Sie wählte die erste Nummer.

»Jenny Stegman.« Lautes Gepolter im Hintergrund.

»Guten Tag, Mevrouw, ist Ihr Mann zu Hause?«

»Nein. Klaas, hör auf damit! Entschuldigung, was haben Sie gesagt?«

»Kann ich Ihren Mann irgendwo erreichen?«

»Er ist bestimmt bei einem Kunden oder im Auto unterwegs. Worum geht es denn?«

»Ist Ihr Mann Vertreter?«

»Ja. Wer ist denn da am Apparat?«

»Entschuldigung, ich habe mich wohl verwählt. Auf Wiederhören.«

Francine starrte in das Telefonbuch. Guten Tag, Mevrouw, ich bin vom Soziologischen Institut, wir führen eine Untersuchung durch, über die Berufe von Leuten mit dem Namen Stegman, insbesondere von Stegmans in Führungspositionen, die einen Olli oder einen Gijs beschäftigen. Das Telefon unter ihrer Hand klingelte.

Sich mit einem nichtssagenden »Hallo« zu melden, war ihr inzwischen in Fleisch und Blut übergegangen.

»Sie haben gerade hier angerufen.« Die Frau am Apparat

klang sehr nervös. Der Lärm im Hintergrund war verstummt. Entweder hatte sie die Tür zugemacht oder Klaas k. o. geschlagen.

»Tut mir leid, ich hatte die falsche Nummer.«

»Ich glaube dir kein Wort. Du bist Carla!«

»Nein, Mevrouw.«

»Ich habe deinen Brief in seiner Tasche gefunden. Ich bin gerade mal gut genug, zu Hause zu sitzen und die Kinder zu hüten, aber glaube bloß nicht ...«

Mist! »Hören Sie, ich bin nicht Carla. Ich heiße Francine. Ich suche einen anderen Meneer Stegman.«

»Ach so.« Die Frau schwieg, es war ihr offenbar peinlich. »Weshalb suchen Sie ihn denn?«

Jetzt musste sich Francine spontan etwas einfallen lassen. Wenn nicht, würde die Frau sie weiterhin für die Carla mit dem Brief halten.

»Ich suche Arbeit«, sagte sie, »und ein Bekannter von mir hat gesagt, ich solle seinen Chef anrufen, Meneer Stegman. Aber er hat vergessen, mir die Nummer seines Chefs zu geben, und ich kann ihn nicht erreichen. Deswegen versuche ich es über das Telefonbuch, so viele Stegmans gibt es ja nicht.«

»Ach so«, sagte die Frau wieder. »Entschuldigen Sie.«

Sie legte auf.

Erneut starrte Francine in das Telefonbuch.

Stegman, H.G., Dipl.-Ing. Unwahrscheinlich. Stegmann Dessousmoden. Nein, nicht gerade ein Geschäft, in das diese Grobiane hineinpassten. Aber warum sollte Stegman, Stekman oder Stegmann mit seiner Frau ohne saftige Hamburger überhaupt in Nijmegen wohnen? Er konnte sonst wo leben, in jedem x-beliebigen Kaff zwischen Limburg und Gelderland.

Mein Mann ist verstorben. Mein Mann ist mit der Kassiererin durchgebrannt. Mein Vater ist Ozeanograph.

*Mein Vater hat Krebs.*

Francine blieb zunächst am Tor stehen und schlenderte dann ein wenig über das Gelände. Vor dem Kunstwerk standen drei Autos, und drei Leute kamen aus dem Gebäude heraus. Es war kurz vor fünf, ein wenig spät für Besucher. Nur einer der Ankömmlinge war eine Frau; sie trug ein schlichtes Kostüm. Alle drei sahen wie Beamte oder Rechtanwälte aus. Sie blieben neben ihren Autos stehen und unterhielten sich. *Ich möchte jemanden abholen.*

Francine wandte sich nach links und achtete darauf, sich hinter dem Lkw und den Lieferwagen der Handwerksbetriebe zu verbergen, die genau wie tags zuvor vor dem Seiteneingang standen, damit die Kameras über dem Besuchereingang sie nicht ins Visier bekamen.

An der Mauer um den Gefängnishof führte ein schmaler Weg entlang. Francine sah, dass über der Mauer fünf Drähte gespannt waren. Standen sie unter Strom, oder löste eine Berührung nur Alarm aus? In anderen Ländern hatte man nach spektakulären Ausbrüchen, bei denen die Gefangenen mit Helikoptern befreit worden waren, Netze und Kabel über die Gefängnishöfe gespannt. In den Niederlanden nicht, wohl, um die Gefangenen nicht noch stärker psychisch zu belasten. Vielleicht sollte sie einem Hubschrauberpiloten eine Pistole an den Kopf halten, wie es ein französisches Mädchen getan hatte, um ihren Geliebten aus dem Gefängnis zu befreien?

Francine hörte Autos wegfahren und kehrte an der Mauer und dem Zaun entlang zurück. Sie sah nirgendwo Wachtposten. Die hohe Besucherfluktuation erforderte viel Personal und Geld sowie eine ausgeklügelte Organisation. Einen Wachmann zu kidnappen würde sie ohne Waffen und Gewaltanwendung nicht schaffen, und sobald sie mit Gerard rauskam, würde ein Sonderkommando sie erwarten. Jimmy wäre bestimmt etwas eingefallen, der hatte genügend Fantasie, um sich eine todsichere Methode auszudenken, der Scheißkerl.

Die beste Methode wäre, wenn Gerard, ausgestattet mit

einem falschen Ausweis, ganz unauffällig zur Tür hinausspazieren würde.

Sie konnte versuchen, einen Vollzugsbeamten zu bestechen. Oder zu verführen oder zu erpressen. Das Problem war nur, dass es Monate dauern konnte, bis sie diesen einen gewissenlosen Wachmann gefunden hatte. Vorher hätte aber bei denen, bei denen sie es vergeblich versucht hatte, längst eine Alarmglocke geschrillt.

Francine blieb stehen, als sie Stimmen und Gelächter hörte. Drei Männer kamen mit Werkzeugkisten und anderen Gerätschaften zum Personalausgang heraus. Zwei von ihnen verstauten ihre Kiste und eine lange Metallwasserwaage hinten im Lkw und stiegen in die Fahrerkabine. Ihre Kleidung war mit weißem Gips gepudert. Der dritte Mann stieg in einen Lieferwagen mit Kupferrohren auf dem Dach. Ein Heizungs- und Sanitärinstallateur. *Die Zellen sollen umgebaut und mit zwei Mann belegt werden. Vielleicht bekomme ich einen netten Zellengenossen.*

Diese Leute besaßen eine Zugangsberechtigung und gingen hier ein und aus.

Der Motor des Lkws sprang an. Ein vierter Mann erschien mit einer schweren Werkzeugtasche. Er hatte ein fröhliches Gesicht und dunkle Locken, die unter einer blauen Baseballkappe hervorschauten. Er hob die freie Hand und rief den Männern im Lkw etwas zu.

Rasch kehrte Francine zu ihrem Auto zurück. Sie hatte eine Idee. Hauptsache, sie unternahm etwas, irgendwas. Auf ihrer Armbanduhr war es zehn nach fünf. Der Lkw fuhr an ihr vorbei. Sie erreichte ihren Wagen, als der Installateur vorüberfuhr, und hinter ihm folgte der blaue Lieferwagen. Sie stieg in ihren Peugeot und wandte das Gesicht ab, als sie die Baseballkappe sah. Ein Elektroinstallationsbetrieb. Darunter ein Text in kleineren Buchstaben, mit Telefonnummern und Website, dazu ein Ortsname, Cuijk. Francine ließ den Wagen an und wendete.

Der Elektriker ließ Grave rechter Hand liegen und fuhr

über die N 321 und weiter unter der Autobahn hindurch in Richtung Maas. Zwar war gerade Hauptverkehrszeit, aber der Lieferwagen war recht groß, sodass Francine ihn nicht aus den Augen verlor. Er fuhr an der Maas entlang an Cuijk und der großen Kirche vorbei, und Francine blieb dicht hinter ihm, bis er ein Stück ortsauswärts zweimal rechts abbog. Sie gelangten in eine baumreiche Allee, an der mehrere große Geschäfte lagen: ein Schuhdiscounter, ein Großmarkt für Elektrogeräte. Direkt dahinter bog der Lieferwagen durch ein offenes Tor auf ein Betriebsgelände ein.

Francine fuhr weiter, wendete kurz darauf und parkte mit zwei Rädern auf dem Bürgersteig, mit Sicht auf das Betriebsgelände. Sie sah, wie die blaue Baseballkappe durch eine Metalltür in ein Lager hineinging. Der Lieferwagen stand inmitten anderer Autos. *Material abliefern. Abmelden. Dann nach Hause.*

Ein vorbeifahrendes Auto hielt an und ein Mann fragte durch das offene Fenster, ob sie eine Panne habe und er ihr helfen könne. Sie winkte ab und stieg aus, öffnete den Kofferraum des Peugeots und tat so, als suche sie etwas. Leute gingen in das Lager hinein und wieder hinaus. Nach drei Minuten erschien der Mann mit der Baseballkappe. Er schleppte einen schweren Karton zu seinem Lieferwagen, stellte einen Fuß auf die Stoßstange, wuchtete den Karton auf das Knie, öffnete die Klappe, schob den Karton in den Kofferraum und schlug die Klappe zu. Dann setzte er sich wieder ans Steuer.

Noch ein Einsatz, so spät? Francine hatte damit gerechnet, dass der Mann den Lieferwagen bei der Firma stehen lassen und mit dem eigenen Auto oder Moped nach Hause fahren würde.

Francine schloss die Kofferraumhaube und stieg rasch wieder ein, als der blaue Lieferwagen vom Parkplatz fuhr und links abbog. Sie startete den Wagen und folgte ihm. Der Lieferwagen fuhr auf demselben Weg wieder zurück, den er gekommen war. Wahrscheinlich kehrte der Mann nach Grave zurück, um Überstunden zu machen. Ihm weiter zu folgen war sinnlos. Francine beschloss, nach Hause zurückzufahren.

Am schnellsten ging es, wenn sie mit der Fähre über die Maas setzte und über den Deich nach Mook fuhr. Dreißig Meter vor der Abzweigung zur Anlegestelle schaltete sie den Blinker ein. Als sie vom Gas ging, stellte sie fest, dass der Lieferwagen vor ihr genau dasselbe tat.

Oben an der Abzweigung hielt Francine an. Der Lieferwagen war bereits den Abhang hinuntergefahren. Einige Fahrrad- und Mopedfahrer warteten auf die Fähre. Francine ließ zwei Autos vorbei, bevor sie erkannte, dass sie womöglich nicht mehr auf die kleine Fähre passen würde, wenn sie noch weitere vorließ. Rasch fuhr sie zur Anlegestelle hinunter.

Bestimmt schaute der Elektriker in den Rückspiegel, wie es alle taten, die in einer Schlange warteten, aber sie hatte ja noch die beiden Autos vor sich. Ein kurzer Schrecken durchfuhr sie, als sie selbst in den Rückspiegel blickte und einen schwarzen BMW die Zufahrt hinunterkommen sah, wie ihn Jimmy fuhr. Sie atmete auf, als sie einen alten Herrn am Steuer sitzen sah. Er streichelte über den Kopf eines großen Schäferhundes, der aufrecht neben ihm auf dem Beifahrersitz saß.

Die Klappe der Fähre rutschte knirschend über den Beton und Autos, Fahrräder und ein Motorrad rollten an Land. Der Lieferwagen fuhr als Erster auf die Fähre, gefolgt von den anderen beiden anderen Autos. Der Schiffer winkte Francine in die zweite Reihe, doch sie tat so, als sähe sie ihn nicht, und parkte Stoßstange an Stoßstange mit ihrem Vordermann. Es war knapp und der Fährmann machte ein unzufriedenes Gesicht, doch dann stellten sich der BMW und ein Traktor neben sie in die freie Reihe.

Sie überquerten die Maas. Francine sah kaum etwas vom Fluss. Sie dachte an Gerard. *Das kleine Wasser.* Sie gab dem Fährmann ein Trinkgeld und fuhr das Fenster wieder hoch.

Die Klappe schlug dröhnend am anderen Ufer auf und Francine fuhr hinauf auf den Deich und über die Straße durch die Überschwemmungsgebiete. Das Auto vor ihr bog nach Middelaar ab, der Lieferwagen fuhr geradeaus in Richtung Plasmolen. Kurz vor der Brücke zwischen den *plassen,* den beiden Seen, bog er links auf einen kleinen Parkplatz ab. Wahrscheinlich war er nach Cuijk gefahren, um Material abzuholen, damit er morgen früh ohne Umweg nach Grave zur Arbeit konnte.

Francine überquerte die Brücke, wendete, fuhr wieder zurück und parkte ihr Auto vor der Brücke unter den Bäumen, den Motor im Leerlauf. Sie kannte die Gegend, sie und Gerard waren mehrmals mit der *BM* hierher gesegelt. Rechts von der Brücke lag der schmalere See, umgeben von Campingplätzen mit Zelten und Wohnwagen, links überragte das Gebäude einer Yachtwerft die Bäume und Sträucher und dahinter lag der große See mit dem Yachthafen. Dort befand sich auch das Lokal, auf dessen Terrasse sie einmal mit Gerard gesessen hatte. Im Sommer wimmelte es hier von Touristen und Wassersportlern, aber zu dieser Jahreszeit war es noch ruhig. Rund um die Seen lag ein Naturschutzgebiet mit Wanderwegen, dahinter befanden sich luxuriöse Bungalows. Ziemlich exklusive Gegend für einen Elektriker.

Die blaue Baseballkappe verließ den Parkplatz und überquerte die Straße.

Francine ließ das Fenster herunter und fuhr langsam über die Brücke. Der Elektriker öffnete das Gartentor des ersten Hauses. Im Garten stand eine blonde Frau mit einem Baby auf dem Arm.

*Was hatte sie erwartet?*

Sie fuhr im Schritttempo vorbei. Der Elektriker rief der Frau einen fröhlichen Gruß zu. Francine konnte ihren Namen nicht verstehen, Clara, Carla? Die Frau erwiderte seinen Gruß, aber der Mann blieb nicht stehen, um sie zu küssen oder das Baby zu liebkosen. Er hob lediglich die Hand, ging zum Haus und verschwand.

Entweder waren es nicht seine Frau und sein Kind, oder die Ehe war zerrüttet, aber so hatte ihre Begrüßung nicht geklungen. Vielleicht bildete sie es sich nur ein, weil es ihrer Wunschvorstellung entsprach, aber die Begrüßung hatte freundschaftlich und ein wenig unverbindlich gewirkt, wie unter Nachbarn. Ob seine Frau ihn drinnen mit einem Glas Sekt erwartete? Nein, das hier war ein Einfamilien-, kein Zweifamilienhaus.

*Na und?*

Francine hatte die halbe Nacht über ihr bisheriges Leben nachgegrübelt und war erst gegen Morgen eingeschlafen. Um elf Uhr wurde sie von einem Höllenlärm am anderen Ufer geweckt, wo Kies von einem Frachter in Lkws verladen wurde. Sie duschte und zog ihre Kleider an, immer noch diese blöde Hose. Eine Trainingshose war so ziemlich das unweiblichste und deprimierendste Kleidungsstück, das die westliche Kultur hervorgebracht hatte. War es das Boot, das ihr allmählich auf die Nerven ging? In einer eigenen kleinen Wohnung wäre sie zwar auch allein, aber ohne dieses zusätzliche Gefühl der Leere.

Sie hatte nur eine E-Mail im Postfach, nämlich von der Zeitarbeitsfirma. Wenn sie einen guten Job für den Sommer wolle, solle sie baldmöglichst anrufen oder vorbeischauen. Sie antwortete, sie habe momentan etwas anderes.

Etwas anderes.

Sie briet sich ein Ei, kochte Tee und setzte sich an den Tisch mit dem Globus.

Stegman war nur ein Name. Sie konnte damit genauso wenig anfangen wie mit den Vornamen Gijs und Olli. War Olli eine Abkürzung für Oliver? Oliver war ein relativ seltener Name. Aber der Name Olli war schon ein Dutzend Mal gefallen, bevor Gijs gesagt hatte, die Männer sollten ihre Klappe halten. Was hatten sie erwähnt, das sonst noch verräterisch war? Saftige Hamburger an der Theke? Auf der Theke?

Francine zog die Gelben Seiten zu Rate. Kein Burger King.

»McDonald's«, meldete sich eine junge Frau. Im Hintergrund pfiff jemand falsch zu einer gedämpften Melodie.

»Ist Meneer Stegman da?«

»Ich kann gerne mal nachfragen, sitzt er bei uns im Restaurant?«

»Meneer Stegman arbeitet doch bei Ihnen?«

»Nein«, antwortete die Frau kichernd. »Bei uns gibt es keinen Meneer Stegman.«

Wieder daneben. »Einen Gijs vielleicht?«, fragte Francine. »Oder Olli?«

»Olli? Was ist das denn für ein Name? Nein, tut mir leid.«

»Entschuldigen Sie, ich habe mich wohl geirrt«, sagte Francine.

Sie biss die Zähne zusammen. Vielleicht vergeudete sie ihre Zeit, aber viel schlimmer wäre es, im Nachhinein festzustellen, dass die Lösung nur ein Telefonat entfernt gelegen hatte. Sie musste jetzt alle McDonald'-Filialen durchprobieren, bevor sie wieder zu den Stegamans im Telefonbuch zurückkehrte.

Sie dachte an Jimmy. Auch was ihn anging, durfte sie nicht lockerlassen.

Sie kicherte in sich hinein, als sie an die seltsame Vorstellung dachte, die letzte Nacht in ihr aufgekommen war, während sie alle möglichen Pläne schmiedete. Sie hatte sich vorgestellt, dass sie einen Defekt im Gehirn hatte, irgendeine falsche Verbindung in der Vernetzung oder einen Wackelkontakt, der als ein abnormer roter Fleck im Computertomographen aufleuchten würde. Er saß wie eine Glucke auf den Eiern genau über den Zellen, die bei einem normalen Menschen Zorn auslösten, jene lähmende Wut, die den gesunden Verstand ausschaltete und einen derart blind machte, dass man alle möglichen Fehler beging. Ein Defekt, der eher zu Gangstern zu passen schien und von dem sie nicht wusste, wo er herkommen konnte. Sie wusste nur, dass er in ihrem Kopf war und dass sie ihn entdeckt hatte, einen kalten roten Fleck, den sie zu nutzen lernen würde, um ihre Wut im Zaum zu halten und kaltblütig über Methoden nachzudenken, wie sie Jimmy töten, diese Idioten krankenhausreif schlagen und ihren Vater aus dem Gefängnis holen konnte.

Beim dritten Mal traf sie den Nagel auf den Kopf.

»McDonald's.«

Die Stimme am Telefon klang so hoch und pedantisch, dass sie Spott geradezu herausforderte. Francine fragte auf gut Glück: »Meneer Stegman?«

»Am Apparat.«

Obwohl sie sich genau das erhofft hatte, wusste sie im ersten Moment nicht, wie sie reagieren sollte. Einerseits konnte sie nicht auflegen, andererseits nicht zu lange schweigen. Sie musste schnell improvisieren. »Hier ist Carla«, sagte sie. »Ist Olli da?«

Im selben Moment war ihr klar, dass es eine dumme Frage war. Warum sollte Carla nach Stegman fragen, wenn sie Olli sprechen wollte? Doch dieser Widerspruch schien dem Mann nicht aufzufallen.

»Der hat heute seinen freien Tag«, antwortete Stegman. »Wer ist denn da?«

»Carla. Eine Freundin von Olli.«

»Es kann aber nicht angehen, dass unsere Mitarbeiter den ganzen Tag privat herumtelefonieren.«

»Dann rufe ich ihn eben zu Hause an«, sagte Francine, aber Stegman hatte bereits aufgelegt.

Francine saß eine halbe Stunde lang mit einer uralten Illustrierten hinter den Trockenhauben in einem Salon, umnebelt von Parfüm- und Haarlackdunst – die Strafe dafür, dass sie keinen Termin vereinbart hatte. *Tipps für eine leichtere Geburt.* Kaiserschnitte immer beliebter. Was man alles tun konnte und welche Hilfsmittel es gab. Sally würde wahrscheinlich vor ihr Kinder bekommen, halbe Portugiesen. Francine dachte manchmal über Kinder nach, wie wohl jede

Frau, mal mehr, mal weniger, ja, nein, vielleicht, irgendwann. Sie hatte noch alle Zeit der Welt, und im Moment erschien ihr ein Kind als etwas, das sie sich für ein späteres Leben aufheben würde. Ein Mann. Heiraten. Verantwortung. Johan und sein Rheinfrachter. Sie hatte keine Ahnung, was sie noch erwartete, und wenn sie es sich vorzustellen versuchte, konnte sie höchstens ein Jahr im Voraus denken, ohne den Faden zu verlieren.

»Kommen Sie bitte mit?«

Francine saß zwischen anderen Damen vor einer Wandkonsole voller Tiegel und Fläschchen. Die Spiegel waren mit bunten Lämpchen eingerahmt. Eine Atmosphäre fast wie im *Moulin Rouge*, nur dass die Frauen hier nicht mit nacktem Hintern und Sternchen auf den Brustwarzen herumliefen.

»Ich möchte gern meinen Typ verändern«, sagte Francine.

Die Friseurin wirkte kaum älter als achtzehn, trug eine wasserstoffblonde, hochtoupierte Betonfrisur, rasierte, unnatürlich nachgemalte Augenbrauen und Make-up über den Pickeln.

Sie stand in ihrem rosa Kittel hinter Francine, wühlte mit einer Hand in Francines Haaren herum und schaute über ihren Kopf hinweg in den Spiegel. In der anderen Hand hielt sie eine Bürste. Sie gab sich Mühe, nicht allzu auffällig auf ihrem Kaugummi herumzukauen.

»Was hatten Sie sich denn so vorgestellt?«

»Sie führen doch auch Perücken?«

»Na klar. Wir haben welche in ganz verrückten Farben, mit oder ohne farbige Strähne, und sogar welche, die in der Disco leuchten, als würden die Haare brennen, damit fällt man echt toll auf.«

»Ich will gar nicht auffallen«, erwiderte Francine. »Ich will nur eine blonde Perücke.«

»Willst du auch die Augenbrauen passend färben? Wenn ich du wäre, würde ich übrigens lieber rot nehmen, das passt echt toll zu deinem Gesicht.« Das Duzen ging wie von selbst und alles war echt toll. Francine schaute die Friseurin im

Spiegel an. Das Mädchen seufzte und hob die Bürste. »Na schön, blond. Ich gehe ein paar hübsche holen, okay?«

Francines Unterschenkel juckte und sie rieb unter dem Tisch mit dem Turnschuh des gesunden Fußes darüber. Die Friseurin kehrte mit einer weißen Schachtel zurück. Stirnrunzelnd musterte sie Francines Kopf und nahm eine Perücke aus der Schachtel. »Die hier müsste passen. Probier mal.«

»Viel zu lang«, urteilte Francine. Ihr Unterschenkel juckte immer noch und sie trat unter dem weiten Hosenbein gegen den Gips. Das Mädchen zog ihr eine andere Perücke über den Kopf.

»Eher so was?«

»Nein, zu lockig.«

Die vierte war genau richtig, eine Art kinnlange Pagenfrisur, honigblond, mit einem gewellten Pony. Die Augenbrauen ließ sie, wie sie waren, sie wollte wirklich nicht zu auffällig wirken. Das Preisschild auf der Innenseite der Perücke sagte hundertdreißig Euro, abzüglich der üblichen trügerischen zehn Cent. Drei Tage Arbeit für die Zeitarbeitsfirma.

»Vielleicht sollten wir deine Haare etwas kürzen«, schlug die Friseurin vor, »sonst knubbeln sie sich so darunter.«

»Na schön.« Noch dreißig Euro zusätzlich. Die Bank würde sich über das viele Geld wundern, das sie aus dem Automaten holte, noch dazu von einem Konto, von dem sie und Gerard ansonsten niemals etwas abhoben.

»Auch waschen?«

*What the hell, if I don't get you on my side tonight* sang eine Stimme im Radio, ein altes Stück von Joe Tex? Francine mochte Countrymusik, diese herzzerreißenden, wehmütigen Lieder über eine zerbrochene oder unerfüllte Liebe, die Flucht hinaus in das weite Land oder die Trostlosigkeit des nassen Asphalts, wenn man in einem mit bunten Lämpchen beleuchteten Truck saß.

»Na schön«, sagte sie.

Das Hinken war inzwischen schon eher eine Angewohnheit als eine Notwendigkeit, ihr Unterschenkel juckte unaufhörlich und sie konnte sich nicht unter dem Gips kratzen. Außerdem konnte sie keine Jeans darüberziehen und die Trainingshose war zuletzt im Krankenhaus gewaschen worden und fing allmählich an zu stinken. Huizinga würde sie ins Krankenhaus schicken, doch sie war nicht besonders erpicht darauf, dorthin zurückzukehren. Francine ließ sich auf das alte Ledersofa vor dem Fernseher sinken, schlüpfte aus den Sneakern und streifte die Hose ab.

Der Gips war eine Hülse, eine Art Köcher aus zwei Hälften, die um ihren Unterschenkel herumgeklappt und zugegipst worden waren. Man sah die Längsverbindung. Brauchte sie überhaupt Hammer und Meißel? Die schwere Stoffschere lag im Nähkästchen auf dem Regal unter dem Fensterbrett. Sie beugte sich über ihr Bein, zwängte die Schere ein paar Zentimeter weit unter die Gipsnaht und presste die Schneiden mit beiden Händen zusammen. Es ging leichter, als sie gedacht hatte. Sie drückte den Gips auseinander und schnitt auch noch den Rest durch. Die Schere fühlte sich kühl an auf ihrer Haut.

Zuletzt fuhr Francine mit den Daumen unter die Ränder des aufgeschnittenen Gipses und brach den Köcher auseinander. Die Haut darunter sah ekelhaft violettblau aus. Sie wischte den Gipsstaub ab und stand vorsichtig auf.

*Okay.*

Der Unterschenkel fühlte sich ungewohnt leicht an, als sie in die Dusche stieg und den Pulli über den Kopf streifte. Sie schob den Duschkopf an der Stange hinunter, drehte die Hähne auf, stellte die Temperatur ein und hielt ihr Bein unter den Duschstrahl. Sie seifte den Unterschenkel mit beiden Händen gründlich ab und rieb kräftig über die juckenden Stellen. Was für eine Wohltat!

Sie spülte die Seife ab, drehte die Hähne zu und rubbelte ihre Wade kräftig ab. Zurück im Wohnzimmer stellte sie ihr Bein auf einen Stuhl und rieb den Unterschenkel mit Talkumpuder ein. Das Blauviolett wurde milchweiß, doch sie dachte sich, dass die ungesunde Farbe wohl normal war, schließlich hatte die Haut nicht atmen können. Sie beschloss, keinen Verband anzulegen. Sie würde eine Zeit lang vorsichtig mit dem Bein umgehen, nichts erzwingen, nicht durch Parks joggen, nicht ins Sportstudio gehen.

# 10

Francine parkte ihren Peugeot neben zwei anderen Autos. Sie hatte vollgetankt. Ihr Unterschenkel bereitete ihr nur beim Bremsen Probleme. Deswegen versuchte sie, so oft wie möglich mit dem linken Fuß zu bremsen, was nicht einfach war, weil dieser reflexartig die Kupplung durchtreten wollte. Als sie das erste Mal damit vor einer Ampel anhielt, flog sie beinahe durch die Windschutzscheibe und würgte den Motor ab.

Sie trug eine grüne Jeans und ihre dunkelgrüne, mit Kunstpelz gefütterte Jacke. Sie drehte den Rückspiegel so, dass sie sich betrachten konnte. Von ihren dunklen Haaren war keine Spur zu sehen. Ihre Kopfhaut spannte unter der Perücke, als trüge sie eine Badekappe. Sie drapierte ein paar blonde Locken über die Augen und stieg aus. Außer den zwei Fahrzeugen neben ihr standen einige Fahrräder in den Ständern und drei Autos warteten vor dem Drive-in-Schalter. Eine junge Frau packte ein Kleinkind in den Kindersitz auf der Rückbank eines Polo Break. Ob das Personal auf der Rückseite des Gebäudes parkte?

Francine schlenderte zur Eingangstür und schaute durch die Scheibe. Sie sah Leute in McDonald's-Uniformen, aber niemanden, der Olli ähnelte. Noch hatte sie keinen konkreten Plan, aber es erschien ihr ratsam, dass Olli sich später nicht daran erinnerte, sie hier gesehen zu haben. Wenn er hinter dem Schalter stand, würde sie rasch weiter durch zur Toilette gehen und sich dann unauffällig verdrücken.

Im Speiseraum saßen zwei Männer, eine Mutter mit einem Baby im Kinderwagen neben ihrem Tisch und am Fenster eine Gruppe Teenager bei Cola und Milchshakes. Es war halb fünf, die Schule war aus. Zwei Angestellte in roten Pullovern, blauen Hosen und einer McDonald's-Kappe auf dem Kopf kümmerten sich um den Essbereich und ein magerer junger Mann, ebenfalls mit Uniform und Kappe, trug Pappschachteln durch eine Schleuse, die zur Küche oder zu den Drive-in-Schaltern führte.

Olli war nirgendwo zu sehen.

Francine schaute sich die bunten Bilder der Mc-Menüs, Erfrischungsgetränke und Shakes über dem Schalter an und bestellte einen Cheeseburger und einen Kaffee bei einer hochgewachsenen jungen Frau mit dem Namen Miranda, wie ein Schild auf dem Pulli verriet. Während sie wartete, kam ein dünner Mann um die fünfzig in einem blauen Hemd aus der Schleuse auf der linken Seite heraus. Er sah aus, als schleppe er einen Berg von Problemen mit sich herum. Francine erkannte die beleidigte Piepsstimme wieder, als er im Vorübergehen bei einer der Bedienungen zwei Kaffee orderte. Stegman. Er ging zu einem Tisch neben einem Mülleimer, auf dem ein Glatzkopf Orderbücher und Prospekte ausgelegt hatte. Miranda hielt einen Styroporbecher unter die Kaffeemaschine.

Jemand sagte in übertriebenem Tonfall *cheese*, als wolle er zu einem Gruppenfoto aufrufen. Francine blickte zur Seite und sah eine weiße Mütze über einem dicklichen Gesicht, das durch eine Lücke zwischen dem Erfrischungsgetränkeautomaten und einem Kühlschrank hindurchschaute. Gleich darauf war es wieder verschwunden. Francines Herz klopfte. Olli arbeitete in der Küche.

Logisch.

Miranda nahm den Cheeseburger aus dem Fach, legte ihn auf ein Tablett, stellte den Styroporbecher mit Kaffee daneben und legte noch eine Serviette und ein verpacktes Plätzchen dazu. Die andere Bedienung brachte ein Tablett mit zwei Bechern Kaffee zu Stegman und dem Vertreter. Mirandas Kasse war die ganz rechts und Francine schlenderte darauf zu, um dann mit einem Schritt zur Seite außerhalb von Ollis Blickfeld zu bleiben. Sie gab Miranda einen Zehneuroschein.

»Macht die Arbeit Spaß?«, fragte sie.

Miranda betätigte die Kasse. »Na ja, es ist nicht gerade ein Traumjob«, antwortete sie.

»Die Zeitarbeitsfirma, für die ich arbeite, vermittelt manchmal nur Putzstellen in Büros«, erzählte Francine. »Davon hat man bald die Nase voll. Was habt ihr denn für Arbeitszeiten?«

Miranda legte das Wechselgeld auf das Tablett. Sie war ein ganzes Stück größer als Francine und konnte über ihren Kopf hinweg zu dem Tisch hinüberschauen, an dem Stegman saß. »Wie arbeiten in Schichten«, erklärte sie. »Meine geht heute bis fünf Uhr. Ich weiß aber nicht, ob wir noch Leute brauchen.«

»War ja nur so eine Idee«, sagte Francine.

Sie trug ihr Tablett zu einem Tisch in der Nähe des Flures, durch den man zu den Toiletten gelangte, und setzte sich mit dem Rücken zum Schalter. Sie biss mit Widerwillen in Ollis Cheeseburger, aber er war ganz in Ordnung. Sie trank den Kaffee und las den Prospekt über die Ronald McDonald Kinderstiftung, der auf ihrem Tisch lag. *Nähe hilft heilen.* Unterkünfte in der Nähe von Krankenhäusern für Angehörige von Kindern, die in diesen Krankenhäusern behandelt wurden. Leider keine in der Nähe von Gefängnissen für Töchter von Vätern, die darin eingesperrt waren. Egal ob krank oder nicht.

Francine leerte ihr Tablett in den Mülleimer neben Stegman und dem Vertreter, stellte es obendrauf und verließ das Lokal. Ihrem Unterschenkel fehlte der Halt durch den Gips und er brannte ein bisschen. Sie war froh, dass sie mit dem Auto unterwegs war. Ein Mann kam aus dem Lokal. Sein Auto stand neben ihrem und er lächelte sie an, bevor er einstieg. Francine startete den Motor. Sie konnte nicht auf dem Parkplatz stehen bleiben.

Stoßzeit auf der Hauptverkehrsstraße. Francine hielt auf dem Fahrradweg an und musste sich entscheiden, ob sie nach links oder rechts abbiegen sollte. Stadteinwärts oder stadtauswärts? War Olli ein abgebrühter Hinterhoftyp oder ein Dorfbursche aus Malden oder Groesbeek? Was hatten die drei nachts im Goffertpark zu suchen gehabt? Waren sie auf dem Nachhauseweg gewesen? Der Verkehr aus Nimegen floss in einem gleichmäßigen Strom, nur unterbrochen von einer roten Ampel dann und wann, wobei die Lücken stadtauswärts selten mit denen stadteinwärts zusammenfielen. Links abzubiegen war schwierig. Sie blinkte rechts und reihte sich ein.

Sie sah das Häuschen der Bushaltestelle, als sie schon fast daran vorbei war, und fuhr sofort rechts ran, auf den Grünstreifen zwischen Straße und Fahrradweg. Sie trat mit dem linken Fuß fest auf die Bremse, hatte den Zündschlüssel aber schon umgedreht, bevor der Motor wieder absaufen konnte. Eigentlich durfte sie hier nicht parken. Sie schaute auf die Uhr im Armaturenbrett. Fünf vor fünf. Hoffentlich war die Polizei um diese Zeit mit Staus beschäftigt.

Francine ließ den Schlüssel stecken, drückte die Tür zu, kehrte auf dem Grünstreifen zur Bushaltestelle zurück und bezog unter dem Häuschen Posten, zwanzig Meter von der Einfahrt zu McDonald's entfernt. Den Parkplatz konnte sie von ihrem Standort aus nicht sehen, aber sie konnte die Gesichter aller Autofahrer erkennen, die von dort kamen und auf eine Lücke im Verkehr warten mussten. Perfekt, es sei denn, Olli wohnte doch auf dem Dorf und bog links ab, dann durfte sie am nächsten Tag wieder von vorn anfangen.

Sie blieb in dem Häuschen stehen. Außer ihr wartete niemand. Zwei Autos blinkten, ordneten sich links ein und bogen auf den Parkplatz ab. Vielleicht die neue Schicht. Die Schüler kamen in einem lärmenden Grüppchen heraus und fuhren auf Fahrrädern hinter ihr entlang in Richtung Stadt. Mirandas Kollegin erschien in einem Nissan und Francine wandte sich zu einem Reklameplakat um, als die junge Frau nach rechts abbog und an ihr vorüberfuhr. Ein weiteres Fahrzeug hielt auf dem Fahrradweg an und blinkte nach links. Francine atmete erleichtert auf, als sie den Vertreter erkannte. Er konnte erst die Straße überqueren, als ein Lieferwagen den Verkehr aus der Richtung Malden aufhielt, weil er zum McDonald's abbog.

Francine hatte ihre ganze Aufmerksamkeit den Autos gewidmet und keinen Moment daran gedacht, dass Olli mit dem Fahrrad unterwegs sein könnte. Sie erkannte ihn erst, kurz bevor er hinter dem Wartehäuschen verschwand.

Francine rannte zu ihrem Auto. Einem Fahrradfahrer konnte sie nicht folgen, ohne Verkehrsstörungen zu verursachen, und daher zwang sie sich zu warten, bis Olli fast außer Sicht war. Rücksichtslos drängte sie sich in die Schlange und winkte aus dem offenen Fenster einem anderen Autofahrer entschuldigend zu, der gerade noch rechtzeitig bremste und um ein Haar eine Massenkarambolage verursacht hatte. Der Mann heftete sich hartnäckig an ihre Stoßstange und betätigte wiederholt die Lichthupe, während sie wie eine kranke alte Dame stadteinwärts schlich und sich immer weiter hinter ihren Vordermann zurückfallen ließ. Olli verschwand zwischen anderen Fahrradfahrern und Mopeds und Francine dachte schon, sie hätte ihn verloren, als sie ihn an einer Ampel die Straße überqueren sah. Sie hatte kaum genügend Zeit, sich einzureihen, und blockierte halb die linke Fahrbahn. Der Drängler zwängte sich rechts an ihr vorbei, ließ seinen Motor aufheulen, hupte und zeigte ihr wütend den gestreckten Mittelfinger. Sie antwortete mit einem freundlichen Nicken. In Manila oder Bangkok wäre ein solcher Mann ausgestiegen und hätte ihr eine Kugel durch den Kopf gejagt.

Olli verschwand in einer belebten Seitenstraße. Francine starrte die Ampel an, die Hand auf dem Schaltknüppel, und raste, kurz bevor die Ampel auf Grün sprang, mit Vollgas links in die Seitenstraße hinein, knapp an dem entgegenkommenden Verkehr vorbei.

Einem Fahrradfahrer durch eine belebte Geschäftsstraße zu folgen, ohne andere Radler umzufahren oder gegen den Bordstein zu knallen, war schwieriger, als gestohlene Autos nach Ostdeutschland zu überführen. Francine betätigte ein paarmal den rechten Blinker und bremste, als suche sie einen Parkplatz.

Direkt vor ihr bog Olli ohne Handzeichen rechts ab. Francine folgte ihm. Irgendwann schaute Olli sich um, überquerte mit einem plötzlichen Schwenk die Fahrbahn und fuhr in eine Querstraße hinein. Als Francine anhielt und ihm hinterherschaute, sah sie, dass er abgestiegen war und sein Fahrrad an der fensterlosen Seitenfassade eines Eckhauses entlangschob. Am Ende eines kurzen Gartenzauns verschwand er in einem Durchgang. Francine bog in die Querstraße ein. Weiter hinten in der Gasse warfen sich zwei Jungen zwischen den Gartenzäunen einen Ball zu. Olli konnte in den wenigen Augenblicken zu Fuß nicht weit gekommen sein, sicherlich nicht an den Jungen vorbei. Francine vermutete, dass er in das erste Gartentor hineingegangen war, das des Eckhauses.

Francine fuhr weiter, bog zweimal links ab und umrundete den Häuserblock, bis sie wieder in Ollis Straße gelangte. Der Parkplatz gegenüber der Querstraße war inzwischen besetzt, und sie fand erst zwanzig Meter weiter einen. Zu Fuß lief sie das Stück zurück. Auf dem Bürgersteig am Zaun hinter dem Eckhaus stand ein mindestens zwölf Jahre alter Lada 2105 in stumpfem Hellblau. Francine überquerte die Hauptstraße und ging ein paar Meter die Querstraße entlang. In dem Stockwerk, das über den Zaun hinausragte, sah sie zwei Fenster. Die beiden Jungen spielten immer noch Ball. Zwei Mädchen fuhren auf Fahrrädern hinter ihr entlang, die Schultaschen unter Schnellbinder geklemmt.

Francine passierte den Lada und bog um die Ecke. An den Fenstern auf der Vorderseite des Hauses hingen Gardinen, auf den Fensterbänken standen Sansevierien. K. Bolhuis und die Hausnummer 25 auf einem Emailschild. Francine hörte, dass drinnen ein Radio und ein Fernseher liefen. Sie ging weiter, wich einem kleinen Jungen auf einem Dreirad aus, überquerte nochmals die Straße und spazierte an Müllcontainern und geparkten Autos vorbei zurück zu ihrem Peugeot.

Sie öffnete das Seitenfenster und stellte den Seitenspiegel so ein, dass sie das Haus und vor allem die Eingangstür im Auge hatte. Das Haus wirkte nicht so, als wohne Olli allein darin, vor allem die ordentlichen Gardinen und die Sansevierien wollten nicht so recht zu ihm passen. Wie ein verheirateter Mann oder ein Familienvater sah er auch nicht aus, und außerdem fing sein Vorname mit O an und nicht mit K. Offenbar war er ein dicklicher Sohn zwischen zwanzig und dreißig, der einen mickrigen Job in der Küche eines McDonald's hatte und noch im Hotel Mama wohnte. Autos fuhren vorbei. Ob sie den Stammplatz eines Anwohners besetzte?

Um Viertel vor sechs sah sie ein Blinklicht im Spiegel. Ein kleiner Opel bog in die Querstraße ein und parkte auf dem Bürgersteig direkt hinter dem alten Lada. Francine stieg aus und näherte sich wieder dem Haus, die geparkten Autos als Deckung nutzend. Eine Frau hob eine Einkaufstasche aus dem Kofferraum des Opels. Sie sah gepflegt aus, trug einen halblangen braunen Mantel, einen schwarzen Rock und einen grünen Schal. Sie hatte hellbraune Haare, ein rundes Gesicht mit einer gesunden Hautfarbe und war dezent geschminkt. Vom Alter her hätte sie durchaus Ollis Mutter sein können. Die Frau schloss die Kofferraumhaube, verriegelte die Türen und ging, ohne sich umzudrehen, auf die Haustür von Nummer 25 zu. Sie besaß einen Schlüssel.

K. Bolhuis. Olli wohnte entweder bei seinen Eltern oder allein mit seiner Mutter. Gleich würden sie zu Abend essen. Vielleicht hatte Olli, der Koch, eine Mahlzeit zubereitet.

Francine hatte Zeit genug. Einen günstigeren Parkplatz hätte sie nicht finden können und so schloss sie ihr Auto ab und spazierte zurück in die Einkaufsstraße. Die Stadt roch sauber und frisch, es hatte am Morgen geregnet. Eine Magnolie blühte spektakulär in einem kleinen Eckgarten.

Die Geschäfte schlossen allmählich und der Schnellimbiss war verlassen. Es war ein kleiner Laden, der von den Anwohnern lebte, und kein Mensch holte sich hier etwas, wenn zu Hause ein warmes Abendessen wartete. Die Türglocke klingelte und kurz darauf kam ein alter Mann mit einer Zigarette im Mundwinkel aus einer Schwingtür hervor. Francine warf einen Blick auf die Frikadellen in der Glasvitrine und bestellte Kaffee sowie Brötchen mit Schinken und Käse. Sie benutzte die kleine, aber saubere Toilette im hinteren Teil des Lokals und wusch ihre Hände über dem winzigen Waschbecken. Als sie zurückkehrte, stand ihr bestelltes Essen auf der Vitrine. Sie bezahlte und trug das Tablett zu der Barhockerreihe am Fenster. Sie knabberte die Schinkenränder ab, die aus dem Brötchen hervorschauten. Mittlerweile hatte sie tüchtigen Hunger.

Ob Ollis Vater zu Hause war und der Lada ihm gehörte? Aber der war ein Wrack im Vergleich zu dem gepflegten Opel von Ollis Mutter. Der Lada schien ihr eher zu Olli zu passen. Vielleicht gab es auch gar keinen Vater oder dessen Wagen stand anderswo. Die Frau hatte selbstständig gewirkt. Kaatje Bolhuis, Klazien, Karen. Als habe sie einen guten Job, zum Beispiel in einem Geschäft oder als Krankenschwester im nahe gelegenen Radboud-Krankenhaus. In diesen Fall arbeitete sie im Schichtdienst und Olli war manchmal nachts alleine.

»Soll ich Musik anmachen?«, fragte der alte Mann.

Francine blickte sich um. »Nicht nötig.«

»Für mich auch nicht«, sagte der Mann. »Wenn es Ihnen nichts ausmacht, gehe ich jetzt auch etwas essen. Rufen Sie, wenn Sie irgendetwas brauchen.« Er grinste um die Zigarette herum und verschwand durch die Schwingtür.

Francine aß das Käsebrötchen. Der Kaffee war gut, frisch aufgebrüht. Sie hätte gerne noch einen getrunken, aber dann hätte sie rufen müssen. Vielleicht war es sowieso besser, nicht zu viel zu trinken, wenn sie noch lange im Auto sitzen musste. Die Ermittler in Sallys Krimis hatten für diesen Fall eine Flasche bei sich. Für Frauen war es allerdings etwas problematischer, man musste sich hinter einen Baum oder Gartenzaum hocken. Sollte sie Mineralwasser und Plätzchen kaufen und dazu eine Rolle von dem grauen Klebeband, das auch bei Nässe klebte? Und was sonst noch? Eine Waffe?

Sie schaute hinaus auf die Straße, auf der es still geworden war, bis auf einige Fahrradfahrer und ein Auto, das um die Zeit mehr Krach zu machen schien als zwanzig Autos zu einer anderen Tageszeit. Francine empfand die Atmosphäre in diesen Stunden als seltsam unwirklich. Eine Verlassenheit überschattete die Stadt, ein Stillstand trat ein, in dem alles kahler und grauer wirkte, als habe das Herz für eine Weile aufgehört zu schlagen, ähnlich wie sonntagmorgens, wenn alle bis auf eine Handvoll Kirchgänger ausschliefen und drei Jungen die ganze Straße zum Fußballspielen hatten.

Francine kannte jetzt Ollis Namen und Adresse. Sie konnte seine Telefonnummer heraussuchen und feststellen, ob es einen Vater gab oder nicht, indem sie versuchte, K. Bolhuis eine Enzyklopädie oder einen Rasenmäher zu verkaufen. Die Zeitarbeitsfirma hatte ihr einmal einen Job im Telefonverkauf vermittelt, daher kannte sie sich aus. Die Frage war nur, ob ihr das etwas nützte. Ob Vater oder nicht, es musste eine bessere Lösung geben, als nachts über den Zaun zu klettern und bei Olli einzubrechen. Vielleicht hatte Olli auch ein Hobby, Fußball oder Kraftsport. Doch Olli war ein bisschen zu dick für einen Gewichtheber, er hatte mehr Fett als Muskeln. Er schien ihr eher der Typ zu sein, der seine Mutter zur Verzweiflung trieb, weil er jeden Abend mit Bier und Chips vor dem Fernseher hing. Wobei er wohl an jenem Mittwochabend sein Bier anderswo getrunken hatte.

Um sieben Uhr saß Francine wieder in ihrem Auto. Um halb acht stiegen vor einem Haus gegenüber zwei junge Mädchen von ihren Fahrrädern, klingelten und warteten auf dem Bürgersteig. Eine von ihnen zündete sich eine Zigarette an. Ein drittes Mädchen kam heraus und schloss die Kette eines Rades auf, das an die Fassade gelehnt stand. Die Mädchen waren aufgedonnert, trugen dünne Jacken und Miniröcke. Die Beine der ersten beiden waren schon blau vor Kälte, als sie kichernd an Francine vorbeifuhren, auf dem Weg in die Disco.

Um Viertel vor acht kam Olli aus dem hinteren Gartentor heraus und stieg in den blauen Lada ein, der beim Starten eine blaue Qualmwolke ausspuckte. Olli setzte ein Stück zurück, um den Opel seiner Mutter nicht anzurempeln, und fuhr dann in Francines Richtung. Sie duckte sich, und als er vorbei war, fuhr sie ihm sofort hinterher. Sie folgte ihm durch dunkle Straßen bis zum Willemskwartier, wo er den Lada in einer Seitenstraße abstellte und in eine Kneipe ging. Francine parkte ein Stück weiter und schaute in die Kneipe hinein. Olli stand inmitten anderer Gäste an der Theke und trank ein Pils. Die Kneipe war groß und schon ziemlich gut besucht, von wesentlich mehr männlichen als weiblichen Gästen. Im Hintergrund standen vier Billardtische unter großen Schirmlampen, Queue-Ständer und Wandvitrinen mit Silberpokalen des Billardvereins.

Zwei junge Männer in schwarzen Lederkombis stellten ihre Motorräder auf dem Bürgersteig ab. Stimmengewirr und Musik von den Black Eyed Peas drangen nach draußen, als sie die Kneipentür öffneten.

Peter wäre vor Erstaunen fast der Unterkiefer runtergeklappt, als sie draußen vor seiner Tür auf der Galerie stand. »Was machst du denn hier?«

»Hallo, Peter. Komme ich ungelegen?«

»Na ja ...« Er runzelte die Stirn. »Woher weißt du denn, wo ich wohne?«

»Von Lucy. Sie hat mir auch gesagt, dass du heute Abend freihast. Also, freust du dich, mich zu sehen, oder hast du schon Besuch?«

»Nein, hab ich nicht.« Er wusste nicht, wie er reagieren sollte. »Nur, weißt du ...« Nervös huschte sein Blick links und rechts die Galerie entlang. »Okay, komm kurz rein.«

Francine trat in den kleinen Flur. »Du wirkst ja nicht gerade begeistert. Wie geht es Ulla?«

Hastig schloss er die Tür. »Keine Ahnung. Ich halte mich möglichst aus allem raus, aber wenn irgendjemand dich hier sieht ...«

Francine drehte sich um. »Ich habe mit der Entführung nichts zu tun, wenn dich das irgendwie beruhigt«, sagte sie. »Genauso wenig wie du.«

»Aber warum hast du dann neulich so getan, als hättest du Jimmy Halewijn noch nie gesehen? Weißt du, was die Polizei behauptet?«

»Ja, das weiß ich, und das ist wirklich Schnee von vorgestern. Ich will mit Jimmy nichts mehr zu tun haben.«

»Aber das hättest du mir doch sagen können.«

»Tue ich doch jetzt, oder?« Sie fasste ihn an den Schultern und küsste ihn auf den Mund. Peter nahm sie sofort in die Arme, doch dann sagte sie: »Im Übrigen habe ich mich gefragt, was du mit Jimmy zu tun hast.«

»Ein Mädchen, das ich kenne, hat manchmal was für ihn erledigt«, antwortete Peter ohne zu zögern. Durch den Kuss war er aufgetaut und strahlte vor hoffnungsvoller Erwartung. »Sie wollte aber in eine andere Stadt ziehen, und es hieß, dass ich eventuell ihren Job übernehmen könnte. Ich habe Jimmy angerufen und mich ein paarmal mit ihm unterhalten, aber wir sind uns nicht einig geworden. Er hat es mir an dem Abend in der Kneipe gesagt. Keine Ahnung, warum er sich da mit mir treffen wollte, schließlich hätte er es mir auch am Telefon sagen können. Aber als mich die Polizei fragte, ob ich Jimmy Halewijn kennen würde, dämmerte es mir allmählich.«

»Und, was hast du gesagt?«

»Dass ich noch nie von ihm gehört habe. Ich bin doch nicht blöd.«

Francine zog ihre Jacke aus und hängte sie an die Garderobe. Peter glotzte ihre Brüste an. Ihre kurzen Haare bemerkte er nicht mal. »Ich habe nur Whiskey und Portwein im Haus«, sagte er. »Oder soll ich Kaffee kochen?«

»Ich trinke einen Portwein«, sagte Francine. Auf der einen

Seite des Flures sah sie hinter einer offenen Tür eine kleine Küche, hinter einer weiteren, geschlossenen Tür befand sich wahrscheinlich das Schlafzimmer. Das Wohnzimmer war mit Ikea-Möbeln und einem Kordsofa eingerichtet. Der Fernseher war eingeschaltet, es lief ein Softporno ohne Ton. Auf der Fensterbank lag ein Fernglas unter den braunen, bis auf einen Spalt zugezogenen Gardinen. *Das Fenster zum Hof.* Hastig schaltete Peter den Fernseher aus und nahm einen Teller und eine Schüssel mit Löffel vom niedrigen Tisch. »Bin gleich wieder da«, sagte er.

Die Tür ließ er offen stehen. Francine setzte sich aufs Sofa. Sie hörte Peter in der Küche herumwirtschaften. Unter dem Wohnzimmertisch lagen Ausgaben des *Playboy.* Auf dem Esstisch stand ein Computer, an der Decke hing eine Bistrolampe. An der Wand sah Francine ein Toulouse-Lautrec-Poster von Damen in einem Nachtclub an der Place Pigalle. Die Wohnung ähnelte der ihres verflossenen Psychologie-Studenten, nur fehlten hier die Bücher und dafür gab es wesentlich mehr Videokassetten und DVDs. Die große Sony-Anlage war das einzig Kostspielige.

Francine hörte eine Tür klappen und Wasser laufen. Peter putzte sich die Zähne. Rasch stand sie vom Sofa auf und setzte sich in den Sessel am Ende des Wohnzimmertischs. Ihre Tasche pfropfte sie zwischen die Kissen. Peter kam mit zwei Weingläsern herein.

»Was für ein Job war das?«, fragte Francine.

»Was meinst du?«

»Na, der Job, den deine Freundin für Jimmy erledigt hat.«

»Meine Exfreundin.« Peter legte Wert auf das ›Ex‹. Er holte eine Flasche aus dem Büfett. »Sie hat irgendsoein Zeugs für ihn nach Armentières gebracht, das liegt in Frankreich, knapp hinter der belgischen Grenze.«

»Drogen?«

»Spinnst du? Auf so was würde ich mich nie einlassen. Nein, es war für einen Tierarzt und der verkauft es offenbar an die Bauern weiter.«

»Wachstumshormone?«, fragte Francine mit ungläubigem Gesicht. »Gibt's so was immer noch?«

»Was weiß denn ich? Jimmy hat sich nie besonders klar ausgedrückt.«

Francine wusste, dass sich viele Kriminelle auf den Handel mit Wachstumshormonen verlegt hatten, der weniger riskant war als der Drogenhandel, aber ebenso viel Profit versprach. Davon hatte die Polizei aber nichts gesagt. Ob Jimmy bei seinem Tierarzt-Dealer in Frankreich untergetaucht war?

Peter schenkte Portwein in die Gläser ein. »Der Scheißkerl hat echt Mist gebaut. Ich hoffe, dass sie ihn erwischen.«

»Ich weiß nicht, ob du dir das wirklich wünschen solltest«, erwiderte Francine. »Der behauptet doch garantiert, du hättest ihm die Hintergrundinformationen für die Entführung besorgt.«

»Na und? Mir können die nichts nachweisen.« Peter schaute sie an. »Die Polizei wusste, dass ich dich kenne, aber da konnte ich mich rausreden. Ich habe nur gesagt, dass du in meiner Schicht gearbeitet hast. Das Treffen mit Jimmy in der Kneipe habe ich lieber nicht erwähnt.«

War wohl auch besser für dich, dachte Francine, doch sie lächelte ihn dankbar an und hob ihr Glas. »Hoffentlich erfahren sie es nicht von Ulla.«

Peter gab einen verächtlichen Laut von sich. »Ulla? Die ist doch zu doof, um sich an irgendetwas zu erinnern, das länger als ein paar Tage her ist.« Er bereute seine Worte, als er ihr Gesicht sah, und fügte mitleidig hinzu: »Na ja, anfangs dachte ich, sie wirke nur so beschränkt, weil sie so gebrochen Niederländisch redete, aber sie hat nicht mehr Grips als eine Garnele, glaub mir. Ich habe einen großen Fehler gemacht.«

Francine unterdrückte ihren Ärger. Er tat seine Exfreundin als dumme Gans ab, eine typische Strategie von Männern, die sich an die nächste heranmachen wollten. »Ich fand sie sehr nett«, entgegnete sie daher.

»Na ja …« Peter wechselte das Thema. »Du hast dich verändert, ich weiß nicht genau, was es ist, aber du siehst gut aus.«

»Ich habe mir die Haare schneiden lassen.«

»Ja, das ist es. Steht dir gut.«

Francine lächelte. »Danke.«

Ihm fiel etwas ein und Francine bemerkte seine Unsicherheit. »Ich habe von der Polizei erfahren, dass dein Vater verhaftet wurde. Tut mir leid für dich.«

»Mein Vater hat nichts mit der Sache zu tun.« Sie schaute ihm in die Augen. »Er war rein zufällig in der Nähe des Bootes. Aber als der Junge entführt wurde, hat er sich in Haarlem aufgehalten. Die Polizei hält ihn nur fest, weil sie keinen anderen haben.«

»Ich konnte es auch kaum glauben«, sagte Peter. »Es war Jimmy! Alles, was er mir erzählt hat, waren nur Lügengeschichten.«

Francine schaute ihn an. Er spielte die gekränkte Unschuld in Person. Er konnte Jimmy bei der Polizei angeben, aber er würde es nicht tun, weil er Angst vor den Vernehmungen, dem Aufsehen und dem Verdacht der Mitschuld hatte, der ihn seinen Job kosten konnte. Peter war an sich kein übler Kerl, aber ein Feigling.

Peter prostete ihr zu und trank von seinem Port. »Ich freue mich wirklich, dich zu sehen, weißt du das?«, wiederholte er. »Du siehst gut aus.«

Sie lächelte. »Du auch.«

»Ich habe oft an dich gedacht«, behauptete er. »Schade, dass du mit diesem Piloten zusammen bist.«

»Ach, das ist doch schon lange vorbei.« Francine schaute sich in der Wohnung um. »Du hast eine schöne Wohnung. So was suche ich schon seit Jahren. Ist die Miete hoch?«

Er schüttelte den Kopf. »Es ist eine Wohnung von der Genossenschaft, bei der mein Onkel arbeitet. Ich kann mich mal für dich erkundigen, ob irgendwo etwas frei ist. Aber hast du nicht auf einem Hausboot gewohnt?«

»Schon, aber da muss ich ausziehen.«

»Du kannst jederzeit zu mir kommen.« Er wurde doch wahrhaftig rot und trank schnell von seinem Port.

Sie schenkte ihm ihr strahlendstes Lächeln. »Wie lieb von dir!«

Peter stand vom Sofa auf. »Ja ... weißt du ... Du bist mir nie aus dem Kopf gegangen. Ich wollte dich immer mal besuchen. Als du gegen mein Auto gelaufen bist, war das wie ...« Er setzte sich zu ihr auf die Sessellehne und legte ihr die Hand auf die Schulter.

»Als hätte es eines Tages so kommen müssen?« Francine rückte ein Stück näher an ihn heran und sagte: »Ich habe auch an dich gedacht. Du warst der Erste, der mir einfiel, und du bist im Grunde auch der Einzige, den ich um so etwas bitten kann ...«

Er fummelte an ihrem Schlüsselbein herum. »Du kannst mich bitten, worum du willst.«

»Würdest du mir dein Auto leihen?«

Er hörte auf, sie zu befummeln. »Mein Auto?«

»Ja, nur für ein oder zwei Tage.« Sie schaute zu ihm auf. »Ich habe dir doch mal von meiner Freundin Sally erzählt, oder?«

Er runzelte die Stirn. »Die, die in Portugal wohnt?«

»Ja. Sie kommt morgen mit dem Flugzeug in Brüssel an. Sie kann nur zwei Tage bleiben, dann muss sie wieder zurück. Sie braucht mich, ich glaube, dass sie in Schwierigkeiten steckt. Sie muss mal für kurze Zeit raus und ich würde so furchtbar gerne mit ihr ans Meer fahren. Ein Hotelzimmer ist zu teuer, das kann ich mir nicht leisten, aber vielleicht könnten wir in deinem Auto schlafen, wenn du es mir leihen würdest.«

Peter stand auf und griff nach der Portweinflasche. Sie konnte in ihm lesen wie in einem offenen Buch und sah, was in ihm vorging. Er vermutete, sie würde sich dafür bei ihm revanchieren, dass er ihr das Auto lieh, aber er war auch ein wenig misstrauisch.

Sie ließ ihm keine Zeit. »Ich werde sehr vorsichtig damit umgehen, das weißt du ganz genau.«

»Ja, aber wie komme ich denn dann zur Arbeit?«, fragte er verwirrt.

»Ich lass dir einfach mein Auto da.« Sie lächelte verführerisch. »Als Pfand, okay?«

Er zögerte. »Den kleinen Peugeot?«

»Danke, du bist ein Schatz!«, sagte sie. »Ich bringe dir den Wagen danach sofort zurück. Musst du am Donnerstagabend arbeiten? Sonst warte ich einfach, bis du nach Hause kommst.« Sie griff nach ihrer Tasche und holte den Autoschlüssel heraus. »Er steht genau neben deinem. Brauchst du noch irgendwas aus deinem Wagen?« Sie stand auf.

»Nein. Die Papiere liegen vorne drin.« Er traute dem Braten immer noch nicht. »Musst du denn sofort los?«

»Ja, schon, wenn ich morgen früh um zehn in Brüssel sein will. Aber wir sehen uns ja am Donnerstag, spätestens am Freitag.«

Im Flur zog er sie an sich. »Bleib doch noch ein Stündchen«, sagte er, heiser vor Unsicherheit.

Sie erwiderte seinen Kuss und ließ ihn kurz gewähren, als er ihr an die Brust fasste. »Ich würde ja so gerne, aber dann schaffe ich es nicht«, flüsterte sie, eng an seine Wange geschmiegt, und löste sich vorsichtig aus seiner Umarmung. »Das nächste Mal, okay?«

Peter gab ihr seinen Autoschlüssel. Er stand da wie ein geiler Schuljunge. »Es liegt nur ein Schlafsack drin«, sagte er. »Ich habe aber noch einen, wenn du willst.«

»Danke, aber ich habe selbst einen«, antwortete sie. »Für Sally. Ich schlafe in deinem. Einverstanden?« Sie nahm ihre Jacke und küsste ihn noch einmal. »Bis bald«, sagte sie.

# 11

Olli warf verstohlene Blicke zu der Frau hinüber, die am Ende der Theke stand. Wieder lächelte sie ihm zu und hob ihr Glas Campari Soda. Der alte Stadtstreicher ein paar Barhocker weiter kicherte in seinen Genever hinein. Als Olli sein zweites Pils bestellt hatte, hatte er Kees, dem Wirt, zugeflüstert, er solle der Frau auch eines bringen, aber sie trank lieber Campari Soda. Sie sah aus wie eine alternde Nutte, mit feuerroten Haaren und knallroten Lippen, aber ihre dicken Brüste unter dem engen Oberteil machten ihn sofort an. Als er von der Toilette wiederkam, zog sie scheinbar achtlos ihren kurzen Rock hoch, sodass er einen Blick auf ihre nackten Oberschenkel werfen konnte.

»Die steht auf dich, garantiert«, meinte Kees, als er sich wieder auf seinen Barhocker hievte. »Jedenfalls, wenn du die Kohle noch hast, sonst zeigt sie dir gleich wieder die kalte Schulter.«

»Welche Kohle?«

Kees redete so laut, dass die ganze Kneipe inklusive der Frau mithören konnte. »Na, mit der du am Freitag meine Kneipe kaufen wolltest, als ich dir den Fünfhunderter nicht wechseln wollte, mit dem du herumgefuchtelt hast.« Er grinste, beugte sich über die Theke und senkte seine Stimme. »An Tineke ist alles dran und für einen netten Jungen wie dich macht sie es für fünfzig.« Er richtete sich auf und rief: »Stimmt's oder hab ich Recht, Tien?«

»Na klar doch.« Die Frau lachte wieder. Sie hatte eine Zahnlücke, ähnlich wie Madonna. Ach, was interessieren mich schon die Zähne, dachte Olli. Er rieb sich über den Schritt. Leider hatte er nur dreißig Euro und ein bisschen Kleingeld dabei. Wenn jetzt irgendein Windhund in schickeren Klamotten reinkam, würde ihn die Nutte links liegen lassen und noch dazu war er sieben Euro für den Campari los. Er redete einfach zu viel, wenn er besoffen war. Freitag? An diesen Abend konnte er sich kaum noch erinnern, nur noch an den Fünfhunderter und dass er Bram abgeholt hatte und dass sie in einen von diesen Clubs in Wells gefahren waren und er sein Geld für Nutten ausgegeben hatte, die besser aussahen als diese hier. Wieder schob sich der Rock hoch, als Tineke von ihrem Barhocker aufstand. Olli wurde rot, was daran lag, dass er erst zwei Bier intus hatte. Er schob sein Glas über die Theke. »Gib mir noch eins.«

Kees grinste und hielt ein sauberes Glas unter den Zapfhahn. Die Frau schob einen Barhocker dicht an Ollis heran und setzte sich darauf. »Alleinsein macht doch keinen Spaß«, sagte sie. »Oder?«

Olli nickte. Die Frau legte ihm ihre warme Hand auf den Oberschenkel. »Ich heiße Tineke«, sagte sie. »Und du?«

»Olli.« Er trank einen großen Schluck aus seinem Glas.

»Olli?« Sie fummelte ihm zwischen den Beinen herum und sagte kichernd zu Kees: »Der Dicke hat einen dicken.«

Olli legte ihr die Hand auf den Rücken, zog das Oberteil aus dem Rock und streichelte über die nackte Haut darunter. Die Frau schmiegte ihren Rücken an seine Hand und hauchte ihm ins Ohr: »Na, wollen wir zwei ein bisschen Spaß zusammen haben?«

Kees steckte Ollis Glas auf die Spülbürste im Becken und bemerkte achtlos: »Ich weiß aber nicht, ob er sein Großkapital noch hat.«

Tineke grub ihre Fingernägel in Ollis Oberschenkel. »Für fünfzig darf dein Großer rein ins Körbchen.«

Olli brach der Schweiß aus. Er war mit den Fingern unter ihren BH gefahren, ein breites Band mit einer Doppelreihe von Häkchen, Cup C mindestens. Am liebsten hätte er Kees eins in die Fresse gehauen und dem alten Geneverpenner, der in sein Glas grinste, ein Messer zwischen die Rippen gejagt. Bram würde so was tun, aber Kees war ein durchtrainierter Mistkerl, deshalb ließ er es lieber bleiben. Ollis Mutter mahnte ihn ungefähr zehnmal am Tag, er solle endlich mal schwimmen und joggen gehen, um ein bisschen abzunehmen, aber er hatte bereits beschlossen, dass er sich lieber einen Maserati kaufte oder, falls er da nicht reinpasste, einen dicken amerikanischen Schlitten.

»Bald habe ich Kohle ohne Ende«, flüsterte er Tineke zu.

Die Frau nahm die Hand von seinem Oberschenkel und zog seine Hand unter ihrem Pulli hervor. Sie griff nach dem leeren Campariglas und klopfte ungeduldig damit auf die Theke. »Alle Kerle behaupten doch, schon bald zu dem ganz großen Geld zu kommen«, sagte sie zu Olli.

Fuck you, dachte Olli. Ihm fiel nichts anderes ein, und er stellte sich vor, was für Augen die alle machen würden, wenn er eines Tages mit dem Maserati vorfuhr. Doch er sagte nichts und starrte nur hartnäckig in sein Glas. Er war froh, als die Tür aufging und zwei Männer einen Schwall Frühjahrskälte mit hereinbrachten. Tineke murmelte »Fettsack« und rutschte von ihrem Barhocker.

»Dreckige Nutte«, flüsterte Olli hinter ihrem Rücken.

»Das macht dann vierzehn fünfzig«, sagte Kees und wandte sich den Neuankömmlingen zu.

Olli legte einen Zehner und den Rest in Münzen auf die Theke. Kein Trinkgeld, Kees konnte ihn mal. Er wäre in den Billardclub gegangen, wenn Tegelaar ihn gestern Abend nicht rausgeschmissen hätte, weil er mit besoffenem Kopf einen Queue durch den Filz gerammt hatte. Zu Hause hatte ihm dann auch noch seine Mutter eine Gardinenpredigt gehalten. Die ganze Welt war gegen ihn. Warten, hatte Gijs gesagt. Die Drecksnutte saß bei den beiden Neuen und schaute nicht mal auf, als er zur Tür ging, die geballten Fäuste in den Taschen. Die ganze Stadt konnte ihn mal.

Sein Lada stand um die Ecke. Ein *Lada*. Wenn Gijs irgendwann beschloss, dass sie lange genug gewartet hatten, würde er das Drecksding vom Uferkai aus in die Waal schmeißen. Das hatte er sich fest vorgenommen.

Olli fuhr in die Stadt. Einmal ein kleines bisschen Glück haben, dafür brauchte man keinen Grips. Wenn man oft genug sitzen blieb, wurde man nach zwei Jahren Berufsfachschule von der Schulpflicht befreit. Die Psychologen, die ihn untersucht hatten, hatten sich komplizierte Bezeichnungen ausgedacht, Dyslexie, Dyschromatopsie, Amnesie, bis sie dahinterkamen, dass er einfach zu wenig in der Birne hatte. Was er gut konnte, war Billard spielen, jedenfalls, solange er es bei zwei, drei Pils bewenden ließ. Nicht wenige Pokale hatte der Club nur ihm zu verdanken. Tegelaar würde sich schon wieder beruhigen.

Ollis Bruder hatte Grips genug gehabt, Buchhalter zu werden und nebenbei noch Steuererklärungen für andere auszufüllen, unter anderem für Stegman. Der hatte die Bücher gefälscht, und dieses Wissen hatte sein Bruder dazu genutzt, ihn zu erpressen. Er hatte ihn gezwungen, Olli den Scheißjob bei McDonald's zu geben, wo sie jeden Cent zweimal umdrehten, bevor sie ihn in die Lohntüte steckten. Olli hatte von den Mädchen dort geträumt, bis er mitkriegte, wie sie sich über den Fettsack in der Küche lustig machten. Gelegentlich fuhr er nach Limburg, wo er für ein Glas billigen Schaumwein zehn Euro bezahlte und dann noch mal hundert Euro für die Erfahrung, dass er keinen hochkriegte, wenn er ein Kondom überziehen musste. Vor ein paar Wochen hatte ihn ein merkwürdiger Albtraum heimgesucht und seitdem bemühte er sich, jeden Gedanken an seine Zukunft möglichst zu verdrängen. Im Grunde war es ein halber Tagtraum gewesen. Er wohnte immer noch bei seiner Mutter, die aber zu alt geworden war, um ihn noch dazu zu bewegen, Sport zu treiben oder sich regelmäßig zu duschen. Er war ein vergessener Junggeselle geworden, um den alle einen Bogen machten, weil er immer weißer und fetter wurde und weil er stank.

Als er das Geld gesehen hatte, war es für ihn gewesen, als sei das nun ein einzigartiger Spott auf seinen Traum, ein Glücksmoment, in dem er endlich einmal aufatmen konnte, auch wenn er wusste, dass ein Drittel von hundertfünfzigtausend kein Vermögen war, das für den Rest des Lebens reichte. Aber es musste auch nicht reichen, denn er hatte unter anderem vor, mehr als dieses Drittel einzufordern. Er hatte ein Recht darauf. Wenn er nicht gewesen wäre, wäre die Frau mit dem Geld abgehauen und sie hätten in die Röhre geguckt. Er musste sich etwas einfallen lassen, um Bram auszuschalten.

Die Ernüchterung kam, als Gijs darauf bestand, dass sie abwarten mussten. Gijs war der Älteste und Bram war der Arschkriecher, der alles sofort nachplapperte. Das machte zwei gegen einen. Olli hatte zwar nichts in der Birne, aber er würde Recht behalten, das zeichnete sich jetzt schon ab. Nichts geschah und man brauchte nur die Zeitung zu lesen, um zu wissen, warum. Gijs konnte ihn mal. Morgen würde er seinen Anteil fordern.

Olli fuhr um den Karelplein herum und bog in die Molenstraat ein. Dort stellte er das Auto im Dachgeschoss des Parkhauses ab. Platz genug. Er ließ es unter der Neonlampe neben der Ausfahrt stehen und ging zu dem Kino hinunter. Es war kurz vor halb zehn, aber der Hauptfilm hatte noch nicht begonnen. Olli kaufte eine Karte und schlurfte im Geflimmer des Vorfilms zu einem Platz in der Mitte des Saales, wo er einige leere Reihen vor sich hatte. Nach fünf Minuten war Pause. Die meisten Besucher gingen hinaus ins Foyer, aber Olli blieb mit einer Hand auf der Armlehne und der anderen in der Hosentasche um seinen Freund gelegt sitzen und sah sich die Werbung an. Rauchverbot. Das Tempo Team. Der Chinaimbiss. Kleidung für den modernen Mann.

Sex und Gewalt mit Jennifer Lopez, die sich mittlerweile zu schade dafür war, sich auszuziehen, und nur ganz am Anfang ihre Brüste dem Polizisten zeigte, von dem sie nicht wusste, dass er korrupt war, und der sich später auch eines Besseren besann. Table-Tänzerinnen in einem Nachtclub. Ollis Erregung wuchs erst, als der korrupte Polizist das Fernglas lange auf ein hell erleuchtetes Fenster auf der gegenüberliegenden Seite richtete und er viel detaillierter, als es mit einem Fernglas möglich gewesen wäre, eine blonde Prostituierte beobachtete, die sich in aller Ruhe auszog und anschließend eine mollige Asiatin entkleidete und befummelte. Lesbischer Sex erregte Olli immer besonders, vielleicht, weil keine Männer daran beteiligt waren oder weil er sich vorstellen konnte, der Mann für beide zu sein. Olli hielt sein Taschentuch bereit und masturbierte, kam aber nicht. *Mist!*

Hinterher musste er aufs Klo und verließ dann als einer der Letzten das Kino. Als er die schmale Seitenstraße neben dem Kino überquerte, kam auf einmal jemand von hinten angerannt und griff ihn am Arm. »Hilfe, bitte helfen Sie mir!«

Im ersten Moment erschrak er und wollte weitergehen, doch die blonde Frau ließ ihn nicht los. »Bitte, bleiben Sie für einen Augenblick bei mir«, flüsterte sie gehetzt. »Ich werde verfolgt!«

Olli schaute sich um. Vor dem beleuchteten Kinoschaufenster saßen zwei Jungen auf ihren Mopeds und auf der anderen Straßenseite entfernte sich ein Mann. Wo denn? Wer denn? Er wusste nicht, wie er reagieren sollte, und antwortete, ebenfalls im Flüsterton: »Ich muss zu meinem Auto, das steht da oben im Parkhaus.«

Er wollte die steile Auffahrt zum oberen Parkdeck hinaufgehen, doch die Frau packte ihn wieder am Arm. »Nicht da rein!«, sagte sie verängstigt. »Da steht das Auto von dem anderen Kerl …« Sie zog ihn mit sich, an der Einfahrt vorbei und weiter die Straße entlang.

Olli wurde schummerig. Zwei Kerle! Mein Gott. Er und die Frau rannten jetzt beinahe. An der ersten Querstraße warf die Frau einen ängstlichen Blick über die Schulter, griff Ollis Hand und zog ihn mit sich in die Straße hinein. Nach ein paar Metern ließ sie ihn los, lief schnell zurück und schaute um die Ecke. Ihre Panik wirkte ansteckend und Olli folgte ihr und schaute sich ebenfalls nervös um. Die Mopedfahrer standen immer noch vor dem Kino. Der Fußgänger war nirgends mehr zu sehen. Olli stand dicht hinter der Frau. Als ein Auto langsam vom Kino her in ihre Richtung kam, drehte die Frau sich um, lehnte sich an die Hausfassade und zog Olli an sich. »Schnell, nimm mich in den Arm!«, flüsterte sie.

Olli drückte die Frau gegen die Backsteinwand und schob seine Hände unter ihre Achseln. Sie legte den Kopf an seine Schulter und er spürte durch seine Jacke hindurch ihre Brüste und nahm ihren Geruch wahr. Sie roch gut. Er beobachtete den Wagen, der langsam vorbeifuhr. Zwei Männer saßen darin.

»Danke!«, sagte die Frau und löste sich vorsichtig aus seiner Umarmung. »Das war lieb von dir.«

»Waren das die beiden Kerle?«

»Kann sein, ich konnte sie nicht richtig erkennen.«

Auf der anderen Seite verbreitete eine Laterne ein wenig Licht. Die Frau trug einen kurzen Rock und eine dunkle Jacke. Darunter hatte sie eine Bluse an, deren obere Knöpfe offen standen, sodass er ihre nackte Haut und den Brustansatz sah. Schon stellte sich Olli vor, dass sie eine Nutte auf der Flucht vor ihrem Zuhälter war und er mit einer kleinen Belohnung rechnen konnte. Doch ihr Gesicht verunsicherte ihn, weil es so gar nicht nuttig wirkte, und sie war auch nicht wie eine Prostituierte zurechtgemacht. Sie schien die Art Mädchen zu sein, die ihn grundsätzlich verlegen machte, doch irgendjemand hatte sie wohl geschlagen und ihr einen Bluterguss verpasst. Dadurch war sie ihm irgendwie vertrauter.

»Was ist denn passiert?«, flüsterte er schließlich.

»Dass Männer so gemein sein können!«, schniefte sie und fasste sich mit einer Hand an die Wange. »Eine Frau zu schlagen, wenn sie nicht kriegen, was sie wollen!«

Olli lief rot an. Seine Mutter sagte auch immer solche Sachen. »Aber es sind doch nicht alle Männer so«, sagte er heiser.

»Ja, die Hoffnung habe ich auch noch nicht aufgegeben.«

Olli schmolz unter ihrem Lächeln dahin und kämpfte mit widerstreitenden Gefühlen. Einerseits kam wieder die Lust in ihm auf, andererseits empfand er das Bedürfnis, sie zu beschützen. »Nein, es sind wirklich nicht alle Männer so«, sagte er. »So was machen nur fiese Schweine.«

Obwohl solche Ausdrücke nicht zu ihr zu passen schienen, lächelte ihn die junge Frau weiterhin an, als glaube sie ihm jedes Wort und vertraue ihm. »Mein Auto steht an der Post.« Mit einem Nicken wies sie die Straße hinunter. »Aber ich weiß nicht, ob ich mich alleine hintraue.«

»Wir können außen rum gehen, über den Singel.«

Ihre Augen leuchteten vor Dankbarkeit. »Das ist bestimmt zu viel verlangt«, sagte sie. »Du möchtest jetzt sicher nach Hause.«

»Ich habe Zeit«, erwiderte Olli. »Ich begleite dich.«

»Hast du keine Angst?«

»Nein, ich habe ein Messer dabei. Vor mir nehmen die sich schon in Acht.«

Sie gingen durch die Seitenstraße zum Singel und bogen dort links ab in die verkehrsberuhigte Zone an den Häusern entlang. Olli behielt die vorbeifahrenden Autos im Auge. Das Mädchen hielt sich dicht neben ihm und umklammerte seine Hand. »Ich bin so froh, dass ich dich getroffen habe«, sagte sie. »Wie heißt du eigentlich?«

»Olli.« Vielleicht hätte er ihr lieber einen falschen Namen sagen sollen, nur zur Sicherheit.

Doch sie verspottete ihn nicht. »Ist das eine Abkürzung für Oliver?«

»Ja. Ein ziemlich komischer Name, oder?«

»Nein, finde ich nicht«, sagte sie ernsthaft. »Er passt zu einem Mann, auf den man sich verlassen kann. Ich heiße Nora.«

Olli spürte, wie er errötete. Ein Mann, auf den man sich verlassen kann. Seine Hand war glitschig geschwitzt und er hätte sie gern trocken gewischt, aber dazu hätte er das Mädchen loslassen müssen. Ihr schien seine feuchte Hand nichts auszumachen. Nora. Sie war jung, jedenfalls nicht älter als er. Wenn jetzt zwei Typen aus einem Auto springen würden, wäre alles vorbei. »Was ist eigentlich passiert?«, fragte er noch mal.

»Ich war mit meiner Freundin in einer Kneipe«, erzählte sie. »Wie sind gerade von einem kurzen Campingurlaub zurückgekommen und ihr Verlobter wollte sie dort abholen. Die Männer haben uns einen ausgegeben. Sie machten einen ganz netten Eindruck, aber nachdem meine Freundin Trudy weg war, wurden sie lästig, vor allem einer von ihnen. Als ich gegangen bin, hat er mich verfolgt und wollte mir mitten auf der Straße an die Wäsche gehen. Ich konnte weglaufen, als ein Auto kam. Gott sei Dank habe ich dich dann getroffen.« Sie drückte seine Hand. »Du hast mich gerettet!«

»Hat dich der Mann anschließend weiter verfolgt?«

»Na klar, und einer seiner Freunde kam ihm zu Hilfe. Sie haben versucht, mir den Weg abzuschneiden.« Als sie an der Ecke schräg gegenüber der Post ankamen, hielt sie ihn auf. »Warte mal«, flüsterte sie.

Wieder schmiegte sie sich dicht an ihn und Olli nahm sie in die Arme. Er sah nichts Verdächtiges, steckte seine Nase in ihr blondes Haar und bekam eine Erektion. »Wo steht denn dein Auto?«, brachte er mühsam hervor.

»Auf der anderen Seite«, flüsterte sie. »Siehst du etwas?«

»Nein.« Er spürte, wie sie erschauerte. »Du zitterst ja!«

»Ich hatte solche Angst!«, flüsterte sie. »Wenn du nicht gewesen wärst, wäre ich verrückt geworden! Ich glaube, ich bin gar nicht in der Lage, Auto zu fahren.«

Olli wurde ganz nervös von all den schönen Aussichten, die sich in seiner Fantasie abzeichneten. »Wo steht denn dein Auto?«, flüsterte er.

Wieder nahm sie ihn fest an der Hand, und zusammen überquerten sie die Straße und gingen an der Post vorbei. Das Mädchen zeigte auf einen Lieferwagen mit Gardinen an den Seitenfenstern. »Er gehört meinem Bruder«, sagte sie. »Er und seine Freundin kampieren öfter darin. Trudy und ich durften uns das Auto ausleihen. Wir sind vorhin erst zurückgekommen.«

Olli überlegte, dass es eigentlich für Camping noch ein bisschen kalt war, aber vielleicht hatte der Wagen eine Standheizung. Ängstlich beobachtete Nora ein vorbeifahrendes Auto, zog den Schlüssel aus der Tasche und ließ ihn vor lauter Nervosität fallen. Sie stießen mit den Köpfen zusammen, als sie sich beide gleichzeitig danach bückten. Nora hob den Schlüssel auf und steckte ihn ins Schloss. »Du meine Güte.« Sie kicherte nervös. »Ich krieg die Tür nicht auf.«

Olli legte seine Hand auf ihre. »Lass mich mal.«

Er öffnete die Fahrertür und die Innenbeleuchtung schaltete sich ein. Über den Vordersitzen hingen zusammengerollte Gardinen und im Laderaum lag eine Matratze mit Schlafsäcken und Kissen auf dem Boden. An der Decke gab es eine zusätzliche Leuchte. Olli stellte sich die beiden jungen Frauen auf der Matratze vor. Vielleicht waren sie ein bisschen lesbisch und hatten sich eng aneinandergeschmiegt, um sich zu wärmen. Sollte ihm egal sein. »Ich hatte noch keine Zeit, das Auto auszuräumen«, sagte Nora als Entschuldigung.

Olli nickte. »Wo musst du hin?«

»Erst bringe ich dich zurück, ich kann dich ja schlecht laufen lassen.« Es klang ein wenig doppeldeutig, und sie kicherte nervös. »Ich habe nur Angst, dass ich einen Unfall baue, ich bin noch ganz fix und fertig.«

»Soll ich fahren?«

»Ach ja, bitte. Gleich geht's mir wieder besser, ich muss mich nur ein bisschen erholen. Du bist echt lieb.«

Sie rannte um den Lieferwagen herum. Olli setzte sich ans Steuer, sie rutschte neben ihn. Verstohlen musterte er sie. Deutlich erkennen konnte er sie nicht, aber nach alldem, was er gefühlt hatte, hatte sie wesentlich Besseres zu bieten als die zahnlose Fünfzigeuronutte. Sie erwiderte seinen Blick, und in dem schummrigen Licht sah es so aus, als wolle sie ihn ermutigen. Rasch zog Olli die Tür auf seiner Seite zu, sodass das Licht ausging und sie nicht sehen konnte, wie er errötete.

Er wendete, fuhr zurück zum Singel und wartete vor der Ampel, bis er rechts abbiegen konnte.

»Wohnst du in Nijmegen?«, fragte sie, als die Ampel auf Grün sprang. »Und was machst du so beruflich?«

Er bog auf den Singel ab. *Ich brate Hamburger.* »Ich arbeite in einem Restaurant«, antwortete er. »Ich bin Chefkoch.«

»Toll!«, sagte sie.

»Was ist denn so toll daran?«

»Ich finde es toll, dass du gerne kochst. Köche sind irgendwie immer nette Männer.«

Küchenhilfe, nichts weiter. Er hasste diesen Scheißjob und zu Hause kochte seine Mutter. Er schmückte seine Geschichte noch weiter aus und behauptete: »Ich denke daran, mein eigenes Restaurant aufzumachen.«

»Braucht man dafür nicht sehr viel Geld?«

Olli fragte sich, ob außer der Matratze auch ein Kasten Bier hintendrin stand. Wahrscheinlich nicht. Die Frauen tranken meistens lieber Cocktails, Breezer. »Ein bisschen habe ich auf der hohen Kante und den Rest nehme ich als Kredit auf.«

»Du hast also etwas gespart?«

Na klar, gespart, von seinem Lohn bei McDreck. Olli hielt erneut vor einer roten Ampel. Zwar war kein Mensch auf der Straße, aber er wollte keinerlei Risiko eingehen, erwischt zu werden und dadurch seine Chancen bei dem Mädchen zu verderben. »Nein, ich bin zufällig zu einem hübschen Sümmchen gekommen«, antwortete er. »Und was machst du so?«

»Ich bin Physiotherapeutin«, sagte sie. »Massagen und so was.«

Wieder ging seine Fantasie mit ihm durch. *Massagen.* Die Ampel sprang um und er fuhr um den Keizer Karelplein herum und in die Molenstraat hinein. Vielleicht hatte sie vorgehabt, ihn vor der Einfahrt zum Parkhaus abzusetzen, aber da bog er schon in die Einfahrt ein. »Ich fahr hoch zu meinem Auto«, sagte er, als wäre es ganz selbstverständlich.

»Okay.«

Er fuhr hinauf aufs Dach.

»Halt an. Lass uns erst mal nachschauen, ob er noch da ist«, flüsterte Nora. Olli blieb stehen, den Motor im Leerlauf. Er erblickte seinen armseligen Lada im kalten Neonlicht neben der Abfahrt auf der anderen Seite. *Chefkoch.* Das Mädchen starrte durch die Windschutzscheibe. Nur noch ein paar Autos standen auf dem Parkdeck. Olli hatte eine Eingebung. »Wenn die beiden in dem Auto gesessen haben, kann ja jetzt nicht einer von ihnen hier sein.«

»Er hat gesagt, er hätte sein Auto hier abgestellt«, flüsterte sie. »Außerdem waren die ja zu dritt. Fahr mal kurz da rüber, nur zur Sicherheit.« Sie zeigte auf die verlassene linke Seite des Parkdecks, wo nur eine Mauer zu sehen war und dahinter eine blinde Hausfassade, die das Parkhaus weit überragte. Olli fuhr in die dunkelste Ecke und setzte den Lieferwagen rückwärts vor die Wand. Er stellte den Motor ab, und in der Stille fühlte er ihre Hand auf seinem Knie. »Ich glaube, dass sie weg sind«, sagte sie. »Hast du noch ein bisschen Zeit, bei mir zu bleiben und aufzupassen?«

»Aufpassen? Worauf denn?«

»Ich muss mich umziehen, ich kann doch nicht mit der zerrissenen Bluse nach Hause kommen.«

»Okay.« Olli räusperte sich. Er hatte einen Kloß im Hals. Noras Hintern war nur zehn Zentimeter von seinem Gesicht entfernt, als sie sich zwischen den Vordersitzen hindurchquetschte. Er hätte sie am liebsten gepackt oder wenigstens berührt, aber ihr blindes Vertrauen rührte ihn zu sehr und dann war sie schon weg und es war zu spät. Sie löste die Bänder um die Gardinen, aber sie fielen nur zur Hälfte in der Mitte zwischen Laderaum und vorderem Bereich herunter. Oh Mann, dachte Olli und drehte sich um. Das Mädchen schaltete das Deckenlicht ein. Im gelblichen

Schein der Lampe kniete sie sich auf die Matratze und zog die Jacke aus. Ihre Bluse war vorne zur Hälfte geöffnet. Sie schien nicht sehr schlimm zerrissen zu sein, nur einige Knöpfe fehlten. Das Mädchen zog eine Tasche zu sich hin und holte einen schwarzen Pulli heraus. Olli presste eine Hand auf sein steifes Glied. Sie hielt den Pulli hoch, und da sah sie, wie er sie anstarrte. Weder erschrak sie noch wurde sie böse. »Du kannst ruhig zu mir nach hinten kommen«, sagte sie und kicherte leise.

Wieder brachte sie ihn zum Erröten, und Olli wurde wütend und dachte: Verdammt noch mal, sie will es so! Er wurstelte sich aus seiner Jacke heraus, ließ sie auf das Lenkrad fallen und zwängte seinen dicken Körper zwischen den Sitzen hindurch. Man konnte im Auto nicht aufrecht stehen, daher kniete er sich auf die Matratze und streckte die Hände nach ihr aus.

»Mach erst die Gardinen zu«, flüsterte das Mädchen.

Hier ist doch kein Mensch, dachte Olli, aber er drehte sich um und zog gehorsam die Gardinen zu. Als er sich wieder zu ihr wandte, hockte sie an die Laderaumklappe gelehnt da, ein Stück von der Matratze entfernt. Er kroch auf sie zu, aber sie sagte: »Jetzt warte mal, *Olli.*«

Olli richtete sich auf und setzte sich auf die Fersen.

»Wir haben es doch nicht eilig, oder?«, fragte sie. »Du bist ein Schatz und hast es verdient, aber ich will es nicht auf die Schnelle, okay?«

Olli konnte kein Wort hervorbringen, verblüfft von der völlig neuen Erfahrung, dass eine Frau ihm von sich aus so ein Angebot machte.

Nora schüttelte ihr blondes Haar. »Ich mag Spielchen«, sagte sie. »Du auch?«

Olli nickte stumm. Sein Mund war trocken.

»Du darfst mich erst berühren, wenn ich es sage«, sagte sie. »Und wir wechseln uns ab, okay?« Sie öffnete den letzten Knopf ihrer Bluse und zog sie aus. Sie trug nichts darunter und sie brauchte auch keinen BH, sie hatte wunderbare

Brüste, fest und milchweiß. Olli wurde schwindelig. Wieder hob Nora die Hand und sagte: »Jetzt du.«

Er starrte sie dümmlich an. »Dein Hemd«, sagte sie.

»Ach.« Mist, was für eine Zeitverschwendung! Er starrte ihre Brüste an, während er die Knöpfe seines karierten Hemdes aufriss, es aus seiner Hose zog und neben sich fallen ließ. Sie wies mit dem Kinn auf sein Unterhemd. »Das da auch.«

Olli saß mit seinem fetten nackten Oberkörper da und stank genauso nach altem Schweiß wie in seinem Albtraum, aber das Mädchen schien es nicht zu riechen oder zumindest schien es sie nicht zu stören. »Jetzt ich wieder«, sagte sie, knöpfte ihren Rock auf und zog ihn aus. Sie setzte sich auf ihren Po, um ihn abzustreifen. Olli konnte nur noch an eines denken: rauf und rein. Er kroch auf sie zu, aber ihre herrische Stimme hielt ihn zurück: »Olli, was habe ich gesagt?«

Er starrte sie an. »Was denn?«

»Das ist ungerecht«, sagte sie. »Zieh erst deine Hose aus.«

Sie wollte spielen. Na schön, wenn's sein musste. Er dachte an die beiden Nutten im Film. Vielleicht war das irgendetwas Lesbisches. Ihm war es egal, ob auf ihre Art oder auf seine Art, er kriegte sie so oder so. Olli setzte sich auf den Hintern, öffnete seinen Gürtel und presste sich gegen die Vordersitze, um seine Hose auszuziehen.

Das Mädchen saß in seiner weißen Unterhose da und beobachtete ihn. »Schau mal her«, sagte sie herausfordernd und streckte die Arme in die Luft, sodass ihre Brüste hochwippten. »Gefallen sie dir?«

Olli nickte sprachlos und zog die Hose über die Knie und die Schuhe. *Fantastisch.* Er schlüpfte aus den Schuhen und warf die Hose über den Vordersitz. So, nur in der Unterhose, fühlte er sich nackter denn je. Sie trug ebenfalls noch ihren Slip, aber jetzt war sie wieder an der Reihe. Wie Strippoker. Während sie ihn anschaute, erinnerte er sich an den Blick der meisten anderen Frauen. Diese hier würde ihm nicht entgehen, und wenn sie schrie wie ein abgestochenes Schwein. Sie konnte nicht abhauen. Er hatte alle Zeit der Welt. Er grinste.

»Gefällt's dir?«, fragte sie.

»Ja«, sagte Olli. »Jetzt bist du dran.«

Sie schüttelte den Kopf. »Komm mal her.«

Olli rutschte zu ihr hin. »Moment«, sagte sie, als er die Hände nach ihr ausstreckte. »Leg dich auf den Bauch. Erst massiere ich dich mal ein bisschen.«

Olli leckte sich über die Oberlippe und legte sich gehorsam auf den Bauch. Physiodingsbums, dachte er. Sexmasseuse. Er drückte die Wange auf die Matratze und lag auf seinem steifen Glied. Eine angenehme Überraschung nach der anderen. Das war mal ein ganz neues Gefühl, dass ihm etwas einfach so in den Schoß fiel, genau wie neulich das Geld. *Ein Glücksfall. Zwei Glücksfälle.* Das Mädchen setzte sich auf seine Oberschenkel und legte ihm die Hand auf den Rücken. »Augen zu«, flüsterte sie.

Ihre Wärme strahlte heiß durch seinen ganzen Körper. Das Mädchen fasste mit einer Hand neben die Matratze. Olli kniff die Augen zu. Sie holte mit der Montagestange aus und schlug ihn k. o.

Francine hatte sich bemüht, nicht zu fest zuzuschlagen, aber auch nicht zu leicht, obwohl das ziemlich schwierig war auf so engem Raum. Sie befühlte Ollis Halsschlagader und anschließend die Stelle, wo sie ihn getroffen hatte. Es blutete ein bisschen, aber der Schädelknochen war nicht verletzt.

So weit, so gut.

Sie ging an die Arbeit, zog Ollis Hände auf den Rücken und band seine Handgelenke mit silberfarbenem Klebeband fest aneinander. Sie riss mit den Zähnen ein weiteres Stück von dem Band ab und klebte es ihm auf den Mund. Seine Füße musste sie anheben, um die Rolle dreimal um die Knöchel zu wickeln.

Er stank wie ein Iltis. Sie führte ein Seil, das sie mitgebracht hatte, hinter einer Karosseriestrebe hindurch und band Ollis Füße stramm daran fest.

Rasch zog sie die schwarze Jeans und den schwarzen Pulli über und holte die Turnschuhe aus der Reisetasche. Die Perücke hatte gut gehalten. Sie schaltete das Deckenlicht aus. Olli nahm den größten Teil der Matratze in Beschlag, und sie musste halb über ihn hinwegkriechen, um zu den Vordersitzen zu gelangen. Es war fast ein Uhr nachts und das Parkhaus lag im kalten blauen Neonlicht still und verlassen da.

Francine startete den Lieferwagen und fuhr an Ollis Lada vorbei die Ausfahrt hinunter. Auf dem Weg zum Singel kam sie an dem Kino und an der Post vorbei. Ihr begegneten nur drei Autos, und auf dem Keizer Karelplein war auch nur wenig Verkehr. Sie bog in die Sint Annastraat ein. Die drei waren miteinander befreundet und sie vermutete, dass sie nicht weit voneinander entfernt wohnten.

Sie hatte Glück gehabt. Nur der Striptease war ihr schwergefallen. Sie rieb über die schmerzende Stelle unter ihrem Jochbein, die sie gekniffen hatte, bis sie blau war. Ihr Unterschenkel tat ein bisschen weh von der Lauferei und den Verrenkungen im Laderaum.

Sie hörte dumpfe Schläge. Olli kam wieder zu sich. Sie fuhr zu einer Stelle, die sie gestern Nacht ausgeguckt hatte, hinter dem Sportpark Brakkenstein. Dahin verirrte sich nachts keine Menschenseele. Sie parkte neben einem Fußballfeld, dicht neben dem Gebüsch hinter dem hohen Zaun. Sie schaltete die Scheinwerfer aus und stieg aus dem Wagen. Die Nacht war kühl.

Wieder hörte sie Olli poltern und sie ging um den Lieferwagen herum und öffnete die Hecktüren. Die Schläge hörten auf. Francine kletterte in den Laderaum und schaltete die Beleuchtung ein, bevor sie die Türen hinter sich zuzog. Olli hatte sich auf die Seite gewälzt, ein stinkender Koloss in Unterhose, die Arme auf dem Rücken gefesselt und die Füße in wollenen Schweißsocken zusammengebunden und an der Seitenwand fixiert. Er glotzte sie an und knurrte unter dem Klebeband.

Francine zog eine von Gerards Zigarettenschachteln aus ihrer Jackentasche, zündete eine Zigarette an, kroch nach vorn, tippte die Zigarettenasche auf Ollis Haut, blies die Glut an und näherte sie seinem Oberschenkel, bis die Haare sich kringelten und verschmorten. Olli wand sich, riss die Augen auf und gab erstickte Angstlaute von sich.

»Wenn du die Matratze vollpisst, bringe ich dich um«, sagte Francine.

Olli atmete heftig durch die Nase. Sein Gesicht war blau angelaufen vor Wut oder Sauerstoffmangel.

»Im Park warst du mutiger«, sagte Francine. »Als du diesen Glückstreffer gelandet hast, weißt du noch?«

Er erkannte sie nicht wieder. Die Frau im Park hatte dunkle Haare gehabt, sie hatte blonde. Sekundenlang starrte er sie verwirrt an, bevor ihm allmählich etwas dämmerte. Sie drohte ihm mit der Montagestange.

»Kein Mensch kann dich hier hören. Wenn du schreist, ziehe ich dir den hier über den Schädel und lasse dich liegen. Wenn du Glück hast, kommt morgen früh ein Spaziergänger vorbei, der verrückt genug ist, die Tür aufzubrechen und einen Krankenwagen zu rufen, aber an deiner Stelle würde ich nicht damit rechnen.« Sie drückte ihm ein Ende der Montagestange auf die Wange und hielt die Zigarette hoch. »Also, schrei lieber nicht. Kapiert?«

Olli nickte heftig. Er stank nach Angstschweiß.

Francine legte die Montagestange auf die Matratze, beugte sich über ihren Gefangenen und riss ihm mit einem Ruck den Klebestreifen vom Mund. Olli schrie auf vor Schmerzen und fing an zu jammern, hörte aber sofort damit auf, als Francine wieder nach dem Werkzeug griff.

»So ist's brav, Oliver«, sagte sie. »Wirst du dich wohl benehmen?«

Er nickte und schwitzte wie ein Ochse.

»Wo ist das Geld?«

»Ich …« Olli sah ihren Blick und hielt den Mund. Sie hatte den Reifenheber und die Zigarette. Sie zog daran und blies ihm den Rauch ins Gesicht.

»Bei Gijs«, sagte er.

Der Älteste der drei. »Vertraust du Gijs?«, fragte Francine.

»Er ist mein Bruder. Er bewahrt es für uns auf. Wir kommen nicht dran.«

»Gute Idee von Gijs. Wo bewahrt er es auf?«

»Ich habe Kopfschmerzen, bestimmt eine Gehirnerschütterung. Irgendwo bei ihm zu Hause.«

Francine blieb geduldig. »Und wo wohnt er?«

»In der Lepmastraat.« Francine sah ein merkwürdiges Funkeln in Ollis Augen, als sei ihm ein erleichternder Gedanke gekommen. »In der Nähe des Hatertsewegs.«

»Welche Hausnummer?«

»Fünfunddreißig.«

»Wohnt er da allein?«

»Nein, mit seiner Frau Kristien. Er ist Buchhalter.«

Francine brauchte Olli nicht weiter zu drohen. Er arbeitete brav mit und plötzlich begriff sie den Grund für seine Erleichterung. Er glaubte, sie schnell loszuwerden, wenn er ihr alles verriet, und hoffte, das Problem auf seinen Bruder abzuwälzen.

»Sind sie zu Hause?«

»Bestimmt liegen sie schon im Bett.«

»Wo befindet sich ihr Schlafzimmer?«

»Oben, zur Straße hin.«

»Haben sie einen Hund?«

»Nein, nur Kaninchen.«

»Wie komme ich rein?«

Olli riss die Augen auf. »Du meinst jetzt?«

»Ich kann noch einen Monat warten, aber du nicht«, erwiderte Francine. »So ganz nackt und ohne saftige Hamburger und Erdbeershakes?«

»Lässt du mich dann gehen?«

»Ich wüsste nicht, was ich dann noch mit dir anfangen sollte.«

Ollis Augen leuchteten hoffnungsvoll auf. »Kannst du mir die Hände losbinden? Meine Arme sind schon fast ausgekugelt.«

»Später.«

»Ich habe den Schüssel zu ihrer Hintertür«, bekannte Olli eifrig. »Er ist in meiner Jacke.«

»Prima.« Francine nahm die Rolle Klebeband und kroch auf den Knien in Richtung seines Kopfs.

Olli sah das Klebeband. »Ich dachte, du würdest mich gehen lassen?«

»Damit du schnell deinen Bruder anrufen kannst? Ich will dich nicht in Versuchung bringen. Halte den Kopf ruhig, sonst hau ich noch mal drauf.«

Olli rührte sich nicht. Verängstigt sah er zu, wie sie in das Klebeband biss und ein Stück davon abriss. Der Schweiß lief ihm in Strömen über das Gesicht und sie nahm sein Hemd und wischte ihm damit den Mund ab, bevor sie das Band darüberklebte. »Ruhig atmen«, befahl sie. »Sonst kriegst du eine verstopfte Nase. Sei froh, dass du keine Polypen hast.«

Francine kroch rückwärts. Olli sah ekelhaft aus. »Du bist widerlich«, sagte sie. »Ich überlege ernsthaft, dich deiner Mutter in diesem Zustand vor die Tür zu legen.« Sie warf ihm Peters Schlafsack über und schaltete die Lampe aus.

## 12

Gijs wohnte in einem der älteren Stadtviertel, wo immer zwei, drei Häuser mit Garten und Vorgarten Seite an Seite standen. Früher wohnten in dieser Gegend hauptsächlich Arbeiter, doch seit zehn, zwanzig Jahren wurden solche Häuser immer öfter von Doppelverdienern mit einem guten Job in der Stadt gekauft, die die Zwischenwände einrissen, Gartenhäuschen zu Garagen umbauten und Tomaten und Stangenbohnen im Garten durch Koniferen, Rasenflächen und Kinderschaukeln ersetzten.

Nummer fünfunddreißig war eine Doppelhaushälfte. Francine parkte den Wagen ein paar Häuser weiter. Die Straße lag im Tiefschlaf und Olli muckste sich nicht. Es war Viertel nach zwei. An den Straßenecken und genau gegenüber von Nummer fünfunddreißig standen Laternen.

Ollis Jacke lag über dem Beifahrersitz und Francine durchsuchte die Taschen. Ein kleines Portemonnaie, der Autoschlüssel, alte Toffees, die ihr an den Fingern kleben blieben, sowie drei Schlüssel an einem Ring. Ein kleinerer Haustürschlüssel und zwei größere, von denen wahrscheinlich einer zu Ollis Haus gehörte. Francine steckte die Schlüssel in die Jackentasche. Hatte Olli nicht auch etwas von einem Messer gesagt?

Ein Messer war vielleicht besser als die Pistole, die zwar echt aussah, aber einem Spielwarenladen entstammte. Das Messer war nicht in der Jacke. Ollis Hose lag zwischen den Sitzen und Francine fand das Messer in einer der Taschen, umwickelt mit einem schmutzigen Taschentuch. Es war ziemlich schwer. Francine drückte auf einen Metallhebel und erschrak, als die Klinge blitzschnell heraussprang. Sie glänzte im schwachen Licht. War das etwa ein Stilett? Solche Waffen waren doch verboten.

Francine drehte sich um und schob die Gardine etwas beiseite. »Bist du wach, Olli?« Er brummte unter dem Klebeband. »Ich bin in einer Viertelstunde wieder da«, sagte sie. »Wenn du Krach machst, ramme ich dir dein eigenes Messer zwischen die Rippen, wenn du dich ruhig verhältst, lasse ich dich gehen. Verstanden?«

Olli nickte eifrig. Von wegen Lärm, er konnte höchstens mit dem Kopf auf den Boden schlagen. Francine überlegte, ob sie ihn wieder bewusstlos schlagen sollte, aber sie brachte es nicht noch einmal fertig.

Sie zog die Gardinen wieder zu, bevor sie ihre blonde Perücke abnahm, die ihr unter der Sturmhaube im Weg gewesen wäre. Sie steckte die Taschenlampe aus dem Handschuhfach zu der Spielzeugpistole und dem Messer in ihrer Jackentasche und nahm auch das Klebeband mit. Sie hatte geahnt, dass das Geld bei Gijs, dem Ältesten, war. Die Sturmhaube hatte sie mitgenommen, um zu verhindern, dass er sie als Frau erkannte und sie deshalb nicht ernst nahm. Handschuhe hatte sie ebenfalls dabei, um keine Fingerabdrücke zu hinterlassen.

Bevor sie ausstieg, schaltete Francine die Innenbeleuchtung aus. Sie schloss den Lieferwagen ab, steckte die Schlüssel in ihre Hosentasche, blieb einen Augenblick stehen, lauschte und atmete tief durch. Die Straße atmete im selben Rhythmus. Eine ganz normale Nacht. Alles in Ordnung.

Francine lief an Hecken und Autos vorbei ein Stück zurück. Vor Nummer fünfunddreißig wuchs eine etwas breitere Hecke, und auf einer doppelten Plattenreihe vor der geschlossenen, an das Haus angebauten Garage stand ein spiegelblank gewienerter Renault 25. Francine schaute hinauf zu den Fenstern im ersten Stock. Nirgendwo brannte Licht. Sie kletterte über das niedrige Gartentor und ging an dem Renault vorbei zu dem schmalen Durchgang zwischen der Garage und der hohen Ligusterhecke, die den Garten vom Grundstück der Nachbarn abgrenzte. Hinter der Garage blieb sie stehen, bis sich ihre Augen an das Dunkel gewöhnt hatten. Sie sah Sterne und eine dünne Mondsichel.

Die Nacht war hell und der Garten duftete nach Frühling. Francine erkannte Grüppchen von späten Narzissen und Stühle auf einem Rasenstreifen. Sie hörte leise Geräusche in den Ställen an der Garagenrückwand. Kaninchen. Kein Hund. Hinten war der Garten mit einem Holzzaun abgegrenzt, vor dem Sträucher und einige Obstbäume wuchsen. Einer von ihnen leuchtete bleich im Mondlicht – ein Apfelbaum, die blühten als Letzte.

Francine zog die Sturmhaube über das Gesicht und ging an den Kaninchen vorbei, während sie in der Jackentasche die Schlüssel sortierte. Die größeren beiden hielt sie fest, damit sie nicht klirrten. Eine Küchentür mit Butzenscheiben, daneben ein Fenster. Auf der rechten Seite der Fassade war das frühere Wohnzimmerfenster durch eine Flügeltür ersetzt worden. Der erste Schlüssel passte. Ein gutes Zeichen, dachte Francine. Und dazu das Glück, dass die Tür sich geräuschlos öffnen ließ.

Francine trat ein und zog die Tür zu. Sie steckte die Schlüssel ein, nahm die Taschenlampe in die linke Hand und Ollis Messer in die rechte. Sie schirmte die Lampe mit den behandschuhten Fingern ab, bevor sie sie einschaltete. Sie hatte vor, sie so wenig wie möglich zu gebrauchen, aber es war sehr dunkel im Haus. Sie stand in dem Heim anderer Leute. Die Küche war gemütlich eingerichtet, mit Schränkchen und einer Bistroleuchte über einer Granitanrichte. Gegenüber standen zwei Stühle und ein kleiner Tisch mit gelber Tischdecke, darauf eine Hyazinthe im Glas. Ein geputzter Renault, ein gepflegter Garten und ein Haushalt, den Kristien hübsch in Ordnung hielt.

Die Tür zu dem kleinen Flur stand halb offen. Francine schaltete die Taschenlampe ein und wieder aus. Rechts eine Toilettentür, eine Treppe, darunter eine Klapptür zu einem Abstellraum, vorne eine kleine Diele hinter der Haustür mit Bleiglasscheiben, links zwei Türen zu dem altmodischen Wohn-Esszimmer, aus dem vermutlich die traditionellen Schiebetüren entfernt worden waren. Bestimmt hatte Gijs das Geld gut versteckt, und sie würde es niemals finden, ohne die Hausbewohner aufzuwecken.

Francine hielt sich am Treppengeländer fest und leuchtete erneut kurz mit der Lampe. Keine Hindernisse. Sie stieg nach oben, dicht an der Wand entlang. Die Stufen knarrten nicht. Sie gelangte auf einen dunklen Treppenabsatz und schirmte wieder die Lampe ab. Drei Türen, Badezimmer, zwei Schlafzimmer, eines zur Straße hin.

Der Holzfußboden knarrte, als sie zur Schlafzimmertür ging. Sie blieb stehen, ein Ohr an die Tür gelegt, die Nerven zum Zerreißen gespannt. *Komm schon, du wirst mit ihm fertig, du musst es nur schlau anfangen.* Sie fand die Türklinke, drückte sie herunter und schlüpfte in das Schlafzimmer hinein. Als sie die Tür geräuschlos hinter sich schloss, fühlte sie, dass ein Schlüssel im Türschloss steckte. Sie blieb still stehen und atmete unter der Mütze ein und aus.

Schwaches Laternenlicht drang durch die geschlossenen Gardinen. Rechts stand ein großer Schrank und links das Bett, einen Meter vor dem Fenster, Nachtschränkchen zu beiden Seiten, auf dem rechten eine Schirmlampe. Zwei Gestalten unter einer Daunendecke. Die Taschenlampe konnte sie jetzt einschalten. Lag Gijs links oder rechts?

Der Fußboden knarrte leise, als sie auf die rechte Seite schlich, wo die Nachttischlampe stand. Die beiden wurden nicht wach. Francine blieb am Kopfende stehen und sah dunkle Locken. Gijs war blond. Falsche Seite.

Sie wagte es nicht, um das Bett herumzugehen. Sie hielt das Messer in der Hand. *Improvisieren.* Frauen neigten eher dazu zu schreien. Vielleicht war es besser, sich erst die Frau vorzuknöpfen.

Francine legte das Messer auf das Bett, holte das Klebeband aus der Tasche, riss ein Stück ab, trennte es halb durch und legte die Rolle neben das Messer auf die Daunendecke. Kristien lag auf der Seite, den Rücken ihr zugewandt, eng an Gijs geschmiegt. Die Frau war unschuldig, wusste vielleicht nicht mal von dem Geld oder davon, was Gijs so alles trieb.

Und wenn sie sich zu Tode erschreckte? *Nicht so lange nachdenken!*

Francine legte eine Hand auf den Kopf der Frau, presste ihr die andere Hand auf den Mund und drehte ihr Gesicht nach oben.

Die Frau erschrak heftig, zappelte und drehte sich auf den Rücken. Gijs stöhnte unwillig im Schlaf. Eine Hand weiterhin auf den Mund der Frau gedrückt, nahm Francine die Taschenlampe in die andere Hand und leuchtete der Frau in die schreckgeweiteten Augen. Durch die Sturmhaube hindurch zischte sie: »Stillhalten!«

Die Frau jammerte leise und trat mit den Füßen nach Gijs. Francine sah den Schalter am Fuß der Nachttischlampe und legte einen Finger darauf. Neben der Lampe stand ein Telefon. Gijs wurde wach.

»Hör auf, Kris, was ist denn los?«

Francine hielt der Frau den Mund zu, betätigte den Schalter der Nachttischlampe und griff nach Ollis Messer. Gijs drehte sich um, stützte sich auf einem Ellenbogen ab und starrte sie erschrocken an. »Was …?«

Francine ließ die Klinge des Messers aufblitzen und setzte der Frau die Spitze an den Hals. Mit möglichst tiefer Stimme befahl sie: »Keinen Mucks, verstanden?«

Gijs wurde leichenblass. »Hören Sie mal, wir haben nichts Wertvolles …«

»Halt den Mund, oder …«

Gijs ließ sich wieder aufs Bett sinken. Francine nahm das Messer von Kristiens Kehle weg, behielt es aber in der Hand, während sie ein Stück Klebeband von der Rolle abriss und es auf Kristiens Mund klebte. Die Frau war starr vor Schreck und dachte gar nicht daran zu schreien. Wieder bedrohte Francine Kristien mit dem Messer und hielt Gijs die Rolle Klebeband hin. »Hier, nimm!«

Gefügig nahm Gijs die Rolle an.

»Fessle ihr damit die Handgelenke.«

»Das ist wirklich nicht nötig, wir tun alles …«

»Du tust jetzt gefälligst, was ich sage!« Ihre Stimme klang vor lauter Nervosität verräterisch schrill.

Gijs schien es nicht zu hören. Entsetzt starrte er das Messer am Hals seiner Frau an und stotterte: »Ja, schon gut, komm her, Kris …«

Er setzte sich auf und zog das Klebeband von der Rolle. Seine Frau hörte mit dem erstickten Gejammer auf und legte die Hände auf die Decke. Gijs umwickelte ihre Handgelenke mit Klebeband. Francine schwitzte unter ihrer Sturmhaube und sah, dass sich das Klebeband auf Kristiens Mund auf einer Seite löste, weil sie ebenfalls in Schweiß gebadet war.

Gijs riss das Band ab und hielt die Rolle hoch.

»Und jetzt ihre Fußknöchel.«

»Sagen Sie doch einfach, was Sie wollen …«

»Jetzt mach schon!« Francine riss die Daunendecke weg und hielt Kristien erneut das Messer an die Kehle.

»Okay, okay …« Gijs beugte sich über die Füße seiner Frau. Er trug einen gestreiften Pyjama. Francine blieb zwischen ihm und der Nachttischlampe stehen, aber so oder so würde er nicht so schnell erraten, dass sie eine Frau war. Aus den Augenwinkeln heraus beobachtete sie ihn, während sie sich zu Kristien hinunterbeugte und ihr zuflüsterte: »Bleib einfach still liegen. Dann geschieht dir nichts. Ich bin ganz schnell wieder weg.«

Kristien nickte stumm. Francine zog die Spielzeugpistole aus der Tasche. Gijs hatte das Klebeband dreimal um Kristiens Knöchel gewickelt und richtete sich wieder auf. Er sah die Pistole.

Francine gab ihm damit ein Zeichen, und er legte das Klebeband neben sich auf das Bett.

»Und jetzt das Geld«, sagte Francine.

Er sperrte den Mund auf. »Welches Geld?«

»Das Geld in der Tasche. Soll ich deiner Frau erklären, was für einen Riesenspaß ihr im Park hattet? Du, Olli und der andere?«

Jetzt begriff er. Sein Blick huschte zu Kristien. »Hör mal,

das war …« Ungläubig starrte er Francine in ihrer Sturmhaube an. »Wer bist du?«

Francine gab ihm wieder ein Zeichen mit der Pistole. Er wusste genau, wer sie war, deshalb konnte sie genauso gut wieder ganz normal reden. »Hast du geglaubt, ihr könntet mich so einfach loswerden?«

»Ich, äh …« Er überwand seine Angst. Sie war ja nur eine Frau. Er war der gerissene Buchhalter, und sie sah, wie er hin- und herkalkulierte. »Ich habe es nicht mehr.«

»Du lügst!«, fuhr Francine ihn an. »Und wenn du noch lange dummes Zeug quatschst, erstickt dein Bruder Olli inzwischen unter dem Klebeband.« Sie ging um das Bett herum und bohrte die Messerspitze in den Stoff seines Pyjamas, knapp unterhalb der Rippen. »Aufstehen!«

Er schien seinen Widerstand aufzugeben. »Okay, okay.«

Francine kehrte wieder auf Kristiens Seite des Bettes zurück. Gijs suchte mit den bloßen Füßen auf dem Fußboden herum. *Pantoffeln.* Dann fing plötzlich ein Baby an zu weinen.

Kristien richtete sich ruckartig auf. Francine drückte sie mit der Faust, in der sie das Messer hielt, zurück auf das Kissen. »Liegenbleiben!«

*Sie hatten ein Kind. Davon hatte der Fettsack nichts gesagt.*

Das Baby weinte lauter. Ein junges Paar – sie hätte damit rechnen können. Gijs sah aus, als wolle er sich jeden Moment auf sie stürzen. Francine unterdrückte ihre Panik, bedrohte ihn mit der Pistole und die Frau mit dem Messer. »Immer mit der Ruhe«, sagte sie, hauptsächlich zu sich selbst. »Hol das Kind. Beeilung!«

Gijs schlurfte an den Gardinen entlang und warf einen Seitenblick auf die Pistole. Francine erkannte ein aufsässiges Funkeln in seinen Augen. »Ich erschieße dich!«, drohte sie. »Los, mach schon!«

Gijs öffnete die Tür und schaltete das Licht im Flur ein. Francine folgte ihm. Sie war froh, dass sie Ollis Messer hatte. Nicht, dass sie auf Gewalt aus war, aber wenn er Schwierigkeiten machte, würde sie ihn damit verletzen.

Gijs öffnete eine Tür und schaltete das Licht ein. Ein rosa Babyzimmer, Märchenszenen, eine Wickelkommode, eine Waage, Pampers, Blümchengardinen. Gijs beugte sich über eine Wiege mit rosa Himmel, Spieluhr und Mobiles, hob mit beruhigenden Lauten ein weinendes Baby heraus und drückte es an sich. Ihn, sie. *Rosa*, ein Mädchen, mit dunklem Flaumhaar und Tränen im Gesicht. Francine rechnete damit, dass es noch lauter kreischen würde, wenn es die Sturmhaube sah, aber das Baby schaute sie über Gijs Schulter hinweg fasziniert an und hörte auf zu weinen. *Babys wissen noch nichts von der Welt, für sie ist alles normal.* Ein Messer war Spielzeug, die Pistole ja sowieso. Francine konnte also die Sturmhaube aufbehalten, wie sie von Anfang an vorgehabt hatte, damit Gijs und seine Frau sie nicht wiedererkannten, falls sie einander zufällig noch einmal begegneten. »Beeil dich«, mahnte Francine erneut.

Gijs warf ihr einen wüsten Blick zu und trug das Baby ins Elternschlafzimmer. Francine winkte ihn auf seine Seite des Bettes. Mit dem Baby in den Armen konnte er nichts ausrichten. Sie steckte die Pistole ein, beugte sich über Kristien und zog ihr vorsichtig das Klebeband vom Mund. Sie wollte ihr nicht wehtun.

»Das ist ihre Zeit«, sagte Kristien und hielt Francine die Handgelenke hin.

»Okay.« Francine schnitt mit Ollis Messer das Klebeband durch, zog erneut die Pistole und gab Gijs damit ein Zeichen. Er kniete sich mit einem Bein auf das Bett und reichte Kristien das Baby. Sie öffnete ihr Nachthemd, und das Kind begann zufrieden zu trinken.

»Steh auf«, sagte Francine zu Gijs. »Los, an die Wand.«

Gijs gehorchte, und sie schnitt rasch das Telefonkabel durch. Wenn es hier ein Handy gab, konnte sie jetzt nicht danach suchen. Es dauerte nur einen Augenblick, dann stand sie wieder mit Messer und Pistole bereit. »Und jetzt das Geld«, sagte sie.

»Aber ich habe doch schon gesagt …«

Francine hob die Pistole. Kristien sagte ganz ruhig: »Gijs, ich weiß nicht, was sie meint, aber du tust jetzt, was sie sagt.«

Gijs warf seiner Frau einen wütenden Blick zu, verließ aber das Schlafzimmer. Francine folgte ihm und zog die Tür hinter sich zu. Gijs öffnete eine Tür am Ende des Treppenflures und schaltete das Licht ein. Sie betraten einen sehr ordentlichen Hauswirtschaftsraum mit Vorrats- und Besenschränken, einer Waschmaschine, einem Trockner und einem zusammengeklappten Bügelbrett. Gijs griff nach einem Stock mit Haken am Ende, der neben der Waschmaschine stand. Francine trat unwillkürlich einen Schritt zurück und sah, wie Gijs daraufhin spöttisch lächelte. *Vorsicht!*

Gijs zog mit dem Haken am Stock eine Speicherklappe herunter, legte den Stock auf die Waschmaschine, zog eine Ausziehtreppe herunter und kletterte in Pantoffeln die Leiter hinauf. Auf halbem Wege blieb er stehen und begann, auf dem Speicher herumzukramen. Kurz darauf stieg er wieder hinunter, doch in dem Moment, als sein Kopf zum Vorschein kam, zögerte er, die Geldtasche in beiden Händen.

»Beeil dich!«, sagte Francine. »Los, runter da!«

Gijs nickte. Er stieg noch eine Stufe weiter hinunter, blieb plötzlich stehen und warf Francine die Tasche zu. Völlig überrumpelt streckte sie in einem Reflex beide Hände aus, um die Tasche aufzufangen. Ihren Fehler begriff sie erst, als Gijs sich auf sie stürzte, noch bevor sie die Tasche fallen lassen konnte.

Das Messer fiel ihr aus der Hand, sie schlug hart auf den Boden und für einen Moment wurde alles schwarz. Gijs riss die Tasche zwischen ihnen weg, drückte Francine mit seinem Gewicht herunter, erwischte ihr linkes Handgelenk und versuchte, ihr die Pistole wegzunehmen.

Francines Unterschenkel brannte wie Feuer. Sie versuchte, das andere Bein anzuziehen, um Gijs in den Schritt zu treten, hatte aber zu wenig Platz. Gijs bekam die Pistole zu fassen und riss sie ihr aus der Hand. Der Triumph in seinen

Augen verwandelte sich in Wut, als er das Plastik fühlte. »Miststück!« Er setzte sich rittlings auf sie, warf die Pistole weg, riss ihr die Mütze vom Kopf und hob die Hand.

»Wage es nicht!«, rief sie.

Er lachte höhnisch und spuckte ihr ins Gesicht. »Blöde Kuh!« Er riss den Stock von der Waschmaschine. »Wo ist Olli?«

»In meinem Auto, direkt vor der Tür«, antwortet sie. Mit der rechten Hand fuhr sie über das Linoleum. »Er ist okay, ihm fehlt nichts.« Francines behandschuhte Finger fanden das Messer. Entweder Gijs dachte nicht mehr daran, oder er glaubte, es sei außer Reichweite geflogen. Sie lag reglos unter ihm, als habe sie ihren Widerstand aufgegeben.

Gijs schaute sich nach etwas um, mit dem er sie fesseln konnte, aber er fand nichts. Ihm blieb nichts anderes übrig, als sie k. o. zu schlagen. Mit beiden Händen hob er den Stock über den Kopf. Er hätte seine Faust benutzen sollen, ihr mit den Knöcheln auf die Schläfe schlagen, aber er bevorzugte den Stock, was ihr eine halbe Sekunde Zeit und eine Armlänge Platz verschaffte. Ihre Finger schlossen sich um das Messer. Sie wollte ihn nicht umbringen. Genau in dem Moment, als der Stock niedersauste, riss sie die Schultern hoch und trieb das Messer in seinen Oberarm.

Gijs brüllte vor Schreck und Schmerzen und fiel auf sie. Der Stock traf sie nur an der Schulter. Seine Frau musste Gijs Geschrei gehört haben, die Nachbarn möglicherweise auch. Francine schubste ihn von sich weg, richtete sich auf den Knien auf, setzte ihm das Messer an den Hals und zischte: »Halt dein dreckiges Maul!«

Gijs jammerte und umklammerte seinen Arm. »Ich verblute!«

»Stell dich nicht so an!«

Francine stand auf. Ihr dröhnte der Schädel, ihr Unterschenkel fühlte sich an wie ein glühender Schürhaken und ihr war ganz übel von ihrer eigenen Dummheit. Mit dem gesunden Fuß trat sie den Stock weg, auch wenn sie von

Gijs nicht mehr viel zu befürchten hatte. Sie wusste seit Langem, dass Männer mit Schmerzen viel schlechter umgehen konnten als Frauen, und Gijs war genau wie einige der ganz harten Jungs im Sportstudio, die man nur einmal verkehrt zu erwischen brauchte. Blut quoll durch seinen Pyjama und zwischen seinen Fingern hindurch, aber es war zu wenig, als dass es aus einer Schlagader hätte stammen können. Francine hatte ihn am Bizeps erwischt, nicht einmal besonders tief. Sie entdeckte Wäsche im Trockner und zog ein Geschirrtuch heraus. »Wickele das hier darum, dann wirst du's überleben. Steh auf!«

Sie hob ihre Sturmhaube vom Boden auf und nahm die Tasche. Gijs wickelte das Tuch um seinen Arm und richtete sich mit schmerzverzerrtem Gesicht auf. »Ich muss zum Arzt!«

Sie hielt Ollis Messer bereit, aber Gijs stolperte gefügig vor ihr her. Seine Angst vor Schmerzen war zu groß, um noch an etwas anderes zu denken. Francine ließ die Tasche auf dem Treppenabsatz stehen. Kristien lag mit dem Baby im Arm im Bett und riss die Augen weit auf, als sie das Blut am Arm ihres Mannes sah.

»Halb so wild«, erklärte Francine. »Dein Mann hat versucht, mich auszutricksen. Leg ihm nachher einen Verband an.« Die beiden sahen jetzt ihr Gesicht, aber das war nun mal nicht mehr zu ändern. »Los, zurück ins Bett«, befahl sie Gijs.

Sie musste sich beeilen. Gijs schlüpfte mit den Beinen unter die Decke, sank auf sein Kissen und umklammerte seinen verletzten Arm. Wenn er einmal seinen Schrecken und seine Feigheit überwunden hatte, würde er womöglich auf Mittel und Wege sinnen, wie er sie ausfindig machen konnte. Francine lächelte Kristien an. »Es tut mir leid, wenn ich dich erschreckt habe. Dass ihr ein Baby habt, wusste ich nicht«, sagte sie und ging zur Tür.

»Warum hast du das getan?«, rief Kristien ihr hinterher.

Es war zu riskant, Kristien gegen ihren Mann aufzuhetzen. Sie war imstande, zur Polizei gehen. Gijs musste sich schon selbst etwas einfallen lassen. »Frag das mal lieber deinen braven Ehemann«, antwortete Francine daher nur.

Den Schlüssel in der Tür ließ sie stecken. Sie hatte Zeit genug. Kristien musste sich um das Baby kümmern und Gijs war vermutlich mit dem Erfinden von Ausreden mehr als beschäftigt.

Francine nahm die Tasche und hinkte im Licht des oberen Stockwerks die Treppe hinunter und durch die Küche. Ollis Schlüsselbund ließ sie auf der Hintertür stecken.

Bei den Nachbarn brannte im ersten Stock Licht, aber es war nichts zu hören. Die Nacht war kühl. Sie stellte die Tasche vorne in den Lieferwagen, setzte ihre Perücke auf, nahm Ollis Jacke und Hose vom Beifahrersitz und sein Hemd vom Boden hinter der Gardine. Sie hinkte um das Auto herum, warf Ollis Kleider auf den Bürgersteig und öffnete die Hecktüren. Im Laderaum stank es. Olli lag wie ein fettes Schwein auf der Matratze. Francine warf auch seine Schuhe raus und schnitt das Seil und das Klebeband um seine Fußknöchel durch.

»Raus«, sagte sie. »Und zwar ein bisschen dalli.«

Steif setzte er sich auf und rutschte auf dem Hintern über die Matratze. Er schien sich in einer Art Schockzustand zu befinden. Als er mit dem Mund über den Arm wischte, um das Klebeband abzubekommen, setzte Francine ihm die Spitze des Messers auf den Oberschenkel. »Lass das!«

Gehorsam rutschte Olli über die Ladekante und stand zitternd nur in der Unterhose draußen. Francine schloss die Tür. »Hau ab«, sagte sie.

Er stolperte auf den Bürgersteig und blieb dort stehen. Ein Hund fing an zu bellen. Olli sah zu, wie sie sich ans Steuer setzte. Der Motor sprang an und sie fuhr sofort los.

Als sie das Viertel hinter sich gelassen hatte, fing sie so heftig an zu zittern, dass sie rechts ranfahren musste. Sie öffnete die Seitenscheibe, ließ die Welle kommen und gehen und füllte die Lungen mit Sauerstoff. Atmen.

*Warum hast du das getan?*

Weil diese rote Macke in ihrem Gehirn sie dazu zwang, die Sache zu Ende zu bringen. Ihre Hände zitterten nicht mehr. Sie zog den Reißverschluss der Tasche auf. Das Geld war drin.

Okay, dachte sie. *Weiterfahren.*

Im Hausflur brannte Licht. Ihr Peugeot stand zehn Meter weiter am Straßenrand, eingequetscht zwischen anderen Autos. Francine setzte den Lieferwagen ein Stück zurück, parkte in zweiter Reihe, ließ den Motor laufen und stieg aus. Den Reserveschlüssel ihres Peugeots hatte sie bei sich. Der Wagen sprang sofort an. Sie musste ein bisschen rangieren, bis sie aus der Parklücke rauskam, und da der Parkplatz zu klein war für den Lieferwagen, fuhr sie ihn quer hinein, mit den Vorderrädern auf dem Bürgersteig.

Francine schaute an der Hausfassade hoch. Nur die Lichter auf den Außengalerien brannten, die Bewohner schliefen noch. Sie hielt eine Nachricht für Peter in einem Umschlag bereit. Sie holte die Geldtasche und die Schlüssel aus dem Wagen, kroch in den Laderaum, sammelte die Klebebandreste ein, zog das Seil von der Karosseriestrebe und steckte das Ganze zu dem Minirock und den Pumps in ihrer Reisetasche. Sie zog die Matratze zurecht und räumte ein bisschen auf. Im Auto stank es nach Schweiß und Angst, aber gottlob hatte Olli nicht in die Hosen geschissen. Peter würde sich fragen, was sie in seinem Wagen gemacht hatte, und er würde wütend sein, weil er nichts als einen kurzen Brief erhielt, dass sie und Sally eine schöne Zeit gehabt hätten und sie ihm sehr dankbar sei. Allerdings schätzte sie ihn so ein, dass er ein Fahrtenbuch führte, und er würde garantiert anhand des Kilometerstands feststellen, dass sie nicht in Brüssel gewesen sein konnte.

Das war nicht zu ändern.

Francine schloss den Lieferwagen ab und steckte die Schlüssel in den Umschlag, verstaute die Taschen im Kofferraum ihres Peugeots und hinkte in den Flur des Mietshauses. Sie steckte den Umschlag in den Briefkasten mit dem Namensschild *P. Kolman* und machte, dass sie wegkam. Der Unterschenkel fühlte sich nicht gut an und sie benutzte wieder den linken Fuß zum Bremsen.

Sie sah in keinem der Hausboote Licht brennen. Gerards und ihr Parkplatz waren frei. Die Anwohner stellten ihre Fahrzeuge grundsätzlich vor ihren eigenen Hausbooten ab und respektierten den Parkplatz ihres Nachbarn, auch wenn der im Gefängnis saß und sein Wagen konfisziert worden war.

Draußen herrschte Totenstille. Der Mond war bereits untergegangen und am östlichen Himmel verblassten die Sterne. Wenn man das Lösegeld bei ihr fand, war alles vorbei. Es auf dem Boot zu verstecken, war zu riskant. Sie wusste zwar nicht, wie lange ein Durchsuchungsbeschluss galt, aber schließlich konnte jederzeit ein neuer beantragt werden. Und Jimmy trieb sich auch noch irgendwo herum.

Francine öffnete die Kofferraumhaube. In dieser Gegend wurden keine Autos aufgebrochen und nur ein Verrückter würde ihren alten Peugeot stehlen. Mit der Hand auf der Kofferraumhaube blieb sie einen Moment in der Stille stehen. *Wir behalten Sie im Auge.*

Nein, sie konnte das Geld nicht im Auto lassen. Ein Bahnhofschließfach? Auch Ollis Messer musste sie loswerden, sie wollte es nicht haben.

Francine holte die Geldtasche und die Reisetasche aus dem Kofferraum, schloss das Auto ab und überquerte die Straße. Vor dem Boot blieb sie stehen, nahm die Taschen in eine Hand und warf Ollis Messer, so weit sie konnte, ins Wasser. Sie hinkte über die Laufplanke, holte den Schlüssel aus dem Holzschuh und betrat das Boot. Sie schaltete das Licht ein, öffnete den Mülleimer und hob den halbvollen Müllsack heraus. Der Boden des Eimers war klatschnass von dem braunen Wasser aus den Kaffeefiltern, das irgendwie immer durch die Säcke tropfte. Sie steckte die blonde Perücke zu dem Geld in der Tasche, zog den Reißverschluss zu und legte sie unten in den Eimer. Sie drückte sie so flach wie möglich zusammen und stopfte den Müllbeutel obendrauf.

Sie zog sich aus und nahm eine Dusche. Ihr Unterschenkel war rot und geschwollen. Sie wickelte einen trockenen Verband darum und schlüpfte ins Bett. Es war halb fünf.

Morgen ging sie Gerard besuchen. Nein, heute.

# 13

Francine schreckte aus dem Schlaf. Die Sonne brannte auf das orangefarbene Rollo, der Wecker stand auf halb neun und irgendjemand hämmerte gegen die Tür. Sie hatte kaum vier Stunden geschlafen, und ihr Kopf fühlte sich an, als hätte sie einen Liter von Gerards Whiskey getrunken.

Das Hämmern verstummte nicht. Francine stand auf, nahm ihren Bademantel vom Haken und zog ihn über, während sie mit nackten Füßen das Wohnzimmer durchquerte. Ihr Kopf schmerzte mehr als ihr Unterschenkel. Erst, als sie die Tür öffnete, fiel ihr ein, dass sie vielleicht besser vorher durch die Jalousie geschaut hätte.

Im Gegenlicht war die Frau zunächst nur als schwarze Silhouette zu erkennen. Doch dann sah Francine den Pagenschnitt und den Streifenwagen, der auf Gerards Parkplatz stand. »Was ist denn los?«

Anja Faber war förmlich gekleidet, trug ein dunkelgrünes Kostüm und praktische Pumps. Ihre Augen verbarg sie hinter einer Sonnenbrille. »Ich möchte Sie bitten mitzukommen«, sagte sie.

Francine hielt sich an der Tür fest. *Jessica anrufen.* »Warum denn? Wollen Sie mich festnehmen?«

»Noch nicht.« Die Faber nahm ihre Sonnenbrille ab. »Inspecteur Dumee möchte Sie sprechen. Sie sind allerdings nicht dazu verpflichtet, seiner Bitte Folge zu leisten.« Sie schaute auf die Uhr. »Habe ich Sie aus dem Bett geworfen?«

Sie konnte also im Prinzip ablehnen. Francines Panik legte sich. »Ich muss mir nur schnell was anziehen«, sagte sie.

»Darf ich reinkommen?«, fragte die Faber.

*Nicht zögern!* Francine trat zurück und ließ die Ermittlerin ins Wohnzimmer. »Einen Augenblick bitte«, sagte sie und ging ins Bad. Sie musste zur Toilette und schluckte anschließend zwei Paracetamol-Tabletten. Sie sah aus wie eine Hexe. Sie wusch sich das Gesicht, kämmte sich die Haare und legte einen Hauch Lippenstift auf. Ihr Unterschenkel spannte, als läge noch der Gips darum. Sie nahm den Verband nicht ab, schließlich musste sie sich beeilen.

Anja Faber stand am Tisch, ihre Sonnenbrille in der einen, *Norwegian Wood* in der anderen. »Murakami«, sagte sie. »Noch nie von ihm gehört.«

»Ein schönes Buch«, sagte Francine.

»Lesen Sie Englisch?«

Francine hielt ihren Bademantel vorne zusammen. »Besser als Japanisch.«

Die Faber lächelte. Sie verhielt sich netter als bei ihrem letzten Zusammentreffen.

Francine erstarrte, als das Telefon klingelte. Die Faber ließ sich nicht aus der Ruhe bringen. »Telefon«, sagte sie überflüssigerweise.

Francine nahm ab.

»Hallo, ich bin's«, meldete sich Jacqueline. »Ich komme heute Nachmittag mit, ich hab mich schon angemeldet.«

»Prima«, sagte Francine.

»Soll ich dich abholen?«

Francine schaute die Faber an. »Ich bin heute Nachmittag nicht zu Hause«, sagte sie. »Wir treffen uns dann dort, vor dem Eingang, einverstanden?«

»Hast du was?«, fragte Jacqueline.

»Nein, alles bestens. Bis heute Nachmittag.« Francine legte auf.

Anja Faber schaute sich überall um. »Ist so ein Hausboot nicht kalt im Winter?«

»Wir haben einen Ofen.« Francine wies mit einem Nicken darauf. Sie bemühte sich, nicht zum Mülleimer zu schauen. »Sie können auch auf dem Deck warten, wenn Sie möchten«, sagte sie.

»Ich denke ab und zu daran, mir auch ein Hausboot zu kaufen«, sagte die Faber. »Dieses hier gehört doch Ihnen, oder?«

»Ja.«

»War es teuer?«

»Keine Ahnung. Möchten Sie es kaufen?«

Für einen Moment schauten sie einander an und beide dachten an den Eigentümer, der im Gefängnis saß. Die Faber lächelte und Francine erwiderte ihr Lächeln. »Ich gehe mich dann mal anziehen«, sagte sie.

»Stört es Sie, wenn ich mich ein bisschen umschaue?«

»Nein, aber nach der letzten Hausdurchsuchung hat hier ein ziemliches Chaos geherrscht.«

»War nicht meine Schuld«, erwiderte die Faber.

Francine eilte ins Schlafzimmer, schloss die Tür und zog sich rasch an. Eine blaue Jeans und einen grauen Pullover. Sie hörte Schritte im Flur und versetzte der Reisetasche mit dem Minirock und der Olli-Bluse einen Tritt, sodass sie unter das Bett rutschte, aber die Faber ging an ihrer Tür vorbei in Gerards Schlafzimmer. Die konnte rumschnüffeln, wo sie wollte, Hauptsache, sie hielt sich vom Mülleimer fern.

Francine hatte einen Fuß auf das Bett gestellt, um ihren Turnschuh zuzubinden, als die Faber an die Tür klopfte und hineinschaute. »Zwei Schlafzimmer, eine kleine Küche, ein Badezimmer – alles vorhanden.«

»Für zehn Kinder ein bisschen klein«, scherzte Francine.

»Ich habe nur zwei.« Die Faber stand in der offenen Tür. »Konnte der Gips schon runter?«

Francine nickte. Der Gips lag ebenfalls im Mülleimer. »Ich bin fertig.«

»Haben Sie denn schon gefrühstückt?«

Was wollte sie? Tee trinken und einen auf Freundschaft machen? »Ich brauche nicht unbedingt zu frühstücken«, erwiderte Francine, plötzlich gereizt. »Vor allem, weil doch Inspecteur Dumee auf mich wartet.«

Die Faber lächelte freundlich. Francine nahm ihre Handtasche vom Esstisch und ihre grüne Jacke von der Garderobe im Flur. Sie hängte sich die Jacke über den Arm und folgte der Faber nach draußen. Nachdem sie die Tür abgeschlossen hatte, steckte sie den Schlüssel in die Handtasche anstatt in den Holzschuh. Ein uniformierter Polizist stieg aus dem Streifenwagen und öffnete ihr die hintere Tür. Francine hatte den Verdacht, dass man sie mit dieser auffälligen Abholaktion ärgern wollte, aber die irrten sich, wenn sie glaubten, dass sie bei den Nachbarn Aufsehen erregten. Koos, der auf dem Achterdeck saß, hob lediglich die Hand.

Francine winkte zurück und rief: »Hi, Koos!« Sie holte ihren Autoschlüssel aus der Tasche und sagte: »Ich möchte mit meinem eigenen Auto fahren.«

Die Faber wechselte einen Blick mit ihrem Kollegen. »Sie können mit dem Auto Ihres Vaters zurückfahren. Die Untersuchungen sind inzwischen abgeschlossen.«

»Von mir aus.« Francine stieg hinten in den Streifenwagen ein. Anja Faber setzte ihre Sonnenbrille auf und beugte sich zu ihr hinunter. Francine dachte, sie wolle sich neben sie setzen, aber die Ermittlerin fragte freundlich: »Sind Sie damit einverstanden, wenn ich mir Ihren Wagen mal kurz anschaue?«

Beinahe hätte Francine ganz dreist gefragt, ob die Faber dafür keinen Durchsuchungsbeschluss brauchte, aber sie rutschte auf dem Sitz zu ihr hin und sagte: »Ist gut, ich schließe ihn auf.«

»Nein, bleiben Sie sitzen, ich mach das schon.«

Die Faber hielt die Hand auf. Wieder verbarg die Sonnenbrille ihre Augen. Francine gab ihr die Schlüssel und lehnte sich in den Kunstledersitzen zurück. Das Paracetamol zeigte allmählich Wirkung. Der Polizist stieg vorne ein und schlug die Fahrertür zu. Francine sah, wie die Faber die Kofferraumhaube des Peugeots öffnete und im Kofferraum herumkramte.

»Schönes Wetter heute«, sagte der Polizist. »Mein letzter Sommer im Dienst.« Er fuhr sich mit den Fingern unter die Mütze und rieb sich durch die kurzen grauen Haare. Er überlegte einen Moment und murmelte dann leise, als wolle er sich etwas vom Herzen reden: »Ich war froh, dass er stehen geblieben ist.«

»Wie bitte?«

»Ich habe auch eine Tochter.« Der Polizist rückte seine Mütze zurecht. »Ich bin auch schon Großvater. In meinen ganzen dreiunddreißig Dienstjahren habe ich kein einziges Mal meine Pistole gebraucht und dann ist so etwas sehr belastend.«

Er schaute sich nicht um. Francine wusste nicht, was sie sagen sollte. Stimmt, kann ich verstehen? Mein Vater ist unschuldig? »Ich danke Ihnen«, sagte sie stattdessen.

Er nickte nur. »Im Januar gehe ich in Pension. Wir haben einen Wohnwagen in Elspeet.«

Francine sah, wie die Faber das Handschuhfach des Peugeots durchsuchte und unter die Sitze guckte. Sie legte die Hand, in der sie die Sonnenbrille hielt, auf das Dach, als sie die hintere Tür öffnete und den Rücksitz inspizierte. Das Postauto hielt am Anfang der Straße, und der Postbote, der oft stehen blieb und mit Francine redete und mit ihr flirtete, wenn sie auf dem Deck saß, begann seine Tour entlang der Hausboote. Er warf verstohlene Blicke auf den Streifenwagen, während er sich allmählich näherte und die Post in die Briefkästen warf, die auf Pfählen vor den Booten standen.

Die Faber kehrte zurück und reichte Francine schweigend die Schlüssel. Dann stieg sie vorne ein. »Wir können«, sagte sie zu dem Polizisten.

Der Postbote erkannte Francine, und sie sah, wie sich seine Neugier in ungläubiges Erstaunen verwandelte. Francine winkte ihm mit einer königlichen Geste zu. Auf dem Weg ins Präsidium sagte keiner ein Wort.

Der Polizist setzte sie vor dem Präsidium ab und die Faber brachte Francine hinein. Am Empfang steckte sie ihre Sonnenbrille in die Brusttasche. »Gorbüz?«

Ein Polizist türkischer Abstammung in einem blauen Uniformhemd schaute auf.

»Bitte bereite das Formular für das Auto von Kallas vor«, sagte die Faber. »Das hier ist Francine Kallas, sie kommt es vielleicht nachher abholen.«

Die Faber gab Francine ein Zeichen, ihr zu folgen. Die Tür zum Flur öffnete sich mit einem Klicken. Vielleicht? »Warum haben Sie gesagt, ich würde es *vielleicht* abholen kommen?«, fragte Francine.

Die Faber drückte die Tür auf und nickte nur, als würde sie etwas bestätigen. Francine dachte, sie wären unterwegs zur Kripo, aber die Faber eskortierte sie an einer Treppe vorbei zum Ende des Flures, wo eine Holzbank an der Wand stand. »Bitte warten Sie hier einen Moment«, sagte sie. »Ich schau mal nach, ob wir reinkönnen.«

»Dauert es lange?«

»Nein, es geht ganz schnell.« Es klang wie beim Zahnarzt, bevor er den Bohrer ansetzte. Die Faber verschwand um die Ecke in einem anderen Flur. Francine blieb auf der Bank sitzen. Es wurde Zeit, gründlich nachzudenken. Sie hatte keinen Plan, nur lose Enden und einzelne Puzzleteile und diesen Schmerz in ihrem Inneren. Sie fühlte sich wie jemand, der aus allerhand Krimskrams ohne Architekt oder Zeichnung ein Haus bauen wollte.

Sie lehnte sich an die Wand und beobachtete die verschiedenen Lichtverhältnisse, einmal das kalte Neonlicht in dem Flur, durch den sie gekommen waren, und dann das diffuse Tageslicht in dem Quergang am Ende, wo sich Fenster befinden mussten. Sie konnte keine erkennen, nur dieses gelbliche Licht und tanzende Staubteilchen, aufgewirbelt von den Schritten der Faber, als sie um die Ecke des Flures gebogen war, feinen Glitter, der zu Boden schwebte, die großen Teilchen schneller, die kleinsten fast unmerklich langsam. Francine starrte sie an und nach einer Weile begann das ganze Gebäude zu wogen, wie der Uferkai, wenn sie von der *Whispering* gesprungen war und sich mit Gerard auf den Weg ins nächste Fischrestaurant gemacht hatte. Gerard.

Jemand rief ihren Namen. Francine erschrak und wandte sich zu dem Neongang um. Sie sah eine Frau. »Francine!«

Francine erkannte sie erst, als sie unmittelbar vor ihr stand. Die Polin sah aus wie eine Asylantin auf der Flucht. Sie wirkte nun nicht mehr sinnlich-üppig, sondern aufgedunsen und erschöpft. Sie war ungeschminkt und trug eine grüne Hose, eine braune Jacke sowie ihre seltsame Stricktasche. Francine stand auf und spähte beunruhigt den Gang hinunter. Doch es war sowieso zu spät, denn Ulla rief: »Oh, Francine!« und klammerte sich an ihr fest, als habe sie eine verlorene Schwester wiedergefunden.

Francine hatte kaum mehr an Ulla gedacht und auch nicht daran, wie schlecht es ihr sicherlich ging und wie verloren sie sich inmitten von Menschen fühlen musste, die ihr misstrauten und sie einfach im Stich ließen. Ohne Make-up sah sie mit ihren dicken Lippen und dem rundlichen Gesicht wie ein verirrtes Kind aus, das außer sich vor Freude war, weil es endlich jemanden gefunden hatte, der nett zu ihm war. »Hallo, Ulla«, sagte Francine und schämte sich in Grund und Boden, weil sie zunächst hatte vorgeben wollen, sie nicht zu kennen. Sie drückte die Polin an sich. »Wie geht es dir?«

»Gut. Nein, nicht so gut.« Die Polin fing an zu weinen und dicke Mädchentränen kullerten ihr über die Wangen.

»Pscht, ganz ruhig.« Francine klopfte ihr auf die Schulter und zog sie neben sich auf die Bank. Ulla wischte sich mit dem Handrücken die Tränen weg wie ein Kind. »Hier.« Francine reichte ihr ein Taschentuch.

Ulla tupfte sich die Augen ab. »Entschuldige«, stotterte sie und legte das Taschentuch auf ihr Knie. »Alles ist so schräcklich. Ich bin schuld!« Sie schwieg abrupt. »Weißt du das mit Boris?«

Francine nickte. »Aber es ist nicht deine Schuld.«

»Ich hätte ihn nicht allein lassen dürfen.«

Francine nahm Ullas Hand. Sie hörte ein Geräusch im Quergang, eine Tür? »Bist du noch bei der Arztfamilie?«

»Nein. Ich bin jetzt bei einer andern Familie, bis ich kann nach Hause, die Botschaft hilft mir. Ich habe meine Mutter angerufen.« Wieder versagte Ulla die Stimme und sie brach erneut in Tränen aus. »Ich möchte so gerne nach Hause ...«

Francine drückte Ullas Hand und sagte: »Es wird schon alles wieder gut.«

Alles, was man diesem Mädchen vorwerfen konnte war, dass sie sich in einem fremden Land in einen Mann verliebt und deswegen eine Dummheit begangen hatte. Sie war hier, weil sie im Rahmen der Ermittlungen vernommen wurde. Oder, weil sie sie mit ihr konfrontieren wollten, dachte Francine plötzlich. Wieder überkam sie das Bedürfnis, Ulla zuzuflüstern, sie solle behaupten, dass sie sich noch nie gesehen hätten, vor allem nicht mit Jimmy in der Kneipe, aber sie brauchte die hilflose Polin nur anzuschauen und schon bereute sie ihr Vorhaben. *Zum Teufel mit der Polizei.* »Komm mal her ...« Sie nahm das Taschentuch von Ullas Knie und rieb ihr damit über die nassen Wangen. »Hast du noch Geschwister?«

»Ja. Sechs.« Ulla kicherte plötzlich und sagte mit unerwartetem Humor: »Katholisch Familie.«

Da bog die Faber um die Ecke. Ulla blickte erfreut zu ihr auf, aber die Faber tat so, als hätte sie sie noch nie gesehen. »Schau mal einer an«, sagte sie, als hätte sie gerade das Rad neu erfunden. »Die Sache sieht also doch ein bisschen anders aus.«

Francine hatte ihre kleingeistige Angst überwunden. Vielleicht lag das an Ullas kleinem Scherz. »Setzen Sie sich doch zu uns, ist gerade so gemütlich.«

»Nein, Sie kommen jetzt erst mal mit mir. Und Sie auch, Juffrouw, äh ... Tschibulski?«

Ulla machte einen verwirrten Eindruck. Francine fasste sie am Ellenbogen, half ihr von der Bank auf und flüsterte ihr zu: »Keine Angst, die können dir nichts anhaben.«

Sie folgten der Faber in den Quergang hinein. Francine sah, dass das Licht dort so kalt und unnatürlich wirkte, weil die Fensterscheiben aus dickem Riffelglas bestanden. Die Faber hielt eine Tür auf und ließ sie in einen Raum mit Tisch und Stühlen und einem Porträt der Königin ein. Dumee saß vor einem vergitterten Fenster. Er sagte »Guten Morgen« und zeigte auf die Stühle.

Francine sah, wie Anja Faber ihm kurz zunickte. Ein abgekartetes Spiel.

Dumee lächelte Ulla an. »Ich wusste gar nicht, dass Sie Juffrouw Kallas kennen?«

»Doch, ich kenn sie«, sagte Ulla. »Ich hab sie mal getroffen.« Sie schaute Francine an. »In eine Kneipe.«

»Bei einer Vernehmung zu lügen ist nie besonders klug.« Die Faber war an der Tür stehen geblieben. »Hallo?«

Francine schaute sich um. »Reden Sie mit mir?«

»Natürlich. Irgendwann finden wir immer die Wahrheit heraus. Sie kennen Juffrouw Tschibulski also doch?«

Francine holte tief Luft. »Entschuldigung, aber ich glaube nicht, dass ich behauptet habe, sie nicht zu kennen. Haben Sie unser Gespräch denn nicht aufzeichnet? Soweit ich mich erinnere, habe ich Ihnen nur erklärt, wie man Ullas Nachnamen ausspricht.«

Die Faber zog fragend die Augenbrauen hoch. Als Francine ihrem Blick folgte, sah sie, dass Dumee am Fenster stand und sie so eindringlich anstarrte, dass sie ganz nervös wurde. Dann sagte er: »Sie waren beim Friseur. Ihre Haare sind kürzer.«

Na und? dachte Francine.

»Warum tragen Sie jetzt eine andere Frisur?«

Sie verschenkte eine wertvolle Sekunde. »Warum denn nicht?«

Er zuckte mit den Achseln, ohne die Augen von ihr abzuwenden. »Na ja, ich dachte, eine Frau in Ihrer Situation hätte andere Sorgen.«

Sie hätte behaupten können, den Friseurtermin schon vor einiger Zeit vereinbart zu haben, doch sie würden das überprüfen und sie erneut bei einer Lüge ertappen. Besser, sie spielte die oberflächliche Gans. »Ich wollte sie schon länger abschneiden lassen«, sagte sie.

Er schien durch sie hindurchzublicken. Dann lächelte er Ulla an und fragte: »War Peter Kolman auch mit in der Kneipe?«

»Ja, natürlich«, sagte Ulla. »Er kannte Francine von sein Arbeit, sie waren Kollegen.«

»Und wer war sonst noch dabei?«

Ulla dachte nach. »Wie hieß der noch, der Peter sprechen wollte ...« Sie schaute Francine an. »Jimmy?«

Die Faber trat an den Tisch. »Haben Sie Jimmy erzählt, dass Sie Boris jeden Mittwochnachmittag am Weiher allein ließen, um es mit Peter Kolman hinten in seinem Auto zu treiben?«

»Nein! Das habe ich nicht, warum hätte ich das tun sollen? Das geht ihn doch gar nichts an?« Ulla schaute Francine ratlos an, erneut den Tränen nah.

Die Faber beugte sich über den Tisch zu Francine: »Sind Sie mit Jimmy zusammen in diese Kneipe gegangen?«

»Nein, sie war mit mir«, wandte Ulla ein.

»Sie war mit Ihnen zusammen?«

»Sie hatte sich das Kopf gestoßen, ich hab ihr Aspirin gegeben.«

»Sie hatte Kopfschmerzen?«, fragte Dumee.

»Und Jimmy Halewijn war auch ganz zufällig da?«

»Nein ... Ich weiß nicht.« Ulla schien nicht zu begreifen, warum die Faber auf einmal so gemein zu ihr war. »Sie ist gegen die Auto gelaufen.«

Francine konnte nicht mehr an sich halten. »Ist das denn wirklich nötig?« Wütend schaute sie die Faber an. »Ulla wollte einfach nur einen netten Job in einem freien Land, und was bekommt sie stattdessen? Ein Verhör wie beim KGB! Warum lassen Sie sie nicht nach Hause fahren? Sie sehnt sich nach ihrer Mutter. Sie hat mit der ganzen Sache nichts zu tun!«

»Nun mal langsam«, sagte die Faber. »Auf einmal kennt

sie Jimmy Halewijn doch und Sie auch. Das ist keine Kleinigkeit!«

»Ich habe Peter zufällig getroffen und er machte mich mit Ulriga bekannt, sonst nichts ...«

»Aha«, sagte Dumee. »Diese Geschichte würde ich gerne mal ganz von vorne hören. Wann war das?«

»Das ist mindestens schon einen Monat her, es war an einem Samstag. Ich war in der Disco gewesen ...«

»Mit Jimmy Halewijn?«

»Nein, den hatte ich seit einer Ewigkeit nicht gesehen«, erwiderte Francine. »Ich war allein.« Sie wollte die Sache nicht noch weiter verkomplizieren, indem sie Johan erwähnte. »Auf dem Nachhauseweg bin ich im Dunkeln gegen Peters Autotür gelaufen. Peter hat mir auf den Schreck etwas zu trinken angeboten. Ich bin mit Ulriga in die Toiletten gegangen, um mich frisch zu machen, und Ulriga hat mir Aspirin gegen meine Kopfschmerzen gegeben. Das war alles.«

»Und Halewijn war der Heilige Geist, anwesend, aber unsichtbar?«, fragte die Faber.

Francine erwiderte gelassen ihren Blick. »Als wir aus der Toilette kamen, unterhielt sich Jimmy mit Peter. Ich hatte kaum Zeit, ihn zu fragen, wie es ihm ging, denn er musste gleich wieder weg. Mehr gibt es dazu nicht zu sagen. Ulriga hat Jimmy also auch nur ganz kurz gesehen.«

»Stimmt das?«, fragte Dumee, an Ulla gewandt. »Haben Sie alles verstanden?«

»Ja, das stimmt.« Ulla schaute Francine dankbar an. »Ich habe nicht mit ihm gesprochen. Er musste schnell weg.«

»Haben Sie ihn auch danach nicht mehr wiedergesehen? An einem anderen Tag?«

Ulla schüttelte entschieden den Kopf und Dumee wandte sich an Francine. »Wussten Sie von dem Gefummel im Park?«

Francine schaute Ulla nicht an. Sie würde es den Ermittlern verraten, sobald sie sie danach fragten. »Woher soll ich das wissen? Ich habe nicht mal meine Limo ganz ausgetrunken, sondern bin kurz darauf auch nach Hause gefahren.« Sie hielt Dumees Blicken stand. »Danach habe ich Ulriga nicht mehr gesehen, bis vorhin hier auf dem Flur. Rein zufällig natürlich.«

Sie fügte diese ironische Bemerkung absichtlich hinzu, um die Faber weiter auf die Palme zu bringen, damit sie Ulla in Ruhe ließ. Und die Faber regte sich tatsächlich auf. Dumee lachte nachsichtig und fragte: »Könnte Halewijn es denn von Peter Kolman erfahren haben?«

»Ich weiß nicht, worüber die beiden geredet haben, aber viel kann es nicht gewesen ein, denn Ulriga und ich waren nur ein paar Minuten im Waschraum. Ich glaube nicht, dass Jimmy etwas mit der Sache zu tun hat.«

»Und wie kommen dann seine Fingerabdrücke auf den Botter?«, fragte die Faber wütend, ohne Dumees warnenden Blick zu bemerken.

»Fingerabdrücke?« Francine schaute Dumee verwirrt an. »Wenn Sie Fingerabdrücke von Jimmy gefunden haben, warum lassen Sie meinen Vater dann nicht gehen?«

»Jetzt kommen Sie schon«, sagte Dumee. »Wir haben Ihren Vater mit Sonnenbrille und Handschuhen auf dem Boot erwischt. Die Sonnenbrille allein würden wir ja noch durchgehen lassen, vielleicht hat er empfindliche Augen, aber Handschuhe? Da würde der dümmste Verkehrspolizist der Niederlande misstrauisch werden.«

Francine schwieg. Es war ihre Schuld. *Verkleide dich ein bisschen.*

»Ist Jimmy Halewijn mit dem Lösegeld abgehauen?«, fragte Dumee.

Francine schüttelte den Kopf, zuckte mit den Achseln. »Ich weiß nur, dass Sie den Falschen haben«, sagte sie. »Mein Vater war es nicht.«

»Wer ist Stegman?«, fragte Faber.

*Stegman?* »Keine Ahnung«, sagte Francine.

»Warum erschrecken Sie, wenn Sie den Namen hören?«

»Na ja … Jeder erschreckt sich doch, wenn man ihm einfach so einen Namen an den Kopf wirft, ich meine, wer ist Dr. Watson?«

»Ein Detektiv«, sagte die Faber.

Dumee lächelte schwach. »Nein, der Assistent des Detektivs. Gehört zur Allgemeinbildung.«

Die Faber zog einen gelben Zettel hervor. »Ist das Ihre Handschrift? Das hier lag neben dem Telefon.«

»Ach, wirklich? Ich kann mich nicht erinnern. Kann sein, dass das ein Kunde war, den ich anrufen sollte, ich habe eine Zeit lang im Telefonmarketing gearbeitet.«

»Ist aber schon Jahre her«, ergänzte die Faber sarkastisch. »Und dann klebt der Zettel immer noch ganz oben auf dem Block?«

»Ich kann Ihnen leider nicht weiterhelfen. Steht denn eine Telefonnummer dabei?«

Keiner sagte ein Wort. Dumee und die Faber wechselten einen vielsagenden Blick. Francine unterdrückte den Impuls, auf ihre Armbanduhr zu schauen. Ulla saß mucksmäuschenstill auf ihrem Stuhl, die Hände unter dem Tisch auf den Schoß gelegt.

»Na schön, dann sind wir ja wieder ein Stück weiter«, bemerkte Dumee ohne jede Ironie. »Vielen Dank, dass Sie gekommen sind. Sie können jetzt gehen.« Und, mit einer Kopfbewegung zu Ulla: »Sie auch.«

Er blieb sitzen. Die Faber öffnete die Tür. Ulla folgte der Ermittlerin hinaus auf den Flur, Francine jedoch hielt noch einmal inne und wiederholte: »Mein Vater war es nicht.«

Dumee blickte auf. »Bitte schließen Sie kurz die Tür.«

Sie tat es und kehrte zurück an den Tisch.

»Vieles spricht gegen Ihren Vater«, erklärte Dumee. »Alle Indizien weisen darauf hin, dass er an der Entführung beteiligt war. Ich bin mir auch ganz sicher, dass Sie mehr wissen, als Sie uns erzählen. Wir sind hier nicht beim KGB und können es nicht aus Ihnen rausprügeln, aber wenn Sie Ihrem Vater helfen wollen, dann müssen Sie uns helfen, denn die

Geduld des Staatsanwalts ist allmählich erschöpft. Ihr Vater wird innerhalb eines Monats vor Gericht gestellt und er wird die Höchststrafe erhalten, es sei denn, es gelingt uns, mit Ihrer Hilfe Jimmy Halewijn zu finden und vielleicht sogar – ebenfalls mit Ihrer Hilfe – zu beweisen, dass er das Kind entführt hat und Ihr Vater nur deshalb mit Sonnenbrille und Handschuhen auf dem Boot angetroffen wurde, weil er kalte Hände und Augenschmerzen hatte. Verstehen Sie, was ich Ihnen sagen will?«

»Ich weiß nicht, wo Jimmy ist.«

»Würden Sie es sagen, wenn Sie es wüssten?«

»Ja«, antwortete Francine. »Unbedingt.«

»Und auch, was mit dem Lösegeld geschehen ist?«

Sie nickte mit zusammengebissenen Zähnen.

»Ist Halewijn damit abgehauen?«

Wieder zuckte sie mit den Schultern. Dumee war jetzt sehr freundlich zu ihr oder er tat zumindest so. »Das Lösegeld ist mir im Grunde genommen ziemlich egal«, sagte er. »Ich weiß nicht mal, wie viel es war oder wo der Doktor es herhatte. Ich mache nur so lange Schwierigkeiten, wie ich mir nicht sicher sein kann, dass ich den wahren Täter erwischt habe.«

»Haben Sie nicht.«

»Die Frauen, die im Krankenhaus mit Ihnen auf dem Zimmer lagen, haben ausgesagt, dass Sie morgens eine Sendung über die Entführung im Fernsehen gesehen und gleich anschließend Ihren Vater angerufen haben. Ihr Vater kam zu Ihnen und eine Stunde später wurde er in der Nähe des Botters verhaftet. Es ist uns schon schwergefallen zu glauben, dass Sie zufällig in genau dem Park joggen waren, wo zur selben Zeit das Lösegeld übergeben wurde, und dass Sie mit einem Fahrradfahrer zusammengestoßen sind und sich dabei das Wadenbein gebrochen haben. Und noch schwieriger ist es, diese ganzen Zufälle zusammenzuzählen, ohne dass man dabei anfängt, an seinem gesunden Menschenverstand zu zweifeln.«

Francine holte tief Luft. »Keine Ahnung, was Sie damit sagen wollen.« Sie hatte bohrende Kopfschmerzen.

Dumee nickte. »Sie haben also keine Ahnung.« Er griff in seine Jackentasche. »Meine Kollegin ist der Meinung, Sie seien eine ausgekochte Lügnerin, aber die Welt ist ohnehin schon schlecht genug, und so ein, zwei Illusionen würde ich mir gern bewahren.« Er gab ihr seine Karte. »Sie können mich notfalls sogar zu Hause anrufen, falls Ihnen noch etwas einfällt. Versprochen?«

»Versprochen«, sagte Francine.

Er reichte ihr über den Tisch hinweg seine Hand. Sie war trocken und kräftig und fühlte sich genauso ehrlich an wie seine Freundlichkeit. Er wusste im Grunde schon das meiste, und Francine fragte sich, wie lange sie noch auf freiem Fuß bleiben würde. »Vielen Dank«, sagte sie.

Von dieser Seite aus konnte man die Glastür einfach aufdrücken. Ulla saß auf der Bank im Foyer. »Ich habe auf dich gewartet«, sagte sie. »Ich wollte dir Danke sagen.«

»Ach, Quatsch.« Francine hatte eher das Gefühl, dass sie sich bei der Polin bedanken musste, weil sie sie daran erinnert hatte, dass es etwas gab, was viel wichtiger war als ein bisschen Ärger. »Wie bist du hergekommen?«

»Mit der Polizei.«

»Ich bring dich nach Hause. Warte einen Moment.«

Francine ging zum Empfang und unterschrieb das Formular für die Übernahme von Gerards Auto. Der türkische Polizist verwies sie an seinen Kollegen Groling in der Werkstatt.

Francine und Ulla gingen zusammen um das Gebäude herum. Das Tor war geöffnet. Gerards Volvo wartete am Ende einer Reihe von Streifenwagen und anderer Autos gegenüber der Werkstatt. Die Rolltore standen offen und zwei Männer in braunen Arbeitskitteln durchsuchten die Türverkleidungen eines Jaguars, der über der Grube stand. »Ich suche Meneer Groling«, sagte Francine.

Die beiden richteten sich auf. »Was kann ich für die beiden reizenden Damen tun?«

Francine reichte dem Mann das Formular. Der andere grinste. »Sie kommt wegen des Volvos, Wim, nicht wegen deiner schönen Augen.«

Groling verzog das Gesicht. »Man weiß ja nie.« Er faltete das Formular zusammen, nahm einen dicken Schlüsselbund von einem Brett über der Werkbank und begleitete Ulla und Francine hinaus. »Meinen Sie, Sie kriegen die Kiste ohne Beulen hier raus?«

Er reichte Francine den Schlüssel. Ein Kärtchen mit dem Namen Kallas hing daran. »Ach, ich klaue doch jeden Tag Autos von Parkplätzen«, sagte sie.

Der Mann lachte. Francine winkte Ulla, sie solle mitkommen. Der Volvo brauchte eine Grundreinigung. Im Innenraum stank es nach Chemikalien, und Lenkrad und Türen waren mit weißen Streifen verschmutzt, vielleicht von dem Puder, mit dem die Fingerabdrücke abgenommen wurden. Francine öffnete das Seitenfenster. Der Motor sprang nicht sofort an, und sie sah, wie sich der grinsende Polizist in Bewegung setzte, um ihr behilflich zu sein. Doch dann klappte es endlich.

Ulla lotste sie quer durch die Stadt. Die Pedale ließen sich viel schwerer treten als im Peugeot und Francine spürte ihren Unterschenkel.

»Anja war so nett zu mir«, sagte die Polin.

»Anja Faber?«

»Ja, sie hat mir sofort geholfen.«

Ulla sah Francines erstaunten Gesichtsausdruck und erklärte ihr, was sich abgespielt hatte. Jetzt verstand sie, warum Ulla so begeistert gewesen war, als die Faber im Präsidium auftauchte. Offenbar war die Ermittlerin weniger unsensibel, als sie sich Francine gegenüber gab. Gleich bei ihrer ersten Begegnung mit dem Arztehepaar hatte sie erkannt, dass das Au-pair-Mädchen unmöglich dort bleiben konnte. Sie hatte Ulla aufgetragen, ihren Koffer zu packen, und hatte sie dann ins Präsidium mitgenommen, wo sie persönlich die polnische Botschaft angerufen hatte. Dort hatte man innerhalb einer Stunde eine vorübergehende Unterkunft für Ulla gefunden. »Eine sehr nette Familie, Hans ist Holländer, Lkw-Fahrer, er hat Ludwina in Warschau kennengelernt. Sie haben zwei Kinder, ich helfe im Haushalt. Hier nach rechts, an der Kirche vorbei.« Mit einem Kopfnicken zu der Kirche sagte sie: »Ich bin zweimal hingegangen.« Sie schwieg einen Moment und fuhr dann fort: »Wegen Boris. Ich konnte nicht zur Beerdigung.«

Francine bog in die Domimicanenstraat ein und fragte: »Hast du noch mal was von Peter gehört?«

»Nein, nichts.« Ulla schüttelte den Kopf. »Ich verstehe schon.« Sie zeigte nach links.

»Und Jimmy, hast du den noch mal gesehen, vielleicht mit Peter zusammen?«

»Nein, nie mehr, nur das eine Mal mit dir in die Kneipe. Da ist es.« Ulla zeigte auf ein freundliches Reihenhaus mit einem kleinen Vorgarten. »Hat dieser Mann das getan?«

»Ja, davon können wir ausgehen.«

Francine bremste und parkte vor dem Haus. Sie schaltete den Motor aus.

»Peter muss ihm von dem Park erzählt haben«, meinte Ulla.

»Mach dir keine Gedanken darüber.« Francine stieg aus und ging um den Volvo herum.

Eine junge blonde Frau, die ein geblümtes Kleid trug und deren breite slawische Gesichtszüge große Herzlichkeit ausstrahlten, kam aus dem Haus. »Hallo«, sagte sie zu Francine. »Ich bin Ludwina.«

»Francine ist eine Freundin«, sagte Ulla.

»Das freut mich.« Ludwina sprach perfekt Niederländisch, wenn auch mit einem starken Akzent. »Möchtest du reinkommen?«

Francine gab ihr die Hand. »Nein danke, ich muss leider gleich wieder los.«

Die Polinnen lächelten sich an. Ludwina fragte: »Haben sie dir sehr zugesetzt?«

»Nein«, sagte Ulla. »Und ich habe mich gefreut, Francine wiederzusehen.«

»Ich glaube, dass Ulriga bald nach Hause kann«, sagte Francine.

»Aber sie stört uns gar nicht. Ganz im Gegenteil. Hat sie ihren Pass schon wiederbekommen?«

»Nächste Woche«, sagte Ulla. Sie schaute Francine an. »Anja hat mir versprochen.«

»Schön, das freut mich für dich.« Francine umarmte Ulla und küsste sie auf die Wangen. »Halt die Ohren steif. Es ist bald vorbei. Du musst versuchen, das alles zu vergessen, es war wirklich nicht deine Schuld.« Sie schaute sie an. »Versprochen?«

Ulla nickte. Sie hatte Tränen in ihren blauen Augen. Dann flüsterte sie Francine ins Ohr: »Wenn der andere Mann das gemacht hat, der Jimmy, dann kommt dein Vater doch bald wieder raus?«

Francine hatte geglaubt, die Polin wüsste nichts von ihrem Vater, aber natürlich hatte die Polizei sie auch nach ihm gefragt. Wer ist Gerard Kallas? »Ja«, sagte sie. »Er kommt bald wieder raus.« Sie küsste Ulla noch einmal auf die Wange. »Viel Glück«, sagte sie. »Falls wir uns nicht mehr sehen sollten.«

Francine lächelte Ludwina zu und stieg in den Volvo. Diesmal sprang er sofort an. Sie winkte und fuhr los. Sie freute sich für Ulla.

# 14

Seiner Stimme nach zu urteilen hatte sie Peter aus dem Bett geworfen. Seine Laune war dementsprechend. »Mensch, Francine«, sagte er. »Du hast mich ja schön hängen lassen.«

»Es ging leider nicht anders«, sagte sie in den Hörer.

»Mein Auto hat gestunken wie ein Schweinestall. Und was soll das denn heißen, es ging nicht anders?«

»Das heißt, ich tue alles, um dir die Polizei vom Hals zu halten«, antwortete sie. »Die haben mich abgeholt, um mich mit Ulla zu konfrontieren.«

»Ach du Scheiße.« Er erschrak und vergaß, dass das erst nach ihrem Treffen passiert sein konnte und sie sich einfach an ihre Vereinbarung hätte halten können. »Was hat die dumme Gans denen denn erzählt?«

Francine war stinksauer. »*Ulriga* ist lange nicht so dumm, wie du glaubst, und wesentlich netter, als du es verdient hast. Sie versucht sogar, dich zu schützen, keine Ahnung, warum. Ich rufe nur an, um dir zu sagen, dass es nicht unsere Schuld war. Wir haben erzählt, dass wir in der Kneipe waren und gesehen haben, wie du dich mit Jimmy unterhalten hast. Mehr aber nicht und auch nicht, worüber ihr geredet habt oder sonst was.«

»Aha.« Er schwieg. »Scheiße«, sagte er dann wieder.

»Apropos dumm«, sagte Francine. »War es denn wirklich nötig, dich vor Jimmy mit deinen Sexeskapaden im Park zu brüsten?«

»Äh, na ja …«

»Du bist ein hirnloser Angeber«, warf ihm Francine vor. »Wenn du nicht gewesen wärst, wäre nichts passiert und der kleine Junge würde noch leben!«

»Ach, komm.« Er klang wie ein beleidigtes Kind. »Jimmy hätte es genauso gut auf eine andere Art und Weise erfahren können.«

Es half nichts, wenn sie sich aufregte. Manche Leute redeten sich überall heraus und waren derart naiv, dass einem schlecht davon werden konnte.

»Bilde dir das ruhig weiter ein«, sagte Francine.

»Ich habe deinen Autoschlüssel noch«, sagte er.

Sie hätte ihn erwürgen können. *Den kannst du dir in den Hintern stecken.* Sie legte auf.

Francine erkannte Jacquelines grauen Toyota zwischen vier, fünf anderen Autos von Besuchern, die ebenfalls früh dran waren. Jackie saß bei heruntergekurbeltem Seitenfenster in ihrem Wagen und las. Der kleine Lkw und der Lieferwagen standen wieder vor dem linken Eingang. Francine stellte ihren Peugeot neben dem Kunstwerk ab und ging zum Toyota. Jackie setzte ihre Lesebrille ab. Sie duftete nach Jasmin und sah in ihrer Sommerhose und der Khakijacke aus, als wolle sie Gerard ein Urlaubsgefühl vermitteln. Sie hatte sich hübsch zurechtgemacht, mit zartrosa Lippenstift, ein wenig Kajal und glänzenden, frisch gewaschenen Haaren.

Francine küsste sie auf die Wange. »Wir haben noch Zeit.«

»Er hat gesagt, er brauche nichts, aber ich habe ihm ein paar Trauben und Vitamine mitgebracht.« Jacqueline legte ihr Taschenbuch und ihre Lesebrille in ein Fach unter dem Lenkrad. »Du hast dich heute Morgen so komisch angehört, hattest du Besuch?«

»Ja, die Polizei. Die hoffen immer noch, dass ich irgendetwas weiß.« Eine türkische Familie stieg aus einem großen Renault. Vor dem Gebäude hielt die Mutter noch einmal an und kämmte die dunklen Haare eines kleinen Jungen.

»Bei mir war auch so eine unfreundliche Frau von der Kripo.«

»Anja Faber.«

Jacqueline nickte. »Die verdächtigen einen automatisch der Mittäterschaft. ›Sie sind doch seine Freundin?‹ Die hat mir nicht mal geglaubt, dass er in Haarlem war. ›Wann genau? Ist er mit dem Auto oder mit dem Zug gefahren? Was hat denn Ihre Mutter? Hat jemand Meneer Kallas ankommen oder wegfahren sehen?‹ Ich natürlich, aber ich zähle ja nicht. Und so weiter.«

»Es gibt mittlerweile einen neuen Verdächtigen«, erzählte Francine.

Jackie hob überrascht den Blick. »Sie haben den Täter gefasst? Hat er gestanden? Weiß Gerard davon?«

»Nein, ich weiß nur, dass die Polizei Fingerabdrücke auf dem Botter gefunden hat und dass der Mann, von dem sie stammen, inzwischen gesucht wird«, sagte Francine. »Aber das bedeutet nicht, dass Gerard freigelassen wird. Sie glauben, dass er zumindest an der Entführung beteiligt war, und wenn sie den anderen Kerl nicht finden, werden sie alles meinem Vater in die Schuhe schieben.«

»Ach so.« Jacqueline biss sich auf die Lippen. »Trotzdem ist das eine gute Nachricht«, sagte sie dickköpfig. »Das gibt ihm bestimmt Hoffnung. Komm, lass uns gehen.«

Jacqueline stieg aus dem Auto und ging Francine energisch zum Besuchereingang voraus. Sie waren noch etwa fünfzehn Meter entfernt, als ein älterer Mann mit einer Aktentasche herauskam. Er befand sich bereits zwischen den Autos, als Francine ihn erkannte. Sie rief Jackie zu: »Bitte geh schon mal vor, ich habe gerade jemanden gesehen, mit dem ich kurz sprechen muss.«

»Wen denn?«, fragte Jacqueline erstaunt. »Den Mann da?«

Jackie kannte ihn nicht, und Francine hatte keine Zeit, es ihr zu erklären. »Geh schon mal, ich komme gleich.«

Rasch lief Francine zurück zum Parkplatz. Beinahe hätte sie ihn nicht mehr erwischt, weil sie erst zwei Punks in schwarzen Lederklamotten verscheuchen musste, die sich einen Scherz erlaubten und sich ihr in den Weg stellten, aber gerade noch rechtzeitig sah sie am Ende der Reihe einen weißen Alfa zurücksetzen. Sie rannte hin und klopfte an die Scheibe.

»Doktor Huizinga!«

Er bremste und ließ das Fenster herunter. »Francine!«

Sie beugte sich hinunter. »Sind Sie bei meinem Vater gewesen?«

»Ja, wieso?«

»Warum waren Sie bei ihm?«

»Warum?« Huizinga schaute seine Hand auf dem Schaltknüppel an, aber Francine wich keinen Zentimeter von der Stelle. Er zuckte mit den Schultern und sagte: »Na schön, setz dich mal kurz zu mir rein.«

Sie lief rasch um das Auto herum. Huizinga parkte den Alfa wieder an der alten Stelle und schaltete den Motor aus. Mit einem Nicken wies er auf die Jeans. »Wie geht es deinem Unterschenkel? Ist der Gips schon ab?«

»Meinem Bein geht es prima. Warum waren Sie bei Gerard?«

»Dein Vater ist genauso eigensinnig wie du.« Huizinga seufzte missmutig. »Er will einfach nicht auf mich hören.«

»Was meinen Sie damit?« Sie fasste ihn am Arm. »Sagen Sie mir die Wahrheit!«

Huizinga schüttelte den Kopf. »Er ist ein erwachsener Mann, und man kann niemanden zwingen, sich medizinisch behandeln zu lassen, auch nicht im Gefängnis. Die einzige Möglichkeit wäre, dass er ins Koma fiele oder man ihn für unzurechnungsfähig erklärte. Dann könntest du als seine nächste Verwandte eine Behandlung veranlassen. Aber so können wir nichts unternehmen.« Er zögerte einen Augenblick und fügte dann hinzu: »Ich weiß nicht, aber vielleicht würde ich an seiner Stelle genauso reagieren.«

Francines Kehle war wie zugeschnürt. »Was bedeutet das alles?«, flüsterte sie.

»Ich habe heute Morgen die Untersuchungsergebnisse erhalten.« Er schaute sie mit seinen grauen Augen an. Huizinga war ein alter Arzt, der seine Patientenkarteien schon immer in einem Aktenschrank aufbewahrt hatte, lange bevor es dafür Computerdatenbanken gab, und er hatte Hunderte von Babys, darunter Francine, zur Welt gebracht. Francine dachte daran, dass er auch den Totenschein für ihre Mutter ausgestellt haben und genauso neben Gerard gesessen haben musste, wie er nun neben ihr saß. »Es sieht nicht gut aus«, gestand er.

Sie konnte kein Wort hervorbringen, sonst hätte sie angefangen zu weinen.

»Es tut mir leid«, sagte Huizinga. »Ich will dir die Wahrheit sagen.« Er schaute sie an. »Dein Vater hat Krebs und die Metastasen haben sich schon im ganzen Körper ausgestreut. Wir können nicht mehr viel für ihn tun.«

Francine starrte durch die Windschutzscheibe. »Er stirbt.«

Gott sei Dank sagte Huizinga nicht, dass sie eine erwachsene Frau sei und tapfer sein müsse. »Man könnte versuchen, die Krankheit mit Bestrahlungen aufzuhalten, aber diese Behandlungsmethode ist sehr belastend und dein Vater ist nicht der Erste, der lieber darauf verzichtet.«

Francine starrte das Kunstwerk an. Gerard war das Einzige, was sie hatte. Sie räusperte sich. »Wie lange noch?«, fragte sie.

»Ein paar Monate. Ein paar Wochen. Wenn nicht ein Wunder geschieht, wir haben auch schon Spontanheilungen erlebt. Er erhält Schmerzmittel, die ihn apathisch und müde machen, und gegen diese Nebenwirkungen wiederum Aufputschmittel, die ihm ein bisschen auf die Beine helfen – auch dieser Medikamentencocktail bedeutet für den Körper eine große Belastung.«

Francine schwieg. Im Grunde hatte sie es längst geahnt, der eigentliche Schock war, dass nur noch so wenig Zeit blieb. Aber darüber konnte sie jetzt nicht nachdenken. Sie schaute Huizinga an, der geduldig neben ihr sitzen blieb, obwohl er zwischendurch auf die Uhr im Armaturenbrett schaute. Er war ja an solche Situationen gewöhnt und vielleicht war er erleichtert, dass sie nicht weinte oder zusammenbrach, wie es wohl die meisten Leute getan hätten.

»Kann er nicht wenigstens aus dem Gefängnis raus?«, fragte Francine. »Ich meine, mit einem Attest von Ihnen oder von der Klinik …«

Huizinga lehnte sich in seinem Sitz zurück. »Ohne die Zustimmung deines Vaters kann ich gar nichts unternehmen«, erwiderte er. »Du weißt schon, der hippokratische Eid. Ich werde das Geheimnis dessen wahren, der sich meiner Sorge anvertraut. Ein zweiter Grundsatz besagt, dass ich die Gesundheit meiner Patienten als mein erstes Anliegen betrachten muss. Um den ersten Punkt könnte ich mich drücken, wenn ich ihn in einer Situation anträfe, in der er offensichtlich Entbehrungen leiden oder mangelhaft medizinisch versorgt würde, aber das ist nicht der Fall. Für seine körperliche Gesundheit spielt es keine Rolle, ob er hier ist oder zu Hause.«

»Aber es geht doch um mehr als um seine körperliche Gesundheit!«

»Ich weiß.« Wieder schaute Huizinga sie an. »Er will dir das ganze Elend ersparen, darum tut er das. Hier wird er versorgt, erhält seine Medikamente, er kann im Alltag alles selbst erledigen, und wenn er das nicht mehr kann, wird er in die Krankenstation verlegt. Es ist seine Entscheidung. Solltest du es schaffen, ihn eines Besseren zu belehren, werde ich mich sofort für ihn einsetzen. Du weißt, wie du mich erreichen kannst, du kannst mich jederzeit anrufen.«

Er startete den Alfa. Das Gespräch war beendet.

»Okay«, sagte Francine und öffnete die Beifahrertür. Er will mir Elend ersparen? »Ich danke Ihnen.«

Huizinga nickte nur. »Ich wünsche dir viel Kraft.«

Francine hörte ihn wegfahren. Dann wurde es sehr still. Sie betrachtete den Maschendrahtzaun, die Bäume dahinter und den Himmel darüber, hellblau mit zwei zarten weißen Wölkchen, die darüber segelten. Die Bäume waren grün, Birken und – wie hießen die noch? – Erlen, Ahorne in diesem fast grellen Grün, mit dem sich der Sommer ankündigte. Ende Mai, noch nicht Juni, sie hatte das Datum vergessen, ihr Zeitgefühl verloren.

Ein paar Wochen.

Ein schwarzer Blitz schoss von dem eisernen Kunstwerk über sie und den Zaun hinweg in die Bäume. Die Stimme einer Amsel, so herzzerreißend klar. Das Leben ging einfach weiter, zeitlos und immer wieder von Neuem, in jedem Frühjahr.

Komm, dachte sie.

Sie war spät dran. Die Eingangshalle war verlassen und die Vollzugsbeamten sträubten sich ein wenig, sie noch hineinzulassen. Eine dicke Beamtin lotste sie durch die Schleuse. Die Geschenke für die Gefangenen lagen schon in den Durchreichen. Francine hatte nichts dabei, nur ihre Traurigkeit. Ein Wachmann führte sie durch den Flur und dann stand sie im Saal. Die Punks mit ihren Irokesenschnitten sahen sie und grinsten dem Punk auf der anderen Seite zu. Ein Mädchen mit Zungen- und Augenbrauenpiercings. Frauen mit durchwühlten Taschen und gekämmten Kindern gegenüber einem inhaftierten Sohn oder Ehemann, marokkanische Kleinkinder vor dem Fernseher, keine Sumi. Zehn gedämpfte Gespräche durcheinander.

Jacqueline saß in der hintersten Schleusenecke, Gerard auf dem Platz des Bordellbesitzers. Jacquelines Hand lag auf seiner, auf seinem Schoß. Er schaute auf. Mein Gott, war er abgemagert!

Francine zog sich einen Stuhl heran. Gerard legte auch die andere Hand auf den Schoß, mit der Handfläche nach oben, und sie legte ihre darauf. Der Bewacher schaute hin, protestierte aber nicht. Vielleicht nahm der Gefängnisarzt seinen hippokratischen Eid weniger genau und hatte Gerard schon den besonderen Status eines Todgeweihten verliehen. »Hallo«, sagte Francine.

Gerard lächelte. »Du warst beim Friseur.«

»Steht ihr gut, die kürzere Frisur«, sagte Jacqueline.

»Schick.« Gerard drückte Francines Hand. Er fragte nicht, warum sie zu spät kam oder mit wem sie geredet hatte, Jackie auch nicht, vielleicht hatten sie das bereits so vereinbart, aber anderseits hatte Gerard Jackie bestimmt nichts von dem Arzt erzählt oder davon, dass er Krebs hatte, obwohl er früher oder später nicht darum herumkommen würde.

»Wie fühlst du dich?«, fragte Francine.

»Wie ein Prinz mit einer Frau an jeder Hand.« Gerard hob ihre Hände an und ließ sie wieder sinken. »Hast du getan, worum ich dich gebeten habe?«

»Was denn?«

»Das Boot verkauft.«

»Ich mach das schon«, versprach sie. »Du musst mir nur ein bisschen Zeit lassen.«

Sein Blick bohrte sich in ihren. Er wusste, dass sie es wusste. *Ein bisschen Zeit.* Er nickte ihr zu und wandte sich an Jacqueline. »Ich möchte, dass Francine aus der Stadt wegzieht und sich außerhalb von Nijmegen einen guten Job sucht.«

»Du kannst gern mit mir auf die Märkte gehen«, sagte Jacqueline. »Mein Angebot steht noch.«

»Ich danke dir.« Francine lächelte Jacqueline an. »Wärst du sehr böse, wenn ich dich bitten würde, uns für zwei Minuten alleine zu lassen?«

Jackie war ein wenig verletzt, weil sie sie ausschlossen, und ihre Fröhlichkeit klang ziemlich aufgesetzt. »Aber nein, ich liebe Zeichentrickfilme.«

Die Stühle vor dem Fernseher waren zu klein und Jackie setzte sich auf einen Besucherstuhl hinter die kleinen Marokkaner. Francine wandte sich zu Gerard um.

Er blickte sie bereits an. »Du hast Huizinga getroffen, stimmt's? Ich möchte nicht darüber reden.«

»Warum willst du nicht nach Hause?«

»Es würde Wochen dauern, das durchzusetzen, und sobald wir darauf herumreiten, werde ich sowieso ins Krankenhaus eingewiesen.«

»Hat Jessica das gesagt?«

»Jessica weiß von nichts.« Gerard lachte ironisch. »Ich habe Zeit genug, solche Dinge auf eigene Faust rauszufinden.«

»Zu Hause kann ich für dich sorgen.«

Er schüttelte den Kopf. »Das kannst du nicht und ins Krankenhaus will ich auf keinen Fall. Hier bin ich am besten aufgehoben. Hier habe ich alles, Ruhe, Bücher, Ablenkung. Ich übe englische Konversation mit meinem indischen Freund. Wenn Mahatma hier wäre, würde ich euch miteinander bekannt machen. Er ist Arzt und war ein bisschen zu freigebig mit seinen Rezepten. Er bringt mir bei, damit umzugehen. Du kannst dir nicht vorstellen, wozu der menschliche Geist mit Hilfe von Atemtechniken und *imagery* imstande ist.«

»Was ist denn *imagery?*«

»Es bedeutet, sich Bilder vorzustellen. Ich schaffe es schon, die Schmerzen von Stärke zehn auf drei oder vier herunterzubringen, und das ohne Medikamente. Ich stelle mir das Meer vor, und der Schmerz vergeht. Der Mensch ist in der Lage, sich selbst zu heilen.«

Er klang wie ein zum Tode Verurteilter, der noch auf dem Henkerblock fest an einen Defekt im Fallbeil glaubt. »Gerard«, sagte Francine drängend. »Bitte! Ich will für dich sorgen!«

»Aber ich nicht für dich.«

Es klang wie eine harte Zurückweisung und Francine starrte ihn entsetzt an. Sie wollte für ihn sorgen, bei ihm sein, das war doch normal, aber ihr Vater zog es vor, allein in seiner Zelle zu sterben, umgeben von Büchern und Ablenkung und irgendeinem Mahatma, anstatt in Gesellschaft seiner eigenen Tochter, als sei sie ihm nur lästig. Ihr Mund fühlte sich trocken an. »Aber ich bin doch deine Tochter«, flüsterte sie.

Als Gerard ihren Gesichtsausdruck sah, sagte er: »Ach, Frans ... Du verstehst nicht, was ich dir damit sagen will. Komm mal her.« Wieder legte er seine Hand auf den Schoß und sie legte ihre wie in einer zutiefst vertrauten Antwort darauf, und dann drückte er ihre Hand so fest, dass ihre Fingerknöchel knackten. »Du bist das Einzige, was mir im

Leben wirklich wichtig ist. Lieber würde ich mich freiwillig ins Meer stürzen, als dich mit einem sterbenden Vater zu belasten. *Schau mich an.*«

Sie hatte Tränen in den Augen.

»Jeder muss irgendwann mal sterben«, sagte er. »Mahatma sagt, dass wir alle zurückkehren, wenn auch in einer anderen Hülle. Ich habe keine Angst davor, es ist nicht schwer. Schwerer ist, dass du zurückbleibst, damit muss ich erst mal fertig werden. Es gibt keinen Ausweg, aber wenigstens will ich dir lebenslange Albträume ersparen. Ich weiß, wovon ich rede, glaub mir.«

»Von meiner Mutter«, sagte sie. »Aber das mit dir ist doch ...«

Gerard schüttelte den Kopf. »Ich versuche dir doch nur zu erklären, dass ich es nicht aushalte, wenn ich mir auch noch deinetwegen Sorgen machen und mir den Kopf zerbrechen muss. Bitte versteh das doch. Hier bin ich frei.« Er zerquetschte ihre Hand fast. »Aber ich möchte jetzt nicht mehr darüber reden. Es tut zu weh. Machst du es mir bitte nicht noch schwerer?«

Er flehte sie an. Seine Stirn glänzte vor Schweiß. Francine sah, dass er fast keine Haare mehr auf dem Kopf hatte, nur ein paar dünne, flaumige Strähnen, als führe man heimlich im Schlaf eine Chemotherapie mit ihm durch.

»Was wäre dir denn lieber?«

Er gab ein spöttisches, kehliges Geräusch von sich, das nicht wie ein Lachen klang. Mit seiner aufgesetzten Fröhlichkeit war es vorbei. »Nichts. Für Träume ist es jetzt ein bisschen spät.«

Er hielt ihre Hand und sie saßen da, umgeben von dem Hintergrundrauschen der Stimmen und Bewegungen und Fernsehgeräusche. Ein Bewacher stieß eine unterdrückte Warnung aus und eine Frau sank wieder zurück auf ihren Stuhl. Francine nickte hilflos. »Na schön«, sagte sie. »Wie du willst.«

Jacqueline schaute zu ihnen hinüber anstatt auf den Fernsehschirm und kehrte sofort zurück, als Francine ihr zuwinkte. Gerard wischte sich hastig die Stirn mit dem Taschentuch ab und steckte es wieder ein. »Kleine Tochterprobleme«, sagte er entschuldigend zu Jacqueline. »Manchmal brauchen Töchter einen weisen Vater, der ihnen gute Ratschläge erteilt, damit sie sich im Leben zurechtfinden.«

Jackie lächelte. Gerard erzählte von seiner Zelle, in der es ein bequemes Bett gab und einen Schreibtisch mit Fächern für seine Bücher, einen Schrank und einen Fernseher und vor allem ein Fenster, von dem aus man Bäume und den Himmel sehen konnte. Jackie sagte, er würde vielleicht bald freikommen, weil es einen neuen Verdächtigen gebe, und fragte, ob Jessica schon davon wüsste. Dann erzählte sie, sie wolle Gerard gern einen Italienurlaub spendieren, vielleicht könne Francine für zwei Wochen ihren Marktstand übernehmen.

»Natürlich«, antwortete Francine mechanisch.

Hin und wieder schaute Gerard sie an, mit einem unergründlichen Blick, als rufe er mithilfe Doktor Gandhis schmerzlindernde Bilder vom Meer auf. Vielleicht riss er sich auch einfach nur unglaublich zusammen, für diese letzte halbe Stunde. Sie wusste, dass er dazu fähig war. Gleich würde er sich vor dem Bademeister bücken müssen, weil er zu viel Händchen gehalten hatte, aber darüber redete er nicht. Er redete nur darüber, wie gut er es hier hatte: freundliche Vollzugsbeamte und jeden Tag eine Stunde Hofgang, früh ins Bett und dann die Crea, was immer das auch sein mochte.

»Ich gehe jetzt«, sagte Francine eine Viertelstunde vor Ende der Besuchszeit. »Bestimmt möchte dich Jackie auch eine Weile für sich haben.«

Jacqueline tätschelte ihr das Knie und sagte mit einem leicht vorwurfsvollen Unterton: »Schätzchen, mich störst du nicht.«

»Ich weiß.« Francine streichelte die Hand ihres Vaters. »Ich komme bald wieder, und ich rufe dich an, okay?«

»Schön.« Gerard nickte. »Und mach dir keine Sorgen.«

Keine Ahnung, wie das gehen sollte. Sie verließ den Saal, ging den Flur entlang und lieferte ihren Ausweis ab. Dann stand sie neben ihrem Auto und blickte das Betongebäude mit seinen seltsamen Farbstreifen an, die Mauer mit den Drähten darüber, die Lieferwagen und den Lkw, das Eisenmonstrum auf dem Parkplatz.

Es war zu spät zum Träumen.

Sie hörte die Amsel wieder und dann geschah es. In ihrem Gehirn machte es Klick. Der rote Fleck. Ihre Unsicherheit war verschwunden. *Fly Away with Me.* Die reinste Befreiung. Herausfordernd erwiderte sie das Pfeifen der Amsel. Sie wusste, was sie zu tun hatte.

## 15

Er liebte seine Eltern, aber sie hätten ihm einen passenderen Vornamen aussuchen können anstatt so ein Mädchenbuchrelikt aus den Siebzigerjahren, als die Leute ihre Kinder Ivan, Renko, Jep, Patrick oder, noch schlimmer, Jordi nannten. Man hätte Jerome daraus machen können, aber das war genauso schlimm, wie Fons in Alphonse zu verändern. Hieronymus hätte er gerne geheißen, nicht etwa nach dem Maler oder dem gelehrten Kirchenvater, sondern nach dem Polizisten in den Büchern von Michael Connelly. Die Amerikaner dachten sich gute Namen aus. Dismas Hardy. Dismas, darauf musste man erst mal kommen.

Guten Tag, meine Damen und Herren, mein Name ist Hieronymus.

Er lachte.

Manchmal machte er einen kleinen Umweg durch Middelaar und fuhr an seinem Elternhaus vorbei, ob aus Masochismus oder aus Neugier, aber nicht in dem auffälligen Lieferwagen, sondern so wie jetzt in seinem unauffälligen grauen Toyota, die Baseballkappe auf dem Beifahrersitz neben sich.

Es war ein schönes solides Haus, kurz vor dem Zweiten Weltkrieg erbaut, mit dunkelroten Fensterläden und cremefarbenen Fensterrahmen und Dachleisten, die jedes Jahr frisch gestrichen wurden, mit einem kleinen Vorgarten und einer Auffahrt zu der Holzgarage neben dem Haus. Dahinter lag ein Stück Weideland, das groß genug war, um ein Pferd darauf zu halten. Vier Jahre lang hatte er die Hypothek abbezahlt.

Nicht mal eine Schnecke hätte länger als drei Sekunden gebraucht, um daran vorbeizuschleichen, aber drei Sekunden genügten nicht, um festzustellen, ob sie noch dort wohnten oder ob sie schon umgezogen waren. Die Magnolie, immer ein bisschen später als ihre Verwandten, stand noch halb in Blüte.

Annie sah er nirgends, den Bouvier auch nicht. Er hätte Bulk gerne behalten, aber das war kein Leben für einen Hund, den ganzen Tag allein zu Hause. Fons war noch nicht von der Arbeit zurück. *Alphonse.*

Und dann war er schon am Bäcker vorbei und aus dem Dorf heraus und oben auf den Deich. Schafe, Kühe und in der Ferne die Maas. Vorbei an dem irgendwann mal gestohlenen und auf wunderbare Weise zurückgebrachten Jesus an seiner Kreuzung in der tief stehenden Sonne, und dann durch die Allee mit den exklusiven Bungalows. Heute Abend in den Club. Seine letzte Chance, die Wette gegen Keesink zu gewinnen. Letzte Woche war sein Slotcar rausgeflogen, weil auf den Hinterrädern zu viel Gewicht lastete, aber es lag nicht an den Reifen, sondern daran, dass sie insgesamt zu schwer waren.

Er fuhr den Abhang hinunter auf den halb leeren Parkplatz. Neben einem kleinen Peugeot stand eine Frau im Jogginganzug. Er stellte seinen Toyota direkt neben ihr ab und stieg aus. Die Frau hatte den Kofferraum leer geräumt und hob gerade das Reserverad heraus. Jetzt sah er auch, dass der Peugeot auf dem Wagenheber stand. Ein Vorderrad fehlte.

»Haben Sie eine Reifenpanne?«, fragte er. »Kann ich Ihnen helfen?«

»Nein danke, ich mach das schon selbst.« Sie hatte kurze schwarze Haare, die von einem orangefarbenen Schweißband zusammengehalten wurde. Von ihrer Gestalt bekam er außer dem Jogginganzug nicht viel zu sehen, denn sie blieb gebückt stehen, um das Reserverad festzuhalten und zum Wagenheber zu rollen.

Na schön. Schließlich gab es spezielle Pannenkurse für Frauen.

Er steckte seinen Schlüssel ein und entfernte sich von ihr, als sie plötzlich lauthals »Mist!« rief.

Er drehte sich um und sah, wie sie frustriert gegen das Reserverad trat. »Die meisten Leute würden noch lauter fluchen, wenn ihnen das passieren würde«, bemerkte er.

Sie blickte auf, mit zusammengebissenen Zähnen, ohne zu lächeln. »Ich reiß mich eben zusammen.«

»Man muss das Reserverad hin und wieder kontrollieren«, sagte er. »Die Luft entweicht mit der Zeit, vor allem wenn das Rad schon ein bisschen älter ist.«

»Danke für den guten Rat.«

»Ach, mir ist das auch schon öfter passiert.« Er lachte. »Na ja, genau genommen einmal.«

»Zwanzig Kilometer von zu Hause entfernt?« Sie lachte, als erkenne sie auf einmal, dass es keinen Sinn hatte, sich weiter aufzuregen.

Wenn sie lachte, sah sie hübsch aus und jünger, als er zunächst gedacht hatte, Anfang zwanzig, ein Mädchen noch, mit einem Grübchen in der Nase, das unvollkommen und gerade dadurch perfekt aussah, dazu grünliche Augen, die ebenfalls fröhlich dreinblickten und vielleicht ein wenig unsicher, was er auch schön fand. Er misstraute allzu selbstsicheren Menschen.

»Haben Sie zufällig eine Fußpumpe?«, fragte er.

»Nein, ich hab nicht mal ein Klapprad.«

»Ich auch nicht, weder noch.« Er schaute auf die Uhr. »Theo ist vielleicht noch da, wenn wir uns beeilen.«

»Theo?«

»Ja, ihm und seinen Brüdern gehört die Tankstelle hier in der Nähe. Er kann Ihnen auch den Platten reparieren. Wohnen Sie weit weg?«

Wieder lächelte sie. Auch ihre Stimme klang nett, irgendwo zwischen Alt und Sopran. »An die zwanzig Kilometer, wie gesagt.«

Er erwiderte ihr Grinsen und richtete das Reserverad auf.

»Bestimmt wartet Ihre Frau auf Sie.«

Seine Fröhlichkeit erhielt einen Dämpfer. »Nein, auf mich wartet keiner.« Er wies mit einem Nicken auf das Haus auf der anderen Straßenseite. »Ich wohne da oben und ich habe wirklich gerade ein bisschen Zeit.«

»Na gut ...«

Er rollte das Vorderrad zu seinem Toyota. Sie folgte ihm mit dem Reserverad. Da sein Kofferraum wie immer voll gepackt war mit Krimskrams, stellte er die Räder auf den Boden vor die Rückbank, einen auf jede Seite. Als er die Beifahrertür für sie aufhielt, streckte sie ihm die Hand hin und sagte: »Ich heiße Francine.«

*Hieronymus.* Er hatte sich an den Rädern die Hände schmutzig gemacht und wischte sie an seiner Hose ab. Ihr Griff war fest und dauerte eine ganze Sekunde. Vielleicht bildete er es sich ein, aber es fühlte sich an wie ein besonderer Moment. »Jeroen Jacobs.«

Sie ließ seine Hand los und rutschte auf den Beifahrersitz. Er ging um das Auto herum, setzte sich neben sie und startete. Das Mädchen schaute sich zu dem Peugeot um. »Ich habe vergessen, ihn abzuschließen.«

»Hier wird nicht viel gestohlen und auf drei Rädern kann kein Mensch damit wegfahren. Wir müssen uns beeilen.« Jeroen setzte zurück und verließ den kleinen Parkplatz. »Wie ist das eigentlich passiert?«

»Keine Ahnung. Er war platt, als ich vom Joggen zurückkam.«

Er fuhr über die Brücke. »Sind Sie um den See gelaufen?«

Sie nickte. »Ja, das ist eine meiner Lieblingsstrecken.«

»Ich habe Sie hier aber noch nie gesehen.«

»Vielleicht haben Sie nur nicht richtig hingeguckt.« Sie lächelte ihn an. »Außerdem habe ich auch nicht jedes Mal einen Platten.«

An der Vorfahrtsstraße hielt er an. Es herrschte viel Verkehr. »Sie können gerne mein Handy benutzen, wenn Sie jemanden anrufen möchten«, bot er ihr an. »Falls Sie Bescheid sagen wollen, dass Sie später nach Hause kommen.«

»Ich wüsste nicht, wen«, antwortete Francine.

»Na, vielleicht Ihren Mann oder Ihren Freund?«

Sie zog das Schweißband vom Kopf. »Ich bin nicht verheiratet. Ich habe zwar Freunde, aber keinen festen. Im Moment wohne ich noch in Nijmegen bei meinem Vater.«

»Dann wartet der vielleicht auf Sie?«

Sie schüttelte den Kopf. »Der ist gerade mit seiner Freundin im Urlaub.«

Als die Kreuzung frei war, fuhr Jeroen weiter. »Im Moment?«, fragte er. »Haben Sie vor, umzuziehen?«

»Ja, ich suche eine Wohnung. Wenn ich die Stelle bekomme, die ich in Aussicht habe, würde ich gern hier in die Nähe ziehen.«

Die Tankstelle lag kurz hinter dem abgebrannten Hotel. Eine alte Dame tankte ihren Nissan voll. Jeroen hielt vor der Werkstatt an und ging zu einem Mann, der gerade einen Passat mit der Hebebühne herunterließ. »Hallo, Theo. Ich habe hier eine junge Frau mit einem platten und einem kaputten Reifen.«

Theo sah Francine und Jeroen an und grinste. »Damit kann ich nichts anfangen, das muss ich mir näher ansehen.« Er hielt die Hebebühne an. Sein Gesicht war gebräunt und sah von Natur aus freundlich aus. »Den kaputten kriege ich heute aber nicht mehr geflickt, ich will nämlich heute auch noch mal nach Hause.«

»Ich könnte ihn morgen Nachmittag abholen«, schlug Francine vor. »Ginge das?«

Jeroen war schon bei seinem Auto, zog das Vorderrad heraus und rollte es in die Werkstatt hinein. Theo drehte das Rad langsam rundherum, hielt es dann an und rieb mit einem Finger über einen glänzenden Punkt. »Ein dicker Nagel«, stellte er fest. »Sind Sie in letzter Zeit durch ein Neubaugebiet gefahren?«

»Nicht dass ich wüsste«, sagte Francine.

»Sie stand auf dem Parkplatz vorne bei mir, und als sie zurückkam, war er platt«, erklärte Jeroen. »Wobei mir absolut schleierhaft ist, wie der Nagel dahin geraten sein soll.«

»Man weiß nie«, sagte Theo zu Francine. »Man kann

stundenlang mit so einem Ding im Reifen herumfahren, bevor die Luft rausgeht.« Er rollte das Rad zur Werkbank. »Morgen Nachmittag also.«

»Vielen Dank«, sagte Francine.

Jeroen holte das Reserverad und drehte den Ventildeckel ab. Theo kam mit einem Schlauch und pumpte den Reifen auf. Francine wollte ihm fünf Euro geben, aber er lehnte empört ab. Zehn Minuten später waren sie wieder auf dem Parkplatz und Jeroen lud das Rad aus und rollte es zum Peugeot.

»Den Rest schaffe ich schon alleine«, behauptete Francine. »Es tut mir leid, wenn ich dir Umstände bereitet habe.«

»Ganz sicher?«

»Ich möchte dich nicht länger aufhalten. Ich weiß sowieso nicht, wie ich dir danken soll.«

»Ach, Quatsch.« Jeroen zögerte nicht lange. »Das ist schon in Ordnung.« Er ging neben dem Wagenheber in die Knie, kurbelte ihn ein paar Umdrehungen höher, hob das Rad auf die Vorderachse und drehte die Muttern eine nach der anderen auf die Radschrauben.

»Hast du eben etwas von einer Stelle hier in der Nähe gesagt?«, fragte er stirnrunzelnd, als fiele ihm etwas ein.

»Ja, ich kann vielleicht in einem Restaurant auf der anderen Seeseite anfangen, vorne an dem großen Parkplatz.«

»*De Kombuis?* Das ist ein netter Laden, einmal die Woche gibt es dort Livemusik.« Mit dem Kreuzschraubenschlüssel zog er die Muttern an. »Du kannst also kochen?«

»Einigermaßen«, sagte sie »Aber ich würde wohl vor allem im Service arbeiten.«

»Auch okay.«

Francine wusste nicht, was er damit sagen sollte, aber er hörte sich gut gelaunt an. Sie betrachtete seinen Rücken, als er den Wagenheber runterkurbelte, unter dem Peugeot hervorzog und die Muttern noch einmal festzog. Er war muskulös und hatte kräftige Hände. Und er trug keinen Ring. »Hast du Erfahrung in der Branche?«, fragte er.

»Ein bisschen. Ich habe eine Zeit lang am Empfang einer Autowerkstatt gearbeitet und dann als Sekretärin bei einem Makler, aber das war ein ziemlicher Reinfall. Seitdem arbeite ich für eine Zeitarbeitsfirma und mache alles Mögliche. Und du?«

»Ich bin Elektroinstallateur und habe noch eine Ausbildung als Elektrotechniker. So.« Er drückte die letzte Schutzkappe auf eine Mutter und hob den Wagenheber und den Kreuzschraubenzieher auf. »Sag Theo morgen, dass er das andere Rad wieder montieren soll, ansonsten müsste er dieses hier auswuchten. Du kannst es aber auch einfach als Reserverad behalten.«

»Und hin und wieder kontrollieren?«

»Ja, das wäre sinnvoll.« Er lachte hoch und ein bisschen wiehernd und es klang unbekümmert und fröhlich.

Francine öffnete die Kofferraumhaube. »Pack die Sachen einfach in den Karton hier«, sagte sie. »Morgen muss ich sowieso wieder alles ausräumen, bevor ich das Reserverad wieder reinlege.«

Jeroen deponierte den Wagenheber und den Kreuzschraubenschlüssel auf Plastiktüten, einen Putzlappen und einen Regenschirm. Hinter dem Karton standen ein großer Einkaufskorb mit einer zusammengefalteten Tiefkühltasche darin und daneben eine grüne Leinentasche mit Werkzeug und Putzlappen. Er fragte sich, was sie mit einem Hammer im Auto wollte.

Francine schloss die Kofferraumhaube und sagte: »Noch mal vielen Dank also. Man trifft nicht jeden Tag einen Retter in der Not.«

Ihre Augen hatten goldbraune Flecken. Er fühlte sich warm von innen, gut gelaunt und auch neugierig, und plötzlich hatte er Angst davor, dass sie in der nächsten Sekunde für immer verschwinden würde, wenn er nicht ganz schnell diese verdammte Schüchternheit überwand und sich etwas einfallen ließ.

»Deine Hände sind ganz schmutzig«, sagte er.

Sie schaute sie an. »Ja, ich bin ein schmutziges Mädchen, aber ich komme damit schon bis nach Hause.«

Er wies mit einem Nicken auf die andere Straßenseite. »Ich meine, wenn du es nicht eilig hast, könntest du sie bei mir waschen.«

Sie zog die Augenbrauen hoch, als denke sie nach, und schenkte ihm dann wieder ihr Lächeln. »Okay.«

Sie kletterte hinter ihm her den Abhang hinauf und sie überquerten die Straße. Jeroen öffnete ein Gartentor, ging zur Haustür und schloss auf. Sie betraten eine Diele mit einem Stromkasten, einer Garderobe und einer Glastür, die zu einem hellen Flur und einer Treppe führte. Die blonde Frau kam aus einer Tür heraus. »Oh, hallo, Jeroen, ich dachte, es sei Jaap.« Sie lächelte Francine an. »Hallo.«

Jeroen hatte die Hand schon auf dem Treppengeländer. »Francine, das ist Carla, meine Vermieterin.«

»Hallo«, sagte Francine.

Carla zwinkerte ihr zu und verschwand im Flur. Francine folgte Jeroen in seine Wohnung. Er zeigte ihr alles. »Wohnzimmer, Küche, Schlafzimmer, hier ist die Toilette und da das Badezimmer.« Er öffnete die Tür. »Ich hoffe, die Unordnung stört dich nicht.«

»Willst du nicht zuerst gehen?«

»Nein, ich kann mir die Hände auch in der Küche waschen. Möchtest du eine Tasse Kaffee oder Tee?«

Sie schaute ihn an. Sie standen eng beieinander.

»Auf den Schreck«, sagte er. »Na ja …«

»Für Tee ist es ein bisschen spät.«

»Dann vielleicht einen Irish Coffee? Das trinkt man in Limburg sonntagnachmittags.«

»Es ist aber gar nicht Sonntagnachmittag.«

»Stimmt.« Er lächelte. »Wir könnten aber so tun, als ob.«

Er sah wieder dieselbe Unsicherheit wie eben und sie zeigte sich auch kurz in ihrem Lächeln. Dann sagte sie: »Na ja, wenn das so Tradition ist«, und schlüpfte ins Badezimmer.

Ein Wäschegestell mit Socken und Unterhosen an Wäscheklammern schwankte, als sie die Tür schloss. Ein weißes Waschbecken, darüber ein Spiegelschrank, Rasierapparat und Aftershave daneben, Handtücher an Chromstangen, eine kleine Waschmaschine. Zwei Oberhemden trockneten an Kleiderbügeln an der Duschvorhangstange. Er wusch seine Wäsche selbst. Die gekachelte Dusche war sauber, die emaillierte Duschwanne ebenfalls. Von wegen Unordnung.

Francine wusch sich die Hände und schaute in den Spiegel.

Mist!, dachte sie.

Sie warf einen Blick in die Küche hinein, von der aus man auf den Balkon gelangte, ihr Elektriker schäumte Milch auf, indem er mit zwei Gabeln in einem kleinen Topf auf dem Gasherd herumrührte. Der kleine Raum bot gerade genug Platz für einen schmalen Tisch mit zwei Stühlen, der an der Wand gegenüber der Anrichte stand. Auf dem Tisch lagen Walnüsse und ein paar Äpfel in einer braunen Keramikschale, daneben eine Zeitschrift mit Fotos von seltsamen kleinen Autos. Der linke Stuhl war zurückgeschoben und stand mit der Lehne vor einem Regal mit Tomaten, einem Kopfsalat und einem halb vollen Jutesack mit Kartoffeln. Francine stellte sich vor, wie er, der Junggeselle, sich morgens zu einem schnellen Frühstück an diesen Tisch setzte und zur Balkontür hinausschaute. Vielleicht aß er auch abends dort, der Einfachheit halber, wenn er alleine war. Er war nicht verheiratet, aber das hatte ja nichts zu sagen. Francine schaute seine Hände an, in denen er jetzt zwei dicke Irish-Coffee-Gläser hielt. Er füllte sie bis zum ersten Strich mit einer braunen Flüssigkeit aus einer Flasche.

»Ist Carla streng als Vermieterin?«, fragte Francine.

Er warf ihr einen verwunderten Blick zu. »Carla? Wie kommst du denn darauf?«

»Na, weil es bei dir so ordentlich ist.«

»Ach so.« Er grinste. »Nein, das liegt daran, dass ich so schlampig bin.«

»Wie passt das denn zusammen?«

»Ganz einfach. Ich weiß, wie leicht man sich Schimmel heranzüchtet, und zwinge mich dazu, meine Schlampigkeit zu überwinden.« Die Milch kochte schäumend auf und er goss sie auf die Kaffee-Whiskey-Mischung. Dann füllte er den Topf mit Wasser und ließ ihn in der Spüle stehen. »Mal sehen, was ich dir dazu anbieten kann.«

»Ich möchte nichts dazu, danke«, sagte Francine.

Er trug die Gläser vor ihr her und stieß mit einem Fuß die Wohnzimmertür auf. Zur Straßenseite hin lag ein großes Fenster. Die Übergardinen waren aus gelbem Leinen, bedruckt mit orangefarbenen und gelben Blumen. Sie trugen deutlich die Spur einer weiblichen Hand. Das Mobiliar hingegen schien bunt zusammengewürfelt, wie eine Mischung aus Auktionshaus und Heilsarmeedepot. An einer Wand standen Bücherregale und ein Arbeitstisch voller Werkzeug und Krimskrams, an einer anderen hingen ein Poster von einem aufgemotzten amerikanischen Truck. Daneben, wie eine exotische Note, drei Strohhüte, wie sie von Frauen im heißen Süden getragen wurden. Auf einem Gasofen stand ein großer Asparagus. Ein gemütliches Zimmer, obwohl hier nichts zusammenpasste. Durch das Fenster hatte man Aussicht auf den Parkplatz, Bäume und einen Teil des lang gestreckten Sees.

Jeroen reichte ihr ein Glas und blieb ihr gegenüber stehen. Er war einen Kopf größer als sie.

»Wie alt bist du?«, fragte sie.

»Siebenundzwanzig. Einen Meter achtzig groß, Schuhgröße vierundvierzig. Achtzig Kilo, also zwei zu viel, aber ich esse eben gern. Prost.«

»Auf die Limburger Traditionen.« Francine trank einen kleinen Schluck. Das Getränk schmeckte besser als erwartet, heiß und nicht zu süß, Kaffee mit Alkohol.

»Was möchtest du sonst noch wissen?!«

Sie wollte sich wieder hinter ihrem Lächeln verschanzen, aber eigentlich fühlte sie sich immer entspannter, so als erläge ihr Verstand der Versuchung, das Taktieren für einen erholsamen Moment aufzugeben. »Wohnst du schon lange hier?«

»Seit einem Jahr.«

Sie trank und schaute über ihr Glas hinweg. »Entschuldige, aber das geht mich ja gar nichts an.«

»Ich war verheiratet«, erzählte er. »Nach der Scheidung bin ich hier eingezogen. Carla ist eine entfernte Kusine von mir, da hatte ich Glück.«

»Der weibliche Einfluss stammt also von Carla?«

»Ja. Sie und ihr Mann hatten die Wohnung gerade erst neu eingerichtet, um sie zu vermieten.« Er schwieg für einen Moment. »Manchmal läuft sich eine Beziehung einfach tot. Daran ist keiner von beiden schuld, bei uns lag es wohl an unserer Unerfahrenheit. Annie und ich waren einfach noch zu jung. Setz dich doch.«

Francine wählte einen altmodischen Rauchstuhl mit hoher, verstellbarer Rückenlehne.

»Ein netter Zufall, dass wir uns getroffen haben.« Jeroen setzte sich ihr schräg gegenüber. »Manchmal überlege ich, wie man eigentlich andere Menschen kennen lernt oder aus welchem Grund. Heute Morgen gab es dich noch nicht und jetzt trinken wir zusammen Irish Coffee. Aber du hast noch gar nichts von dir erzählt. Wie alt bist du?«

Francine befürchtete für einen Moment, dass er nicht so recht an einen Zufall glaubte, aber als er sie ansah, wusste sie, dass das Unsinn war. »Ich bin einundzwanzig.«

Er dachte nach. »Deine Mutter lebt nicht mehr?«

Er hatte gut zugehört. »Nein, sie ist unter einen Lkw gekommen, als ich noch ein Baby war.«

»Wie schrecklich.«

»Ich habe sie nie gekannt. Mein Vater hat mich ganz allein großgezogen. Es war nicht leicht für ihn, als ich noch klein war. Ich habe ihm viel zu verdanken.«

Wieder bildete sich eine Denkfalte auf seiner Stirn. »Hat er danach nicht wieder geheiratet?«

»Nein. Und er hat mich auch nicht als Ersatz missbraucht.«

Jeroen lief rot an. »So habe ich das doch nicht gemeint.«

Er sah jungenhaft aus mit seinem schwarzen Lockenkopf und seinen braunen Augen, die sich zu Schlitzen verengten, wenn er wieder einmal so merkwürdig hoch und wiehernd lachte, als habe er chinesische Vorfahren. Francine fühlte sich um Jahre älter als er.

»Auf solche Ideen kommen die Leute nur, weil sie meinen Vater nicht kennen«, sagte sie. »Oder weil sie Hugo Claus gelesen haben.«

*»Unvollendete Vergangenheit«,* sagte er.

Francine hasste Snobs, aber er klang nicht wie ein Aufschneider, sondern einfach wie jemand, der gerne las. »Im Übrigen hat mein Vater eine sehr nette Freundin«, fügte sie hinzu.

»Und was ist mit dir?«

»Ich muss jetzt gehen.«

»Ich meine, ob du einen Freund hast.«

Sie leerte ihr Glas und wischte sich ein wenig Schaum von den Lippen. »Nein, ich habe keinen Freund.« Sie hatte es bereits gesagt, aber er wollte es noch einmal hören. »Ich muss jetzt wirklich gehen.«

»Habe ich dich irgendwie verletzt?«

»Nein, nicht im Geringsten«, antwortete sie.

Sie sah, dass er es bedauerte, sie jetzt schon gehen lassen zu müssen. »Ich könnte uns Eier mit Speck braten«, sagte er. »Und dazu ein Glas spanischen Wein. Oder wir könnten in das Restaurant am See gehen.«

»In den Klamotten?« Francine stand aus dem Rauchstuhl auf. »Danke für das Angebot, wirklich nett von dir, vielleicht ein andermal.«

Jeroen stand auch auf. »Du musst morgen doch sowieso noch mal hierher, um deinen Reifen abzuholen. Wie sieht's aus?« Er schaute sie an und bemerkte ihre Unsicherheit. »Ich würde mich wirklich freuen.«

Francine nickte. »Ich mich auch.«

Seine Augen leuchteten auf. »Wann denn? Ich bin um sechs Uhr zu Hause.«

»Wir treffen uns hier bei dir«, schlug sie vor. »Sollte etwas dazwischenkommen, rufe ich dich an.«

Er schrieb seine Nummer auf ein Blatt in einem Spiralblock, notierte auch seine Handynummer und riss den Zettel ab. Sie gab ihm die Nummer des Bootes. »Lass nichts dazwischenkommen«, sagte er.

»Was sollte denn passieren?«

»Eine Reifenpanne?«

Er lachte, die Augen wieder chinesisch geschlitzt. »Nein, das wird mir doch wohl niemand antun, die Panne war ja gerade der nette Zufall«, sagte er, den Block noch in der Hand. »Wie heißt du eigentlich mit Nachnamen?«

Die Wahrscheinlichkeit, dass er Einblick in das Gefangenenregister hatte, war minimal, und wenn sie ihren Plan weiter durchführen wollte, kam sie sowieso nicht drumherum. »Kallas« sagte sie. »Aber nicht wie Maria, sondern einfach mit K am Anfang.«

Es war so leicht gegangen, dass sie fast Gewissensbisse hatte. Ein Hammer und ein Nagel, ein netter Mann, der sie zu einer Tankstelle fuhr und wieder zurückbrachte und der beim Abschied ihre Hand festhielt. Es hatte sogar einen Moment gegeben, in dem es ganz natürlich erschienen wäre, wenn er sie auf die Wange geküsst hätte.

Aber das war nur der Anfang, Teil eins. Für das Übrige hatte sie nur wenig Zeit. Blitzkrieg. Fast wäre sie auf sein Angebot eingegangen, mit ihm zu Abend zu essen, aber das wäre doch ein wenig zu schnell gewesen, Blitzkrieg hin oder her.

Francine duschte und aß einen Rest Makkaroni mit Soße und Käse aus der Mikrowelle. Ein leerer Abend, ausgefüllt mit Hirngespinsten und Gedanken an Gerard. Sie legte eine seiner alten Pink-Floyd-LPs auf den Bang-&-Olufsen-

Plattenspieler und dachte an die Iranerin, die mutterseelenallein auf ihrem Boot lebte. Doch Shirine war das Alleinsein gewöhnt und vielleicht schätzte sie es inzwischen sogar. Sie bastelte an ihren Kunstwerken und übersetzte persische Märchen, für die sich kein Verleger interessierte.

Pink Floyd munterten sie auch nicht gerade auf. Vielleicht hätte sie ihre Vorsicht über Bord werfen und spanischen Wein trinken sollen. Dieser Mann war so nett, dass es fast wehtat.

Francine schloss die Haustür ab und holte die Geldtasche aus dem Mülleimer. Sie wischte sie mit einem Geschirrhandtuch trocken und brachte sie in ihr Schlafzimmer, in das man von außen nicht hineinschauen konnte, es sei denn, man hätte mit einem Ruderboot direkt vor ihrem Fenster angelegt, wie es ein alter Mann getan hatte, der einen toten Jungen ... *Nicht daran denken!*

Sie zog den Reißverschluss der Tasche auf und schüttete die Bündel auf ihr Bett. Sie zählte neunundzwanzig, dicke und dünne. Es waren neue Scheine dabei, aber die meisten waren gebraucht, mit alten europäischen Gebäuden darauf, italienischen, deutschen. Auf den Münzen konnte man erkennen, woher sie stammten. Wie hoch das Lösegeld gewesen war, war nirgendwo erwähnt worden, vielleicht wusste das nicht mal die Polizei. Ein Zweitwohnsitz in Italien. Schwarzgeld.

Francine entfernte das Gummiband nicht, als sie das erste Bündel zählte. Sechzig mal fünfzig. Zwanzig mal hundert. Sie notierte sich den Betrag auf der Rückseite eines alten Briefumschlags: 5000. Sie steckte das Bündel zurück in die Tasche und nahm das nächste heraus. Dieses war dünner. Zehn alte und zehn neue Hunderter und sechs Fünfhunderter-Scheine. Wieder fünftausend. Sechsmal fünfhundert, vierzigmal fünfzig. Fünfhunderterscheine wurde man nirgends los, höchstens bei der Bank. Manche Geschäfte stellten sich schon bei Hundertern an.

Francine kontrollierte noch acht weitere Bündel. Jedes

enthielt fünftausend Euro. Insgesamt waren es hundertfünfundvierzigtausend Euro.

Auf einen solchen Betrag würde Jimmy nie kommen. Er hätte hunderttausend gefordert, hundertfünfzig- oder zweihunderttausend. Francine zählte nochmals. Es waren und blieben hundertfünfundvierzigtausend. Gijs hatte also ein Bündel unterschlagen oder verteilt, um zu feiern.

Nicht zu ändern.

Francine legte alles wieder zurück, setzte sich auf das Bett und schaute in die Tasche hinein. Sie hatte das Gefühl, einen Fehler zu machen. Es war nicht ihr Geld. Außerdem war dieses Geld ekelerregend, die Ursache des ganzen Elends. Sie wollte es nicht haben, roter Fleck oder nicht, es war schmutziges Geld, und wenn sie etwas davon nehmen würde, dann nur als Darlehen, bis das Boot verkauft war. Sie musste es diesen Leuten zurückgeben, ohne dass sie herausfinden konnten, woher es stammte.

»Verdammt!«, sagte sie laut, als sie ihren Fehler begriff. *Fingerabdrücke*. Hundertfach, auf der Tasche, auf den Geldscheinen. Handschuhe anzuziehen war ihr gar nicht in den Sinn gekommen. Die Polizei würde sich sofort auf die Suche nach dem anonymen Spender begeben. Gerard konnte es nicht sein, daher würden sich die Ermittlungen ganz auf sie konzentrieren, da sie sie ohnehin verdächtigten, das Lösegeld abgeholt zu haben. Sie konnte putzen, wie sie wollte, die Polizei brauchte nur einen unvollständigen Fingerabdruck zu finden oder ein Hautschüppchen von ihren Händen, dann reichte das für einen Gentest. Und für eine Verhaftung.

Gerard würde seinen Prozess nicht mehr erleben. Er würde einen langsamen Tod sterben, in seiner Zelle, in dem Krankenhaus mit den vergitterten Fenstern und Wachleuten vor der Tür. Sie musste das Geld verstecken, vorläufig jedenfalls. Francine nahm eines der Bündel aus der Tasche und versteckte es unter ihrem Kissen.

Im Auto war es zu riskant, im Boot auch. Drogen wurden

manchmal im Wasser versenkt. Taucher fanden sie auch dort. Es gab keinen sicheren Ort. Ein Schließfach in der Stadt, aber was, wenn sie es plötzlich brauchte, mitten in der Nacht, und keine Zeit mehr hatte, es abzuholen?

Sie zog Gerards Werkzeugkiste aus dem Kabuff unter der Decktreppe hervor und nahm die schwersten Werkzeuge heraus, Schraubenschlüssel, Zangen und einen Fäustel, legte sie auf das Geld in der Tasche, zog den Reißverschluss zu und steckte die Tasche in einen schwarzen Müllsack. Zwar herrschte wenig Strömung, aber zur Sicherheit legte sie noch einen alten Wagenheber oben auf die Tasche. Dann wickelte sie zwei Müllsäcke darum und band das Paket mit Kordel zu, in die sie eine Schlinge knüpfte. Das Ganze wog mindestens zehn Kilo.

Francine holte den Bootshaken, schloss die Haustür hinter sich und kniete sich im Dunkeln auf die Laufplanke. In der Ferne hörte sie Stadtgeräusche, ein Flugzeug ging in den Sinkflug über Schiphol, seine Lichter blinkten zwischen den Sternen. Rings um die Hausboote herrschte Stille. Francine sah Licht bei Koos, das blaue Flackern des Fernsehers. Sie hängte das Paket an den Bootshaken und ließ es vorsichtig unter die Laufplanke sinken. Sie roch Modder, als es den Grund berührte. Das Wasser war hier kaum einen Meter tief. Sie zog den Haken aus der Schlinge und kontrollierte, ob sie das Paket leicht wieder finden konnte. Sie erwischte die Schlaufe sofort. Kein Problem. Nichts war vollkommen. Aber irgendetwas anderes verursachte ihr ein unbehagliches Gefühl.

Francine sah den Makler aus seinem Rover steigen. Er ging am Ufer hin und her und begutachtete das Boot, in seinem grauen Anzug und mit herablassendem Blick, die Aktentasche unter dem Arm und einen Timer in der Hand. Von seinem grapschenden Kollegen hatte sie gelernt, dass Makler immer auf diese Weise Objekte schätzten, um die meist übertriebenen Erwartungen der Eigentümer zu dämpfen.

Ein hoher Preis brachte eine hohe Courtage, aber auch höhere Kosten. Ein niedrigerer Preis verhieß einen schnelleren Verkauf, und auf zum nächsten Objekt.

»Guten Morgen«, sagte der Makler, als er die Laufplanke überquerte. Aus der Nähe betrachtet wirkte er solide und verlässlich. »Mein Name ist Wolker. Sind Sie die Eigentümerin?«

»Nein, das Boot gehört meinem Vater, aber ich habe die Vollmacht, es zu verkaufen.«

»Ist Ihr Vater nicht da?«

»Nein, dann bräuchte ich ja die Vollmacht nicht.«

Der Mann blieb einen Augenblick stehen und musterte sie. Sie lächelte ihn freundlich an. Sie führte ihn über das Boot. Auf seinem Rundgang sagte er nichts, doch sie hatte das unangenehme Gefühl, ihr ganzes Leben vor einem Fremden auszubreiten, der jeden Feuchtigkeitsring über den Fußleisten und jede Stelle mit abblätternder Farbe bemerkte.

»Möchten Sie, dass ich es schätze?«, fragte er, als er neben dem Globus am Tisch saß und sich die Vollmacht durchlas.

»Wenn das notwendig ist. Auf jeden Fall möchten wir es gerne baldmöglichst verkaufen.«

»Was glauben Sie denn, wie viel Sie dafür bekommen?«

»Welchen Preis halten Sie denn für realistisch?«

Er sah sie an. »Ich kann Ihnen jemanden schicken, der Ihr Boot auf Herz und Nieren überprüft. Es hat einen alten Betonrumpf, der wird gerne mal bröckelig.«

»Ich gebe Ihnen einen Zweitschlüssel, dann können Sie jederzeit rein, wenn ich nicht da bin.«

»Es ist ein altes Boot und man muss einiges dran machen«, erklärte der Makler. »Aber die Gegend ist ganz nett. Vielleicht hätte ich sogar schon Käufer an der Hand, ein Rentnerehepaar. Das Boot ist etwas für einen Bastler. Falls der Spezialist, mit dem ich zusammenarbeite, nicht zu viele schwerwiegende Mängel feststellt, könnten wir vielleicht mit knapp hunderttausend rechnen. Achtundneunzigtausend? Ist es noch mit einer Hypothek belastet?«

Hunderttausend war mehr, als Francine erwartet hatte. Hoffentlich machte er keinen Rückzieher, wenn er sah, dass sie das Boot seinerzeit für nur dreißigtausend gekauft hatten, offiziell zumindest, denn den Rest hatten sie schwarz abbezahlt. »Noch etwa zwanzigtausend.« Sie reichte dem Makler den Kaufvertrag.

Wolker blätterte den alten Vertrag durch und schrieb sich einige Daten auf, um selbst einen Vertrag aufsetzen zu können. Francine dachte daran, dass Gerard nie mehr hierher zurückkehren würde. Das ganze Leben veränderte sich. Sie unterzeichnete das Formular und es fühlte sich wie ein Abschied an und merkwürdigerweise auch wie ein Verlust. Dieses Gefühl musste sie unbedingt unterdrücken.

# 16

Sie hatte sich große Mühe gegeben, sich geduscht, geföhnt, gebürstet und nur wenig Make-up aufgelegt, weil sie das Gefühl hatte, dass Jeroen ein eher natürliches Aussehen mochte. Sie brauchte den Verband um den Unterschenkel nicht mehr und entschied sich für den goldbraunen Rock mit den Bändern und den mit Stoff bezogenen Knöpfen. Dazu zog sie ihre Lederstiefel und eine Bluse mit Dreiviertelärmeln an. Sie war aus sandfarbenem Polyamid mit ägyptischen Motiven, und das Lederband am Dekolleté schnürte sie so locker, dass die Spitzenborte ihres edlen Chantelle-BHs sichtbar wurde.

Theo stellte fest, dass sie sehr pünktlich war und im Gegensatz zum gestrigen Tag wirklich interessant aussah. Ebenso wie Jeroen war auch er der Meinung, dass das Vorderrad wieder montiert werden musste, und als er damit fertig war, legte er ihr das Reserverad wieder in den Kofferraum, damit sie sich nicht die Hände schmutzig machte. »Gib mir 'nen Zehner«, sagte er, als der Kofferraum wieder eingeräumt war.

Er betrachtete sie, während sie ihr Portemonnaie aus der Tasche kramte. »Wollen Sie mit Jeroen ausgehen?«, fragte er.

»Ja, einverstanden?«

»Er ist wirklich ein prima Kerl.«

Sie lächelte ihn an. »Vielen Dank noch mal.«

Um halb sechs fuhr sie über die Brücke und bog auf den Parkplatz ein. Das Wetter war herrlich und die ganze Welt war so grün und real, dass sie wünschte, sie könnte sie genießen ohne diese schwarze Wolke der Unruhe in sich. Noch unruhiger wurde sie, als sie Jeroens blauen Lieferwagen schon dort stehen sah. Er war bereits zu Hause, viel zu früh. Er musste schon lange vor fünf Uhr seine Arbeit im

Stich gelassen haben und war vermutlich nicht mal mehr in Cuijk vorbeigefahren, um Material zu laden oder sich abzumelden.

Er war auf direktem Wege nach Hause gerast.

Francine starrte den Lieferwagen an. Schon vorher hatte sie das ungute Gefühl gehabt, etwas Unrechtes zu tun, und jetzt wusste sie, wo es herkam. Es lag an ihm. Er war zu nett, zu freundlich und ehrlich. Er würde sie niemals verstehen, er gehörte in diese grüne Welt, in der die Menschen einander nicht betrogen und manipulierten. Er wäre zutiefst getroffen und würde sie verachten. Sie hätte es seinem Gesicht und seinen Augen ansehen müssen, aber sie hatte nicht richtig hingeschaut oder nicht hinschauen wollen.

Sie musste jemand anderen finden. Einen Vollzugsbeamten in Geldnot, einen dubiosen Mitarbeiter bei einem Bauunternehmen. Und dann direkt die Hälfte des Lösegeldes bar auf den Tisch legen anstatt schlüpfrige Verführungstaktiken anzuwenden. Sie musste nach Grave zurückkehren und beim nächsten Mal besser aufpassen.

Francine ließ den Wagen an. Sie vergaß, dass sie einen Gang eingelegt hatte, und der Peugeot schnellte zehn Zentimeter nach vorn und ging aus. Nein, nicht schon wieder. Jeroen hatte ihre Telefonnummer und würde anrufen, immer wieder. Johan Nummer zwei. Er würde ihre Adresse heraussuchen und zum Boot kommen. Was sollte sie sagen? Mein Verlobter macht Schwierigkeiten. Oder einfach die Wahrheit, eine kalte Dusche, um ihn loszuwerden?

Sie raste los, doch da sah sie ihn winkend über die Straße laufen. Oben an der Ausfahrt blieb er mit ausgebreiteten Armen vor ihrem Auto stehen und sie hatte die Wahl, ihn entweder zu überfahren oder stehenzubleiben. Sie trat auf die Bremse und ließ ihre Scheibe herunter.

Jeroen keuchte, schaute sie verwirrt an. »Ich habe dich kommen sehen, ich hatte schon Angst, dass du's dir anders überlegt hast ...«, stotterte er.

Er hatte bereits nach ihr Ausschau gehalten. *Ich habe ei-*

*nen eifersüchtigen Verlobten. Ich komme nur mit, wenn du meinem Vater zur Flucht verhilfst.* Möglicherweise würde er sie anzeigen und dann würden die im Gefängnis überreagieren und Gerard in Einzelhaft nehmen.

»Ich dachte, ich wäre zu früh dran«, sagte sie lahm.

Seine bestürzten Augen wollten nicht glauben, dass sie ihn womöglich anlog. Francine schaltete und fuhr rückwärts. Jeroen folgte ihr, erst mit einer Hand auf der Kühlerhaube, dann neben ihr herlaufend, als sie auf den Parkplatz einbog, und schließlich hielt er ihr die Tür auf. Er gab ihr nicht die Hand und sagte auch nichts, er stand nur da und lächelte unsicher. Er würde sie niemals anzeigen, was immer sie auch sagte.

»Ich habe kalte Füße bekommen«, gestand sie.

Er lachte nervös. »Ich war auch etwas aufgeregt. Du siehst so anders aus, ich meine, schön.«

Er sah auch gut aus, frisch rasiert, in einem blau-violetten Hemd und einer cremeweißen Kordhose, die Mütter früher ihren fünfjährigen Söhnen anzogen, bevor der Modeterror in der Schule sie im Griff hatte. Seine Locken waren noch nass. Francine roch Apfelshampoo und Aftershave und einen Hauch von Schweiß vom schnellen Laufen. »Theo hat das Rad gewechselt«, erzählte sie. »Er hat gefragt, ob ich zu dir fahren würde.«

»Ach ja? Warum denn?«

»Vielleicht, weil ich heute so anders aussehe. Was wollen wir unternehmen?«

»Essen gehen, aber dafür ist es noch ein bisschen früh.«

»Ich will mein Essen aber auf jeden Fall selbst bezahlen«, erklärte sie.

»Du lieber Himmel.« Er konnte so was sagen, ohne lächerlich zu klingen.

Gemeinsam gingen sie über den Parkplatz und über die Straße. Die Tür war hinter ihm zugefallen und er musste klingeln und erklären, dass er seinen Schlüssel oben liegen gelassen hatte.

»Hallo, Francine«, sagte Carla. »Das ist aber eine schöne Bluse.«

»Danke«, sagte Francine.

Carla schaute Jeroen an. »Und du hast dich auch in Schale geworfen. Falls Francine heute zu Eiern und Speck bleibt, hätte ich Mousse au Chocolat zum Nachtisch anzubieten.«

»Lieb von dir«, sagte Jeroen. »Aber wir gehen essen, vielleicht in die *Kombuis.*«

Carla kicherte. »Wie romantisch.«

Cousin und Kusine. Sie unterhielten sich natürlich über alles Mögliche und so verknüpften sich ihre Lebenswege automatisch. »Ich möchte lieber nicht in die *Kombuis*«, sagte Francine, als sie oben waren.

»Warum denn nicht?«

»Ist vielleicht nicht so angebracht.« Sie würden sich dort nach Gerard erkundigen und dann würde sie wieder lügen müssen, oder sie hatten sie vergessen und schon längst jemand anderen eingestellt. »Ist nur so ein Gefühl«, sagte sie. »Ich möchte mich nicht aufdrängen, weißt du.«

Jeroen nickte nachdenklich. »Ich habe gar nicht so darüber nachgedacht, aber du hast recht, das würde ich auch nicht tun.« Er mixte zwei Martinis mit Zitronenscheiben. Bestimmt hatte er die Zitrone extra für diesen Anlass gekauft. Francine hatte allerdings eher das Bedürfnis nach einem Glas von Gerards Glen Talloch auf Eis.

Sie prostete Jeroen zu und wies, um seinem Blick auszuweichen, mit einem Nicken auf das Sammelsurium von kleinen Zangen und anderen Gegenständen auf dem Arbeitstisch an der Wand. »Was ist das da eigentlich?«

»Mein Hobby. Slotcarrennen.« Die Ablenkung bot ihm eine Möglichkeit, seine Verlegenheit zu überwinden, und er zeigte ihr ein kleines Chassis mit dünnen Vorderrädern und einem winzigen Motor in der Mitte zwischen breiteren Hinterrädern. »In Nijmegen gibt es einen Club mit einer guten Rennstrecke. Das hier ist nur der Unterbau. Ich versuche gerade, das Gewicht zu reduzieren. Es hat auch eine Karosserie, denn die Autos müssen echten Rennwagen ähneln. Diese kleinen Dinger können eine Strecke von dreißig Metern in fünf Sekunden zurücklegen. Die Kunst besteht darin, sie so leicht und flexibel zu bauen, dass sie nicht rausfliegen. Die ganze Konstruktion wiegt keine achtzig Gramm.« Er schwieg und stellte das Gefährt zurück auf dem Tisch. »Das hier ist ein Radkovic 1/32 fr. Aber ich langweile dich sicher.«

»Nein, wirklich interessant«, sagte Francine.

Wieder ähnelte sein Lachen einem hohen chinesischen Wiehern. Francine spürte, dass seine Unsicherheit allmählich nachließ. »Vielleicht möchtest du ja mal mitkommen«, schlug er vor. »Dann kannst du selbst sehen, wie viel Spaß es macht. Ich ...« Er schwieg plötzlich und schaute sie an, als sei ihm irgendetwas an ihr aufgefallen. »Stehen dir Hüte?«

Francine kicherte überrascht. »Keine Ahnung, ich trage keine.«

»Bitte bleib so.« Rasch ging er auf die Strohhüte an der Wand zu und kehrte mit einem lavendelblauen zurück. Er setzte ihn ihr auf den Kopf und trat zurück. »Na also«, sagte er. »Bitte geh mal ein Stück nach rechts, der Lkw passt nicht dazu.«

»Wozu?«, fragte sie, wandte sich aber gehorsam von dem Truck ab und trat ins Sonnenlicht.

Er starrte sie an, als geriete er in eine Art Trance. »Du siehst aus wie eines der Mädchen auf diesem Bild«, sagte er. »Weißt du, das, auf dem die jungen Mädchen durch das Gras spazieren, in hellen Sommerkleidern und mit Sonnenhüten auf dem Kopf.«

Seine Intensität verwirrte sie. »Mit Sonnenschirmen«, verbesserte sie ihn. »Das mit den Hüten waren die Mädchen am Wasser.«

Jeroen schüttelte den Kopf. »Nein, sie gehen durch hohes Sommergras mit blühenden Blumen, hier und da ein roter Fleck, Klatschmohn, es ist warm, man hört die Grillen, es muss an einem Sonntag sein. Schau mich doch bitte mal an.«

Francine neigte den Kopf schief zur Seite. Sie fühlte sich

nicht wie auf einem Bild an einem Sonntag, sondern empfand eher leicht Beklemmungen.

»Weißt du …« Seine Stimme veränderte sich. »Ich war da mal zu Besuch, in einem Haus, von dem aus man in ein Tal hinunterblicken konnte. Die Nacht ist schwarz, und dann auch wieder nicht, man fühlt, dass alles da ist. In der Stunde vor Sonnenaufgang herrscht absolute Stille, nur die Nachtigallen singen. Nichts klingt so hell und klar wie eine Nachtigall in einem Tal.«

Sie nahm den Hut ab, zupfte am Strohrand herum. »Bei wem warst du da zu Besuch?«

Er wandte den Blick von ihr ab. »Komm, lass uns gehen«, sagte er statt einer Antwort.

»Gut.« Beinahe hätte sie »endlich« gesagt, sie wollte hier raus, woandershin, oder besser: weglaufen. Sie hätte ihrem Instinkt folgen sollen und behaupten, sie sei mit einem Piloten verlobt. »Wohin gehen wir?«

»In das Lokal am See, gleich um die Ecke, einverstanden?«

»Meine Jacke liegt noch im Auto.«

»Wir nehmen meine mit, falls dir kalt wird.«

Er war eine verwirrende Mischung aus einem verlegenen Jungen und einem selbstsicheren Mann. Letzterer hielt ihr jetzt die Tür auf und schwang sich eine braune Kordjacke über die Schulter. Francine ließ den Wermut stehen und ging ihm voraus die Treppe hinunter. Sie hörte Carlas Baby weinen und die beruhigende Stimme eines Mannes. Draußen war es bereits kühler geworden. Die Situation normalisierte sich wieder und Francine atmete auf. Er war wirklich ein ziemlich ungewöhnlicher Elektriker. Gerard hatte genauso eine braune Jacke.

Der Weg um den See begann neben dem Haus. Sie gingen unter den Bäumen hindurch an dem Holzzaun entlang, hinter Carlas und Jaaps Gartenhäuschen, wo der Gemüsegarten mit Tomaten und Stangenbohnen lag. Schon hatten sie das Waldstück hinter sich gelassen und befanden sich oberhalb des Sees mit dem Yachthafen, den an Stegen vertäuten Booten und den ersten Touristen. Dann gelangten sie an das große Holzhaus, in dem sich das Lokal befand. »Ich wusste gar nicht, dass man hier auch essen kann«, sagte Francine.

Jeroen führte sie zu der verglasten Terrasse. Dort saßen nur drei Männer, die aussahen wie Forstarbeiter oder Männer vom städtischen Grünamt sowie ein verliebtes Paar in Segelkluft. Eine junge Bedienung kam sofort mit Holztablett und Wischlappen auf sie zu. Sie nickte Francine pflichtgemäß zu; Jeroen dagegen begrüßte sie regelrecht überschwänglich. »Wie geht's dir?« Sie war blond und hatte einen üppigen Busen.

»Gut, danke. Wir würden gerne etwas essen.«

»Kein Problem. Aber wollt ihr nicht lieber reingehen? Gleich wird's ziemlich kalt hier draußen.«

Jeroen lächelte die Bedienung an. »Halte uns einen netten Tisch am Fenster frei.« Dann fragte er Francine: »Möchtest du vorher etwas trinken?«

Das Mädchen sagte prompt: »Martini mit einer Scheibe Zitrone?«

»Nein, für mich einen Scotch mit Eis«, sagte Francine.

Jeroen stutzte kurz und sagte dann: »Gut, ich nehme das Gleiche.«

Das Mädchen streifte mit der Brust Jeroens Oberarm, als sie sich mit roten Wangen über ihn beugte, um den bereits sauberen Tisch abzuwischen.

»Manchmal braucht man gar nicht weit zu suchen«, bemerkte Francine.

»Was denn?«

»Na, ein nettes Mädchen.«

Er errötete. »Toosje? Ach was.« Und dann fügte er hinzu: »Dann würde ich doch nicht mit dir hierher gehen.«

»Warum denn nicht?«, erwiderte sie. »Wir wollen nur zusammen essen und ich bezahle selbst. Du bist mir keine Erklärung schuldig.«

Jeroen nickte nervös. »Wie dem auch sei. Sie interessiert mich nicht. Manchmal machen sich die Frauen falsche Hoffnungen, weil ich wirke wie der ideale Schwiegersohn, immer freundlich und zuverlässig, aber der Schein trügt.«

»Du wirkst aber tatsächlich nett und zuverlässig.«

»Siehst du«, erwiderte er.

Toos kam mit dem Whisky und unterhielt sich mit Jeroen über ihren Bruder, der offenbar auch ein Slotcarfan war. Im Cockpit einer Kajütyacht an einem der Stege saß ein älteres Ehepaar bei einem Drink, genau wie sie, und ein paar Meter weiter spritzte ein Mann den Aufbau eines Motorbootes ab. Francine mochte das melancholische Klappern der Drahtseile an Bootsmasten, das zu Yachthäfen gehörte, doch im Moment war alles still. Es ging kein Lüftchen, die Flaggen hingen schlapp herunter, und nur eine Jolle auf der anderen Seeseite hatte das Segel gehisst – ein Spielzeugboot. Der Junge darauf, nicht größer als eine Puppe, bückte sich unter dem träge herumschwingenden Giekbaum hindurch, als er kurz vor dem Ufer wendete und Kurs auf die Südseite des Sees nahm.

Der Whisky mit seinem kratzigen Brandgeschmack nach Holz und Alkohol wärmte Francine von innen. Sexy Toos hatte Erdnüsse und Oliven dazu gereicht. Francine hatte jetzt die Wahl: Sie konnte wider besseren Wissens weitermachen wie bisher oder auf ein bedeutungsloses gemeinsames Essen mit Small Talk umschalten. »Was wolltest du damit sagen, dass du nach außen hin wie der ideale Schwiegersohn wirkst?«

Jeroen kaute auf einer Erdnuss herum und antwortete nicht. »Das mit Martini eben tut mir leid, ich hoffe, du fandest ihn nicht zu eklig«, sagte er stattdessen. »Manchmal vergesse ich meine gute Erziehung. Ich hätte dich vorher fragen sollen.«

»Ich hatte jetzt Lust auf Whisky«, erwiderte Francine. »Ein gutes Mittel gegen Nervosität. Ich kenne dich ja gar nicht, es ist fast wie bei einem *blind date.*«

»Ja, so kommt es mir auch vor«, pflichtete ihr Jeroen nachdenklich bei. »Schließlich weiß ich auch nichts von dir, außer, dass du so nett aussahst, als du neben deinem platten Reifen gestanden hast. Und ich weiß, dass ich mich über unsere zufällige Begegnung freue. Erzähl doch mal ein bisschen, wenn du magst.«

Francine trank einen weiteren Schluck. »Ach, über mich gibt es nicht so viel zu sagen. Ich arbeite, um Geld zu verdienen.«

»Hattest du schon mal einen festen Freund?«

»Ja, aber alles geht mal vorbei.« Klang ziemlich klischeehaft. »Und jeder kann sich mal irren.« Gleich der nächste Allgemeinplatz. »Du etwa nicht?«

»Ich bin sechs Jahre älter als du«, sagte Jeroen. »Stört dich das?«

»Warum sollte es?« Jimmy war auch siebenundzwanzig gewesen, Johan sechsundzwanzig. Wasser auf die Mühlen des Psychologiestudenten, des Einzigen, der nur ein Jahr älter gewesen war als sie. »Ich mache mir gar keine Gedanken darüber. Warum sollte ich?«

»Stimmt, du hast recht.« Er lehnte sich zurück. Die Stühle waren bequem und Jeroen wirkte jetzt weder verlegen noch ungeschickt. »Wie auch immer, wir haben uns einen schönen Abend ausgesucht.«

Die Forstarbeiter legten Geld auf den Tisch und verließen die Terrasse. Kurz darauf sprang auf der anderen Seite des Gebäudes ein Auto an. »Auch dieser Abend geht vorbei«, sagte Francine. »Und irgendwann wirst du dich fragen: Wer war sie gleich wieder? Als älterer Herr müsstest du doch mit so etwas mehr Erfahrung haben als ich.«

Jeroen blickte auf das Wasser. »Manchmal ist es ein bisschen zu einfach, loszulassen und zu vergessen. Ich weiß nicht, ob das so gut ist.«

»Meinst du deine Ehe?«

Jeroen hielt ihr das Schälchen mit den Oliven hin. »Gut fürs Herz«, sagte er. »Oliven und Rotwein.«

»Dafür sind die Erdnüsse schädlich«, sagte Francine und aß eine von den mit Mandeln gefüllten Oliven.

»Ich kannte Annie schon seit der Grundschule«, erzählte Jeroen. »Jeroen geht mit Annie. Alle Welt erwartete, dass wir heiraten würden, und das taten wir dann auch. Nicht dass wir es nicht selbst wollten. Drei Jahre später verliebte sie sich in einen anderen. Sie arbeiteten beide bei der Rabobank in Gennep. Er ist Leiter der Kreditabteilung. Ein Mann mit Zukunft. Sie hatte schon ein Jahr lang ein Verhältnis mit ihm, ohne dass ich davon wusste.« Er seufzte. »Frauen können wohl besser lügen als Männer.«

»Glaubst du das wirklich?«

»Ja, sie können ihren Gesichtsausdruck besser kontrollieren, und wenn man sie fragt, was los ist, kennen sie tausend Tricks, um einen abzulenken, eine überfahrene Katze auf der Straße, ein Kollege, der an Krebs stirbt.«

*Krebs.* »Nicht alle Frauen sind gleich«, sagte sie ein wenig steif.

»Nein, so habe ich es doch auch nicht gemeint.« Jeroen wandte nervös den Blick ab und machte eine kurze Handbewegung, als habe er sie berühren wollen und sich doch nicht getraut. »Ich rede hier nur von Annie, aber im Nachhinein ist mir klar geworden, dass sie Schuldgefühle hatte und ihre Affäre vor mir geheimhielt, um mich zu schützen.«

»Ach so«, sagte Francine.

»Aber wenn man so ahnungslos ist, trifft es einen dann umso härter. Am Anfang ...« Er blickte sie an. »Willst du das überhaupt hören?«

»Ja, natürlich«, sagte sie.

Das Seglerpaar stand auf und ging in das Lokal. Der Mann trug die Segeljacken der beiden unter dem einen Arm und hatte den anderen um die Schulter der Frau gelegt.

»Kurz nach der Trennung konnte ich es kaum wahrhaben und musste mir große Mühe geben, mich aus ihrem Leben rauszuhalten, nicht zu einem Eindringling zu werden. Die beiden wohnen nur zwei Kilometer von mir entfernt. Natürlich habe ich Annie regelmäßig gesehen und auch Fons, so heißt ihr Neuer, im Auto oder auf der Straße, hallo, oder beim Bäcker. Ich konnte nicht mehr zum Bäcker gehen. Der Hund rennt bis heute auf mich zu, wenn er mich sieht, aber Annies Blick wurde immer distanzierter, als sei ich, na ja, irgendein Dorfbewohner eben, der Nachbar, der Klempner. Nach einer Weile stellte ich fest, dass ich sie mit denselben Augen sah. Das meinte ich eben, als ich sagte, dass man manchmal vielleicht zu schnell loslässt, sodass Menschen, die einem einmal nahestanden, zu Fremden werden. Ich gehörte nicht mehr dazu und das neue Leben wurde zur Normalität. Ich kann das nicht so richtig erklären.«

»Ist wohl eine Art Selbstschutzmechanismus.« Francine lachte leise. »Ich hab mal einen Psychologiestudenten gekannt, der hat regelmäßig solche Dinge behauptet. Er fand übrigens auch, dass ich eine Therapie machen sollte.«

»Du? Warum denn?«

»Weil ich noch bei meinem Vater wohnte.«

Jeroen grinste. »Was macht dein Vater eigentlich so?«

*Mein Vater.*

Durch Jeroen verlor sie ihren Vater aus den Augen, und am liebsten hätte sie auch ganz vergessen, dass sie diese schöne Atmosphäre nicht zu sehr genießen durfte. »Mein Vater ist Automechaniker und hört gerne Pink Floyd«, sagte sie. »Kennst du die noch?«

»Na ja, ein bisschen.« Er lächelte vergnügt. »Slotcarracing passt gut dazu. Ich werde ihn mal fragen, ob er mitkommen möchte …« Er unterbrach sich, als würde ihm klar, dass das ein bisschen voreilig war.

»Ich glaube, er würde eher mit dir segeln gehen«, sagte Francine.

»Segeln?«

»Ja, am liebsten auf dem Meer.« Sie wies mit einem Nicken auf das Wasser. »So ein See ist ihm zu klein. Wenn er nicht für mich hätte sorgen müssen, wäre er schon lange auf dem Stillen Ozean unterwegs. Am liebsten würde er eine Yacht kaufen und mit mir um die Welt segeln.«

»Ach.« Sie sah, wie sich ein Schatten über sein Gesicht

legte. Er war wirklich nicht schwer zu durchschauen. »Und du? Möchtest du das auch?«

Francine schaute hinüber zu der vollbusigen Bedienung, die aus dem Lokal herauskam und die Gläser der Forstarbeiter einsammelte. »Manchmal ja, manchmal nein. Aber mein Vater musste meinetwegen auf so vieles verzichten, da würde es mir schwerfallen, ihm einen Wunsch abzuschlagen.«

»Ach«, sagte er wieder.

Sie lachte leise. »Aber vorläufig bleibe ich hier, denn so eine Yacht kostet einen Haufen Geld.«

Er atmete auf. »Okay«, sagte er. »Gott sei Dank, denn ...«

Er schwieg, weil Toos an ihren Tisch kam. »Jeroen? Drinnen ist gerade ein Tisch frei geworden«, sagte sie. »Für den Koch wäre es praktisch, wenn ihr jetzt zum Essen kommen könntet.«

»Es lebe der Koch«, sagte Francine. Sie hatte inzwischen tüchtigen Hunger.

Drinnen war alles aus Holz und es roch nach Farbe und gebratenem Steak, eine Schweizer Stube mit einigen Stammgästen an der Theke und weiteren Gästen im Speisesaal. Die Beleuchtung war bereits eingeschaltet und es lief gedämpfte Musik, Keren Ann, nicht das übliche Hintergrundgedudel. Sie saßen am Fenster, auf dem Tisch eine Kerze in einer Glastulpe. Sie bestellten sofort den Wein anstatt einen weiteren Whiskey. Francine dachte an Jimmys Fisimatenten mit den teuren Margaux- und Saint-Émilion-Weinen und überließ Jeroen die Wahl. Er entschied sich für einen Cahors, der offenbar aus der Nähe des Tals mit den Nachtigallen stammte. Jeroen nahm Pastete und anschließend Filetsteak, Francine bestellte Räucherlachs und anschließend ebenfalls das Steak. Toos fragte sie, wie es für sie gebraten werden sollte, Jeroens Geschmack kannte sie natürlich.

Francine schaute ihn über die Kerze hinweg an, während er den Wein einschenkte. »Danke«, sagte sie.

»Wofür?«

Francine hob ihr Glas. »Dafür, dass ich mich so wohlfühle.«

Wieder kniff er die Augen zu Schlitzen zusammen, obwohl er diesmal nur lächelte. »Gern geschehen. Fühlst du dich sonst manchmal nicht wohl?«

»Du bist so nett, dass ich dir nicht gerne den Abend verderben möchte.«

»Nett.« Jeroen verzog schmerzlich das Gesicht. »So denken die Leute oft über mich, es ist eine Erbkrankheit, meinem Bruder geht es genauso.«

»Du hast einen Bruder?«

»Ja, er heißt Charlie und ist Polizist. Wenn jemand ums Leben gekommen ist, schicken sie ihn zu den Angehörigen.« Er fand seinen Humor wieder. »Du kennst doch bestimmt den alten Witz: Klingelt ein Polizist an der Tür. Eine Frau macht auf und er fragt: Bin ich hier richtig bei der Witwe Jansen?«

Francine kicherte nervös. *Polizist.* Sie schien sich immer tiefer reinzureiten.

»Charlie ist natürlich ganz anders«, fuhr Jeroen fort. »Er würde die Frau trösten, sie in den Arm nehmen. Er nimmt sich der Kinder an. In solchen Fällen ist es natürlich nützlich, dass wir so vertrauenswürdig auf die Leute wirken, auch wenn wir gar nichts dafür können. So geht es auch bei Bewerbungen: Man kommt in die Firma rein und anstatt auf die Zeugnisse zu achten, gucken sie dir in dein Nettes-Schwiegersohn-Gesicht und du kriegst den Job. Ein heikler Fall – schickt Jeroen. Kein Mensch ahnt, dass ich manchmal am liebsten alles kurz und klein schlagen könnte.«

»Ich würde dir auch zuerst ins Gesicht schauen«, erwiderte Francine. »Welche heiklen Fälle halst man dir denn so auf?«

»Umbauten in einem Gefängnis zum Beispiel, da wird man vorher überprüft. Ein Bruder bei der Polizei ist in dem Fall natürlich ziemlich hilfreich.«

Eine Frau brachte die Vorspeisen und begrüßte Jeroen. Jeroen stellte sie Francine vor, sie war die Wirtin. Die Frau nickte freundlich, gab Francine die Hand und schenkte ihnen Wein nach. »Guten Appetit.«

Der Lachs war gut, der Wein auch. »Ist das dein Stammlokal?«, fragte Francine nach einer Weile.

»Ja, es liegt in der Nähe und ich gehe auch öfter mit Carla und Jaap hierher.«

»Und mit deinen Freundinnen?«

»Du glaubst mir nicht, oder?«

Francine zuckte mit den Schultern. »Na ja, du bist Junggeselle, du siehst gut aus, du hast einen Job, ob toll oder nicht, und darauf steht bestimmt nicht nur die knackige Toos.«

»Stimmt schon, aber das ist mir egal.«

»Ach ja?«

Jeroen legte Messer und Gabel quer über den Teller und trank von seinem Wein. Dabei schaute er sie an. »Sie passen alle nicht zu dem Hut«, sagte er schließlich.

Francine kicherte nervös. »Was findest du nur an Renoir?«

»Ach, es ist mehr so eine fixe Idee von mir.«

Toos räumte die Teller ab und die Wirtin brachte das Hauptgericht und dazu Schüsseln mit Gemüse, gedämpften Birnen und Bratkartoffeln. Francine aß von allem, hauptsächlich, um nichts sagen zu müssen. Ihr wurde klar, dass sie in der Patsche saß. Weil sie sich so gut fühlte, konnte sie einfach keinen Schlussstrich ziehen, segelte drauflos wie eine Yacht ohne Anker, wodurch sie diesen schrecklich netten Mann nur umso schlimmer verletzen würde. Wieder schaute er sie an, als trüge sie den Hut. Es machte sie ganz kribbelig.

»Was ist denn?«, fragte sie. »Woran denkst du?«

»An meinen Onkel.« Jeroen nickte. »Er ist vor dreißig Jahren mit seiner Frau nach Frankreich gegangen, einfach so auf gut Glück, nur mit seinem Werkstattwagen. Anfangs schlugen sie sich mit Gelegenheitsreparaturen und Umbauten durch. Aber in der Dordogne haben sich viele Ausländer alte Häuser als Zweitwohnsitz gekauft und mit einem Mal entstand eine Riesennachfrage nach dem Einbau von Zentralheizungen und so weiter. Mein Onkel führt bis heute Sanierungsarbeiten durch. Von dem, was er dabei verdient hat, konnte er sich ein großes Haus kaufen und umbauen, und inzwischen vermieten er und seine Frau an die zehn *Chambres d'hôtes.*«

»*Chambre de* was?«

»Kannst du Französisch?«

»Ein bisschen«, antwortete sie.

»*Chambres d'hôtes* bedeutet Fremdenzimmer, es ist so was Ähnliches wie *Bed & Breakfast*. Man kann gut davon leben.«

»Aha. Ist das das Haus am Nachtigallental?«

»Ja.«

»Aha«, sagte sie noch mal.

Jeroen nickte und griff nach der Weinflasche. Für jeden war noch ein halbes Glas drin. Er hob sein Glas, schaute sie über den Rand hinweg an und sagte dann: »Mein Onkel ist jetzt fünfundsechzig und denkt daran, sich zur Ruhe zu setzen. Wenn ich will, kann ich seinen Betrieb übernehmen.«

»Da würde ich an deiner Stelle nicht lange überlegen«, sagte sie.

»Stimmt schon.« Er schwieg.

Uff. »Du suchst noch nach dem passenden Mädchen zu dem Hut.«

Er trank von seinem Wein.

»Ich bin es nicht«, sagte sie.

»Richtig«, sagte er. »Du segelst stattdessen um die Welt, *tant pis.*«

Sonst nichts. Sie hätte ihn am liebsten in den Arm genommen. Er war der Bessere von ihnen beiden, eine ehrliche Haut. Es machte sie traurig. »Was hast du denn geglaubt?«, fragte sie leise. »So funktioniert das nun mal nicht.«

»Nein, ich weiß schon.« Seine Augen glänzten. Vielleicht war er ein Mann, der weinen konnte, oder es lag an der Kerze, die jetzt, wo es draußen dunkel wurde, heller zu leuchten schien. Sie konnte seinen Blick nicht ertragen und schaute auf die schwarze Scheibe, ein Spiegel, in dem sie Menschen an der Theke sitzen sah. Zwei, drei Lampen glommen an den Bootsmasten im Hafen. Das junge Paar liebte sich in der Kajüte, das ältere spielte Patience und trank Cognac dazu.

»Mir will diese Sache mit dem platten Reifen einfach nicht aus dem Kopf gehen«, sagte er. »Ich kann nicht glauben, dass es nur ein Zufall war und dass nicht irgendeine Art von Plan dahintersteckt.«

Sie schaute ihn an. »Es gibt keinen Plan.«

Die etwas angespannte Stimmung ging vorüber. Francine wollte ihm den Abend nicht verderben. Sie bestellten noch ein Eis und danach Kaffee mit einem Cognac dazu. Als die Wirtin die Rechnung brachte, griff Francine nach ihrer Tasche, aber Jeroen hob die Hand, sagte: »Warte mal«, und gab der Frau eine Kreditkarte.

Die Wirtin ging damit zur Theke, und Jeroen sagte: »Bitte, ich möchte mich nicht mit dir streiten, aber das ist mein Abend.«

»Ich will mich auch nicht mit dir streiten«, sagte Francine. »Ich glaube, ich könnte das gar nicht.«

Die Wirtin kehrte zurück und Jeroen unterschrieb den Beleg, faltete die Rechnung zusammen und steckte sie in die Brusttasche. Diese Geste wirkte irgendwie ernüchternd und Francine dachte: Gleich ist alles vorbei. Sie stellte ihre Tasche auf den Schoß, bereit zum Aufbruch, aber Jeroen blieb noch sitzen.

»Weißt du, wie der älteste bekannte Satz auf Niederländisch heißt?«, fragte er.

Francine fragte: »Du meinst, als unsere Vorfahren hier noch durch die Sümpfe patschten?«

Er wieherte leise. »Nein, ganz so alt ist er nicht. Es ist der einzige erhaltene Satz auf Altniederländisch. Wenn du möchtest, schreibe ich ihn dir auf.«

Francine nahm einen Kuli aus der Tasche und Jeroen zog die Rechnung hervor, strich sie glatt und schrieb auf die Rückseite.

Er reichte ihr das Stück Papier. »Ich weiß nicht mehr genau, wie man's schreibt, aber so klingt es«, sagte er.

*Hebban olla vogala nestas begunnan hinase hic anda tu?*

Sie schaute ihn an.

»Haben alle Vögel Nester begonnen außer dir und mir?«

Francine schwieg einen Moment lang, ganz aufgewühlt. »Als Altniederländerin hättest du mich mit so einem Satz glatt rumgekriegt«, sagte sie dann.

Jeroen berührte sie nicht, als sie im Dunkeln durch das Waldstück an Carlas Garten entlanggingen, aber als Francine auf dem Weg oberhalb des Parkplatzes stehen blieb und Abschied nehmen wollte, fasste er sie plötzlich an den Haaren, nicht zu fest, aber kräftig, und sagte: »Komm mit.«

Sie nickte, den Kopf in seiner Hand.

Er führte sie über die Straße, ins Haus hinein, und auf Zehenspitzen schlichen sie die Treppe hinauf. Er hängte seine Jacke an die Garderobe. »Möchtest du etwas trinken?«

»Nein danke.«

»Ich auch nicht.« Er nahm sie in die Arme. Ihr Mund öffnete sich von selbst, sie standen im Flur und er schmeckte genau richtig. Es fiel ihr nicht schwer, ihr Gehirn abzuschalten und sich gehen zu lassen. Sie blieb im Licht der Stehlampe vor Carlas gelben Gardinen stehen, als er sie auszog und ihre Brüste küsste. Sie spürte, wie ihre Brustwarzen hart wurden und ihre Vagina weich und feucht. Als er die Bettdecke zurückschlug, flüchtete sie darunter, verwirrt und ängstlich, weil sie alles vergaß.

Er war vorsichtig, anders als die anderen. Sie ließ sich küssen und streicheln und gab sich hin, ihr kam nichts anderes in den Sinn und sie wollte nichts lieber. Er jammerte leise, als er kam. Sie stöhnte auch, kam aber nicht oder kaum spürbar, vielleicht weil er so geduldig war und ihr Verstand genug Zeit hatte, sich ihr wieder in den Weg zu stellen.

»Ich wusste es«, sagte er, als er neben ihr lag und ihre Hüfte streichelte. Sie legte ihm den Zeigefinger auf die Lippen, *bitte sag jetzt nichts,* aber er nahm ihren Finger, küsste ihn und legte ihn gegen seinen Hals, sodass sie seinen Herzschlag spürte. »Es war kein Zufall«, sagte er.

»Stimmt«, sagte sie.

»Du bist das passende Mädchen zu dem Hut.«

»Nein«, widersprach sie. »Es tut mir leid.« Es hatte keinen Sinn, es länger hinauszuzögern, sie konnte es nicht weiter vor sich herschieben, sie lag auf dem Rücken, das verkörperte Klischee des Profikillers, der sich in sein Zielobjekt verliebt. »Ich hatte geplant, dich zu verführen, und jetzt bin ich fix und fertig, weil ich dich so lieb und nett finde.« Sie sah ihm an, dass er nicht verstand, was sie da sagte. Er dachte wohl, sie wolle ihn necken. Es war so traurig, dass ihr die Tränen kamen. Sie schaute an die Decke und flüsterte: »Mein Vater hat Krebs.«

»Dein Vater?«

»Ja. Er stirbt. Er muss unbedingt da raus.«

Er hörte auf, sie zu streicheln. »Ich dachte, dein Vater wäre zusammen mit seiner Freundin in Urlaub gefahren?«

Entweder, sie stand jetzt sofort auf und ging einfach, oder sie setzte alles auf eine Karte.

»Nein. Er sitzt im Knast. Die Polizei glaubt, er hätte einen kleinen Jungen entführt. Der Junge ist gestorben. Sie halten ihn fest, weil sie den wahren Täter nicht erwischen. Dabei wissen sie genau, wer es war.«

»Wie schrecklich«, sagte Jeroen. »Auch für dich.«

»Er ist unschuldig. Frag deinen Bruder, den Polizisten, wenn du mir nicht glaubst.«

»Warum sollte ich dir nicht glauben?«

»Er muss da raus«, wiederholte sie. »Ich bringe ihn hinaus aufs Meer.«

Sie fühlte, wie er sich unwillig bewegte. »Wie schön. Für ihn jedenfalls. Ich werde dich vermissen. Okay.«

»Er sitzt im Knast von Grave.«

Jeroen starrte ihr Profil an, ihre Augen konnte er nicht erkennen. Das Bett roch nach Sex und sein Verstand weigerte sich, die richtigen Schlüsse zu ziehen. »Das ist da, wo ich arbeite«, sagte er.

»Genau«, sagte sie. »Deswegen. Du bist der Einzige, der mir helfen kann, ihn da rauszuholen.«

Sie wandte den Blick ab. Sie hatte in Büchern darüber gelesen und nie geglaubt, dass es mehr sei als eine Metapher, aber jetzt konnte sie tatsächlich eine Illusion zerplatzen sehen wie eine Seifenblase. »Nein!«, sagte er, und dann: »Verdammt!« Er lag stocksteif neben ihr, zog die Hände weg, ein Fremder, und sie sah, wie sich seine Enttäuschung in Wut verwandelte. Ein tiefer Graben in einem kalten Raum.

»Es tut mir leid«, sagte sie noch einmal.

»Mir auch. Zufall! Wie konnte ich nur so dumm sein!« Er warf die Bettdecke von sich und setzte die Füße auf den Boden. »*Hic anda tu.* Du hast dich bestimmt kaputtgelacht.«

»Nein!«, wehrte sie sich. »Glaub mir, so war es nicht!«

Sie wollte ihn berühren, aber sein Rücken war wie aus Holz, als würden ihre Finger ihn verbrennen. »Du hast den Falschen erwischt«, sagte er.

Nackt verließ er das Zimmer und die Tür fiel zu. Er knallte nicht damit. Sie hörte eine andere Tür, die zum Badezimmer. Eine kalte Dusche. Sie hätte es wissen müssen. Sie hatte es gewusst. Morgen musste sie zu Gerard. Dieses erneute Treffen mit dem Besuchskoordinator zu regeln, war schon schwierig genug gewesen. Alles umsonst. Sie stand mit leeren Händen da.

Sie schlüpfte in ihren schicken Rock und den kostbaren Chantelle-BH. Zu weinen hatte keinen Sinn, ihn anzuflehen auch nicht. Sie nahm ihre Tasche und schlich durch den Flur. Das Licht reichte gerade aus, um nicht von der Treppe zu fallen und hinunter in die Diele zu finden. Das Haus war still, der Mann, der von Nachtigallen träumte, schaute in den Badezimmerspiegel, war wütend auf sich selbst und hasste sie. Sie zog die Haustür leise hinter sich zu und rannte über die Straße zu ihrem Peugeot.

Francine hatte das Gefühl zu ersticken, sie schwitzte, glühte am ganzen Körper, sie war eingeschlossen und wusste nicht, wo, in einem engen, feuchten Raum, einer Zwangsjacke. Sie schnappte nach Luft, riss ihren Arm los und fuchtelte damit in der Luft herum, traf auf eine harte Kante und einen Knopf.

Zitternd lag sie in der plötzlichen Helligkeit. Etwas hatte versucht, in ihren Traum einzudringen. Sie atmete tief ein und langsam wieder aus, bis das Zittern aufhörte. *Alles in Ordnung, niemand schreit.*

Sie befand sich in ihrem Zimmer und lag in ihrem Bett, verheddert in die Bettwäsche, die sie losgewühlt hatte. Der Wecker zeigte Viertel vor vier.

Francine stolperte auf nackten Füßen über das Boot, nassgeschwitzt und schwerfällig, wie ferngesteuert. Sie hielt die Handgelenke unter kaltes Wasser, wusch sich das Gesicht und erschrak vor den dicken dunklen Rändern unter ihren Augen. Die Paracetamoltabletten blieben ihr im Hals stecken. Sie trank Wasser und der bittere Geschmack der Tabletten brachte sie zum Würgen. Mit einem Handtuch rieb sie sich die Brust unter dem Saum ihres klatschnass geschwitzten T-Shirts trocken, und da hörte sie es wieder, ein Echo ihres eigenen Reibens, an einem Fenster oder einer Tür.

Hinter der Riffelglasscheibe lauerte die Nacht, sie konnte nichts erkennen. *Jimmy auf der Laufplanke, zwei Meter über dem Geld.*

Sie drückte das Handtuch gegen die Brust, ließ das Licht im Bad brennen und die Tür offen stehen. Sie schob Gerards Regenmantel beiseite und zog den Baseballschläger aus dem Gummistiefel. Sie drehte sich um und sah die Haustür langsam auf sich zukommen. Jimmy hat keinen Schlüssel, dachte sie, ließ das Handtuch fallen, fasste den Baseballknüppel mit beiden Händen und holte aus. Das dicke Ende knallte gegen die Decke.

»Hey!«

Auf einmal drehte sich das ganze Boot und der Schläger

fiel ihr aus den Händen, als sie zusammenbrach. Jeroen sprang auf sie zu und fing sie auf. »Hey!«, sagte er wieder.

Sie fühlte sich schwerelos. »Du hast keinen Schlüssel«, murmelte sie.

»Den Schlüssel im Holzschuh zu verstecken ist ungefähr genauso dumm, wie seinen Reservereifen nicht aufzupumpen.«

»Ja. Nein.« Sie wusste nicht mal mehr, ob sie den Schlüssel hineingelegt hatte, aber es war eine jahrealte Angewohnheit. Zitternd lag sie in seinen Armen.

»Mein Gott.« Die Leichtigkeit verflog. »Du hast ja Fieber!« Jeroen schloss mit einem Tritt die Tür, hob das Handtuch auf und half ihr im Lichtschein, der vom Ufer aus hineinfiel, quer durch das Boot in ihr Zimmer, als kenne er den Weg. Sie konnte wieder aufrecht stehen und er nahm das Handtuch, zog ihr das T-Shirt über den Kopf und begann, ihren Hals, ihre Schultern und ihre Brüste abzutrocknen, sodass ihr wieder wärmer wurde und das Zittern aufhörte.

»Es tut mir leid«, sagte er. »Ich war so schrecklich durcheinander.«

»Du kannst doch nichts dafür.«

»Sag jetzt nichts.«

»Dann halt mich fest«, flüsterte sie.

Ihr Bett war so schmal, dass sie rausgefallen wäre, wenn sie sich bewegt hätte, aber er hielt sie fest in den Armen, mit dem ganzen Körper an sie geschmiegt, und sie spürte, wie er hart wurde und wie auch in ihr wieder die Lust aufkam, und alles schrumpfte zusammen, das Bett, die Nacht, der Planet.

Sie kannte die Erfüllung, das Gefühl, wenn sie mit einem Mann zusammen war, aber sie hatte nicht gewusst, dass sie diese Art von Leere in sich hatte, bis sie gefüllt wurde. Ein einfacher Elektriker, *ein netter Junge*. Von wegen Zufall, von wegen Plan Gottes, sie hatte alles darauf hingelenkt, sie war ihm gefolgt, hatte einen Nagel in ihren Reifen geschlagen und aus dem anderen die Luft rausgelassen, ihn benutzt, um zu tun, was sie tun musste, sie war dem roten Flecken in ihrem Gehirn gefolgt, um sich selbst von der Schuld und der Dunkelheit zu erlösen. Sie hatte immer geglaubt, dass die Vorsehung eine Fiktion sei, eine Lüge, mit der diejenigen sich trösteten und beruhigten, denen es nicht gelang, ihrem Leben einen Sinn zu verleihen. Solche Leute überließen sich dem Schicksal und machten es für alles verantwortlich. An all das dachte Francine, erstaunt darüber, dass ihr Verstand arbeitete, während sich zur selben Zeit die Leere in ihr allmählich füllte und sich endlich ihre Grenzen auflösten. Sie schrie, als sie kam, weil es so groß war, so lang anhaltend und absolut vollkommen.

# 17

Gerard sah es ihr sofort an. „Was ist denn los mit dir?"

Sie errötete. „Nichts", sagte sie. „Ich habe einen netten Mann kennengelernt." Die Untertreibung des Jahres. „Wie geht es dir?"

„Ach, ich halte mich so auf den Beinen. Mahatma ..."

„Lass mich bitte für einen Moment mit dem in Ruhe", erwiderte Francine.

Schwitzend saß er auf seinem Stuhl. Sie hatten keine Zeit zu verlieren. „Hast du heute schon deine Medikamente abgeholt?"

„Nein. Ich brauche sie erst morgen wieder. Warum?"

Francine blickte sich um. Die Bewacher saßen neben den Türen, einer auf jeder Seite der Schleuse. Frauen und Kinder und gescheiterte Existenzen. Francine hatte Gerard auf ihrem Stammplatz erwartet. Die Großmutter war auch wieder da. Ihre Tasche lag auf dem leeren Stuhl neben Francine; sie enthielt Apfelsinen und Geld für ihren mürrischen Enkel.

„Um vier Uhr", sagte sie.

Die Maler, die Zimmerleute und der Elektriker hatten höchstens noch drei Tage an dem neuen Belegschaftszimmer zu arbeiten. Um vier Uhr war es am günstigsten, da galt die Aufmerksamkeit der Bewacher den aufbrechenden Besuchern. Ablenkung, Bewegung, die Müdigkeit am Ende der neun Stunden dauernden Schicht – das alles war von Vorteil für sie.

Hauptsache, Gerard klappte nicht zusammen. Francine hatte beobachtet, wie er sich zweimal an der Wand abstützen musste, als er durch die Schleuse hindurch auf sie zukam.

Er schaute sie an. „Was ist denn um vier Uhr?"

„Du gehst durch den Flur. Ein Seitengang führt in die Ambulanz. Davor stehen Stühle, auf denen du warten musst. Stimmt's?"

Er wurde nervös. „Was soll das denn eigentlich?"
„Stimmt das, was ich gerade gesagt habe?"
„So genau habe ich noch nie darauf geachtet."
Sie legte ihre Hand auf den Schoß, die Handfläche nach oben. Gerard legte seine Hand hinein. „Morgen kommst du hier raus", sagte Francine leise.
„Du spinnst."
Sie beugte sich vor und flüsterte: „Hör mir gut zu. Du ziehst deine braune Jacke an. Auf dem Stuhl im Flur liegt eine dicke Rolle Installationsrohr, du weißt schon, durch das Leitungen gezogen werden. Es besteht aus diesem grauen Riffelmaterial und wiegt kaum etwas. Daneben liegt eine blaue Baseballkappe und darunter ein Ausweis. Nimm den Ausweis, setz die Mütze auf, häng dir die Rolle über die linke Schulter. Du hast es eilig, senkst den Kopf, du hast die falsche Rolle erwischt und gehst zum Auto, eine neue holen. Du musst durch die Arrestzelle, aber die Tür steht meistens offen, weil die Arbeiter ständig hindurchlaufen. Wenn nicht, hältst du deinen Ausweis hoch. Du bist Jeroen Jacobs, der Elektriker. Verstanden?"
„Das klappt nie und nimmer", erwiderte er.
Francine schaute sich nochmals um. „Doch, das klappt", sagte sie. „Du gehst einfach geradeaus und dann nach links an dem Aufenthaltsraum für das Personal vorbei. Wenn du Glück hast, steht niemand an der Kiste für die Besucherpässe, falls doch, wedelst du einfach mit deinem Ausweis. Keiner erkennt dich mit der Baseballkappe und der Rohrrolle. Du spazierst einfach zum Personaleingang raus."
„Und dann ertönen Geigen und dieser abscheuliche Radetzkymarsch?"
„Genau." Francine umklammerte seine Hand und schaute ihn an. „Wenn ich dir so viel wert bin, dass du lieber ins Meer gehen würdest als mir wehzutun, dann tu dieses eine Mal das, was ich dir sage."
Er erwiderte ihren Blick. Sie wartete. Seine Lippe zitterte. „Ich weiß nicht, ob ich das kann."

Er hatte keine Angst. Gerard war in der Lage, sein Lampenfieber zu unterdrücken, sobald er die Bühne betrat, und das Gleiche hatte er ihr beigebracht. Er hatte einfach Angst zu stolpern, es nicht zu schaffen, weil er schwächer war, als er nach außen hin zeigen wollte. „Du kannst alles", sagte Francine. „Du bist mein Vater."

Seine Augen verschleierten sich. „Aber kein sehr guter."

„Du hattest wenigstens ein höheres Ziel. Ich habe nur an mich gedacht."

Er schüttelte den Kopf, ging aber nicht weiter darauf ein. „Wir lassen alles zurück."

Sie nickte. „Draußen vor der Tür stehen ein Lkw und zwei Lieferwagen. Der des Elektrikers ist blau, er steht direkt hinter dem Lkw. Die Hecktür ist nicht abgeschlossen. Du wirfst die Rolle, die Mütze und den Pass hinein und spazierst weiter. Die Autos versperren die Sicht, und sobald du den Parkplatz erreicht hast, mischst du dich unter die aufbrechenden Besucher. Ich hole dich mit dem Peugeot ab."

„Okay."

„Nimm nichts mit. Verabschiede dich von niemandem."

Er schaute sie unverwandt an. „Was musstest du dafür tun?"

Sie lächelte. „Nichts, was ich nicht gern gewollt hätte."

Francine dachte an Huizinga. Er war so nett gewesen; es schien, als habe er für alles Verständnis. *Sie können mich jederzeit anrufen.* Ich brauche Palfium oder etwas Ähnliches, um meinen Vater auf den Beinen zu halten. Huizinga würde der Schlag treffen.

Da fiel ihr Carlo ein.

Sie wusste nicht mal, ob Carlo überhaupt noch lebte oder womöglich längst im Knast saß. Sie war achtzehn gewesen, als er für das Schulabschlussfest engagiert wurde. Er wohnte in einer Dachwohnung in der Nähe der Waalkade.

Francine ging allmählich das Geld aus und sie musste sich tausend von dem Bündel leihen, das sie aus der Tasche herausgenommen hatte.

Sie drückte auf die Klingel und hörte jemanden die Treppe hinunterpoltern. „Hi, Carlo“, sagte sie.

Er blinzelte mit den Augen wie ein Nachttier, das trotz des bewölkten Himmels das Tageslicht draußen auf der Straße nicht ertragen konnte.

„Ich bin's, Francine, erinnerst du dich noch an mich?“

„Ach so, ja.“ Das Blinzeln hörte auf. „Ich hab noch im Bett gelegen.“

„Allein?“

„Nein, mit Paula.“ Er sah gesund aus, war drahtig gebaut und besaß die dunklen Haare seiner spanischen Mutter. Er war ungekämmt und unrasiert. „Du kennst sie nicht. Dich hätte ich übrigens auch nicht wiedererkannt.“

„Ich brauche etwas von dir“, sagte sie.

„Ach so.“ Beinahe enttäuscht schaute er sie an. Das Dealen war für ihn nur ein Geschäft, und damals hatte er hoch und heilig geschworen, dass er clean bleiben und höchstens zur Entspannung hin und wieder ein bisschen Koks schniefen würde. Es sah ganz danach aus, als hätte er sich an seine guten Vorsätze gehalten.

„Es ist nicht für mich“, erklärte Francine. „Ich brauche es, weil …“

„Keine Ahnung, wovon du redest.“ Er drängte sich an ihr vorbei nach draußen und spähte die Straße entlang. „Wer weiß, vielleicht hast du inzwischen Karriere bei der Polizei gemacht?“

„Du spinnst wohl.“ Sie zog die zehn Fünfzigeuroscheine hervor, die sie in ihre Jacke gestopft hatte.

Er erschrak. „Scheiße!“ Er wollte ihr die Tür vor der Nase zuknallen, aber sie hatte schon den Fuß hineingestellt.

„Benimm dich nicht wie ein Idiot“, sagte sie. „Traust du mir das wirklich zu?“

Carlo seufzte, fluchte noch ein bisschen vor sich hin und ließ sie ein. „Ich sollte dich lieber auf Mikrofone filzen“, knurrte er, als sie unten im Hausflur hinter der geschlossenen Tür standen.

Francine breitete die Arme aus. „Tu dir keinen Zwang an. Gehört das Fahrrad Paula?“

„Ich bringe dich um, wenn du mich reinlegst.“

„Ich lege dich nicht rein“, antwortete Francine. „Außerdem habe ich nur ganz wenig Zeit. Nimm die fünfhundert. Ist wahrscheinlich viel mehr, als das Zeug wert ist.“

Er nahm das Geld an, steckte es aber nicht ein. „Was willst du?“

Sie hatte ihre Hausaufgaben gemacht. „Ich brauche Schmerzmittel für jemanden, der Krebs hat. Fünfmilligrammtabletten Palfium oder etwas Ähnliches. Von denen kann man täglich fünf Stück nehmen, ohne dass man stoned oder abhängig wird.“

„Ich hab kein Palfium“, sagte er. „Ist das dein Freund, der krank ist? Und warum geht er nicht zum Arzt?“

„Wenn das so einfach wäre, bräuchte ich nicht deine Hilfe.“

Sie konnte sein Gesicht kaum erkennen, wusste aber genau, was er dachte. „Kann sein, dass ich noch Morphium habe“, sagte er schließlich. „Davon kann man aber abhängig werden.“

„Das ist das geringste Problem.“

Carlo nickte, als dämmere ihm etwas. „Gut. Es wirkt schnell, lindert die Schmerzen, nach einer Stunde spürt man gar nichts mehr, aber nach acht bis zwölf Stunden braucht man den nächsten Schuss. Du kannst alles kriegen, was ich habe.“

Francine sah, wie er das Geld in seine Hosentasche steckte. „Ich brauche auch Spritzen“, sagte sie. „Bitte bereite ein paar vor. Und du musst mir die richtige Dosis zeigen, ich kenn mich überhaupt nicht aus.“

„Gut. Warte hier.“

Er rannte die Treppe hinauf und sie blieb im Halbdunkel bei dem Damenfahrrad stehen. Sie war froh, dass sie nicht mit hoch in seine Dachwohnung musste, wo jetzt ein anderer Nachtvogel schlief. Sie hatte auch keinen Grund, hinter ihm herzuschleichen, wie sie es damals nach einem ziemlich merkwürdigen Anruf getan hatte. Als sie ihn dann unter dem Dach in seinem Geheimversteck herumkramen gesehen hatte, war ihr klar geworden, dass sie mit einem Drogendealer ins Bett ging. Doch ihre Empörung darüber war schon längst vorüber, genau wie die Affäre mit Carlo. Was blieb, war eine gewisse Sentimentalität, die auch mit Vergebung zu tun hatte, so wie man sich selbst die Fehler der Vergangenheit verzieh – irgendwann gehörten sie zur persönlichen Geschichte. *Ach, Carlo,* dachte sie.

Carlo kehrte mit einer Taschenlampe und einer Plastiktüte vom Supermarkt zurück. Er gab ihr die Lampe und sie leuchtete ihm, während er ein Fläschchen aus der Tasche holte, die Plastikverpackung einer Einwegspritze aufriss und die Nadel aufschraubte. Er steckte die Nadel durch den Gummipfropfen der Flasche und zog Flüssigkeit auf. „Bis zum ersten Strich“, erklärte er. „Nicht mehr. Du musst es subkutan spritzen, unter die Haut, in den Oberschenkel oder in den Arm. Pass auf, dass du keine Ader erwischst, wenn du ihn nicht umbringen willst.“

Er schraubte die Nadel ab, schob sie in die Plastikhülse und steckte sie mit der Spritze zusammen zurück in die Verpackung. „Ich habe dir fünf Stück mitgegeben. Du kannst sie ruhig mehrmals benutzen, kein Problem.“

„Okay“, sagte sie. „Reichen die fünfhundert?“

„Ich mach das nur, weil du es bist.“

„Ich weiß.“

Sie gab ihm einen Kuss. Vielleicht dachte Carlo jetzt auch so etwas wie: *Ach, Francine.*

Es gab noch etwas, was sie erledigen musste, neben dem schwierigen Telefonat und den anderen Vorbereitungen: Sachen packen und bereitstellen, überlegen, was mit sollte und was nicht, essen und noch ein paar Stunden schlafen, denn sie musste schließlich fit sein.

Francine stellte den Wecker auf Mitternacht. Als er kleingelte, hatte sie tief und traumlos geschlafen. Ihre Nervosität war wie weggeblasen. Sie stand mit beiden Beinen fest auf der Erde, mit diesem roten Fleck in ihrem Kopf, und wusste genau, was sie tun musste und wozu sie in der Lage war. Es war wie eine Befreiung. *Jetzt konnte nichts mehrschief gehen.*

Sie zog ihre schwarze Jeans und die Jeansjacke an. Eine Stunde später stand sie auf dem Parkplatz gegenüber dem Gebäude. Sie schloss ihr Auto ab. Die Nacht war kühl, das Apartmenthaus ein dunkles Rechteck. Auf den Galerien brannten Nachtlichter, im zweiten Stock sprang vor einer Tür eine Außenleuchte an.

*Jimmys Wohnung?*

Sie blieb stehen und zählte die Lichter. Jemand lief über die Galerie zum Treppenhaus und zu den Aufzügen. Sie erkannte, dass eine andere Person in der Wohnung zurückblieb und die Lichter löschte. Das fünfte Licht, ein später Besucher in der Nachbarwohnung. Francine atmete auf. Wäre sie eine Minute früher gekommen, hätte der Gast sie in die Wohnung einer Person einbrechen sehen, die polizeilich gesucht wurde. Glück gehabt. *Star Wars,* dachte sie und kicherte leise.

Als der Mann die beleuchtete Eingangshalle betrat, ging sie hinter ihrem Peugeot in die Hocke. Er öffnete die Glastür und überquerte die Straße in Richtung Parkplatz. Francine hörte Schlösser klicken. Er stieg ein, ohne sich umzusehen, und fuhr weg. Ringsum wurde es wieder still.

Francine lief rasch über die Straße und betrat das Gebäude. Sie nahm die Treppen, der Aufzug machte zu viel Lärm. Den Schlüssel für die vierte Tür hielt sie in der Hand. Die Galerie war verlassen.

Sie schlüpfte in die Wohnung, drückte die Tür hinter sich zu und schaltete ihre Taschenlampe ein. Zehn Sekunden, bis die Alarmanlage losging. Das rote Lämpchen blinkte. Sie richtete den Stahl der Taschenlampe auf die Tastatur und gab vier Zahlen ein. Das Blinken erlosch und ein grüner Stecknadelkopf leuchtete auf. Sie hatte alle Zeit der Welt.

Jimmy hatte es wohl zu eilig gehabt, um den Code noch zu ändern. Wenn er es getan hätte, wäre innerhalb von fünf Minuten sein privater Wachdienst vor Ort gewesen. Oder innerhalb von einer Minute, falls gerade ein Wagen in der Nähe war.

Francine öffnete die Dielentür und überprüfte, ob die Küchentür geschlossen war, bevor sie das Licht im Flur einschaltete. Diele und Küche lagen zur Galerie hin, die übrige Wohnung zur Südseite mit Aussicht auf Grünflächen und Villen. Von dort hatte sie nichts zu befürchten. Sie ging durch den Flur und schaute in den kleinen Raum neben der Küche, den Jimmy als Abstellraum benutzte und in dem er sein Tourenfahrrad unterstellte, das er niemals auch nur für zehn Minuten draußen gelassen hätte. Das Rad stand neben der Waschmaschine. *So weit, so gut.*

Francine schaltete das Licht im Wohnzimmer ein und zog die schweren Gardinen zu. Auf den Möbeln lag eine dünne Staubschicht. Die Polizei musste die Wohnung durchsucht haben, aber alles stand wieder an seinem Platz. Ihr sträubten sich bei dem Anblick der Einrichtung noch immer die Haare. Jimmy besaß den Geschmack eines typischen Neureichen, wie ein Bergwergkumpel, der im Lotto gewonnen hat. Die ganze Wohnung war vollgestopft mit schwarzen Ledersitzmöbeln, pseudoantiken Schränken – der Fernseher hinter Schiebetüren in einem davon –, Kristallgegenständen und einem indischen Weihrauchkelch unter einer Wandlampe aus Chrom und Stahl. Über einem künstlichen Kamin mit Holzscheiten aus Plastik, die rot und gelb glühten, wenn man das Ding einschaltete, hing ein javanisches, mit Kris-Dolchen verziertes Tuch. Außerdem besaß er ein gluckerndes Wasserbett mit einem Kopfende aus schwarzem Leder und Kupferkugeln auf den Pfosten. Francine wusste nichts über Jimmys Kindheit und Jugend und hatte keine Ahnung, wo dieser absurde Geschmack und die gefährlichen Gegensätze in seiner Persönlichkeit herrührten. Die Mischung aus eitlem Fatzke, paranoidem Betrüger, romantischem Charmeur und gewissenlosem Egoist war jedenfalls nur genau so lange aufregend, bis man seine wirklich düsteren Seiten kennen lernte. Für ihn würde sie nie einen Anflug von Sentimentalität empfinden.

In seinem Schreibtisch fand sie nichts.

Jimmy besaß einen antiken Rollschreibtisch mit einem Aufsatz, der Fächer und zwei Schubläden enthielt. Die Schubladen waren stets abgeschlossen gewesen, doch jetzt steckte der Schlüssel in der obersten, und als sie sie aufzog, sah sie lediglich Staubflusen, ein leeres Briefmarkenheftchen und eine verirrte Büroklammer. Auch die andere enthielt nichts außer einem kleinen Tacker. In einem der Fächer lag ein kleines Buch über Jimmys Sternzeichen, den Stier, im Fach daneben eine kleine Schachtel.

Francine hörte gedämpfte Geräusche aus der Nachbarwohnung. Die Frau hatte ihren Freund verabschiedet und ging zu Bett – oder zurück ins Bett.

*Mado-Heftzwecken, 2000 Stück,* stand auf der Schachtel. Tatsächlich befanden sich nichts als Kupferstreifen mit Heftzwecken darin. Francine hatte gehofft, wenn auch nicht ernsthaft damit gerechnet, die Bänder zu finden, die der eitle Jimmy ihr einmal vorgespielt hatte, vielleicht auch die Kassette aus seinem Anrufbeantworter.

Schicke Wohnung, dachte sie. Teuer. *Schalldicht.*

Francine sprang auf, voller Panik und wenige schicksalhafte Sekunden zu spät. Die Tür flog auf. Ein Polizist hechtete ins Zimmer und ging in die Knie, die Pistole mit beiden Händen auf sie gerichtet. „Stehen bleiben!"

Sie stand stocksteif da und ihre Hände schnellten wie von selbst in die Luft. Ein zweiter Polizist kam herein, älter, ebenfalls in Uniform und mit Pistole. Sein Gesicht war hochrot vor Aufregung. „Wer sind Sie?"

„Francine Kallas."

„Umdrehen!"

Der Mann konnte mit ihrem Namen offenbar nichts anfangen. Francine drehte sich um und nahm die Hände auf den Rücken. Die Handschellen klickten. „Sie sind verhaftet", sagte der junge Polizist. „Sie können sich zu gegebener Zeit einen Rechtsanwalt nehmen, und wenn Sie keinen bezahlen können, wird Ihnen einer zugewiesen."

Francine fragte sich, was er mit ›zu gegebener Zeit‹ meinte. Der Polizist fuhr ihre Hosenbeine entlang und unter ihrer Jacke bis zu ihren Achseln hinauf. Sie spürte, wie frustriert er war, weil er mit einem großen Fang gerechnet hatte anstatt nur mit irgendeiner Freundin von Jimmy. Als er ihre Brüste berührte, biss sie die Zähne zusammen.

„Umdrehen."

„Was soll das?", fragte sie. „Warum werde ich verhaftet?"

„Das ist so üblich, wenn wir jemanden beim Einbruch in die Wohnung eines Tatverdächtigen erwischen." Der ältere Polizist klang eher erleichtert als wütend, als hätte er mit einem gefährlichen Entführer und einer Schießerei gerechnet. Vielleicht hatte er draußen auf der Galerie die ganze Zeit an seine kugelsichere Weste gedacht, die noch zu Hause lag, weil er auf einer Nachtstreife in dieser schicken Wohngegend keine Wildwestszenen erwartet hatte.

Wieso waren sie so schnell hier gewesen? Niemand hatte sie gesehen, da war sich Francine ganz sicher. „Ich bin nicht eingebrochen", sagte sie. „Ich habe einen Schlüssel."

„Umso schlimmer." Der junge Polizist schwitzte vor Anstrengung und Enttäuschung.

„Ich verstehe das nicht", sagte Francine. „Ich wollte doch nur ..."

Sie suchte nach einer Ausrede, und der junge Polizist ergänzte höhnisch: „Die Blumen gießen, na klar. Mitten in der Nacht."

„Ich sehe nur eine Pflanze und die ist abgestorben." Der ältere Polizist wies mit einem Nicken auf eine vertrocknete Kalla, deren Blätter abgefallen waren, als Francine die Gardinen zugezogen hatte. „Vielleicht fällt Ihnen etwas Besseres ein, wenn Sie eine Nacht darüber geschlafen haben."

Der junge Polizist bewachte sie in der Diele, während sein

Kollege die Wohnung kontrollierte und die Lichter ausschaltete. Francine musterte die Haustür, aber sie sah unbeschädigt aus. Sie hatten einen Schlüssel gehabt und niemand hatte sie gehört.

Der Streifenwagen stand vor dem Hauseingang. Der ältere Polizist legte Francine die Hand auf den Kopf, bevor sie sie auf den Rücksitz bugsierten.

Jessica anrufen, dachte sie.

Auf dem Präsidium musste sie ihre Taschen ausleeren. Einen Gürtel und Schnürsenkel hatte sie nicht. Der Wachkommandant füllte vorgedruckte Formulare aus, seine Schrift war zu klein, um sie von der anderen Seite aus lesen zu können. Francine musste ihre Adresse, ihr Geburtsdatum, ihren Beruf und die Namen ihrer Eltern angeben. „So, so", sagte der Mann. „Gerard Kallas."

Sie erhielt einen rosafarbenen Durchschlag des *Befehls zur Ingewahrsamnahme*, dann brachte man sie eine Treppe hinunter und steckte sie in eine fensterlose Zelle. Es gab eine Pritsche mit Pferdedecke, eine Toilette ohne Brille, eine vergitterte Lampe an der Decke und ein Guckfenster in der Tür. Es stank nach Lysol und altem Schweiß und anderen deprimierenden Gerüchen.

Als die Tür abgeschlossen war und niemand mehr durch das Guckfenster schaute, hielt Francine das Blatt Papier in das schwache Licht. Sie wurde des Einbruchs beziehungsweise des widerrechtlichen Betretens der Wohnung von Jimmy Halewijn verdächtigt. Die Quintessenz des Polizeijargons darunter lautete, dass die Ermittlungen in ihrem Fall noch nicht abgeschlossen seien und die ernstzunehmende Gefahr einer Flucht, der Beseitigung von Spuren und der Behinderung der laufenden Ermittlungen bestehe. Daher werde sie für maximal zwei Tage in Gewahrsam genommen.

Sie starrte das Papier an. *Zwei Tage.*

Sie versuchte vergeblich, den Brechreiz zu unterdrücken. Durch das Dröhnen in ihrem Kopf hindurch hörte sie andere Geräusche. Jemand lallte in einer Nachbarzelle.

Sie behielt ihre Kleider an, außer der Jeansjacke, die sie zusammenfaltete und unter ihren Kopf legte. Sie lag auf der Pritsche, als Letzte in einer Reihe von Autoknackern, Gewalttätigen, Junkies und Alkoholikern. Sie konnte nicht schlafen.

Morgens brachte man ihr ein Kännchen dünnen Tee, Vollkornbrote mit Käse und einen Apfel. Sie fragte den Wachmann, wann man sie holen würde. Er antwortete, das könne er ihr nicht sagen und sie müsse einfach warten, bis sie an der Reihe sei. Francines Uhr steckte zusammen mit ihrem Portmonee und ihren Schlüsseln in einem Umschlag beim Wachkommandanten. Sie hatte jegliches Zeitgefühl verloren. *Um vier Uhr spaziert Gerard nach draußen.*

Ihre Anspannung wuchs, als sie zwei Stunden später noch immer auf ihrer Pritsche saß und bisher niemand auch nur durch das Guckfenster zu ihr reingeschaut hatte. Sie hatte Türenschlagen und Stimmen gehört: Betrunkene Randalierer, die ihren Rausch ausgeschlafen hatten, erhielten ihr Strafmandat und wurden wieder auf die Straße gesetzt, Autoknacker wurden dem Haftrichter vorgeführt, jeder war irgendwohin unterwegs. Sie hatte man vergessen. Der Wachkommandant hatte den Namen Kallas wiedererkannt, aber ihre Befürchtung wuchs, dass er mit der übrigen Nachtschicht nach Hause gegangen war, ohne Dumee oder sonst jemandem eine Nachricht zu hinterlassen. Niemand wusste, dass sie hier war.

Als sie erneut Schritte hörte, hämmerte sie so lange mit der Faust gegen die Zellentür, bis ein wütendes Gesicht an der Scheibe erschien und die Tür geöffnet wurde. Ein älterer Polizist, den sie zum ersten Mal sah, fragte sie, was los sei.

„Ich muss Inspecteur Dumee sprechen."

„Der Inspecteur ist bei Gericht."

„Dann seine Kollegin, Anja Faber."

„Die hat heute ihren freien Tag."

Francine unterdrückte ihre Panik. „Ist denn sonst niemand da? Es ist wirklich wichtig, ich kann nicht den ganzen Tag hier drin sitzen bleiben."

Der Polizist zuckte mit den Schultern. „Inspecteur Dumee leitet die Ermittlungen in dem Fall. Wenn Sie Glück haben, kommt er am späten Vormittag zurück."

Sie wussten also, wer sie war, sie wollten sie nur mürbe machen. „Ich möchte meine Anwältin anrufen", forderte Francine.

„Ich glaube, Sie sollen erst vernommen werden", sagte der Polizist. „Das ist so üblich."

„Aber ich bin schon vernommen worden!"

„Davon weiß ich nichts. Aber ich werde mich für Sie erkundigen."

„Ich habe das Recht auf einen Anwalt!", protestierte Francine.

Er wirkte unbeeindruckt. „Natürlich. Wir halten uns durchaus an die Vorschriften. Sie müssen nur ein bisschen warten, es wird sich schon alles einrenken."

Gleichgültig, ob sie schrie oder ausflippte – hier war man an solche Reaktionen gewöhnt und schloss einfach die Tür, so wie jetzt.

Francines Knie wurden weich, als ein anderer Polizist sie endlich aus der Zelle holte und die Treppe hinaufführte. Die Uhr in der Wache zeigte auf halb zwölf. Der Polizist führte sie durch den Flur, in dem sie mit Ulla gesessen hatte, und dann um die Ecke in dasselbe Vernehmungszimmer wie neulich. Er zeigte auf einen Stuhl und blieb mit verschränkten Armen neben der Tür stehen.

Francine saß zehn Minuten lang unter dem Porträt der Königin, ehe Inspecteur Dumee hereinkam. Er wirkte selbstzufrieden. „So sieht man sich wieder", sagte er munter. „Haben Sie gut gefrühstückt?"

Francine biss die Zähne zusammen. „Mein Kompliment an den Koch."

„Da wird er sich freuen. Möchten Sie eine Tasse Kaffee?"

„Ich möchte nach Hause."

Das Lächeln erlosch. „Ich werde Ihnen die Vorschriften erläutern. Wir können Sie zweimal vierundzwanzig Stunden festhalten, dann müssen Sie dem Staatsanwalt vorgeführt werden. Der entscheidet dann, ob wir Sie noch eine Weile länger hierbehalten. Ich würde also an Ihrer Stelle den Kaffee annehmen. Ich trinke ihn schwarz. Arie?"

Der Polizist ließ die Arme sinken. „Mit Milch und Zucker?"

„Ja", sagte Francine. „Bitte."

Der Polizist verschwand. Dumee setzte sich ihr gegenüber und holte ein Diktiergerät aus der Jackentasche. „Die Vernehmung wird zentral aufgezeichnet", erklärte er, „aber ich würde unser Gespräch gerne zusätzlich mit meinem Gerät aufnehmen, dann kann ich es mir nach Belieben anhören. Haben Sie etwas dagegen?"

„Ich habe etwas gegen meine Verhaftung."

„Das hören wir hier nicht zum ersten Mal."

„Und ich habe gehört, dass ich das Recht habe, meine Anwältin anzurufen."

„Selbstverständlich. Nach der ersten Vernehmung." Dumee schaltete sein Diktiergerät ein. Das Band quietschte.

„Ich bin bereits vernommen worden."

Er schüttelte den Kopf. „Nein, sind Sie nicht. Sie sind wegen Einbruchs in Gewahrsam genommen worden."

„Das ist doch kein Einbruch, wenn man die Tür mit einem Schlüssel öffnet."

Dumee hatte Fältchen um die Augen und dicke Tränensäcke, als leide er unter Schlafmangel. „Okay", sagte er. „Eines nach dem anderen. Wie sind Sie an den Schlüssel gekommen?"

Bei ihrem letzten Zusammentreffen hatte Francine das Gefühl gehabt, dass Dumee sie ein wenig sympathisch fand, aber sie sollte wohl besser nicht weiter auf Verständnis von seiner Seite hoffen, auch wenn er nach Gerards Aftershave roch. „Jimmy hat ihn mir einmal gegeben."

„Und ihn nie zurückverlangt?"

„Ich hatte selbst ganz vergessen, dass ich ihn noch hatte.“

Dumee sah sie ungläubig an. „Reden wir hier von dem ausgekochten Kriminellen Jimmy Halewijn, der so misstrauisch ist, dass er in seiner Wohnung eine komplizierte Alarmanlage einbauen lässt? Wollen Sie mir wirklich weismachen, dass so einer Wohnungsschlüssel an seine Freundinnen verteilt und anschließend nicht mehr daran denkt? Nein, ich glaube, dass Halewijn Ihnen den Schlüssel erst gestern gegeben hat, damit Sie etwas für ihn abholen oder erledigen. Das erscheint mir erheblich logischer als Ihre Geschichte, und es bedeutet, dass Sie wissen, wo er ist! In diesem Fall verstecken Sie einen gesuchten Straftäter beziehungsweise verheimlichen seinen Aufenthaltsort und damit machen Sie sich ebenfalls strafbar!“

„Ich habe Jimmy ewig nicht gesehen, das habe ich doch schon gesagt! Ich war nur deshalb in seiner Wohnung, weil ...“

Die Tür ging auf. Dumee sagte: „Augenblick“, und schaltete das Diktiergerät aus. Der Polizist kam herein und stellte Kaffeebecher vor sie hin. „Einer mit, einer ohne.“ Dumee bedankte sich, und der Polizist ging wieder.

Francine rührte in ihrem Kaffee herum und trank einen Schluck. Er war zu stark gesüßt. Sie verlor Zeit. Jessica anzurufen wäre letzte Nacht oder am Vormittag sinnvoll gewesen, jetzt nicht mehr. Es würde eine Stunde dauern, bis sie hier wäre, und dann noch einmal mehrere Stunden, bis sie sie freibekommen hätte, wenn das überhaupt gelang. Nein, sie hatte nur noch eine einzige Chance: einen Tauschhandel mit Dumee, bevor der sie wieder in ihre Zelle bringen ließ und zum Mittagessen ging.

Francine holte Luft und setzte von Neuem an: „Der einzige Grund ...“, aber Dumee unterbrach sie unerwartet grob. „Augenblick, erst ich! Wir gehen nach meinem Schema vor. Eines nach dem anderen.“ Er beruhigte sich und schaltete den Recorder wieder ein. „Sie haben ausgesagt, Sie hätten Halewijn schon lange nicht mehr gesehen. Meinen

Sie, seit der Begegnung in der Kneipe mit Peter Kolman und der jungen Polin? Oder nach der Entführung?“

„Ich weiß nichts von dieser Entführung“, sagte Francine.

Dumee tat, als höre er sie nicht. „Könnte es sein, dass er Ihnen den Schlüssel gegeben hat, weil er mit Ihnen gemeinsam die Entführung geplant hat? Weil Sie das Lösegeld in seine Wohnung bringen sollten?“

„Dann hätte er mich ja nicht k. o. schlagen und mit dem Lösegeld durchbrennen müssen, wie Sie beim letzten Mal angedeutet haben“, erwiderte Francine. „Und wenn er das getan hätte, wäre er nicht so dumm gewesen, mir den Schlüssel zu lassen.“

Endlich lächelte der Inspecteur. „Vielleicht sollten Sie eine Karriere bei der Polizei anstreben“, bemerkte er. „Sie dürfen allerdings nicht vorbestraft sein.“

Francine ergriff ihre Chance beim Schopf. „Komischerweise hat mich bisher kein Mensch gefragt, was ich eigentlich in der Wohnung wollte, obwohl ich doch nur dort war, um der Polizei zu helfen“, sagte sie. „Schließlich hatte ich es Ihnen versprochen.“

Dumee lehnte sich zurück. „Diesmal verblüffen Sie mich aber wirklich.“

Francine schaute ihn böse an. „Wie Sie meinen, aber ich war da, um herauszufinden, wo Jimmy sich möglicherweise versteckt hält.“

„Wenn es Hinweise darauf in der Wohnung gäbe, hätten wir sie längst gefunden.“

„Stimmt nicht“, entgegnete sie. „Sie wissen gar nicht, wonach Sie suchen müssen. Aber mir ist es plötzlich wieder eingefallen.“

„Und, haben Sie etwas gefunden?“

„Nein, ich hatte leider nicht genügend Zeit dazu.“

„Dann sagen Sie mir, was es ist und wo wir es finden können.“

Francine schüttelte den Kopf. „Wenn Sie mich in Jimmys Wohnung bringen, suche ich es für Sie.“

Dumee schwieg einen Moment lang. „Wollen Sie mich auf den Arm nehmen?“

Francine musste sich zusammenreißen, um nicht die Geduld zu verlieren. „Mein Vater sitzt im Gefängnis, und meine einzige Chance, ihn da rauszukriegen, besteht darin, dass Jimmy gefunden wird.“

Dumee nickte. „Dann will ich Ihnen ebenfalls reinen Wein einschenken. Auch wenn wir Halewijn erwischen, bedeutet das nicht automatisch, dass Ihr Vater freigelassen wird. Er gilt weiterhin als Komplize, es sei denn, Halewijn würde ein umfassendes Geständnis ablegen und ihn entlasten, und wir könnten außerdem beweisen, dass er der alleinige Täter war. Verstehen Sie?“

„Schon, aber ohne Jimmy passiert überhaupt nichts. Und außerdem …“ Sie spannte die Kiefermuskeln an. „… musste der kleine Junge sterben.“

„Das vergisst niemand.“ Dumee schaltete das Diktiergerät aus, zog den Ärmel seiner Jacke hoch und schaute auf seine Armbanduhr. „Sie bekommen jetzt ein Mittagessen auf Kosten des Hauses und danach fahren wir.“

„Ich möchte nichts essen“, erwiderte Francine. „Ich möchte sofort fahren. Ich gebe Ihnen die Adresse und Sie lassen mich gehen.“

Dumee lachte. „Wollen Sie mir einen Handel vorschlagen?“

„Ja, na ja …“ Francine dachte fieberhaft nach. Eine Freundin? Die Zeitarbeitsfirma? Aber ihr fiel nichts ein außer Gerard. „Ich habe eine Verabredung.“

„Ich auch“, sagte Dumee. „Mit meiner Frau, zum Mittagessen.“

„Ich wollte meinen Vater besuchen“, erklärte Francine. „Er macht sich Sorgen, wenn ich nicht komme, und bestimmt verschlechtert sich sein Zustand, wenn er erfährt, dass ich verhaftet wurde.“

Zu spät fiel ihr ein, dass Dumee nur zum Telefon zu greifen brauchte, um herauszufinden, dass sie nicht auf der Besucherliste stand.

Sie hielt die Luft an, während der Inspecteur an seinem Recorder herumfummelte. Schließlich stieß er einen Seufzer aus, steckte das Gerät ein und sagte: „Na gut, lassen wir's drauf ankommen."

Dumee meldete sie ab und unterzeichnete für den Umschlag mit ihren Sachen. Auch Jimmys Schlüssel befand sich darin. Jemand musste aus der Kantine geholt werden, um sie zu begleiten, oder auch, um Francine zu bewachen. Jenny kam, die blonde Polizistin, die Francine bei ihrem ersten Besuch Kaffee und Brötchen besorgt hatte. Diesmal wirkte sie allerdings nicht ganz so freundlich, obwohl sich Dumee ausdrücklich dafür entschuldigte, dass er sie beim Mittagessen gestört hatte.

Der Inspecteur setzte sich zu Francine auf den Rücksitz. Während der Mittagszeit herrschte in der Stadt nur wenig Verkehr. Jenny schaltete weder die Sirene noch das Blaulicht ein und fuhr wie eine Schnecke.

„Was hat denn Ihr Vater?", fragte Dumee.

„Mein Vater?"

„Ja, Sie sagten doch, er sei krank."

Hätte sie doch den Mund gehalten! Wenn Dumee das Wort ›Krebs‹ hörte, würde er bestimmt den Gefängnisarzt anrufen. „Er hatte eine Art Infektion, aber hauptsächlich macht ihn das Eingesperrtsein krank, das kann er nicht ertragen."

„Da ist er nicht der Einzige", bemerkte Dumee. „Wird er behandelt?"

Francine wusste, dass Dumee sie anschaute, und hielt den Blick starr auf Jennys Uniform gerichtet. „Ich habe das Gefühl, dass er dort gut versorgt wird."

Sie schwiegen eine Weile.

Als Francine zur Seite blickte, fragte Dumee: „Wie gut kennen Sie Jimmy eigentlich? Entschuldigung ..." Er begleitete seine Worte mit einer beschwichtigenden Geste. „Ich meine, wie gut kannten Sie ihn damals, als Sie noch mit ihm zusammen waren. Waren Sie zu verliebt, um etwas zu merken?"

„Was hätte ich denn merken sollen?"

„Na, etwas von seinen kriminellen Geschäften, oder besser: was für eine Art Mensch er ist – eben den Unterschied zwischen einem netten Mann und einem durch und durch miesen Kerl, der ein Kind entführt und einsperrt und einfach sterben lässt. Jeder mit nur einem Funken Gewissen oder menschlichen Gefühlen hätte doch wenigstens die Eltern angerufen, auch unterwegs auf der Flucht. Telefone gibt es überall und es hätte nur eine Minute gekostet."

„Stimmt", sagte sie. „Man kann es einfach nicht verstehen. Aber ich habe das damals nicht so gesehen. Jimmy war ..." Sie schüttelte den Kopf. „Ich war einfach nicht lange genug mit ihm zusammen."

„Und warum hat die Beziehung nicht gehalten?"

„Weil ich merkte, dass er untreu war und ich ihm nicht vertrauen konnte. Deshalb habe ich so schnell wie möglich Schluss gemacht. Ich war froh, dass es ohne Streit über die Bühne ging, und erleichtert, als es vorbei war."

„Wie haben Sie ihn kennengelernt?"

„Das weiß ich nicht mehr so genau." Wieder spürte sie seinen Blick und wusste, dass sie ihn anschauen musste. „Ich glaube, in einer Kneipe."

Sie erreichten Dukenburg und fuhren an dem Apartmentkomplex vorbei, in dem Jackie wohnte. Jackie, die völlig ahnungslos war. Dumee sagte: „Ihnen ist ja hoffentlich klar, wie er reagieren wird, wenn wir ihn erwischen."

Sie zuckte mit den Schultern. „Er wird versuchen, sich rauszureden."

„Das wird nicht funktionieren und das meinte ich auch nicht. Er wird Ihren Vater belasten und Sie auch. Man braucht kein Psychoanalytiker mit Wiener Dialekt zu sein, um das vorauszusehen. Jimmy ist ein gerissener Kerl. Er wird versuchen, so viel wie möglich auf Sie abzuwälzen, in der Hoffnung, sein Strafmaß zu mindern."

Genau das hatte Gerard bereits prophezeit. *Sei froh, dass Jimmy abgehauen ist.* Deswegen hatte sie Dumee die Information mit der Post schicken wollen, sodass er sie erst erhalten hätte, wenn sie schon über alle Berge waren. Auf diesen Vorsprung mussten sie jetzt verzichten, aber hier ging es um einen Notfall. Sie musste es nur noch schaffen, Dumee das Ganze als Beweis ihrer Unschuld zu verkaufen, damit er sich an ihre Abmachung hielt. Na ja, Abmachung. Dumee hatte ihr nichts versprochen, er konnte tun, was er wollte.

Francine schüttelte den Kopf und sagte: „Wenn Jimmy beweisen könnte, dass mein Vater und ich etwas mit der Entführung zu tun hätten, würde ich Ihnen doch nicht helfen, ihn zu finden, oder?"

„Kann schon sein." Dumee schlug die Beine übereinander und lehnte sich gegen die Autotür, um sie besser anschauen zu können. „Aber Sie sind ein kluges Mädchen und ich kann nicht in Ihre Seele hineinschauen und leider auch nicht in Ihren Verstand."

„Da gibt es nichts zu sehen", sagte sie abweisend. „Außer, dass ich wünschte, ich wäre Jimmy nie begegnet, und dass ich ihm seine gerechte Strafe gönne."

Das klang sehr artig und sie hatte keine Ahnung, ob es ihn überzeugte. Aber Autos zu klauen war nichts im Vergleich dazu, den Tod eines Kindes zu verschulden, das musste sogar Jimmy klar sein. Wenn es ihm ins Konzept passte, würde er Gerards nächtliche Monteurarbeiten und ihre Fahrdienste als Beispiele dafür anführen, dass sie gewohnheitsmäßig zusammengearbeitet hatten, und er würde behaupten, dass Francine das Lösegeld holen und Gerard den Jungen bewachen sollte. Er würde aussagen, sie sei mit dem Lösegeld abgehauen und großes Entsetzen darüber vorspiegeln, dass Gerard den armen Kleinen hatte sterben lassen, anstatt ihn, wie verabredet, rechtzeitig seinen Eltern zurückzubringen.

Jenny parkte den Streifenwagen auf dem breiten Bürgersteig vor Jimmys Hauseingang. Die Leute guckten, kleine

Jungen mit Skateboards blieben stehen und eine Dame mit Hund kam aus dem Hausflur heraus und fragte, was los sei. „Nichts Besonderes, Mevrouw“, antwortete Dumee.

Jenny blieb im Auto sitzen, Francine und Dumee stiegen in den Aufzug. „Wollen Sie mir jetzt nicht endlich mal erzählen, was Ihnen eingefallen ist?“, fragte der Inspecteur.

„Ach, es war auf einer Fahrradtour. Wir sind rund um das IJsselmeer gefahren und Jimmy hatte einen Platten.“

Dumee schaute sie ungläubig an. Francine empfand leichte Klaustrophobie in dem Aufzug.

„Damals war noch alles in Ordnung zwischen uns“, fügte sie hinzu.

Der Aufzug hielt und sie ging ihm voraus die Galerie entlang. Alle Türen waren geschlossen. Mittagessenszeit. Sie schaute unauffällig auf ihre Armbanduhr. Viertel nach eins. „Wie sind eigentlich Ihre Kollegen letzte Nacht so schnell hierhergekommen?“, fragte sie.

Dumee schlug sein Notizbuch auf. „Die Wohnung wird überwacht. Die Alarmanlage wurde zu uns durchgeschaltet. Außerdem haben wir Schlüssel nachmachen lassen und jede Streife hier in der Gegend hat einen.“

Francine öffnete mit Jimmys Schlüssel die Tür. Dumee drängte sie beiseite, ging zur Alarmanlage und gab rasch eine Zahlenkombination aus seinem Notizbuch ein. „Wir haben den Code geändert“, erklärte er. „Damit wir nicht aus Versehen erschossen werden.“

Francine ignorierte seine humorvolle Bemerkung und ging sofort auf Jimmys Abstellraum zu. „Das ist sein Fahrrad“, sagte sie.

Dumee wirkte unbeeindruckt. „Wir haben alles gründlich durchsucht, das Fahrrad natürlich auch.“

Francine zog die kleine Segeltuchtasche hoch, die unter dem Sattel hing. „Den Platten hatte er auf dem Abschlussdeich und bei der Gelegenheit erzählte er mir von seinem Freund Kurt. Er wohnt auf einer der Watteninseln. Jimmy ist bei ihm.“

„Woher wissen Sie das so genau?“

Francine drehte an dem Ösenverschluss und öffnete die Tasche. Sie enthielt Montagewerkzeug, Schmirgelpapier, eine kleine Zange und ein altes Brillenetui aus Metall. Francine nahm es heraus und sagte: „Das hat er von Kurt.“

„Na schön.“ Dumee wurde ungeduldig. „Und deshalb soll er bei ihm sein?“

„Nein, aber Kurt ist der einzige Mensch auf der Welt, dem Jimmy vertraut. Er ist sein bester Freund. Jimmy hat ihn einmal bei einem Wattlauf vor dem Ertrinken gerettet. Später haben sie das Tourenradfahren als gemeinsames Hobby entdeckt, sie fahren jedes Jahr weite Strecken. Kurt ist der Erste, der Jimmy einfiele, wenn er einen Unterschlupf suchte, und außerdem kann Kurt ihm nichts abschlagen. Nicht mal, wenn er wüsste, dass Jimmy polizeilich gesucht wird.“

„Jimmy ist zu abgebrüht, um etwas so Persönliches seiner Freundin anzuvertrauen.“

„Hat er auch nicht, ich bin durch Zufall dahintergekommen. Während er seinen Reifen geflickt hat, habe ich das Etui für ihn gehalten und ein bisschen damit herumgespielt.“ Sie klappte es auf und leerte den Inhalt in Dumees Hand. Heraus fielen Reifenflickzeug, ein Päckchen Pflaster und eine kleine Tube Klebstoff. Dumee legte alles auf die Waschmaschine. Francine fuhr mit einem Nagel unter das alte Filzfutter, hob es an und holte ein kleines, verknittertes Foto heraus. Sie gab es Dumee. Zwei Männer mit Fahrrädern vor einem Haus.

„Kurt und Jimmy“, erklärte sie. „Jimmy hat einen ganz schönen Schrecken bekommen, als ich das Foto fand, und nahm es mir ab, als ich mir die Rückseite anschauen wollte. Abends fragte ich ihn, wer der Mann sei, und er erzählte mir von Kurt. Er hat sich wohl nichts dabei gedacht. Wenn er nicht so komisch reagiert hätte, hätte ich mich auch gar nicht mehr an das Bild erinnert.“

Dumee drehte es um und runzelte die Stirn. „Den kenne ich. Das ist ein Deutscher, Curt Steinach, Curt mit C. Ist

Borkum nicht von uns aus die erste deutsche Watteninsel, die mit den Leuchttürmen?“ Er steckte das Foto in sein Portmonee. „Wenn Halewijn sich in Deutschland aufhält, macht das die Sache nicht einfacher“, erklärte er. „Aber für ihn wäre es günstiger. Er könnte sich als Tourist unter Touristen bewegen und es hinge nicht in jeder Polizeidienststelle ein Foto von ihm an der Wand. Kann sein, dass Sie recht haben, das werden wir schnell herausfinden.“

„Ich bin mir sicher“, sagte sie. „Kann ich jetzt gehen?“

Dumee steckte sein Portmonee ein. „Was haben Sie jetzt vor?“

Francine holte tief Luft. „Wie bitte?“

„Haben Sie meine Frage nicht verstanden?“ Dumee drehte sich brüsk um und ging den Flur entlang. Sie lief hinter ihm her und wäre beinahe gegen seinen Rücken geprallt, als er in der Diele plötzlich sehen blieb. Er schaute sie an. „Also?“

„Also was?“ Sie versuchte sich zu schützen, indem sie die Empörte und Wütende spielte. „Ich habe meinen Teil der Abmachung erfüllt. Sie wissen jetzt, wo Jimmy ist, und können ihn verhaften lassen. Was wollen Sie denn noch?“

Grantig schaute er sie an, im fahlgelben Schein von Jimmys schmiedeeiserner Lampe. „Ich möchte gerne wissen, warum Sie uns das nicht schon viel früher gesagt haben!“

Diese Frage konnte sie leichter beantworten als die nach ihren Plänen. Sie atmete auf. Eine Lüge mehr oder weniger machte jetzt wirklich nichts mehr aus. „Es ist mir erst gestern wieder eingefallen.“

„Ich glaube Ihnen kein Wort! Sie hatten genug Zeit zum Nachdenken!“

Er konnte nichts wissen. Auch Dumee besaß keine Röntgenaugen, mit denen er den krankhaften roten Fleck in ihrem Gehirn entdecken konnte.

„Okay“, sagte sie. „Ich bin eben nicht Einstein, tut mir leid. Was soll ich sagen?“

„Sie sollen mir sagen, warum Sie mich nicht einfach angerufen haben anstatt hier einzudringen!“

Er ahnte, dass ein Hecht unter der Entengrütze schwamm, und angelte hartnäckig weiter.

„Ich wollte erst nachsehen, ob das Foto noch da war", antwortete sie. „Sonst hätte es ja keinen Sinn gehabt, Ihnen Bescheid zu sagen."

„Und jetzt verraten Sie mir noch, ob Sie es mir auch dann gegeben hätten, wenn wir Sie nicht hier erwischt und verhaftet hätten."

„Warum hätte ich es sonst suchen sollen?"

„Vielleicht, um ihn zu warnen?"

Francine schaute ihn perplex an. „Jimmy? Wieso das denn? Von mir aus können Sie ihm lebenslänglich aufbrummen."

„Oder haben Sie es nur getan, um nicht noch länger eingesperrt zu bleiben?"

Francine war erleichtert gewesen, weil er in die falsche Richtung tappte, aber er fischte mit mehr als einer Angel. Die zweite hatte den Hecht erwischt und riss ihm jetzt mit dem Haken die Kehle auf. Sie konnte jetzt nur noch eines tun, nämlich ihre innere Anspannung dazu benutzen, Empörung zu heucheln. „Okay, wie Sie wollen", pflaumte sie. „Ich weiß es nicht mehr. Dann sperren Sie mich eben wieder ein!" Ihr stiegen die Tränen in die Augen, und diese Reaktion war nicht geheuchelt.

Dumee schüttelte verärgert den Kopf, öffnete Jimmys Haustür und ging hinaus auf die Galerie. Sie folgte ihm blindlings. Der Inspecteur drehte sich um und hob die Hand. „Den Schlüssel", sagte er. „Den muss ich beschlagnahmen."

Sie gab ihm den Schlüssel.

„Hören Sie auf zu weinen", sagte er. „Diese verflixte Waffe von euch Frauen macht mich ganz krank." Er zog sein Taschentuch hervor, reichte es ihr und lehnte sich gegen das Geländer.

Sie trocknete ihre Augen. Das alles dauerte viel zu lange!

„Anderen grundsätzlich zu misstrauen ist nun mal eine

Berufskrankheit“, bekannte er. „Ich würde immer noch gerne in Ihren Kopf hineinschauen, und ich glaube, das wäre ein ziemlicher Schock.“

Francine sagte nichts. *Ich bin nicht wichtig genug, ich lüge nur ein bisschen, ich bin die Falsche, ich bin unschuldig.* Sie blieb stehen, weil auch Dumee stehen blieb, um ihr Handschellen anzulegen und sie in die Zelle zu stecken. Gewiss trug er Handschellen in der Jackentasche oder am Gürtel und eine Pistole im Schulterholster. Dann ging dieser Moment vorüber. Sie sah die blonde Polizistin unten im Streifenwagen sitzen. Der Wagen erregte kein Aufsehen mehr. Die Stadt erwachte allmählich aus ihrer Mittagsruhe, ihr Peugeot stand auf dem Parkplatz auf der anderen Seite des Hauses und die Zeit verflog nur so.

„Gehen Sie Ihren Vater besuchen“, sagte Dumee. „Und danach rufen Sie mich an. Meine Telefonnummer haben Sie.“

Francine nickte stumm.

„Sie werden mich jeden Tag anrufen, und zwar so lange, bis Ihr Freund gefasst ist und ich oder Mevrouw Faber Ihnen mitteilen, dass es nicht mehr nötig ist. Soll Jenny Sie zu Ihrem Auto bringen?“

Francine gab ihm das Taschentuch zurück und sagte: „Nein danke, es steht gleich dahinten“, wobei sie in die Richtung zeigte.

„Richtig.“ Dumee schaute auf seine Armbanduhr. „Dann mal los mit Ihnen.“

# 18

Francine konnte sich weder einen Strafzettel noch einen Unfall erlauben – das hätte gerade noch gefehlt. Doch die Uhr im Armaturenbrett tickte unerbittlich wie eine Zeitbombe. Dabei musste sie noch tanken und zum Boot zurückfahren!

Dort angekommen, ließ Francine die Eingangstür offen stehen, kroch über die Laufplanke und schob den Bootshaken unter der Reling hindurch ins Wasser. Als sie ein Auto hörte, tat sie auf den Knien hockend so, als kontrolliere sie das Relingtau. Nachbar Kamming fuhr vorbei, unterwegs zu seinem Boot, das ein Stück weiter hinten lag. Doch er schaute gar nicht zu ihr hin. Kurz darauf hörte Francine seine Autotür zuschlagen. Sie hätte das Geld letzte Nacht rausholen müssen, anstatt am helllichten Tag. *Schnell!*

Sie rührte auf der Suche nach dem Paket im Wasser herum, doch es dauerte eine halbe Minute, bis sie den Haken durch die Schlaufe gefädelt hatte. Durch die Relingtaue hindurch hielt sie den Stock ganz fest und zog ihn Zentimeter für Zentimeter heraus. Das Paket war bleischwer, als es tropfend aus dem Wasser auftauchte. Sie packte es, fummelte mühsam den Haken heraus und hievte das Paket über die Reling.

Sie schleppte es ins Boot, schloss die Tür, schnitt die Kordel durch und zog die Plastiktüten ab. Die nassen Tüten und Gerards Werkzeug warf sie in die Abstellkammer, die Tasche stellte sie zu dem Gepäck in der Diele. Um das Boot brauchte sie sich nicht mehr zu kümmern, schließlich hatte der Makler einen Schlüssel.

Wenn sie zurückkam ...

*Wenn sie zurückkam.*

Zuerst schleifte sie den Seesack über die Laufplanke. Koos kam heraus und guckte. Natürlich. Er öffnete den Kofferraum für sie, aber sie schüttelte den Kopf und bugsierte den Seesack auf den Rücksitz.

„Willst du auswandern?"

„Nein, ich fahre nur eine Freundin besuchen."

„Wie geht es Gerard? Kommt er einigermaßen zurecht?"

„Ja, es geht ihm ganz gut."

Der alte Nachbar begleitete Francine und half ihr, die Schlafsäcke, den Koffer und die restlichen Sachen zum Auto zu tragen. Das Gepäck passte nicht ganz in den Kofferraum, und deshalb schob Francine auch die Schlafsäcke auf den Rücksitz. Zum Schluss schloss sie das Boot ab und gab Koos den Schlüssel. „Bewahre du ihn so lange auf", sagte sie.

Koos nickte. „Du nimmst aber viel mit auf deinen Besuch", bemerkte er.

„Meine Freundin wohnt in Dänemark. Du weißt aber von nichts, okay?"

Koos lachte. „Mein Name ist Hase. Aber ich hoffe doch, dass wir uns noch einmal wiedersehen."

Er machte ein ziemlich überraschtes Gesicht, als sie ihm einen Kuss auf die Wange drückte.

Es ging viel zu langsam. Es herrschte dichter Verkehr, sie musste die ganze Stadt durchqueren und alle Ampeln standen auf Rot. Doch sie konnte es nicht riskieren, zu rasen oder rücksichtslos zu überholen. Als sie die Festung passierte, zeigte die Zeitbombe vier Uhr an. Dabei ging sie immer nach, eine Minute, zwei Minuten. Francine ließ die Fenster herunter und fuhr am Fluss, am Park und an Häusern vorbei, bis sie schließlich links abbog. Mehrere Autos kamen ihr entgegen. Sie wandte das Gesicht ab, als Sumis schwarzer Jaguar durch das Tor rollte.

Francine sah den Lkw und die Lieferwagen vor dem Gebäude stehen. Der blaue parkte auf ihrer Seite, mit geöffneter Heckklappe. Sie hätte geschlossen sein müssen, aber Francine konnte nichts Verdächtiges entdecken. Der Parkplatz war verlassen. Keine suchenden Bewacher, keine Verhaftungsszene, aber auch kein Gerard. Der einzige Alarm schrillte in ihrem Kopf. Da hörte sie jemanden pfeifen. *All the lonely people.*

Sie befand sich bereits auf dem Gelände, fuhr zum Parkplatz und setzte dann zurück und wendete. Die großen Fenster der Besucherhalle starrten sie an. Ob von dort aus die Vollzugsbeamten ihre Manöver beobachteten? *Entschuldigung, bin falsch abgebogen.* Langsam fuhr sie am Zaun entlang zurück. Vor ihr, auf dem Bürgersteig entlang der soliden Häuser, in denen höchstwahrscheinlich der Direktor, der Besuchskoordinator und die ranghöchsten Vollzugsbeamten wohnten, lief ein Mann in brauner Jacke. Er hatte schütteres Haar und hielt den Kopf gesenkt.

Francine fuhr rechts ran, öffnete über den Beifahrersitz hinweg die Tür und Gerard stieg ein. Die Rückenlehne hatte Francine bereits heruntergekurbelt, und sie fuhr sofort los. Erst links ab auf die N324, dann Richtung Uden und Eindhoven, vorbei an Maastricht. Sie hatte die Route im Kopf. Gerard sagte nichts, tätschelte nur einmal ihre Hand. Er sah erschöpft aus und sackte jetzt in sich zusammen, weil es vorbei war.

Hinter Troyes fing Gerard an zu stöhnen. Schilder hatten in zehn Kilometern Entfernung eine Tankstelle angekündigt. Francine ging auf die Überholspur und raste an den Lkws vorbei. Es wurde allmählich dunkel und der Verkehr war weniger geworden. Die Staus der Hauptverkehrszeit hatten sie in Lüttich und streckenweise auf der Route National in Richtung Bouillon und bei Rethel hinter sich gelassen.

„Verdammt!“, flüsterte er.

Francine sah, wie er sich krümmte. „Gleich haben wir's geschafft!“, sagte sie.

Die Abfahrt kam. Francine bog ab und fuhr hinter der erleuchteten Tankstelle vorbei. Tanken konnte sie später noch. Zwischen der Tankstelle und der Raststätte standen Autos und Lkws. Francine folgte den Schildern bis zum Picknickplatz. Dort war niemand. Sie hielt am Grasstreifen neben einem der Tische an und öffnete die Fenster. Kühle Abendluft. „Kannst du deine Hose ein Stück runterziehen?"

Nein, konnte er offensichtlich nicht. Schwitzend saß Gerard auf seinem Sitz. „Meine Hose?"

„Schon gut." Francine schaltete die Innenbeleuchtung ein und fasste in den Einkaufskorb, den sie hinter den Sitz gestellt hatte und der ein Handtuch, ein Geschirrtuch, ein Messer, Orangensaft und Carlos Plastiktüte enthielt. Sie wühlte in der Tüte herum und fand das offene Päckchen mit der Spritze, die Carlo aufgezogen hatte. Sie schraubte die Nadel auf und zog die Plastikhülse ab.

„Was machst du da?"

„Das ist Morphium. Lieg still."

Er fragte nicht nach, kämpfte nur gegen den Berg von Schmerzen an. Francine griff nach seinem Oberschenkel, drückte mit Daumen und Zeigefinger den Stoff seiner Hose glatt, zog Haut und Muskeln hoch, trieb mit der anderen Hand die Nadel durch den Stoff und injizierte ihm langsam den Inhalt der Spritze. Sie fühlte seinen Oberschenkelknochen unter den Fingerspitzen. Er war klapperdürr.

Francine schob die Hülse auf die Nadel, steckte die Spritze in die Tasche und stellte diese wieder hinter ihren Sitz. Sie schaltete das Licht aus, nahm Gerards Hand und blieb im Dunkeln neben ihm sitzen. *Es wirkt sofort.* Sie konnte sein Gesicht nicht richtig erkennen, aber sein Atem schien ruhiger zu werden.

„Wir können in ein Hotel gehen", schlug sie vor.

Gerard hob die Hand. „Warte einen Moment."

Sie wollte lieber durchfahren, das hatte sie sich vorgenommen, zwölf Stunden mit Pausen zwischendurch, das war machbar, auch wenn sie weniger geschlafen hatte als in ihrem Plan vorgesehen. Vielleicht musste er etwas essen und trinken.

„Sie hat dieses Jahr nicht an der ‚Vendée' teilgenommen, aber dafür den Jules-Verne-Cup gewonnen", sagte Gerard zusammenhanglos. „Ganz allein in einem dreiundzwanzig

Meter langen Katamaran, rund um die Welt in einundsiebzig Tagen, das ist ein neuer Rekord."

„Tatsächlich", sagte sie.

Die Schmerzen ebbten allmählich ab. Er war wach und in der Lage, an Helen McArthur zu denken.

„Du hättest sie sehen sollen, oben im Mast, dicht am Segel", fuhr Gerard fort. „Eine Öse hatte sich verhakt oder so, und als sie anschließend wieder an Deck stand, warf sie mit Schneebällen nach einer verirrten Möwe. Was für eine Frau!"

„Wir brauchen keinen Rekord aufzustellen", sagte Francine.

„Stimmt." Gerard lachte leise. „Wir haben schon gewonnen."

Sie musste rechts an den Straßenrand ausweichen, als sie entgegen der Fahrtrichtung zur Tankstelle zurückfuhr. Unter dem Dach hielt sie an.

Sie tankte, *95 sans plomb*, und nickte einem blonden Mann zu, der in der Reihe neben ihr sein Auto volltankte. Es hatte ein niederländisches Kennzeichen und einen Wohnwagen im Schlepptau. Francine merkte sich die Nummer der Zapfsäule und fuhr den Peugeot auf einen freien Parkplatz neben dem Gebäude. „Bleib sitzen", sagte sie zu Gerard. „Möchtest du Kaffee?"

„Nein, nur Wasser, ich habe Durst."

Der blonde Holländer hielt Francine die Tür auf. „Auch unterwegs in den Urlaub?"

„Ja, Gott sei Dank." Sie war zu müde, um zu lächeln.

Sie kaufte Mineralwasser und dreieckige Sandwichpäckchen aus der Kühlung, Huhn mit Tomate und Mayonnaise, Schinken, Käse mit Gurkenscheiben. Während sie auf das Wechselgeld wartete, zog sie Strohhalme aus einem Behälter neben der Kasse. Anschließend zapfte sie einen Espresso aus dem Automaten in der Vorhalle, lehnte sich an einen der hohen Tische und trank den heißen Kaffee. Eine Minute Ruhe.

Gerard hatte seine Lehne aufrecht gestellt und schaute

sich um. Francine stellte den Weidenkorb vor seine Füße, reichte ihm die Flasche Mineralwasser, breitete das Geschirrtuch auf seinem Schoß aus und gab ihm das Sandwich mit Huhn.

„Ich krieg diese Dinger nie auf", sagte er.

Sie holte das Messer aus dem Korb und schnitt die Verpackung auf. Ihr Vater saugte an seinem Strohhalm. Urlaub, dachte sie.

Die kleine Stadt schlief. Gerard auch, unter einem Plaid im flach heruntergedrehten Beifahrersitz. Die schmale Straße führte direkt hinter dem alten Hafen entlang. Francine ließ den Motor laufen, um Gerard nicht zu wecken, stieg aus und drückte vorsichtig die Tür zu. Ihre Augen waren müde und ihre Beine zitterten von der langen Fahrt. An einer Seiteneingangstür klopfte sie an. Eine Lampe darüber brannte, aber sie entdeckte keine Klingel. Eine halbe Minute später öffnete Jeannot schläfrig die Tür, einen verschlissenen Regenmantel über dem Pyjama, die bloßen Füße in Pantoffeln. *„I didn't think you make it, four o'clock"*, sagte er in seinem gebrochenen Englisch.

Francine reichte ihm einen Umschlag, und er hielt ihn ins Licht und blätterte mit dem Daumen die Scheine durch, ohne sie zu zählen. *„D'accord."* Er gab ihr die Schlüssel und das Mäppchen mit den Papieren. „Die *Samantha,* sie liegt neben das andere Boot, *quai numéro trois*", sagte er. „Du verstehen?"

*„Ça va"*, antwortete Francine.

„Ruf an, wenn du wieder umkehrst. Es soll übrigens gutes Wetter geben."

*„Merci."*

Gerard erwachte, als sie oberhalb des Hafens anhielt. Er stieg sofort aus, schaute sich um und atmete tief ein, wie ein alter Walfisch, der das Meer riecht. Der Himmel war zur Hälfte hellgrau und nur im Westen noch dunkel. Die Venus leuchtete bleich über dem Horizont hinter den Masten. In den Hafenkneipen, am Fischerkai weiter hinten und auf einigen Yachten herrschte bereits Betrieb. Gerard wollte den Seesack tragen, aber Francine wuchtete ihn auf ihre Schulter, nahm die Geldtasche und reichte ihm den leichteren Koffer. Am dritten Steg war es ruhig. Vorn lagen kleine Motoryachten, dahinter eine Swan, dann folgten die *Whispering* und die *Samantha.* Francine zog die Yacht am Tau näher an den Steg heran und half Gerard an Bord. Sofort kniete er sich auf den Teakholzboden, um sich die Schuhe auszuziehen, doch Francine sah, dass es ihn Mühe kostete, als kehrten die Schmerzen zurück. Sie half ihm, sich auf die Bank im Cockpit zu setzen.

„Warte hier“, sagte sie.

Francine schloss die Kajüte auf und schaltete die Lampen ein. Sie verbarg die Geldtasche unter der Steuerbordbank und kontrollierte die Ausrüstung. Die Wassertanks waren voll, die Batterien geladen. Der Navigationstisch befand sich längsschiffs an Backbord: Logbuch, Echolot, Barometer, Funkgerät, ein Fernglas, GPS, Reeds-Almanach, Küstenkarten und Karten vom Nordatlantik, in einer Schublade darunter Schieblehre, verschiedene Zirkel, Winkelmesser und Geodreieck, sogar Bleistifte und Radiergummis. Alles komplett, wie Jeannot es versprochen hatte. In der Kombüse fand sie Mineralwasser und frisches Brot. *Pain de seigle.*

Gerard saß an Deck, die Hand an der Ruderpinne. „Ich hole den Rest“, sagte Francine. „Bring du schon mal was nach unten, wenn du kannst, verstauen können wir es später. Einverstanden?“

„Sie ist schön“, sagte Gerard und mit einer Kopfbewegung zum Mast: „Mit der Schlupp wirst du leicht auch alleine fertig.“

Sie nahm es zur Kenntnis, kletterte wieder von Bord und holte nach und nach den Rest aus dem Auto: Schlafsäcke, den Weidenkorb und Kartons mit Proviant. Anschließend fuhr sie den Peugeot auf den Parkplatz und schloss ihn ab. Als sie zurückkehrte, saß Gerard auf der Steuerbordbank in der Kajüte, die Arme auf dem Tisch. Er hatte zwei Kartons auf den Tisch gestellt. Francine trug rasch den Rest hinein.

„Soll ich dir eine Spritze geben?"

Er schüttelte den Kopf. „Bring sie erst nach draußen, schaffst du das?"

„Natürlich. Sie unterscheidet sich nicht sehr von der *Whispering*."

„Vergiss nicht, die Beleuchtung einzuschalten", riet er, als sie ins Cockpit ging. „Es dauert bestimmt noch eine Stunde, bis die Sonne aufgeht."

„Aye." Der Schaltschrank befand sich an der Seitenwand über dem Kartentisch. Francine stieg über den Seesack und betätigte die Schalter für die grünen und roten Navigationslichter sowie das Toplicht. Sie glühte den Dieselmotor vor und startete. Dann sprang sie auf den Steg, löste das Tau, drückte die Yacht mit dem Fuß weg und kletterte wieder an Bord. Zwischen den Stegen war nicht viel Platz und sie manövrierte vorsichtig hindurch. Auf dem Deck der Swan erschien ein Segler und rief ihr etwas auf Französisch zu. Er hielt sie wohl für eine Landsmännin, weil sie unter französischer Flagge fuhren. Francine winkte ihm zu, lief unter Motor aus dem Hafen aus und fuhr am großen Pier vorbei. Als sie den Hafen und die Betonnung hinter sich gelassen hatten, gab sie etwas mehr Gas. Gerard kam auf nackten Füßen hinaus. Er schaute sich um und atmete die Seeluft ein. Fischerboote tuckerten an der Küste entlang. Der Tag brach an. Ein schwacher Wind, Stärke zwei, wehte von Südosten, und es herrschte leichter Wellengang.

„So, jetzt ist es gut", sagte Gerard. „Jetzt übernehme ich das Ruder."

Francine löste die Abdeckplane und Gerard lenkte die *Samantha* in den Wind, sodass sie erst das Genuasegel einhaken und hochziehen und dann das Großsegel hissen konnte. Gerard luvte an und schaltete den Motor aus. Francine hielt sich am Mast fest, als sich die Yacht zur Seite neigte, weil der Wind in das Segel fuhr. Sie straffte das Genuasegel, ging durch das Gangbord, zog die Schotten an und machte den Giekbaum fest. Anschließend holte sie die Wielinge ein und räumte sie zusammen mit der Abdeckplane unten in die Bank. Es wurde sehr still.

„Alles klar“, sagte Gerard. „Du kannst es noch. Hast du dir einen bestimmten Kurs überlegt?“

„Natürlich“, antwortete Francine. Sie stand im Cockpit und blickte nach vorn. Sie spürte ihren Unterschenkel. Er tat nicht mehr richtig weh, es fühlte sich nur noch an, als würde eine harte Männerhand ihn umklammern. Die See war grau, der Horizont ein diesiger Streifen, unterbrochen nur von ein paar dunklen Rechtecken, Tankern oder Containerschiffen. In der Nähe, an Steuerbord, sah sie einen Zweimaster, und Fischer nahmen Kurs nach Norden. Der Himmel war milchig blau mit Zirruswölkchen im Westen, am Horizont orangefarben und dort lichtweiß, wo die Sonne langsam aufging. Francine hatte sich weder einen Kurs überlegt noch Pläne geschmiedet, aber sie gab Gerard dennoch eine Kompassrichtung an, Südwest und dann Süd, sie wollte sich nicht zu weit von der Küste entfernen. Sie hatte sich bisher nicht mal umgezogen. Gerard kniff die Augen zusammen. Sie lagen tief in den Höhlen.

„Ich gebe dir jetzt eine Spritze“, sagte Francine.

„Nein, noch nicht.“ Er klammerte sich an der Ruderpinne fest. „Aber hol mir bitte einen Schlafsack.“

Francine ging in die Kajüte. Sie musste noch aufräumen. Später, sie hatten Zeit genug. Sie zog Gerards Schlafsack aus der orangefarbenen Hülle und brachte ihn ins Cockpit.

„Möchtest du etwas essen?“

Gerard schüttelte den Kopf. „Lass mich mal für einen Moment allein, ja?“

Er nahm den Schlafsack unter den Arm, erklomm das Gangbord und schlurfte mühsam nach vorn. Francine dachte bei sich, dass er eine Sicherheitsleine lächerlich finden würde bei dieser leichten Brise, aber dennoch ließ sie die *Samantha* ein wenig abfallen, um sie gerade zu halten. Über die Kajüte hinweg beobachtete sie ihren Vater, während er den Schlafsack auf dem Vorderdeck ausrollte und sich auf dem Rücken unter das Genuasegel legte. *Acht bis zwölf Stunden.* Er musste wieder Schmerzen haben, aber vielleicht dachte er an Mahatma und seine lindernden Bilder. Aber welche? Auf See war er schon.

Die Segel flatterten und sie drehte die Yacht wieder stärker in den Wind. Sie waren auf dem offenen Meer und hatten Platz genug; sie konnte die Ruderpinne feststellen und anfangen aufzuräumen. In der Kajüte behielt sie die Punkte auf dem Radar im Auge, während sie die Steuerbordbank für Gerard zurechtmachte und ihren eigenen Schlafsack auf die Hundekoje legte. In den Kühlschrank räumte sie Mineralwasser und Roséwein, Salat und Tomaten, Äpfel, die sich etwas länger hielten, und Steaks, die sie heute noch braten musste, weil das Haltbarkeitsdatum ablief. Als die Morgensonne durch die Bullaugen fiel, schaltete sie die Beleuchtung aus und hörte sich den Wetterbericht an. Über dem halben Ozean lag ein 1020-mbar-Tiefdruckgebiet. Gerard klopfte auf das Deck. Francine hängte sich das Fernglas um den Hals, zog zehn Milligramm Morphium auf eine Spritze und ging zu ihm.

Francine saß vor dem Mast, den Rücken an den niedrigen Aufbau der Kajüte gelehnt, die Beine über der Deckluke. Unter dem Genuasegel hindurch konnte sie die Segelschiffe beobachten, die dichter an der Küste entlangfuhren, und hin und wieder hielt sie durch das Fernglas nach dem Schiffsverkehr an Steuerbord Ausschau. Gerard lag dicht neben ihr, die Füße am Vorstag, den Kopf im Schatten des Genuasegels. Die Yacht lag ruhig auf dem Wasser. Es herrschte ein wenig ablandige Strömung, aber in diese Richtung hatten sie Platz genug. Die Sicht war gut, der Reflektor hing oben im Mast, der Wind blieb konstant.

Gerard hatte die Augen geschlossen. Das Morphium hatte die Schmerzen betäubt, aber sein Gesicht und seine Kopfhaut waren aschfahl und auch die leichte Brise konnte den klammen Schweiß auf seiner Haut nicht trocknen. Er war abgezehrt, ein sterbendes Tier, nicht wie Elizabeth Perkins in *The Doctor*, die splitterfasernackt und überirdisch schön in ihrem weiten schwarzen Cape auf dem Krankenhausdach die herzzerreißende Eleganz des Sterbens verkörperte. Nein, ihr Vater kämpfte sich von Welle zu Welle, von Betäubung zu Schmerz, immer stärker ausgezehrt. Die Maden fraßen ihn von innen.

„Erzähl mir von meiner Mutter", bat Francine.

Sie sah seine Augenlider flattern. „Von deiner Mutter?"

„Ja." Francine lehnte sich an die Kajüte. Ehe es zu spät ist, dachte sie.

„Was willst du denn hören? Elly war etwas Besonderes."

„Du wolltest nie mehr über sie sagen, als dass ich ihr ähnlich sehe."

„Du bist genauso schön wie deine Mutter und das ist wirklich ein Wunder, wenn man mich so anschaut." Er hatte ihren vorwurfsvollen Unterton herausgehört und lachte nicht. „Sie war völlig anders aufgewachsen als ich und konnte ihre Herkunft nicht verleugnen", erzählte er weiter. „Sie war daran gewöhnt, alles kaufen zu können, ich machte lieber alles selbst. Sie stammte aus einem reichen Elternhaus. Ihr Vater war ein erfolgreicher Steuerberater. Er besaß eine Villa in Berg en Dal, einen Bentley und zwei Töchter. Zu Hause wurde Elly natürlich Hélène gerufen und ihre Schwester Betty war mit einem Hockey spielenden Bankierssohn verlobt. Elly hatte eine Erziehung auf einem exklusiven Internat in Amersfoort genossen, ich war Automechaniker mit Öl unter den Fingernägeln."

„Eine Mesalliance."

Gerard lachte leise. „Genau das sagte Babette zu Elly, während ich daneben stand. Wahrscheinlich glaubte sie, der Depp versteht das sowieso nicht, und sie hatte auch noch recht."

„Wo habt ihr euch kennengelernt?"

„Ich hatte eine uralte Kajütyacht, und als ich eines Tages damit unterwegs war, unternahm auch Ellys Familie einen Ausflug mit ihrer dicken Motoryacht. Damals gab es dort nichts als ein Hausboot-Café mit einem schwimmenden Steg ..."

„Du meinst bei Plasmolen?", fragte Francine erstaunt.

„Ja, da war ich oft."

Francine dachte an Jeroen. „Erzähl weiter."

„Es gab Streit. Elly hatte wohl öfter Krach mit ihren Eltern, weil sie ihr vorschreiben wollten, wie sie ihr Leben zu gestalten hatte. Dieses eine Mal wurde sie so wütend, dass sie einfach in das Beiboot sprang und davonsegelte. Sie konnte aber nicht besonders gut segeln und geriet in Panik, als plötzlich ein Unwetter mit starken Windböen aufkam. Ich lag mit meinem Boot am Ufer und sah sie vor dem Wind um die Ecke flattern. Sie wollte die Jolle am hohen Uferwall ins Schilf steuern, kenterte aber und ging über Bord. Ich sah sie im Wasser zappeln und dachte: Spring lieber mal hinterher. Bibbernd stand sie anschließend in meiner Kajüte. Ich habe sie trocken gerubbelt. Sie war das Schönste, was ich je gesehen hatte."

„Aha."

„Ich habe ihr ein Glas alten Genever gegeben. Sie hatte vorher noch nie etwas Stärkeres getrunken als Sherry oder Portwein." Gerard starrte das Segel über seinem Kopf an. „Die Eltern fuhren mit ihrem schwimmenden Palast im Regen herum, aber Elly meinte, wir sollten sie noch eine Weile zappeln lassen. Sie fragte mich nach meiner Adresse und meiner Telefonnummer. Ich war der Ritter, verstehst du. Ich wohnte zur Untermiete."

„Aha", sagte Francine noch mal.

Gerard nickte. „Nach etwa einer Stunde habe ich sie zurückgebracht. Die Eltern hätten beinahe die Terrasse des schwimmenden Cafés gerammt, so eilig hatten sie es, die Polizei anzurufen. Sie wussten gar nicht, wie sie mir danken sollten, schließlich hatte ich ihre Tochter gerettet. Sie boten mir Geld an. Aber trotz ihrer Aufregung waren diese heuchlerischen Schickimickis nicht völlig blind oder sie rochen den Schnaps, wie auch immer. Als Elly mit Babette reinging, um sich umzuziehen, fingen sie jedenfalls sofort von einem gewissen Frederik an, der eine Diplomatenausbildung absolvierte, nach dem Motto: Mach dir bloß keine Hoffnungen, der wird unser zukünftiger Schwiegersohn. Außerdem sollte *Hélène* auch noch ein Jahr nach New York oder so. Ich dachte, die siehst du nie wieder."

„Aber ich sitze nun mal hier", sagte Francine. „Wer unternahm den ersten Schritt?"

„Schon am darauffolgenden Samstag stand sie mit ihrem Koffer vor meiner Tür. Ich rief meinen Chef an und behauptete, ich müsse dringend Urlaub nehmen, ein Notfall, und wir sind zwei Wochen nach Griechenland gefahren. Elly bestand darauf, alles zu bezahlen, verdammt ..." Er brach mittendrin ab, irgendwie wütend oder als sei das ein äußerst heikles Thema, das nur in eine Sackgasse führen konnte. „Sie hatte sich eine Ausrede einfallen lassen", fuhr er fort, „doch natürlich kam ihre Familie dahinter. Es gab einen Riesenkrach, aber schließlich war Elly volljährig."

*Meine Mutter.* „Sie ließ sich nicht einsperren."

„Es war wie im Märchen. Schlauer ist man ja immer erst hinterher, wenn es zu spät ist. Elly war eine dieser Töchter aus gutem Hause, die alles haben, sich aber trotzdem so gefangen fühlen, dass sie sich in den nächstbesten Idioten verlieben, der mit einem Kletterseil unten am Turm auftaucht. Es geht nicht um den Ritter, sondern um die Flucht."

Oder um dieses Fieber der ersten Liebe, dachte Francine. Jungfrau bei den Nonnen. „Aber du warst älter als sie und hättest es besser wissen müssen ..."

„Stimmt, aber ich war taub und blind. Ich war einfach überglücklich, und sie auch, das schwöre ich dir. Sie zog bei mir ein, anstatt nach New York zu gehen. Die Familie hetzte ihr einen Psychiater auf den Hals, es war lächerlich, und dazu noch ihre Schwester Babette, die mit der Mesalliance. Ich zog meinen besten Anzug an, um ganz anständig und formvollendet um ihre Hand anzuhalten.“ Gerard grinste freudlos. „Ihr Vater hatte inzwischen alles über mich in Erfahrung gebracht und fragte mich, ob ich nicht recht gescheit sei. *Hélène* würde schon sehr bald einsehen, dass ich ihr nichts zu bieten hätte, und dann würde das Strohfeuer von selbst erlöschen. Er ließ mich von seinem Diener vor die Tür setzen.“ Gerard schwieg für einen Moment. „Aber wir haben trotzdem geheiratet, ohne die Zustimmung der Eltern. Wir fanden diese schreckliche Wohnung, die kaum besser war als meine Zimmer zur Untermiete, aber wir glaubten, es wäre nur für kurze Zeit, bis wir genügend Geld hätten ...“

Ihre Stimme klang fremd. „Willst du damit sagen, dass du deine Pläne damals schon hattest?“

„Wenn es nach mir gegangen wäre, wärst du auf See oder in einem Hafen zur Welt gekommen.“ Er biss die Zähne zusammen. „Deine Mutter war nicht so eine Wasserratte wie du, sie hatte nicht deinen Instinkt, aber sie machte Fortschritte. Sie wollte raus. Aber sie war auch an Komfort gewöhnt und deswegen wählte sie den Kat, und sie wusste auch ganz genau, welchen.“

Francine hielt die Luft an. „Die *Fisher?*“

„Was glaubst du wohl, woher das Foto stammt? Wir sind sogar in Hamble gewesen und haben eine Probefahrt unternommen.“

„Warum hast du mir das nie erzählt?“

„Ach, was hättest du schon davon gehabt? Ist ja doch nie was draus geworden.“ Mit einer Handbewegung gebot Gerard ihr zu schweigen. „Und ich sehe immer noch nicht ein, was dir das nützen soll. Aber na schön. Sie wandte sich also an ihre Eltern und fragte, ob sie ihr einen Kredit geben würden oder einen Vorschuss auf ihr Erbe. Wir machten unsere Witze darüber. Was sie bekam, war eine kalte Dusche. Als sie sich an sie wandte, glaubten ihre Eltern, sie würde klein beigeben. Ihr Rechtsanwalt saß schon im Wohnzimmer bereit. Aber wieder hatten sie sich getäuscht. Sie warfen sie raus."

„Ging eure Beziehung deswegen in die Brüche? Weil ihr das Geld für die *Fisher* nicht zusammenbekommen habt?"

Er wich ihr aus. „In die Brüche?"

„Warum machst du mir etwas vor? Ihr wolltet euch scheiden lassen."

„Wie kommst du denn darauf?"

Es war ihr schleierhaft, warum er so reagierte. „Der einzige Vorteil von dem Chaos in unserem durchwühlten Boot war der, dass ich die Vorladung gefunden habe. Mit dem Datum, an dem ihr vor Gericht erscheinen solltet. Es war am Tag nach ihrem Tod, um elf Uhr vormittags. Fünf Wochen nach meiner Geburt."

Gerard biss sich auf die Lippe. „Was willst du hören? Wir konnten nicht mehr miteinander leben."

„Wollte sie sich scheiden lassen oder war es deine Idee?"

„Wir passten überhaupt nicht zueinander. Es machte mich schier verrückt."

„Weil sie das Geld nicht bekam und nicht mehr an dich glaubte?" Francine empfand das Bedürfnis, ihre Mutter zu verteidigen.

„Doch, sie glaubte schon noch an mich."

Francine erkannte, dass er sich aufregte, und plötzlich wurde ihr klar, dass für ihren Vater, der sein Leben mit seinen Träumen und seinen Fantasien ausgefüllt hatte, das Umgehen und das Verdrehen der Wahrheit zur zweiten Natur geworden sein musste. „Aber warum denn dann?", fragt sie.

„Ihr Vater hatte sie enterbt und ihr Bankkonto gesperrt. Sie musste jeden Gulden zweimal umdrehen. Ich verdiente gerade mal so viel, wie ihre Eltern an Trinkgeldern ausgaben. Ihre Mutter schickte ihr einmal heimlich Geld, aber damit war sofort Schluss, als ihr Vater dahinterkam. Die ganze Familie ... Warum willst du das alles wissen?"

„Frag doch nicht so dumm!“, erwiderte sie wütend.

Die Sonne wanderte allmählich um das Genuasegel herum und kroch über seine Beine. Sie würde ihn nach unten bringen müssen oder ins Cockpit. Sie wünschte, sie wäre nicht so allein.

„Elly war genauso dickköpfig wie du. Sie wollte nicht zugeben, dass ihre Eltern recht hatten. Sie ließen nichts von sich hören, auch ihre Schwester nicht. Als du geboren wurdest, habe ich versucht anzurufen, aber ihr Vater wollte nicht mal ans Telefon gehen. Ich habe wirklich mein Bestes getan, ach, verdammt ...“

Er verzog schmerzlich das Gesicht, obwohl das Morphium noch lange wirken musste, und mit einem Schock erkannte Francine, dass ihr Vater Selbstmitleid hatte. Das erschien ihr so himmelschreiend ungerecht, dass sie ihn sekundenlang wie einen Fremden betrachtete. Sie konnte kein Wort herausbringen.

Gerard bemerkte es nicht mal. „Es war nicht so, dass sie mich nicht liebte oder dass sie dich nicht geliebt hätte“, sagte er, wie um etwas gutzumachen. „Sie hat dich gestillt und für dich gesorgt, sie wollte dich nicht loslassen. Du warst ihr Halt. Aber sie wurde krank.“ Er zeigte auf seinen Kopf. „Hier. Man nennt das postnatale Depressionen.“

Francine schloss die Augen. Die Sonne brannte rot auf der Innenseite ihrer Lider. Gerard hatte ihre Mutter aufrichtig geliebt, daran zweifelte sie nicht, aber sie war nicht mehr der Teenager, der ihren Vater wie einen Gott oder wie Michael Jackson verehrte. Sie kannte ihren Vater. Er hatte auf der Heirat bestanden, weil er angefangen hatte zu rechnen, mit versöhnlichen Eltern und einem Geldsegen. Aber der kam nicht, nicht mal, als er ihnen ein Enkelkind schenkte. Postnatale Depressionen.

*Er will dich vor einem negativen Mutterbild schützen,* hatte Sally mal gesagt. Da war Francine noch ein Kind gewesen, und sie hätte niemals geglaubt oder auch nur annähernd verstehen können, dass Sally sich irrte, dass es genau andersherum war. Das Bild, das keinen Kratzer abbekommen sollte, war das ihres Vaters.

Ihre Augen schwammen in Orangerot. Gleich würde sie anfangen, um ihre Mutter zu weinen. „Ich erinnere mich an den Unfall“, sagte sie. „Wenn es einer war.“

Gerard sagte nichts, aber sie hörte, wie er auf dem Schlafsack seine Position veränderte, vielleicht, weil sein Gesicht inzwischen in der Sonne lag. *Das Glas, die Kälte, das Geschrei, der Schlag.* „Sie hielt mich fest, aber du hast mich aus ihren Armen gerissen“, sagte Francine. „Warum?“

„Sie wollte dich mitnehmen.“

Hatte Elly einen Koffer bei sich gehabt? In dem Traum kam kein Koffer vor, und Francine fragte nicht: *mitnehmen wohin?*, denn sie war kein Baby mehr und konnte sich denken, dass ihre Mutter zu einem anderen flüchtete, um die verzweifelte Situation zu beenden. Gerard benutzte die postnatalen Depressionen als Ausrede, aber Francine ähnelte ihrer Mutter und konnte sie verstehen. Natürlich wollte sie ihr Kind mitnehmen. Ein Koffer war nicht da gewesen, aber irgendetwas anderes, und es machte sie wütend, dass ihr Vater versuchte, es ihr zu verheimlichen, sogar jetzt noch, wo es keine Rolle mehr spielte. „Gerard, verdammt noch mal!“ Sie kroch zu ihm hin und rüttelte ihn an der Schulter. „Soll ich etwa die alten Leute belästigen, um die Wahrheit zu erfahren, oder vielleicht Tante Babette?“

Er schaute sie an. „Babette weiß von nichts und dieser Mann ist inzwischen wahrscheinlich Botschafter in Italien oder sonstwo.“

Oh Gott, dachte sie.

Gerard wandte sein Gesicht ab, als würde die Sonne ihm zu grell. „Ich hatte schon seit einer Weile so einen Verdacht ... So was merkt man oft an Kleinigkeiten. Ich kam mittags sonst nie nach Hause, aber an diesem Tag schon. Ich fand sie im Schlafzimmer. Elly gab dir die Brust und dieser Mann lag halb über ihr und saugte an der anderen. Sie wollte nie, dass ich das tat. Er sah aus wie einer dieser geleckten

Diplomaten im Film und ich dachte: Verdammt noch mal, das ist Frederik. Ich war außer mir vor Wut, ich habe ihn vom Bett gezerrt und zusammengeschlagen. Elly rannte weg, ich erwischte sie erst unten an der Haustür." Er presste die Lippen aufeinander. Francine erkannte alten Hass und da rutschte endlich ein Stückchen ihrer unerklärlichen Erinnerungen an seinen Platz: Gerard war dieser andere Mann, nicht der, der roch wie ihre Mutter.

Ihr Vater beruhigte sich wieder. „Ich hatte sie verloren. Ich weiß nicht, wo sie hingehen wollte, aber ich ertrug es nicht, dass sie dich mitnahm. Sie ist einfach vor den Lkw gelaufen."

*Mama.* „War es ein Unfall?"

Gerard lag still da. „Ich habe oft darüber nachgedacht", sagte er dann. „Eigentlich jedes Mal, wenn ich dich ansah. Vielleicht glaubte sie, ich hätte Frederik totgeschlagen. Nein, ich glaube, dass sie einfach außer sich war. Ich hatte dich im Arm und konnte sie nicht festhalten. Ich habe an ihrem Grab gesessen. Sie ist in Berg en Dal beerdigt, da kommt abends kein Mensch hin. Und ich dachte: Nein, sie war ja nicht verrückt. Es war ein Unfall."

Francine kroch zurück zum Mast. *Wie lange hatte die Affäre gedauert?* Der absurde Gedanke kam und ging –, ob sie die Tochter eines Botschafters irgendwo in Athen oder weiß Gott wo war. Nein. Gerard war ihr Vater. Sie wollte keinen anderen.

Sie hörte lautes Kreischen. Das Genuasegel hing schlaff herunter. Möwen stritten sich um Fischabfälle im Kielwasser eines Fischerbootes an Backbord, berührten mit den Flügeln das Wasser. Gerard lag auf der Seite, den Rücken ihr zugewandt, als schliefe er oder sei tot und habe die Zeit angehalten.

Francine schaute ihren Vater an und hatte eine plötzliche Eingebung, was Liebe war. Sie wagte es kaum zu denken, weil es ihr so salbungsvoll vorkam, aber es war so einfach, dass es die Wahrheit sein musste. Liebe war all das, was sie darunter verstand, und noch mehr: etwas, wodurch sich die Verliebtheit überhaupt erst in Liebe verwandeln konnte. Liebe entstand nur zwischen Menschen, die einander die Chance gaben, über sich selbst hinauszuwachsen. Das hatten ihre Eltern nie geschafft, vielleicht, weil sie es nie gelernt hatten.

Mit steifen Knien stand sie auf, folgte dem Gangbord ins Cockpit und steuerte die *Samantha* zurück in den Wind und weg von der Küste in Richtung Südwesten.

# 19

Sie fragte sich, ob sie sich die Position merken sollte, aber als was? Als Grabstein, Andenken? Sollte sie sich eine eingerahmte Karte mit 35° N/15° W auf den Kaminsims stellen? Dort war es ungefähr gewesen. Die Minuten und alles Übrige konnte sie sich nicht merken, dazu hatte sie keine Zeit, denn sie musste alles ganz allein tun, schon seit Tagen. Kochen und bei ihrem Vater sitzen, mit ihm Poker spielen, den Radar im Auge behalten, die Yacht segeln. Es hatte zweimal stark geregnet und der Wind war aufgefrischt bis auf Stärke sieben.

Als sie sich auf 35° N/15° W befanden, war es Nacht. Gerard hatte seine letzte Spritze bekommen und lag auf den Schlafsäcken im Cockpit, wie meistens, denn er wollte in der frischen Luft und nahe am Wasser sein. Er wagte es nicht mehr einzuschlafen. Er konnte sich kaum noch auf den Beinen halten und Francine musste ihm bei allem behilflich sein, ihn waschen und ihn festhalten, wenn er über die Reling pinkelte. Sein Körper glich einem verfallenen Haus, aus dem alles herausgeräumt worden war, die Türen und die Fensterscheiben. Es war für baufällig erklärt worden und wartete auf die Abrissbirne. Das Einzige, was weiterhin wuchs, war sein Bart. Das Morphium war aufgebraucht, sie hatte es ihm häufiger injizieren müssen als alle acht bis zwölf Stunden, wie Carlo behauptet hatte. Aber Gerard wollte nicht, dass sie in einen Hafen einliefen. Francine wusste, wo sie sich befanden und dass sie es bis nach Madeira und in ein Krankenhaus schaffen konnten, dass sie über Funk hätte Hilfe holen können. Sie redeten nicht darüber.

Es war gar nicht schwer. Er brauchte es nicht heimlich zu tun, brauchte sich nicht wegzuschleichen, sodass sie auf einer leeren Yacht erwacht wäre. Sie war seine Tochter und stand ihm näher denn je. Das würde sie ihr ganzes Leben lang nicht vergessen, diese perfekte Ausgeglichenheit jenseits aller Schuld, Strafe, Vergebung oder Angst.

Sie saß am Ruder unter den Sternen, es war Mitternacht und Gerard rappelte sich mühsam auf. Er stand neben ihr und hielt sich mit einer Hand an der Ruderpinne und mit der anderen an ihrer Schulter fest. Er bückte sich, küsste sie auf die Stirn und zeichnete mit dem Daumen ein flüchtiges Kreuzzeichen, diese seltsame Geste altmodischer Väter und Mütter.

„Ich danke dir“, sagte er.

„Gern geschehen“, antwortete Francine.

Das brachte ihn zum Lachen. Ihr Vater war fröhlich und auch daran würde sie sich erinnern. Er entfloh dieser Hölle der Schmerzen und der Umnachtung, in der man niemanden mehr erkannte, genau wie ihre Mutter es getan hatte. Er strich seine Hose glatt und knöpfte sein Hemd zu, als würde er gleich in seinen alten Volvo steigen, um zu einem Vorstellungsgespräch zu fahren. Er zog sich am Stag hoch, setzte den Fuß über die Reling und ging heim.

Die *Samantha* segelte weiter.

Francine ließ die gelb-weiße Fahne – *Mann über Bord* – in der Kiste. Außerdem herrschte sowieso dunkle Nacht. Sie legte das Album *Diary* von Alicia Keyes in den CD-Player ein. Sie überlegte, schwimmen zu gehen, noch für eine Weile bei ihm zu sein in der Muttersee. Ihr Kopf war leer, das Denken verschob sie auf später. Dass er so wenig gehabt hatte. Dass er dieses getan hatte oder jenes. Er war mit ihr ins Kino gegangen, in ihren ersten Disney-Film, und hatte ihn mit ihr ausgesessen, hatte draußen auf dem Platz mit ihr Poffertjes gegessen und so getan, als schmeckten sie ihm. Am ersten Schultag hatte er auf dem Weg zur Schule ihre Hand gehalten. Als sie ihre Tage bekam, hatte er für sie Binden gekauft. All diese Dinge, die so normal erschienen, dass sie unsichtbar wurden. Man sah das Leben eines Menschen erst vor sich, wenn er tot war.

Der Wind drehte nach Süden und schien stärker zu werden. Francine vollführte eine perfekte Halse und segelte vor dem Wind weiter, Großsegel links, Genua rechts. Morgen würde sie mal das Blister setzen oder das riesige, bauschige, orangefarbene Spinnaker, wenn sie es schaffte.

Auf dem Pier standen vereinzelte Angler sowie ein Tourist in einem hellblauen Hemd mit hochgekrempelten Ärmeln. Alle schauten ihr zu, als sie durch die Betonnungen fuhr und die *Samantha* mit dem Bug in den Wind drehte. Der Diesel lief bereits. Sie löste das Genuafall und rannte über das Gangbord, um das Segel einzuholen. Sie hakte die Stakleiter los, legte das Segel hastig auf das Vorluk und hakte das Fall am Bugkorb fest. Anschließend holte sie das flatternde Großsegel ein. Da keine anderen Boote in der Nähe waren, nahm sie sich die Zeit, das Segel ordentlich um den Giekbaum zu wickeln und festzubinden. Sie zog den Giekbaum hoch und befestigte ihn. Der Tourist im blauen Hemd stand nicht mehr auf dem Pier, nur die Angler mit ihren Plastikeimern und Angelstühlen.

Francine gab Gas, wendete die Yacht und lief in den Hafen ein. Sie hängte die Wielinge heraus und legte die Achtertrosse bereit. Es war elf Uhr vormittags, ein herrlicher Tag zum Segeln. Der Yachthafen war praktisch verlassen. Sie hatte eine Stunde Zeit zum Aufräumen, bevor Jeannot kam, um das Boot zu inspizieren und mit ihr zu plaudern. Steg Nummer drei war ebenfalls leer, bis auf die beiden kleinen Motoryachten ganz vorn. Da sah sie den Mann im blauen Hemd wieder.

Sie legte den Rückwärtsgang ein, drehte das Boot mit dem Heck zum Steg und gab noch einmal kurz vorwärts Gas zum Abbremsen.

Sie nahm das Tau und wollte auf den Steg springen, aber der Mann sagte: „Ich mach das schon."

Francine warf ihm das Tau zu. „Merci!"

Der Mann sah nicht aus wie ein Segler, aber er kannte sich offenbar mit Knoten aus. Mit raschen, übergreifenden

Handbewegungen knüpfte er einen Palstek, legte die Schlinge über den hölzernen Poller und zog sie fest an.

Francine lief das Gangbord entlang, zog die Vorderluke auf und fing an, das Genuasegel zusammenzufalten, um es wegzuräumen. Plötzlich fiel ihr auf, dass der Mann Niederländisch gesprochen hatte, obwohl die französische Flagge direkt vor seiner Nase flatterte.

Sie blieb am Giekbaum stehen, um die Abdeckplane darumzuwickeln. Der Mann blieb ebenfalls stehen und wartete. Als sie ins Cockpit stieg, bemerkte er: „Schöne Musik."

„John Coltrane", sagte sie.

Sein Lächeln sah freundlich aus. *„My favorite things.* Ist schon ziemlich alt, oder?"

„Schönes bleibt", sagte sie.

„Das Boot ist auch schön", sagte er.

Sie erwiderte sein Lächeln.

„Segelst du ganz alleine oder ist noch jemand mit an Bord?"

Ihr pochte das Herz bis zum Hals. „Ich habe meinen Segelschein", antwortete sie. „Entschuldigen Sie mich, ich muss noch aufräumen."

„So eine Yacht ist sicher sehr kostspielig, oder? Ich verstehe ja nicht viel davon, aber die kostet doch bestimmt so an die hundertfünfzigtausend Euro?"

Francine hatte sich bereits umgedreht, um in die Kajüte zu gehen, und daher konnte er höchstens ihrem Rücken ansehen, wie sie erschrak. „Sie ist nur gemietet", erwiderte sie über die Schulter hinweg.

„Dann ist also noch eine Menge übrig?"

Francine schaute in die dunkle Kajüte hinein. Der Mann versperrte ihr den Weg über den Steg. Sie hatte das Gefühl, dass er schneller war, als er aussah, und Tricks kannte, wie er sie an den Füßen packen konnte, falls sie versuchte, nach ihm zu treten. Sie hätte höchstens durch die Hundekoje kriechen, durch das Vorluk klettern, über Bord springen und in Richtung England schwimmen können. Sie ging die Stufen hinunter in die Kajüte, schaltete den CD-Player aus und holte tief Luft. *Okay.* Sie kletterte zurück ins Cockpit. Der Mann wartete auf sie, noch immer mit seinem freundlichen Lächeln.

„Woher wissen Sie, dass ich Niederländerin bin?“, fragte sie.

„Ach, so schnell wechselt man nicht die Nationalität. Bitte entschuldige, dass ich dich duze, eigentlich ist das nicht meine Art, aber ich beschäftige mich schon so lange mit dir, dass ich das Gefühl habe, dich gut zu kennen. Du bist doch Francine Kallas?“

Sie blieb stehen wie angewurzelt. Der Mann zog ein Foto aus der Brusttasche seines Hemdes, schaute es an, nickte und steckte es wieder ein. „Darf ich an Bord kommen?“

„Wer sind Sie?“

„Mein Name ist Max Winter.“ Er zog sich an der Reling hoch. „Soll ich meine Schuhe ausziehen?“

Francine schaute verwirrt seine Füße an.

Er kletterte ins Cockpit und reichte ihr eine verknitterte Karte. „Darf ich mich setzen? Vom Warten bekommt man Durst und schwere Beine.“

Francine wich zurück bis an die Kajüttreppe. Der Mann hatte ein faltiges Gesicht und redete so vertraut mit ihr, als seien sie alte Bekannte. Seine Augen blickten ebenso trügerisch wohlwollend wie die Dumees und waren genauso tiefgründig und von Fältchen umgeben. „Sind Sie von der Polizei?“

„Nein, schau doch mal genau hin“, sagte er.

Sie betrachtete die Karte. Ermittlungen? „Ist das Ihre einzige Legitimation?“

„Nein, aber ich wollte dich nicht erschrecken.“

Der Mann reichte ihr eine größere Karte, in Plastik eingeschweißt und mit Foto. Auf dem Bild wirkte er weniger traurig oder vielleicht auch nur jünger. Ein Detektivbüro, geleitet von einem Staatsanwalt, das sah allerdings offiziell und auch ein wenig einschüchternd aus, trotz der winzigen

Vorsilbe ›Ex‹ vor dem Staatsanwalt. Unwillkürlich warf Francine einen Blick zum Ende des Steges und dem höher gelegenen Kai. Sie überlegte, dass sie hier wohl nur von der französischen Polizei verhaftet werden konnte. Sie würde monatelang in einem französischen Gefängnis schmoren, während über ihre Auslieferung gefeilscht wurde. Doch sie sah keine französischen Streifenwagen.

„Was wollen Sie von mir?"

„Ich wurde beauftragt, das Lösegeld aufzuspüren, und hatte den vagen Verdacht, es könnte bei dir sein."

„Ah ja." So ein Mist, dachte sie. Dieses verdammte Lösegeld.

„Wo ist dein Vater?", fragte der Mann.

Mit dieser Frage hätte sie rechnen können. Sie zeigte über ihre Schulter hinweg. 35° N/15° W.

Winter nickte. „Er war sehr krank, oder?"

Francine dachte an Gerard. Diese Sache ging niemanden etwas an. Es lag hinter ihr. Sie hatte nicht vor, irgendetwas zu erklären, und brauchte auch kein Mitleid. Erleichtert stellte sie fest, dass der Mann weder weiterbohrte noch sie bemitleidete. Er fragte nicht, ob es schlimm für sie gewesen sei oder Ähnliches, ganz so, als könne er sie gut verstehen. Er schwieg nur für einen Moment, um ihr Zeit zu lassen. Dann kehrte das freundliche Lächeln zurück, als fiele ihm etwas Lustiges ein.

„Was ist denn?", fragte sie gereizt.

„Du bist wirklich keine besonders ausgekochte Straftäterin, sonst hättest du deine Pläne für dich behalten, wo du deinen Vater hinbringen wolltest zum Beispiel und warum. Ein Problem war nur, dass ich zunächst dachte, du wolltest eine Yacht kaufen anstatt einfach eine zu mieten. Aber du darfst es dem Jungen nicht verübeln."

Das tat sie auch nicht. „Hat er seinen Job verloren?"

„Ich hatte nicht den Eindruck, als würde er sich allzu große Sorgen darüber machen."

Winter saß auf der Bank und schaute sie an. Sie unterdrückte den Impuls, einen anderen in ihm zu sehen, jemanden, der so ausgesehen haben könnte, die Augen ruhiger und nicht so scheu, umgeben von Lachfältchen oder den Zeichen weniger schweren Kummers, wenn ein paar Dinge in seinem Leben anders gelaufen wären. Aber das war Unsinn, er lebte nicht mehr und sie musste aufhören mit dieser Sucherei und den Vergleichen. „Ich habe noch ein Bier im Kühlschrank", sagte sie.

„Na schön ..."

Francine ging in die Kajüte, holte die Flasche aus dem Kühlschrank, öffnete den Kronenkorken, spülte ein Glas aus und hob die Klappe der Steuerbordbank hoch, mit Matratze und Bettzeug. Sie kehrte ins Cockpit zurück, reichte dem Mann die Flasche und das Glas und stellte die Tasche mit dem Geld neben ihn auf die Bank.

Er bedankte sich für das Bier und schenkte sich ein wenig in das Glas ein.

„Es fehlen zehntausend", sagte Francine. „Ich werde sie zurückzahlen."

Max Winter klopfte auf die Tasche. „Irgendwie komisch, dass so ein Mann jemanden mit der Suche nach dem Geld beauftragt, als könne er dadurch irgendetwas ungeschehen machen. Das kann man nur verstehen, wenn man selbst einmal in einer solchen Situation war. Manche Menschen stürzen sich nach einem Verlust in die Arbeit oder lenken sich eben mit solchen Dingen ab, um nicht nachdenken zu müssen. Andere fangen an zu trinken oder werfen sich vor einen Zug."

Francine setzte sich auf die Bank ihm gegenüber. Sie unterdrückte ihre Tränen. „Es tut mir so leid", sagte sie.

„Du hättest es nicht verhindern können. Ich will dir keine guten Ratschläge erteilen, das könnte ich auch gar nicht, aber ich weiß genau, wie sehr man sich im Nachhinein quält und sich ständig fragt, was wäre, wenn dies und das ... Man kann so ein Ereignis nicht vergessen und das muss man auch nicht, aber solche schrecklichen Dinge passieren im Leben und man muss versuchen, irgendwie darüber hinwegzukommen. Wenn man sich vor einen Zug wirft, ist man ganz umsonst einundfünfzig geworden oder, wie in deinem Fall, einundzwanzig. Stimmt's?"

Eine der kleinen Motoryachten tuckerte hinter ihnen vorbei. Francine schaute nicht hin. „Stimmt", flüsterte sie.

„Komm, trink einen Schluck."

Der Mann schenkte Bier nach und reichte ihr sein Glas, aber sie schüttelte den Kopf und sagte: „Ich will Sie nicht beleidigen, aber ich mag einfach kein Bier."

Winter lachte leise. „Du beleidigst mich nicht. Du bist ein kluges Mädchen und hattest einen guten Plan. Der Fehler bestand darin, dass dein Vater die Hecktür des Lieferwagens offenließ und irgendjemand darin einen Ausweis und eine blaue Kappe entdeckte. Der Elektriker tat so, als wüsste er von nichts, und sie konnten ihm nichts anhaben, außer ihn rauszuwerfen und sich bei seinem Chef zu beschweren. Die Polizei glaubt, er habe sich entweder von ein paar hundert Euro oder von einem hübschen Gesicht bestechen lassen."

„Und was glauben Sie?"

Er trank von seinem Bier. „Es war das hübsche Gesicht. Seine nette Nachbarin meinte, in einer Welt ohne Francine fühle er sich verloren, das waren ihre Worte. Und ich brauchte nur in seine glänzenden Augen zu schauen, um zu wissen, dass es ihm nicht um Geld ging. Dieser Junge würde alles tun, um dich zu schützen."

„Jeroen ist kein Junge", entgegnete sie.

Er lachte. „Entschuldige, das liegt an meinem Alter, für mich ist sogar der Ministerpräsident ein Teenager. Na schön, natürlich ist Jeroen ein Mann und er bot mir sogar einen Irish Coffee an, nur um länger über dich reden zu können. Er dachte wohl, es spiele keine Rolle mehr, weil du längst mitten auf dem Stillen Ozean wärst. Und genau das dachte ich auch, bis ich gestern an Jeannot geriet. Er hatte gerade erst mit dir telefoniert. Warum bist du eigentlich nicht einfach weitergesegelt?"

Sie dachte nach. „Weil meine Aufgabe erfüllt war", antwortete sie.

Er lächelte und sagte für eine Weile nichts.

Wieder empfand sie dasselbe wie vor ein paar Minuten, als er nach Gerard gefragt hatte und sie ihm nichts zu erklären brauchte.

„Wissen Sie etwas über Jimmy Halewijn?"

„Ja, die Polizei hat ihn in Deutschland abgeholt. Dumee hat den Fall vollständig aufgeklärt, mithilfe der Fingerabdrücke und des Genmaterials, das auf dem Botter gefunden wurde. Es gibt sogar einen Zeugen."

Francine atmete auf. „Und was ist mit meinem Vater?"

Winter stellte das Glas auf die Bank. „Mein Beileid wegen deines Vaters", sagte er. „Und mir tut auch alles andere leid, das du durchmachen musstest."

„Vielen Dank", sagte sie.

Er sah, dass sie ihn gespannt anschaute. „Ach, du meinst diese andere Geschichte. Halewijn hat tatsächlich zu beweisen versucht, dass du und dein Vater an der Entführung beteiligt wart, indem er einen lückenlosen Zeitplan vorlegte. Aber so etwas funktioniert natürlich nur, wenn die Leute, die man reinlegen will, sich nicht wehren können und keine Alibis haben. Sonst fällt man auf die Nase. Er wusste nicht, dass dein Vater in Haarlem war, und als du laut seiner Aussage den kleinen Jungen entführtest, hast du dir in der Stadt eine Wohnung angeschaut, und zwar bei einer Dame, die sich noch sehr genau an dich erinnerte. Vielleicht würde Dumee irgendwann mal gerne von dir hören, was mit dem Lösegeld schiefging, aber ich glaube nicht, dass er dir Scherereien machen wird."

„Vielen Dank", sagte Francine noch einmal.

„Dein Vater wäre ohnehin freigelassen worden."

Sie sah in seine Augen und wollte, dass er sie verstand. „Ich habe ihn da rausgeholt, weil er nicht auf seine Freilassung warten konnte. Es war sein Wunsch, so zu gehen."

„Mir gegenüber brauchst du dich nicht zu rechtfertigen."

„Das tue ich auch nicht“, erwiderte sie. „Für kein Geld der Welt.“

„Umso besser.“ Max Winter stand auf und hielt ihr die Hand hin. „Ich wünsche dir alles Gute.“

Francine erhob sich ebenfalls. „Ich danke Ihnen.“

„Irgendwie habe ich das Gefühl, dass ich mein Honorar gar nicht richtig verdient habe“, sagte er.

Sie lächelte. „Immerhin ersparen Sie mir die Peinlichkeit, die Tasche den Leuten vor die Tür stellen, klingeln und dann schnell wegrennen zu müssen.“

Wieder nickte Max Winter, dann ließ er ihre Hand los. Er nahm die Tasche mit dem Geld, sprang auf den Steg und blieb dort stehen, als sei ihm noch etwas eingefallen. „Was sollte das eigentlich heißen, ‚für kein Geld der Welt‘?“

Francine schaute ihn an. Es gab nur einen Mann, dem sie das gerne erklärt hätte: wie alles sein Gleichgewicht gefunden hatte, fast wie eine neue Art zu atmen, als seien Verstand und Nerven saubergespült worden, als habe man das überflüssige Blatt abgeschnitten und in eine neue Vase gestellt. Doch dieser Mann war jenem anderen sehr ähnlich, und so sagte sie: „Mein Vater hat mich besucht. Es war irgendwo oberhalb von Lissabon. Ich hatte gerade ein paar Stunden geschlafen.“

„War es ein Traum?“

„Nein, ich hatte mir den Wecker gestellt und war aufgewacht. Es ging nur wenig Wind, dann kann man das Ruder und die Segel feststellen – wie eine Art Autopilot. Der Radar schlägt Alarm, wenn ein Schiff zu nahe kommt, aber trotzdem stelle ich mir immer den Wecker und schlafe nur wenige Stunden am Stück. Als ich hinauf an Deck kam, hatte sich der Wind ganz gelegt und mein Vater saß am Ruder. Er sah zwanzig Jahre jünger aus.“

Sie legte die Hand auf der Ruderpinne. Die französische Flagge hing reglos zwischen ihnen. Max Winter fragte: „Hat er etwas gesagt?“

„Er hat gesagt, alles sei gut, und er hat mich angelächelt.“

Auch Winter lächelte. „Ich weiß, dass sie das manchmal tun, wenn man Glück hat."

„Ich bin zu ihm hingegangen." Francine schüttelte den Kopf. „Alles war lose, auch das Ruder." Sie klopfte auf das Holz. „Er ist einfach ein Stück gesegelt, während ich schlief. Die Bank war warm. Ich weiß nicht, ob Sie das verstehen, vielleicht denken Sie, ich sei nicht alt genug dafür, aber ich kann jetzt zurückblicken und erkennen, welches die beste Zeit meines Lebens war. Das waren diese Wochen, und es wird die Zeit sein, die jetzt kommt."

Max Winter nickte. „Dann verstehe ich das mit dem ‚für kein Geld der Welt'. Aber was kommt denn jetzt?"

Francine lächelte fröhlich. „*Chambres d'hôtes.*"